उठो! जागो!
आगे बढ़ो

उठो! जागो! आगे बढ़ो

संदीपकुमार सालुंखे

प्रभात प्रकाशन

प्रकाशक • **प्रभात प्रकाशन प्रा. लि.**
4/19 आसफ अली रोड,
नई दिल्ली–110002

संस्करण • 2025
मूल्य • छह सौ रुपए
मुद्रक • नरुला प्रिंटर्स, दिल्ली

UTHO! JAGO! AAGE BARHO
by Shri Sandip Kumar Salunkhe ₹ 600.00
Published by Prabhat Prakashan Pvt. Ltd., 4/19 Asaf Ali Road, New Delhi-2
e-mail: prabhatbooks@gmail.com ISBN 978-93-89982-02-2

First published in Marathi by Rajhans Prakashan, Pune

उठो, जागो और ध्येयसिद्धि की राह पर अविरत चलते रहो।
जब तक ध्येय प्राप्त न हो, रुको मत।

—स्वामी विवेकानंद

आशीर्वाद

संत गजानन महाराज, शेगाँव

संत सखाराम महाराज (मूळ), अमलनेर

स्व. हेमलाल माणिक सालुंखे (दादा)

★

जिनके प्रेम और आधार

के लिए मेरे केवल 'अस्तित्व' के सिवाय

और किसी कारण की आवश्यकता नहीं,

उन

माँ-पिताजी (नाना) और राणी

को मेरी ये प्रथम अक्षर-यात्रा

सादर समर्पित···

भूमिका

उन नवयुवकों की प्रतीक्षा है मुझे

8 जनवरी, 2011 का दिन था। रात्रि के ग्यारह बजे थे। मैं ट्रेन में सवार पुणे से जलगाँव जा रहा था। भोजन के पश्चात् मैं अपनी सीट पर आराम से लेटकर मोबाइल पर मेरे नाम आए संदेशों को पढ़ने लगा। अधिकांश संदेश नवयुवकों के थे, जिन्होंने इस बात का खुले मन से स्पष्टीकरण सा दे दिया था कि मेरी पुस्तक पढ़ने के बाद उनके विचारों, आचारों में बड़ा ही अच्छा गुणवत्तायुक्त परिवर्तन आ गया है। उन तमाम संदेशों की स्नेहमयी विनम्र भाषा ने मेरे हृदय को आनंद एवं विस्मयता से भर दिया। मैंने कभी स्वप्न में भी नहीं सोचा था कि मेरी छोटी सी एक पुस्तक का इतना विस्मयकारी असर युवकों-युवतियों पर पड़ेगा और मेरे शब्द उनके हृदय में आमूलाग्र परिवर्तन लाने का सही कार्य कर पाएँगे। बात यहीं पर खत्म नहीं होती है...एक ऐसा संदेश अभी भी मेरी प्रतीक्षा में था जो मुझे झकझोरकर मेरे हृदय में गहरे जा पैठने वाला था।

ट्रेन अपनी गति से आगे जा रही थी। शहर के सीमेंट कंक्रीट के जंगल को पार कर प्रकृति की गोद में दौड़ रही थी। घने अँधेरे के बीच छोटे-छोटे गाँवों का अस्तित्व जता रहे टिमटिमाते दीपकों को लाँघते हुए मेरा अपना सफर जारी रहा। तभी मोबाइल पर आया अगला संदेशा पढ़कर मैं वाकई स्तब्ध सा हो गया। नवीं कक्षा के एक छात्र का भावभीना संदेशा यूँ था—

"महोदय,

मेरे जीवन में आशा की एक हलकी सी किरण का भी अस्तित्व बचा न था। मेरे मन में इतनी गहरी निराशा समा गई थी कि मैं कभी इम्तहान में उत्तीर्ण हो सकूँगा, यह विश्वास ही न रहा। मेरे माता-पिता ने मुझसे कोई आशा न रखी थी। वे इतने दुःखी एवं निराश हो गए थे कि हर समय मुझे डाँटते-फटकारते रहते। मैं अपने जीवन से इस कदर ऊब गया कि मैंने आत्महत्या करने की ठान ली। मैं अपना इरादा पक्का करने वाला ही था कि मेरे सौभाग्य से आपकी किताब मेरे हाथ लगी।

मैंने आपकी किताब को पढ़ा। ध्यानपूर्वक पढ़ा और सच जानिए महोदय कि मेरे मन में आशा की एक हलकी सी किरण जागी। आपके 'आत्मविश्वास एवं प्रेरणा अभियान' ने मुझे तार लिया। इस पुस्तक का मुझ पर गहरा असर हुआ। मुझे आपकी पुस्तक के विचारों ने नवजीवन प्रदान किया है···और क्या कहूँ···धन्यवाद—''

संतोष, परिपूर्णता, खुशी और जाने कितने ऐसे भाव एवं संवेदनाएँ मेरे मन में समाहित हो गईं जिनको अभिव्यक्त करने के लिए मेरे पास शब्द नहीं हैं। पल भर के लिए यह भाव भी मन में तैर गया कि सारा विश्व ही थम जाए! मैं ट्रेन से उतरकर इन पहाड़ियों की अनजान जगह पर एक अनोखी खुशी से भरे गीतों को गाता रहूँ। मेरी एक छोटी सी किताब का, मेरे विचारों का, मेरे अनुभवों का इतना गहरा असर भी हो सकता है कि एक छात्र का अमूल्य जीवन ही बच गया!

जब मैं उपरोक्त अनुभव को शब्दबद्ध कर रहा था तब तक सात ऐसे और मामले उभरकर सामने आए जिन्होंने इस किताब को पढ़ने के पश्चात् आत्महत्या का विचार त्याग दिया था। सैकड़ों ऐसे मामले सामने आए जिनमें वे युवक उबर गए, जो निराशा के अंधकार में डूब गए थे। उन्होंने फिर से नया जीवन अपना लिया है और जी रहे हैं। हजारों नवयुवकों के हृदय में नई प्रेरणा का जन्म हुआ। उनके विचारों में, अपने आपके मूल्यांकन में, दूसरों के प्रति सोचने की दृष्टि में, उनकी अपनी जीवनशैली तथा रहन-सहन में और समाज के प्रति रहे दृष्टिकोण में आमूलाग्र बदलाव आया।

''यह सारा संभव कैसे हुआ?'' धुँधले, टिमटिमाते एक गाँव की ओर देखते हुए यह विचार मेरे मन में कौंध गया। मैं अपने अतीत में खो गया। अपने स्वयं के बारे में सोचने लगा। उम्र के बीसवें पड़ाव में जो अनमोल ग्रंथ, लेख, किताबें एवं भाषण हमारे हृदय में आत्मावलोकन करने की, विचारमंथन की प्रक्रिया शुरू कर देते हैं उसका स्पष्ट प्रभाव अब मेरी समझ में आ रहा था। अपने विचार एवं आचार के प्रति अमूल्य संदेश देकर हमारे हृदय को स्पर्श करने वाली वे किताबें होती हैं। जीवन और मृत्यु के बीच रहे हमारे 'अस्तित्व' के कुछ महत्त्वपूर्ण तथ्यों को उजागर करते हैं इन किताबों में लिखे विचार। जीवन को 'निरर्थक अस्तित्व' से एक 'अर्थपूर्ण कहानी' में बदलने की अंत:प्रेरणा हृदय में निर्माण करतीं हैं ये किताबें। मस्तिष्क में चल रहे विचारों के युद्ध में हमारा हाथ थामकर हमें आश्वासित करते हैं उन किताबों के शब्द। हमारी आत्मा में ऐसी कई सूक्ष्म आवाजें बसती हैं जो अमूर्त हैं और जिन्हें शब्दों में अभिव्यक्त कर पाना असंभव सा है। उन्हें हम स्वयं अनुभूत करते हैं। ये अनमोल किताबें 'उस' आवाज को सुनने की क्षमता रखती हैं। जिस प्रकार से प्रकृति में समाई एक अनजान शक्ति ही बीज को अंकुरित होने में, पेड़ बनने में, फलने-फूलने में सदैव प्रेरित करती है, ठीक उसी तरह हमारी अंतरात्मा में भी एक अनजान प्रेरणा बसती है, जो हमारे 'स्व' रूप के सम्यक् ज्ञान की प्राप्ति की

ओर, जीवन के सही अर्थ को खोजने की दिशा में प्रेरित करती है। अंत:प्रेरणा की उस ज्योति को अत्यधिक प्रखर बनाने का कार्य करती हैं ये समस्त अनमोल पुस्तकें। ख्रिस्तोफर मोर्ले ने सही कहा है कि—

"जब आप किसी व्यक्ति को एक पुस्तक बेचते हैं, तब आप उसे मात्र कुछ कागजात एवं स्याही नहीं बेचते हैं, अपितु आप उसे एक नया जीवनदर्शन प्रदान करते हैं।"

ट्रेन पूरी गति से दौड़ रही थी। मध्यरात्रि का समय था। मुझे भी कुछ समय आराम करना जरूरी था। दूसरे दिन मुझे नवयुवकों की एक बड़ी सभा को संबोधित जो करना था। पिछले एक महीने में हजारों नवयुवकों ने मुझे हजारों की तादाद में एस.एम.एस. भेजे थे, फोन पर संपर्क किया था और अनगिनत पत्र भी लिखे थे। जिले के नवयुवकों के बीच एक मनोवैज्ञानिक असंगठित क्रांति जागी थी। दीपस्तंभ फाउंडेशन, जलगाँव एवं जलगाँव जिला परिषद् द्वारा चलाया गया 'आत्मविश्वास एवं प्रेरणा अभियान' अत्यंत सफल रहा। 12 जनवरी, यानी भारत के योद्धा संन्यासी पूज्यनीय स्वामी विवेकानंदजी के जन्मदिन के शुभ अवसर पर इस अभियान का समारोह होने जा रहा था।

अगले दिन समारोह के स्थल पर विद्यार्थियों और नवयुवकों की भीड़ उमड़ पड़ी थी। करीब बारह हजार विद्यार्थी, नवयुवक तथा अन्य उपस्थित गण मेरे भाषण की प्रतीक्षा कर रहे थे।

मैंने मंच पर खड़े होकर सबसे पहले 'उस' विद्यार्थी का एस.एम.एस. पढ़ा और आगे कहा—

"मित्रो! यह विद्यार्थी आज यहाँ अवश्य उपस्थित है और आप सभी की तरह वह मेरी बातें भी सुन रहा है। परंतु कल्पना कीजिए कि यदि वह गहरी मायूसी के अंधकार से उबर न गया होता तो आज वह कहाँ होता? वह इस दुनिया में होता भी या नहीं इस कल्पना मात्र से शरीर पर रोंगटे खड़े हो रहे हैं। कितनी भयानक बात है यह? इस बात को बयान करने के लिए मेरे पास शब्द नहीं हैं। आज वह बालक यदि सिर्फ मेरी किताब की वजह से जिंदा है तब···अहो भाग्य मेरे और मेरी किताब के!"

मैं मंच पर खड़े होकर धाराप्रवाह बोलता रहा। अंतर्मन में बसी तमाम भावनाओं को शब्दों में ढालता रहा, उड़ेलता रहा। भले ही किताब में लिखे मेरे शब्दों ने उसके प्राण बचाए हों, परंतु···परंतु उस नवयुवक के संदेश में लिखे कुछ शब्दों ने मेरी झोली भर दी थी। आत्मसंतुष्टि के परिधान में मुरदा लाश की तरह जीवन बिताने से मुझे बचा लिया। जीवन में मात्र 'अर्थ' की खोज के रास्ते पर न चलकर, उपभोग, संतुष्टि तथा ऐशोआराम में लिप्त जीवन बिताने के मोह से मुझे बचा लिया। उन शब्दों ने और भी बहुत कुछ दिया, जो बयान से परे है।

मेरा भाषण समाप्त हुआ और मैं मंच से नीचे उतरा। सैंकड़ों विद्यार्थियों से घिर गया। सवालों की बौछार शुरू हो गई। वे सभी अपनी समस्याएँ, भावनाएँ मुझसे बाँटना चाहते थे। मैंने भी उन्हें सुनने की अपनी इच्छा जताई। कितने ही युवकों ने मुझसे संपर्क किया। किसी हद तक उनकी आशंकाओं का समाधान मैं कर पाया। एक युवक का उल्लेख यहाँ अवश्य करूँगा—

दूरदराज के एक छोटे से गाँव से आया था वह। वही हमेशा की तरह दबा हुआ व्यक्तित्व, परंतु एक अज्ञात आशा के प्रकाश से उसका चेहरा दमक रहा था। वह मेरे लिए उपहार में एक छोटी सी 'की-चेन' लाया था। उपहार देते हुए वह बोला, "सर, मैं बहुत ही गरीब परिवार से हूँ। इस मिशन की वजह से मैं आपकी पुस्तक पढ़ पाया। मैं मेहनत करूँगा सर। दुर्गम पहाड़ियों में बसी अजेय लगने वाली गरीबी से जूझकर, हीन भावनाओं को त्यागकर मैं अपने भाग्य की नहर खोदूँगा सर! मैं जानता हूँ सर, कि मैं बहुत बड़ी ऊँचाई को छू नहीं सकता, परंतु मैं अपनी मेहनत से कुछ प्राप्त कर लूँगा, आपसे मिलने अवश्य आऊँगा। तब तक यह की-चेन सर आप अपने पास ही रखें। यह उपहार मुझे हर पल आपसे किए वादे का स्मरण दिलाता रहेगा।"

मैं अवाक् सा रह गया इस वाकए से। उपहार मैंने रख लिया है और मन-ही-मन उस परम परमात्मा से प्रार्थना भी की, कि वह हर पल इस युवक के साथ बने रहें।

क्या इस मानसिक क्रांति के लिए मेरी पुस्तक के मात्र शब्द काफी थे? नहीं, मुझे ऐसा कदापि नहीं लगता है। उन सभी के मन में परिवर्तन की भावना की ज्योति पहले से मौजूद थी। वे किसी बाहरी आदर्श की खोज में कदापि नहीं थे। उनके अंतर्मन में पहले से ही आदर्श मौजूद था। उसपर अज्ञान के अंधकार की ग्लानि चढ़ी थी। वे उस ग्लानि को दूर करना चाहते थे।

जीवन सफर के पहले दौर में हम बाहरी जगत् में आदर्श को खोजने में लग जाते हैं। हम संघर्ष करते हैं। बार-बार गिरते हैं और क्षत भी होते रहते हैं। फिर साहस से उठते हैं और संघर्ष के साथ-साथ आगे बढ़ते हैं। हमारे अंदर समाई क्रांति के सफर में यह संघर्ष महत्त्वपूर्ण है। अनिवार्य भी है। अंत में इच्छित क्रांतिकारी पल हमारे जीवन में अवश्य आता है···ऐसी ही एक पल उस 'की-चेन' देनेवाले युवक के जीवन में आया था। मुझे पता नहीं कि वह अपनी लड़ाई जितेगा भी या नहीं, लेकिन कुछ भी हो, वह युवक जब भी मेरे पास वापस आएगा, मैं उसे गले लगाकर कहूँगा, "तुम लड़े इतना ही काफी है। मुझे प्रतीक्षा है उस नवयुवक की···"

—**संदीप कुमार सालुंखे**

प्राक्कथन

मेरी अक्षर यात्रा

रेलगाड़ी से मैं पुणे लौट रहा था। रेल मुझे पुणे की ओर ला रही थी, परंतु मेरा मन विगत जीवन की स्मृतियों के प्रांगण में विचरण कर रहा था।

प्रत्यक्ष तथा अप्रत्यक्ष रूप से जो सपना पिछले चार वर्षों से मन में सँजोया था, जिसके ध्यान में दस-बारह घंटों की नौकरी निभाते हुए, भूख प्यास को बिसारकर मेहनत की थी, अपनी तथाकथित प्रसन्नता एवं सुख की कल्पनाओं को नजरअंदाज किया था, कभी निराशा और उदासी से जूझकर जिस लक्ष्य को प्राप्त किया था, उस खुशी की परिपूर्णता का वह दिन था—'4 सितंबर सन् 2004'।

संघ लोक सेवा आयोग की परीक्षा में सफलता प्राप्त करने के बाद मूलभूत प्रशिक्षण लेना होता है, जो उत्तराखंड में बसे मनोहारी शीतल 'मसूरी' में दिया जाता है।

मैं दिल्ली की ओर अमलनेर से निकला था। स्टेशन पर विदाई देने वालों में मेरे माता-पिता, पत्नी, सास-ससुर और मेरा मित्र-परिवार उपस्थित था। मन में अपार खुशी के साथ एक अनामिक तनाव की छाया भी थी। पिताजी 'भुसावल' तक आने की जिद कर बैठे, और आए भी। प्लेटफार्म पर रेल आई। अब तक सभी खुश थे, परंतु अब प्रत्येक के चेहरे पर जुदाई के गम की छाया भी गहरी होती गई। पिताजी की आँखें छलक गईं—बेटा बड़ी दूर निकल पड़ा है…चार महीने की जुदाई भी उन्हें लंबी प्रतीत हो रही थी। अपने वातानुकूलित डिब्बे में मैं पिताजी को अपनी सीट तक ले गया। उस डिब्बे की शान ने उन्हें मन-ही-मन यकीन दिला दिया कि उनका बेटा वाकई बड़ा अफसर बन गया है। उनके चेहरे पर छाया तनाव कुछ कम हो गया। चंद मिनटों में रेल ने प्लेटफार्म को छोड़ना आरंभ किया। विदाई के संकेत में हिलते तमाम हाथ धीरे-धीरे धूमिल होते-होते ओझल हो गए और…और मेरा 'मिथ्या धीरता' का मुखौटा भग्न हो चूर-चूर हो गया। खूब रो लिया मैं भी। परंतु इस रोने में कोई विषाद न था, दुःख न था, निराशा तो बिलकुल भी न थी। इसमें था एक लंबी, कठिन यात्रा के सुखद अंत का अतीव आनंद। यह कैसा

विरोधाभास है कि खुशी की चरमसीमा पर आँसू छलक ही जाते हैं! उसी समय मेरे मोबाइल पर मेरे दोस्त अजिंक्य पवार का संदेसा आया, "You joined Marwad to Mussourie!"

कुछ देर बाद मन पर छाई बदली छँट गई। धुँआधार बारिश के बाद स्वच्छ आकाश और धुली हुई धरती-सा मन हो गया मेरा। खिड़की से बाहर मुझे दिखाई दे रहे थे—गति से पीछे छूटते खेत, छोटे-छोटे गाँव, छोटे-छोटे स्कूल, वहाँ के शिक्षक, बच्चे···और मेरा मन फिर से अतीत में लौट गया। स्कूल के पहले दिन से लेकर आज तक का सारा शैक्षिक सफलता प्रवास उज्ज्वल था, परंतु उसकी पार्श्वभूमि कुछ काली, मटमैली थी, जिस पर मेरी शैक्षिक सफलता और अधिक स्पष्ट दिखाई दे रही थी। वह मटमैली पार्श्वभूमि थी मेरा ग्रामीण विभाग···ग्रामीण विभाग की शैक्षिक परिस्थिति···जो मेरे मन में तनाव निर्माण कर रही थी।

मैं भी एक छोटे से गाँव 'शिरूड' में जिला परिषद् के स्कूल में कक्षा चौथी तक पढ़ा। उसी गाँव में आगे सातवीं पास हुआ। पिताजी के अचानक तबादले की वजह से अमलनेर में एक कमरे में हमारा सारा परिवार गुजारा करने लगा। वहाँ समस्याओं के अंबार से जूझते हुए एक दिन पूरे महाराष्ट्र को आश्चर्य में डालते हुए दसवीं बोर्ड में प्रथम क्रमांक से उत्तीर्ण हुआ। आगे चलकर बारहवीं विज्ञान शाखा में बोर्ड में तीसरा स्थान पाया। अभियांत्रिकी (इंजीनियरिंग) में पुणे विश्वविद्यालय में चौथा स्थान पाया और महाराष्ट्र लोक सेवा आयोग द्वारा उप-मुख्य कार्यकारी अधिकारी के पद पर चुन लिया गया। और अंत में संघ लोक सेवा आयोग द्वारा भारतीय राजस्व सेवा में सहायक आयकर आयुक्त के पद पर भी चुन लिया गया···

उपरोक्त सारा शैक्षिक प्रवास महाराष्ट्र के एक छोटे से गाँव से शुरू हुआ···उच्चतम शिक्षा प्राप्त की, यह गर्व की बात अवश्य है···परंतु मेरे हमउम्र, मुझ जैसे, मुझ जैसी ग्रामीण भूमि में जनमे-पले-बढ़े और मुझ सा प्रयास करने की इच्छा रखनेवाले अन्य छात्रों का भविष्य क्या है? मूलतः प्रश्न यह उठता है कि ग्रामीण इलाके में, बिलकुल छोटे से शहर में जनमे, पले-बढ़े युवक क्या ऐसा सपना देख भी पाएँगे? यदि किसी ने देखा भी, तब क्या उस स्वप्न के रूप में बीज को अंकुरित होने में, उस में जान है, तब तक उसे ऊँचा उठने में मदद हेतु क्या कोई हाथ आगे बढ़ेगा भी?

मेरे मन में ये (नकारात्मक) विचार क्यों कर उपजे होंगे? इसका मुख्य और अत्यंत महत्त्वपूर्ण कारण है मेरा अपना अतीत। सिर छिपाने के लिए छत और दो जून की रोटी का इंतजाम ईश्वर ने अवश्य कर रखा था, परंतु शिक्षा के पथ पर अग्रसर आसानी से हो सकूँ, इतनी अनुकूल परिस्थिति भी हमारी न थी। निरंतर किराए की छोटी सी जगह में गुजर बसर करना, कंडे, लकड़ियाँ बीन लाना जैसी प्रतिकूल परिस्थितियाँ अवश्य थी मेरी।

अपितु अपने चिंतन से मैं एक सत्य अवश्य जान गया हूँ कि मनुष्य के मन में यदि महत्त्वाकांक्षा का अत्यंत धधकता यज्ञ जब तक प्रज्वलित न हुआ होगा, वह कितना ही अमीर क्यों न हो, कोई लाभ नहीं। दूसरी बात यह कि मानो किसी के पास महत्त्वाकांक्षा जागी भी होगी, तब उस महत्त्वाकांक्षा की खिल्ली न उड़ाने वाले दोस्त, सहकारी तथा गुरु भी उसके नसीब में होने चाहिए। यदि कोई एक महत्त्वाकांक्षी स्वप्न देखता है, उस दिशा में प्रयत्न कर रहा है, उन प्रयत्नों में कुछ कसर रह जाने की वजह से जरा सा पिछड़ जाता है, किसी हद तक असफल भी हो जाता है, तब उसका मजाक न बनाते हुए, उसकी हिम्मत बँधानेवाले, उसकी महत्त्वाकांक्षा के विचार को ही व्यर्थ न ठहरानेवाले, 'सबकुछ ठीक है' वाले वातावरण को समर्थन न करनेवाले लोगों का साथ मिलना, रुपए-पैसे से अधिक महत्त्वपूर्ण है।

माना किसी की क्षमता कड़ी मेहनत करने की है, प्रयासों की पराकाष्ठा करने की भी है, तब उसकी इन बेजोड़ क्षमताओं को उचित मार्ग पर ले जाने वाले गुरु तथा दोस्त मिलना भी उतना ही आवश्यक है। आधुनिक भाषा में Friend, Philosopher and Guide मिलना भी अत्यंत महत्त्वपूर्ण है।

ग्रामीण विभाग से अनेक युवक मेरे संपर्क में आए। व्याख्यान की वजह से, सत्कार के कारण, मार्गदर्शन की आस के चलते, पत्रिकाओं में मेरे छपे लेखों को पढ़ने की वजह से विविध प्रकार के युवकों से मेरी भेंट हुई। उनसे मिलने पर मैंने अनुभव किया कि वे सभी वाकई मेरे मार्गदर्शन के लिए लालायित थे। अमलनेर के प्रताप कॉलेज में ये युवक मेरी बात, मेरे विचार सुनने के लिए तीन-तीन घंटे पूरे मनोयोग से बैठते—अपनी भूख-प्यास भुलाकर!

नागपुर में मेरी ट्रेनिंग के दौरान में शनिवार-इतवार को अमलनेर आया करता युवकों के मार्गदर्शन हेतु। तब वहाँ अमलनेर, मारवड़, मंगरूल, शिरूड, इंद्रापिंप्री, शिरसाले, ढेकू आदि गाँव-खेड़ों से युवक आते। सबसे दुःख की बात यह कि इस तमाम युवा वर्ग के पास आत्मविश्वास नामक चीज थी ही नहीं। न खुद पर विश्वास, न कुछ कर सकने की क्षमता पर विश्वास। वे इसी मानसिकता को पाले हुए थे कि उपाधियों के कारखाने में से प्रतिदिन तैयार होने वाले वे उत्पाद हैं। उनके माता-पिता को भी इन युवकों में रत्ती भर विश्वास बाकी न था। मैंने उन्हें काफी सारी महनीय, यशस्वी व्यक्तियों की कहानियाँ सुनाई। वे बड़े ध्यान से ये कहानियाँ सुनते, पर परिणाम कुछ न होता। इन कहानियों को वे अपनी जिंदगी से, अपनी मिट्टी से, अपने आकाश से, अपनी समस्याओं एवं अपनी स्थितियों से जोड़ न पाते। उनके हृदय पर चढ़ा न्यूनता की भावना का मैल इन कहानियों से न धुल पाता। मैं सोचता रहता कि क्या करूँ? फिर एक दिन विचार आया कि क्यूँ न उनको मैं अपनी खुद की कहानी सुनाऊँ ? मैं तो उसी मिट्टी से उगा था।

उनका और मेरा आकाश एक ही था। वो मेरी कहानी से बच नहीं सकते। मेरी कहानी को नजरअंदाज करना उनके लिए संभव ही नहीं था, क्योंकि मैं और वो एक ही विश्व के अधिवासी थे। बस···मैंने कलम हाथ में ली और लिखना शुरू कर दिया। देखते-देखते एक छोटी पत्रिका बन गई और मेरे गाँव के लड़के वह पढ़ने लगे। जैसा मैंने सोचा था, बिलकुल वैसा ही हुआ। उनके हृदय की ज्योति प्रज्वलित हो गई। एक धुँधला सा विचार उनके हृदय के कोने में जनमा, यदि वह कर सकता है, तो हम क्यूँ नहीं ? बस इस विचार का जन्म क्रांति का क्षण था। अब उनके हृदय की भूमि कुछ अभूतपूर्व को जन्म देने के लिए तैयार हो गई थी।

अब हमने इस चेतना को व्यावहारिक रूप देने के लिए कमर कस ली। प्रायः सभी छोटे गाँवों में ऐसे कुछ लोग होते हैं, जो अपनी मेहनत के द्वारा कुछ हासिल कर प्रगति कर बड़े शहरों में बस जाते हैं। ऐसे लोग प्रायः दिवाली में अपने मूल गाँव में रिश्तेदारों से मिलने, खेती-बाड़ी के रख-रखाव का जायजा लेने आते हैं। मैंने दिवाली से पहले अपने गाँव के ऐसे कुछ लोगों को भावना से ओत-प्रोत पत्र लिखा और गाँव के नवयुवकों के लिए कुछ करने का आह्वान किया। कईयों ने बहुत सकारात्मक प्रतिसाद दिया। दिवाली में मैंने गाँव में छोटी मीटिंग की। चंद घंटों में कुछ हजार रुपए इकट्ठा हो गए। नवयुवकों का 'सृजन' ग्रुप तैयार हुआ। गाँव के बाहर के हनुमान मंदिर की सफाई की गई। पुस्तकें खरीदी गईं। भाग्यवश उसी वक्त पुलिस की भरती का विज्ञापन आ गया। हमने निश्चित किया कि पहली लड़ाई यहीं से शुरू करेंगे। गाँव के कुछ बुजुर्ग लोगों ने नवयुवकों के मार्गदर्शन का जिम्मा उठाया। राजू बापू ने संपूर्ण समर्पण भाव से युवकों का मार्गदर्शन करना शुरू किया। गाँव के कईयों को इतना भी विश्वास नहीं था की गाँव के नवयुवक पुलिस में भरती हो सकते हैं। इसमें उनका दोष न था। न्यूनता की भावना से भरी परिस्थिति का वह दोष था। लेकिन नवयुवक अब रुकनेवाले नहीं थे। एक तरफ अभ्यास और दूसरी तरफ कसरत! उनका अपना छोटा संघर्ष देख मुझे 'लगान' की क्रिकेट की तैयारियाँ करने वाली गाँव की टीम ही नजर आती थी।

सारी निरुद्देश और अर्थहीन गतिविधियों से उन नवयुवकों ने खुद को आजाद किया। नवविश्वास के झरने में वे जी भर तैर रहे थे। सर पर तड़पता सूर्य और बंजर जमीन उनके इन प्रयत्नों के साक्षी थे। वे लड़ रहे थे, एक-दूसरे का हाथ पकड़कर आधार दे रहे थे। प्रकृति की कोई अनजानी, अदृश्य शक्ति उनका साथ दे रही थी। शुरू में उनपर हँसनेवाले भी अब उनके अथक प्रयत्नों का आदर करने लगे थे। गाँव के बड़े बुजुर्ग अपनी थकी आँखों में जगी आशा की किरण के साथ इन नवयुवकों की लड़ाई देख रहे थे, मन-ही-मन उनको आशीर्वाद दे रहे थे।

फिर कुछ दिनों बाद इम्तहान का दिन आया। पाठशाला के बाहर का ये पहला

इम्तिहान! वे जी जान से लड़े। इम्तहान देकर बड़ी संतुष्टता से घर वापस आए। पहली बार उनके मन में विश्वास जगा कि हम कम-से-कम लड़ाई लड़ तो सकते हैं। फिर कुछ दिनों बाद नतीजे आए। पहले ही लड़ाई में चौदह युवक सफल रहे! सारा गाँव मानो खुशी की लहर से झूम उठा। मुझे पता था कि पुलिस में भरती होना बहुत-बहुत ही छोटी सफलता थी, लेकिन उनके लिए वह बहुत बड़ी थी। ये जो सिलसिला शुरू हुआ, वो अभी तक थमा नहीं है। क्या आप कल्पना कर सकते हैं कि केवल दो वर्षों में हमारे छोटे से गाँव के साठ युवक किसी-न-किसी इम्तिहान में सफल रहे? यह बिलकुल सही है कि वे किसी ऊँचे पदों पर नहीं गए, यह संभव भी नहीं था। मेरा मानना है कि हर सफलता सापेक्ष होती है। वह उसपर निर्भर करती है कि, उन युवकों ने अपनी दौड़ कहाँ से शुरू की। यह नवयुवक शिक्षा के क्षेत्र में दूसरों से करीब दस-बारह साल पीछे थे। अत्यंत निम्न स्तर की प्राथमिक शिक्षा ने उन्हें शिक्षा की ही नहीं, बल्कि जिंदगी की दौड़ से ही बाहर कर दिया था। जीवन में दौड़ है भी या नहीं, यह भी उन्हें पता न था। उनको जगाना ही बड़ा मुश्किल था। फिर भी वे उठे, जाग्रत् हुए और उन्होंने अपनी लड़ाई लड़ी।

इसलिए मेरी या उनकी कहानी केवल एक व्यक्तिमात्र की कहानी नहीं रहती। वह कहानी होती है मनुष्यजाति की उस क्षमता की, जिससे वह लड़ सकते हैं। वह कहानी बताती है मनुष्यमात्र के उन गुणों की दास्ताँ, जिससे वह खुद को पूर्णतः बदलकर अपने जीवन में सच्चे अर्थ की खोज करता है।

उपरोक्त सारे कथन का एकमात्र उद्देश्य यही है कि इन समस्त युवाओं के मन में एक सुप्त-अवसन्न इच्छा, महत्त्वाकांक्षा अस्तित्व में थी। किसी राह निकल जाने की चाह अवश्य थी, परंतु न राह दिख रही थी और न ही कोई मार्गदर्शक। ऊर्जा अवश्य थी, परंतु सृजन का मार्ग और उद्देश्य के प्रति संभ्रम था। अपनी क्षमताओं के प्रति गहरी आशंकाएँ थीं। बड़ी-बड़ी सफलताएँ प्राप्त किए व्यक्ति उन्हें दिखाई अवश्य दे रहे थे, पर वे किसी दूसरी गिट्टी में दृढ़ थे…'अपने' प्रतीत न हो रहे थे…

…उन्हें शायद किसी ऐसे 'अपने' की खोज थी जिसने बड़ी ऊँची सफलता तो प्राप्त की हो…लेकिन वह अपनी मिट्टी में पला-बढ़ा हो…अपने जैसा ही रहन-सहन…बोल-चाल भी अपनी…जिनसे वह जूझा वे समस्याएँ भी अपनी समस्याओं सी…अपनी मिट्टी का…अपने आकाश की छाँह का…अपनी ही उम्र का…हमारी सतह पर, हमारे स्तर को समझकर हमारी सुननेवाला हमारा बड़ा भाई बनकर हमारी पीठ सहलाता हुआ…

…तब उन्होंने इससे वाकई लाभान्वित होने में कोई कसर न छोड़ी। उनके जीवन में, उनकी सोच में सकारात्मक बदलाव आए। परंतु यह बात तो केवल पाँच-छह सौ युवक-युवतियों की है। औरों का क्या? ऐसे हजारों लाखों युवक हैं जो किसी अँधियारे, सीलन भरे कोने में, अपने सपनों के साथ छटपटा रहे होंगे…उनके अंदर रही अमर्यादित

सृजनशक्ति, अभिव्यक्ति के अभाव में उनके मन में ही छटपटाकर दम तोड़ रही होगी। इश्तहार देखकर जो भी पद होगा, उसका फार्म भरना, किताबों की दुकान में जाकर 'प्रतियोगिता परीक्षा की पुस्तक' की माँग करना। जो भी पुस्तक उपलब्ध होगी, उसे खरीदना, जैसे-तैसे पढ़ना, कुछ मुद्दे कंठस्थ कर लेना और जैसे-तैसे परीक्षा के परचे लिख डालना, बस! इन अधूरे प्रयासों का नतीजा तो पहले से ही तय हैं···तब अपनी हार, अपनी निराशा को छिपाने के लिए भ्रष्टाचार, धाँधली, घूसखोरी आदि के चर्चे करते हुए सौ-सौ झूठ बोलना। एक बार इस दुश्चक्र में फँसा युवा वर्ग इससे उबरकर बाहर निकले इसीलिए···इसीलिए मेरी यह अक्षर-यात्रा उन सभी युवा वर्ग के मेरे भाई-बहनों को उबारने की सफल चेष्टा कर रही है। उन सभी को शब्दों का आधार मिले, अपनी तरुणाई की, जीवन की सार्थकता किस में निहित है, इसका मार्गदर्शन मिले···वे सकारात्मक सोच से लाभान्वित हों, बस यही मन:पूर्वक उद्देश्य है मेरा··

मैं वाकई यही इच्छा रखता हूँ कि मेरी सफलता के मार्ग में जो समस्याएँ उपजीं, जो रोड़े आए, उन सभी से मेरा युवा वर्ग पहले से ही परिचित हो सके, आगाह हो सके। जीवन के प्रसन्न एवं स्फूर्तिदायक अनुभवों से परिचित हो वे भी अनुभव लें···यही कार्य है इस अक्षर-यात्रा का।

मेरे समूचे लेखन में शायद कलात्मकता का, प्रभावी शब्दों का अभाव अवश्य होगा, परंतु मेरे विचार, मेरी भावनाएँ आप तक पहुँचाने का मेरा मानस, मेरा मार्ग सच्चा है। मैंने अपने बारे में जो कुछ भी लिखा है, वह यथार्थ है, सत्य है। मैंने आत्मस्तुति, आडंबर को और अतिशयोक्ति को कोसों दूर रखा है। आध्यात्म एवं दर्शनशास्त्र के जिस व्यावहारिक रूप को मैंने प्रस्तुत किया है, वे मेरे अपने अनुभव हैं। मेरे मन को जो भाया, जहाँ से प्रेरणा मिली, जो अनुभव किया, वही लिखा मैंने। महापुरुषों, संतों के जो वचन मैंने लिखे हैं, वे भी मेरे अनुभवों पर आधारित हैं। मूल मराठी पुस्तक के हिंदी भावानुवाद करने के लिए श्रीमती मीरा नांदगांवकर ने जो परिश्रम किए, उसके लिए मैं उनका आभारी हूँ। हिंदी पांडुलिपी तैयार हो जाने के बाद इस भावानुवाद में जिस भाव जागृति की मुझे अपेक्षा थी, वह सही तरीके से उतरी है अथवा नहीं इसे जाँचने का कार्य पूरी निपुणता से श्री अशोक नांदगांवकरजी ने किया है। उनके सहयोग के बिना यह कदापि पूरा न होता। किंबहुना श्रीमती मीरा एवं श्री अशोकजी ने इस पुस्तक को अपने जाये शिशु की तरह सजाया-सँवारा और अपनी गोद में हुलराया भी।

संगमनेर के प्रवीण (आप्पा) कुलकर्णी अपना तन और मन लगाकर मूल मराठी पुस्तक के निर्माण में मेरी पूरी सहायता न करते तो शायद यह पुस्तक हिंदीभाषियों के लिए उपलब्ध ही न होती। मैं उनके ऋण में रहना ही पसंद करूँगा। लेखक के विचार पाठकों तक पहुँचाने का अत्यंत मौलिक एवं महत्त्वपूर्ण काम किया जाता है पुस्तक प्रकाशक के

द्वारा। वह लेखक और पाठकों के बीच की कड़ी है।

महाराष्ट्र के संगमनेर शहर स्थित श्री राजेशजी मालपानी और उनके बंधू श्री संजयजी मालपानी हमेशा मेरी साहित्यकृति के जनम में अमूल्य बौद्धिक योगदान देते रहे हैं। मैं उनके प्रति हार्दिक आभार प्रकट करता हूँ। श्री शिवाजीराव कृदत्त ने हिंदी संस्करण के लिए मुझे प्रोत्साहित किया, उसके लिए मैं उनका भी आभारी हूँ।

शब्दों में अपार शक्ति होती है। जीवन को पूर्णतया बदल डालने की ताकत शब्दों में होती है। सारी निराशा को, आलस्य को दूर करने की क्षमता उनमें होती है। तमाम अवगुणों को जलाकर, भस्म कर, अंतर्मन की शक्ति को जाग्रत् करने की शक्ति, क्षमता शब्दों में होती है।

इस लेखन का एकमात्र उद्देश्य यही है कि शब्द तथा अनुभव की जुगलबंदी के आसरे, युवाओं के भले के लिए मेरा मस्तिष्क कार्य करे और अपने अनुभवों के द्वारा 'वे' भी अपनी धरती और अपना ही आकाश खोजने में सफल हों···बस, मात्र इतनी ही प्रेरणा मिले, इस अक्षर-यात्रा के माध्यम से···

उठो, जागो और ध्येयसिद्धी की राह पर अविरत चलते रहो।
जब तक ध्येय प्राप्त न हो, रुको मत।'—स्वामी विवेकानंद

अक्षर यात्रा आपके सम्मुख है।

—संदीप कुमार सालुंखे

अनुक्रम

23 जून, 1992

एक अभिमंत्रित दिन

22 जून, 1992…हमेशा की तरह उगा एक दिन। सभी के लिए एक आम, सामान्य दिन। परंतु मेरे जीवन में आया सुखद अनोखा दिन।

उस दिन कुछ बारिश हो गई थी, सो वातावरण में नमी थी। दूसरे दिन, यानी 23 जून को मेरा दसवीं का नतीजा निकलने वाला था। मैं उन्मुक्त था। आनेवाले नतीजे के प्रति मेरे मन पर कोई दबाव न था।

सुबह पिताजी अचार के लिए कच्चे आम लाए थे। उन्हें मैंने सुबह ही काटकर उनके टुकड़े कर रखे थे। दोनों हथेलियाँ लाल हो गई थीं। मैं कुछ थक भी गया था। कच्चे आम के टुकड़े माँ ने एक कपड़े पर जरा सूखने के लिए फैला रखे थे। सुबह की जरा सी बारिश की वजह से वातावरण उमस भरा था। दोपहर का खाना खाकर मैं वहीं, आम के टुकड़ों के पास लेट गया था। मैं हाफ चड्डी पहने सो रहा था।

शायद दोपहर का एक बज गया था। मैं ऊँघ रहा था। दरवाजे पर हलकी सी दस्तक सुनाई दी। आँखें मलते हुए, मैंने दरवाजा खोला। देखा कि मेरे सामने हमारे दो शिक्षक खड़े थे…।

अपने घर जब स्कूल के मास्टरजी अचानक आ जाते हैं तब, आमतौर पर दसवीं के छात्र के मन में जो अचरज भरा डर समा जाता है, वह मेरे मन में भी जागा। यानी किसी शैतान छात्र को समझाने हेतु अथवा डाँट-डपट के लिए किसी शिक्षक द्वारा घर बुलवाना उचित, संयुक्तिक है, परंतु यहाँ तो साक्षात् दो गुरुजन मेरे घर पधारे देख मैं चकित रह गया।

'क्या हुआ है भला?' इसी आशंका में डूबा मैं पल भर हाफ चड्डी में ही ठगा सा

खड़ा रहा। फिर उन्हें 'अंदर आइए न?' कहकर तुरंत दूसरे कपड़े पहनने लगा। परंतु वे दरवाजे पर खड़े रहकर ही बोले, "बेटा संदीप, तुम बोर्ड की मेरिट में आए हो!" इसे सुनते ही मैं हक्का-बक्का रह गया। मेरी साँस थम सी गई। लगा कि सारी दुनिया ही थम सी गई है। बिलकुल गहरे अंतर्मन से उठती अतीव प्रसन्नता की वह लहर थी।

दोनों सर बैठे। पानी पिया और बोले, "पुणे बोर्ड से जलगाँव जिला परिषद् में, वहाँ से पंचायत समिति में और वहाँ से स्कूल में फोन आया था कि तुम्हें अपने माता-पिता के साथ कल ठीक ग्यारह बजे पुणे बोर्ड की इमारत में बुलाया गया है।" मैं तुरंत दौड़कर अंदर गया और माँ को बड़ी धीमी आवाज में और बड़ी खुशी के साथ अपनी मातृभाषा 'अहिराणी' में कहा—

"आबई! मी बोर्डामा ऊनु आनि आपले बठ्ठास्ले पुणाले सत्कारनासाठे बलायेल शे!"

आबई की आँखें खुशी से छलक उठीं। वह धीमे से बाहर आई। गुरुजनों ने उसे यह खुशखबरी सुनाई। तब उसने बड़े ही कौतुक से मेरी ओर देखा। अपने दुबले-पतले बेटे की ओर 'कितना होनहार पुत्र!' के स्नेहभरे भाव से देखते हुए उसका चेहरा कृतार्थ भाव से दमक उठा।

परंतु पिताजी! वे तो गए थे दूर अपने पिलोदा के स्कूल में। उन्हें संदेसा देना था। पर कैसे? तब सर बोले, "हम ऐसा करते हैं कि उन्हें स्कूल से लिवाने एक रिक्शा भेज देते हैं।" इतना कहकर, दोबारा मुझे बधाई देकर दोनों सर निकल गए। उनके जाते ही मैं दौड़कर पड़ोस में अपने मित्र सुनील पवार (अब PSI) के घर गया। वह गहरी नींद में सो रहा था। उसे झकझोरते हुए जगाया और कहा, "अरे, मैं मेरिट में आया हूँ।" वहाँ से निकला और पिताजी की पुरानी साइकिल पर सवार हो मेरे पक्के दोस्तों—जीतेंद्र अग्रवाल और रामकृष्ण पाटील को यह खुशी की खबर देने पूरे वेग से निकल पड़ा। तुरंत लौट भी आया।

अब बारिश भी शुरू हो गई थी। मेरी कॉलोनी में यह खबर फैल गई। धीरे-धीरे उस छोटे से शहर (गाँव ही) में सब को पता चल गया कि संदीप मेरिट में आया है। बारिश की बौछारों में मेरी काया भीग गई थी···और मन को खुशी की फुहारों ने भिगो दिया था।

सर ने जो रिक्शा पिताजी को लिवाने भेजी थी, उसके पहुँचने से पहले ही पिताजी दूसरी रिक्शा से निकल चुके थे। वह रिक्शा लौट पड़ी। रेल का फाटक बंद था राह में, अत: वहाँ उस रिक्शावाले से पिताजी की मुलाकात हो गई और वे उस रिक्शा में बैठ घर लौटे। यहाँ पूरी गली में खबर फैली ही थी। खुशी का माहौल था।

यदि सुबह पुणे पहुँचना है, तब शाम की बस से निकलना जरूरी था। उन दिनों अमलनेर से पुणे के लिए सिर्फ एक ही बस थी, पुणे-चोपड़ा बस। घर में विचार-

विनिमय शुरू हो गया।

बोर्ड की तरफ से माता-पिता दोनों ही निमंत्रित थे। पर माँ ने कहा कि "मैं वहाँ जाकर क्या करूँगी? मेरा वहाँ क्या काम? तुम दोनों, बाप-बेटा हो आओ।" फिर वही तय हुआ।

मैं और पिताजी शाम को बस अड्डे पहुँचे। बारिश झिमझिमा रही थी। मेरी खुशी का कोई पारावार न था। जो सफलता मेरी सोच से भी परे थी, वह अनदेखा सपना सहज ही पूरा हो गया था। मैं बोर्ड की मेरिट में आ गया था। मन-ही-मन हिसाब कर रहा था कि मेरा कौन सा नंबर होगा भला? शायद दसवाँ होगा लगता है, पहले दस छात्रों को सत्कार के लिए बुलवाया जाता होगा! मैं मन-ही-मन सभी विषयों के प्राप्त नंबरों का अंदाजा लगा रहा था। अंग्रेजी में इतने, मराठी में इतने शायद कुल 92-93 प्रतिशत ! यानी मेरा स्थान पाँचवाँ भी हो सकता है। मैं अपनी ही तंद्रा में था, तभी 'बधाई हो' शब्द मेरे कानों से टकराए। देखा तो मेरे चाचा डी. एल. सालुंखे मेरे पास खड़े थे। स्टेट ट्रांसपोर्ट महकमे में वे डिपो मैनेजर थे उस समय। वहाँ पिताजी के पहचान के और भी कुछ लोग थे। सभी के मतानुसार यह तय हुआ कि यदि बोर्ड ने बच्चे को अपने माता-पिता के साथ बुलाया है, बहुत बड़ी खुशी का मौका है, बड़े गर्व का मौका है, ऐसे मौके जीवन में बार-बार नहीं आते हैं, इसीलिए माँ का भी साथ होना जरूरी है।

मैं वैसे ही भीगता हुआ घर दौड़ गया। माँ से कहा, "तुम्हें चलना ही होगा माँ!" माँ ने जल्दी से दो-चार कपड़े थैली में रखे और हम दोनों भीगते हुए पैदल बस अड्डे पहुँचे। बस अड्डे के अधिकारियों ने तब तक बस को रोके रखा था।

कंडक्टर के पास की तीन सीटों—सैंतीस, अड़तीस, उनतालीस नंबर पर हम विराजमान हो गए। मैं खिड़की के पास बैठ गया। बस, अड्डे के पास रहे होटलों, विजय

माँ और पिताजी के साथ पुणे की ओर— सत्कार के लिए।

मारुति मंदिर, मार्केट, आर.के. पटेल कॉलोनी को पार करती हुई आगे बढ़ रही थी। बाहर मूसलाधार बारिश हो रही थी। खिड़की बंद थी पर फिर भी बौछारों का पानी अंदर चू रहा था और हम तीनों को भिगो रहा था। साथ में बैठे मेरे माता-पिता का मन तो पहले से ही संतुष्टि से सरोबार था। हम तीनों जीवन में पहली बार पुणे जा रहे थे। इस खुशी के मौके पर हम पहली बार इस नगरी के दर्शन करने वाले थे।

और हाँ, एक खास बात! मैंने अपने इस विशेष सत्कार हेतु नया ड्रेस भी साथ रख लिया था। गहरे लाल चौखानों वाली शर्ट! चमकदार जामुनी रंग की पैंट और पैरों में सादे स्लीपर।

फिर दिमाग में नंबरों, स्थान का खेल शुरू हो गया। गणित में कितने? कहाँ एक नंबर कटा होगा? अंग्रेजी में कितने? प्रतिशत नंबर कितने? नब्बे, बानबे, चौरानबे? कौन सा स्थान? दसवाँ, पाँचवाँ या तीसरा··· ? अब बस ने धूलिया पार कर लिया था। अनजान रास्ता, अनजान खेत! दिमाग में विचारों का घमासान!

कल पुणे से लौटने पर मेरे अपने गाँव में मेरी कैसी प्रशंसा, गुरुजनों के प्रसन्न, धन्य भाव वाले चेहरे! दोस्तों की खुशियाँ! इन तमाम कल्पनाओं से मन तृप्त···खुश··· ! बाहर अँधियारा घना होता हुआ। रास्ता अँधेरे में खो गया। बस के अंदर की बत्ती भी बंद कर दी गई। अब बची थी सिर्फ आवाज···दौड़ती बस की आवाज···बरसते पानी की आवाज। धीरे धीरे झपकियाँ आने लगीं। माँ के कंधे पर सर रखकर कब नींद लग गई, पता नहीं! माँ की ममता भरी गरम स्नेहिल हथेली के स्पर्श की अनुभूति माथे पर, गालों पर होती रही और धीरे-धीरे मैं नींद के अधीन होता गया। समस्त मनोव्यापार थम गए···बस पुणे की ओर दौड़ती रही।

□

दसवीं बोर्ड में सर्वप्रथम

सुबह के पाँच-साढ़े पाँच बजे होंगे जब हमारी बस पुणे के शिवाजीनगर बस अड्डे पर पहुँची। उनींदी आँखों को मलते हुए हम बस से नीचे उतरे। अड्डे के समीप ही एक साधारण से लॉज में हमने एक कमरा लिया। जल्दी से नहा-धोकर हमने एक होटल में चाय पी ली। हमारे गाँव के कुछ जाननेवाले लोगों ने हमें बतलाया था कि माध्यमिक शिक्षा मंडल (यानी एस.एस.सी. बोर्ड) की इमारत बस अड्डे से करीब ही है। हम वहाँ करीब सात बजे पहुँच गए। उस समय मेरा जो हुलिया था, उसका वर्णन क्या करूँ? सच तो यह कि मैं बिलकुल देहाती बावला लड़का नजर आ रहा था। सिर्फ नजर नहीं आ रहा था, बल्कि देहाती ही था। लाल रंग का चौखानों वाला शर्ट! जामुनी रंग की पतलून! पतलून में शर्ट खोंसा हुआ! पैरों में सादे रबर के स्लीपर! पर उस समय किसी भी अभाव अथवा कमी की भावना मन में जाग्रत् भी न हुई थी। मन में यही भाव बना रहा कि अपनी वेशभूषा, अपनी बुद्धिमानी तथा अपने व्यक्तित्व का आपस में कोई संबंध नहीं होता है। सच तो यह कि मैं देखने में कैसा हूँ, यह भावना तब तक जाग्रत् ही न हो पाई थी। आज की भाषा में कहूँ तो, उस समय मैं अपने प्रति जरा भी conscious न था। मेरे पास था सिर्फ अपना शुद्ध निर्मल अस्तित्व! अपनी सफलता की खुशी! अपने प्रति रहा सर्वोचित सार्थ आत्मसम्मान…!

बोर्ड की इमारत के गेट के पास हम तीनों सुबह-सुबह जा पहुँचे। चौकीदार ने बाहर ही रोका। हम तीनों का देहाती हुलिया देखकर उसके मन में यह विचार भी न आया होगा कि यह बावला लड़का बोर्ड की मैरिट लिस्ट में दर्ज होगा और इसीलिए अपने माँ-बाप के साथ यहाँ आया होगा। हमें देखकर वह झल्लाया, 'नतीजा ग्यारह बजे निकलेगा…अभी देर है…बाद में आना।'

हमारे पास हमारे स्कूल के हेडमास्टर साहब की चिट्ठी थी, पर चौकीदार को वह चिट्ठी दिखाने की हिम्मत हम जुटा न पाए। हम वहीं बाहर के कंपाउंड की दीवार के

सहारे खड़े रहे। समझ नहीं आ रहा था कि क्या करें? एक–दूसरे का मुँह ताकते वहीं खड़े रहे।

करीब साढ़े आठ बजे एक मारुति कार गेट के पास आई। चौकीदार ने दौड़कर गेट खोला। गाड़ी अंदर निकल गई। हमारी समझ में आ गया कि आए हुए महाशय कोई बड़े अफसर हैं। पिताजी ने हिम्मत जुटाकर चौकीदार से कहा कि हमें यहाँ बुलवाया गया है, और वह चिट्ठी उसे थमा दी। वह चिट्ठी लिये दौड़कर साहब के पास गया। उनकी आपस में कुछ बात हुई। तुरंत चौकीदार दौड़ा–दौड़ा आया, गेट खोला और हम तीनों को अंदर ले गया।

साहब के आदेशानुसार एक चपरासी आया और हम तीनों को लिफ्ट की ओर ले गया। जिंदगी में पहली बार लिफ्ट देखी। जब लिफ्ट हलके से झटके के साथ ऊपर उठी तब पेट में डर का गुब्बारा भी उठा। कौतुहल एवं आश्चर्य से हमारी आँखें फैल गईं। दूसरी या तीसरी मंजिल पर हम एक कमरे में पहुँचे। यह क्या चल रहा है, समझ से परे था। दिमाग में मेरिट के नंबरों का खेल शुरू हो गया—क्या दसवाँ? या पाँचवाँ? या फिर तीसरा?

हम तीनों बिलकुल चुप थे। माध्यमिक शिक्षा मंडल की उस भव्य इमारत को देखकर, बढ़िया कार्यालयों को देखकर हम हकबका गए थे। एक अनामिक सा तनाव हम तीनों के मन–चेहरों पर छा गया था। उस समय 'महाकाय' प्रतीत होने वाली उस इमारत में हम अपने आपको बहुत ही बौना महसूस कर रहे थे।

उसी समय वे ही साहब हमारे पास आए। उनके हाथों में मिठाई का बक्सा था। उन्होंने अपने हाथों से मुझे मिठाई खिलाई। अगले ही पल वे जो कुछ कहने जा रहे थे, वह मेरी कल्पना से परे था। वह ऐसी बात कहने वाले थे जिस पर मैं शायद ही विश्वास कर पाता! मुझ में रही तमाम कमियों, खामियों की भावनाओं को जड़ से उखाड़ देने वाले वे शब्द उनके मुख से झरने वाले थे। मिठाई मेरी जबान पर अभी रखी ही थी कि वे बड़े स्नेह से, आत्मीयता से बोले,

"बेटे संदीप, तुम दसवीं की मेरिट लिस्ट में, पुणे बोर्ड में
सर्वप्रथम आए हो''तुम्हारा हार्दिक अभिनंदन!"

वे शब्द वाकई मेरे दिमाग, मेरे शरीर के प्रत्येक कण को, प्रत्येक अणु को रोमांचित करते हुए, झँकारते हुए मुझ में भिनते गए। पल भर के लिए समस्त वस्तुओं, व्यक्तियों को शून्यवत अनुभव किया मैंने! पिछले पंद्रह वर्षों का लेखा–जोखा उजागर हो उठा। गाँव–खेड़े में पाई सातवीं तक की शिक्षा! चहुँओर से अभावों से घिरी जिंदगी! प्रेरणाओं के अभाव से घिरा वातावरण! एक साधारण से शिक्षक की संतान जब पहली बार इतना सबकुछ पा ले, तब और क्या अवस्था होगी भला उसकी?

इतने बड़े महाकाय शिक्षा संस्थान में, लाखों की तादाद में रहे विद्यार्थियों, प्रतिस्पर्धियों में अव्वल! दसवाँ नहीं, पाँचवाँ नहीं, तीसरा भी नहीं…सीधे पहला नंबर! न तो प्रतिष्ठित स्कूल, न ही किसी प्रकार की सुविधाएँ, किसी का व्यक्तिगत मार्गदर्शन भी नहीं। किसी भी प्रकार की कोई अनुकूलता नहीं…एक गाँव-खेड़े में पला-बढ़ा एकदम देहाती बालक…और पूरे बोर्ड में अव्वल!…असंभव…अविश्वसनीय…मन मानने को तैयार नहीं!

शायद किसी एक विषय में अव्वल…शायद ग्रामीण विभाग में अव्वल! मैं चकरा गया था। पागल सा मैं उन साहब से पूछ बैठा—

"कैसे मालूम? मैं अव्वल कैसा?"

वे मुसकराए और मेरे अंदर उमड़ रहे तूफान को भाँप गए। वे तुरंत अंदर कमरे में गए और एक छोटी पुस्तक ले आए, जिसमें अव्वल एवं मेरिट में आए विद्यार्थियों की तालिका छपी थी। उन्होंने उसे खोला। पहला ही नाम—'संदीपकुमार रतन सालुंखे, गंगाराम सखाराम हाईस्कूल, अमलनेर-सर्वप्रथम!' पिछले कितने ही घंटों से मन में घुमड़ रहा तूफान एकदम से थम सा गया। दसवाँ नहीं, पाँचवाँ नहीं, तीसरा भी नहीं…पहला स्थान! मात्र पहला स्थान! मन ने शांति का अनुभव किया। संभ्रम के बादल छँट गए। आकाश स्वच्छ-निर्मल हो गया मन का।

वहाँ के अधिकारियों ने कहा कि इस खुशखबरी को ग्यारह बजे तक गुप्त रखना है। किसी से कुछ कहना नहीं है। और हमें आस-पास घूमने की इजाजत भी उन्होंने दे दी। हम लिफ्ट से नीचे आए। देखा कि टी.वी. के कैमरे, रेडियो रिकॉर्डिंग सिस्टम आदि को ऊपरी मंजिल पर ले जाया जा रहा है। यानी…यानी अब मैं भी लोगों को टी.वी. पर दिखाई देने वाला हूँ। रेडियो पर मेरे बारे में खबरें दी जाएँगी! इस कल्पना मात्र से मेरा मन आकाश में तैरने लगा था।

हम इमारत से बाहर आए। मन का सारा बोझ हवा हो गया था। मेरी दबी आवाज भी अब खुल गई थी। कृत्रिम शिष्टाचारों के तनाव से मैं मुक्त हो गया था। खुशी से उछलते-कूदते मैं, हम, होटल पहुँचे। अपने बेटे की असीम सफलता से पिताजी भी बहुत ही खुश थे। होटल में बढ़िया नाश्ता करवाकर उन्होंने अपनी खुशी का इजहार कर डाला।

साढ़े दस के करीब हम फिर बोर्ड की इमारत के पास हाजिर हो गए। नीचे बहुत सारी भीड़ जमा हो गई थी। नतीजा जानने हेतु उत्सुक विद्यार्थीगण, साथ में उनके अभिभावक, मेरिट में स्थान पाए विद्यार्थी, शिक्षक, पत्रकार और प्रेक्षकों आदि का जमघट लग गया था। हम ऊपरी मंजिल पर आए।

शिक्षा मंडल का सभागृह बढ़िया तरीके से सुशोभित किया गया था। सामने ही वीणाधारिणी माँ सरस्वती की मूर्ति स्थापित की गई थी। शुभ्र वस्त्रों में रही प्रसन्न मुख, माँ सरस्वती! उनके गले में सुगंधित पुष्पहार। अगरबत्तियों की भीनी सुगंध से सभागृह

का वातावरण और भी पुलकित हो उठा था। मूर्ति के ठीक सामने थी अधिकारियों की आसन व्यवस्था। पास ही मेधावी छात्र, छात्राओं की आसन व्यवस्था। दाईं ओर छात्रों के अभिभावकों की कुरसियाँ सजी थीं। बाईं ओर पत्रकारों एवं छायाकारों का मेला था।

मेधावी छात्रों के लिए रखी आरक्षित कुरसियों में से एक कुरसी पर मैं जा बैठा। बढ़िया नागरीय वातावरण में मैं बिलकुल ही देहाती-बावला नजर आ रहा था। जो अधिकारी मुझे जान गए थे, उनके अलावा किसी का भी मेरी ओर ध्यान न था। बीच-बीच में एकाध फ्लैश दमक जाता और मैं व्याकुल हो बौखलाकर इधर-उधर देखने लगता। मन में कहीं गहरे यह बात पैठ गई थी कि मैं बोर्ड में प्रथम स्थान पाने के लायक हूँ ही नहीं! अपना व्यक्तित्व इस लायक है ही नहीं। मन-ही-मन डर गया था मैं। लगा कि मुझे अव्वल नहीं, बल्कि तीसरे, चौथे स्थान पर होना चाहिए था। परंतु बोर्ड परीक्षा में अव्वल आए विद्यार्थी के व्यक्तित्व का प्रभाव पड़ सके ऐसी ढिठाई का, धृष्टता का मुझमें अभाव ही था। मेरी न्यूनत्व की भावना और गहरी होती जा रही थी। मन पर तनाव बढ़ता जा रहा था।

अचानक सभागृह का सारा कोलाहल थम गया। नतीजे की घोषणा हेतु पत्रकार परिषद् आरंभ हो गई थी। पत्रकार अपनी लेखनी के साथ तैयार थे। कैमरे भी तसवीरों के उतारने के लिए उत्सुक। मेरी साँस रुकती सी। शुरू में कुल सफल छात्र-छात्राओं का प्रतिशत, विषय निहाय उत्तीर्ण विद्यार्थियों का प्रतिशत आदि की घोषणा में पाँच-सात मिनट बीत गए। फिर सिलसिला शुरू हुआ मेरिट का। बोर्ड में तीसरे स्थान पर, दूसरे स्थान पर कौन! उनके नाम! स्कूल का नाम! जिले का नाम आदि! लड़कियों में सर्वप्रथम''' पिछड़ी जाति में सर्वप्रथम''' । सारा कुछ घोषित हो गया और अंत में घोषणा हुई'''“पुणे बोर्ड की मेरिट लिस्ट में सर्वप्रथम स्थान पाया है'''

‘संदीप कुमार रतन सालुंखे’, गंगाराम सखाराम हाईस्कूल, अमलनेर, सर्वप्रथम!

समूचा सभागृह तालियों की गूँज से भर गया। कैमरों के अनगिनत फ्लैशों से सभागृह जगमगा उठा। सारा सभागृह अनोखे प्रकाश से भर गया और अचानक मेरा मन तनाव से मुक्ति पा गया। मैं अपनी कुरसी से उठा और व्यासपीठ की ओर बढ़ गया। फूलों के सुंदर गुलदस्ते तथा उपहार के साथ मेरा सत्कार किया गया। दोबारा अनगिनत फ्लैशों की जगमगाहट! सत्कार समारोह आगे चलता रहा। दूरदर्शन के लिए मेरा साक्षात्कार हुआ। रेडियो के लिए माँ के साथ मेरे साक्षात्कार का आयोजन सफल रहा। बाद में ‘इंडियन एक्सप्रेस’ के पत्रकारों (दुर्भाग्य से अब उनके नाम भूल गया हूँ।) ने पुणे में आयोजित अन्य सभी साक्षात्कारों के लिए, सत्कारों के लिए मोटर की व्यवस्था उपलब्ध करवा दी। सारा दिन कार्यक्रम होते रहे। सभी जगह मैं प्रगल्भ भाषण देने में सफल रहा। पत्रकार परिषद् में निर्भीक हो सभी सवालों के सटीक जवाब भी दिए मैंने। परीक्षा पद्धति

पर अपने विचार प्रस्तुत किए, जिसमें इस पद्धति कि आलोचना भी थी।

सभी ने मेरी भूरि-भूरि प्रशंसा की। बाहर बारिश तेज थी। मुझ पर भी शुभेच्छाओं एवं प्रशंसा की बौछारें बरस रहीं थीं। इन तमाम स्नेहभरी घटनाओं, समारोहों एवं प्रशंसाओं में मेरा मन प्रसन्नता में डुबकियाँ लगा रहा था। और···और उधर मेरे माता-पिता की आँखें अनगिनत यादों की वजह से निरंतर झर रहीं थीं।

इस समय तक अमलनेर में यह शुभ समाचार पहुँच गया था। शाम सात बजे के समाचार सुनने हेतु मेरी दीदी रेडियो के पास बड़ी आतुर हो बैठी थी। मेरी असीम सफलता का शुभ समाचार सुनकर खुशी के मारे उसकी आँखें छलक-छलक गईं। वाकई, अतीव आनंद, बहते आँसुओं के जरिए ही सही मायनों में उमड़ पड़ता है।

समूचे जलगाँव जिले में···और खासकर अमलनेर और उसके आस-पास के परिसर में यह खबर तेजी से फैलती गई···इतिहास में नया पन्ना जुड़ गया था···आदरणीय स्वर्गीय साने गुरुजी के कर्मों से पावन हुई ज्ञानभूमि ने, पुणे माध्यमिक शिक्षा मंडल पर अभूतपूर्व सफलता का झंडा गाड़ दिया था। मेरे स्कूल को रोशनाई से सजाया गया था···

संध्या समय हम तीनों पुणे-चोपड़ा बस से लौट रहे थे। सारा कुछ कल जैसा ही

कल के और आज के संदीप में बहुत बड़ा फर्क आ गया था···

था। वही बारिश! वही रास्ता! वही बस, परंतु कल के संदीप में और आज के संदीप में बहुत फर्क था। कल का संभ्रमित संदीप और आज का निश्‍चित मन संदीप! कल मन - देहबोली में बहुत कुछ कमी थी, परंतु आज आत्मविश्‍वास से भरपूर संदीप! कल का शर्मीला संदीप और आज मजबूत इरादों का संदीप! कल स्वयं से कोई उम्मीद न थी, परंतु आज कंधों पर अपेक्षाओं का बोझ! कल तक मैं एक अदना सा नगण्य व्यक्ति था और इसीलिए मेरे मन पर अपेक्षाओं का कोई बोझ न था। एक तरफ मन की आजादी और दूसरी तरफ सफलता—मैं दोनों रखना चाहता था। मुझे सफलता तो चाहिए थी, परंतु सफलता के बोझ के बिना। परंतु दोनों एक साथ नहीं चल सकते। विकास के लिए हमको 'ज्ञात' का किनारा छोड़ना अनिवार्य होता है—कम-से-कम संक्रमण के दौर में। जीवन के सच्चे अर्थ की तलाश, सफलता के बोझ की असुविधाओं को स्वीकार किए बगैर सफल नहीं होती। बारिश और तेज होती हुई…बाहर भी…मन के भीतर भी।

मेरे पास रखे पुरस्कारों, उपहारों, फूलों के गुलदस्तों को देख सभी प्रवासियों के मन में खुशी एवं कौतूहल झलक रहा था। बस पूरी गति से दौड़ रही थी। मैं शरीर से भले ही बस में था, परंतु मेरा मन मेरे बस में कहाँ था? वह तो अतीत के पदचिह्नों को खोजते हुए कब का अमलनेर, मारवड और शिरूड़ जा पहुँचा था?

□

Indian Express

INDIA'S ONLY NATIONAL NEWSPAPER

CITY • PUNE WEDNESDAY JUNE 24 1992 • 16 PAGES Rs 1.50

Amalner boy tops in divisio[illegible]

EXPRESS NEWS SERVICE
PUNE

SANDEEPKUMAR Ratan [illegible] a student of the KES [illegible] Sakharam High School of Amalner in Jalgaon district has topped the overall merit list of the Secondary School Certificate (SSC) examination conducted by the Pune divisional board of the State Board of Secondary and Higher Secondary Education in March 1992. Sandip notched up 654 marks [illegible] of 700 [illegible] 93.42 per cent [illegible]

handicapped students by securing 86.71 per cent marks while Ansari Shamim-A-H-Abdul Pasi of JAT [illegible] School in Malegaon (dist Nashik) got the first position amongst the night school students by earning 78.28 per cent marks. From this year, merit lists for handicapped and night school students is being announced separately along with the overall merit list.

Results of the Pune divisional board were declared by the Divisional Chairman, D.M. Kamdi at a crowded press conference at the board office in Pune on Tuesday [illegible]

for the examinations have succeeded as against 45.07 per cent of the total number of boys appeared.

Khanabhen Firodiya High School [illegible] fifteen of its students appearing in the merit list of 114 students. Nine students from the Vimlabai Garware High School in Pune and six students each of the Ahilyadevi High School and St. Joseph's High School (NCL Pashan) have figured in the overall merit list. Four students each of the New English School Ramanbaug in Pune and Sarada Kanya Vidya Mandir in [illegible]

the students figuring [illegible] merit list is 90.42. [illegible] from Pune district [illegible] position in the merit [illegible] 15 from Ahmednagar [illegible] from Jalgaon and [illegible] districts. Fiftyfive [illegible] the meritorious cand[illegible]

Over 2.93 lakh [illegible] registered for the [illegible] 356 centres in five [illegible] Ahmednagar, Sol[illegible] Dhule and Jalgaon [illegible] has finished with the [illegible] tage of passing - 55[illegible]

Indian Express अखबार के प्रथम पृष्ठ पर छपी इस वार्त्ता ने 'अमलनेर' शहर का सिर ऊँचा किया।

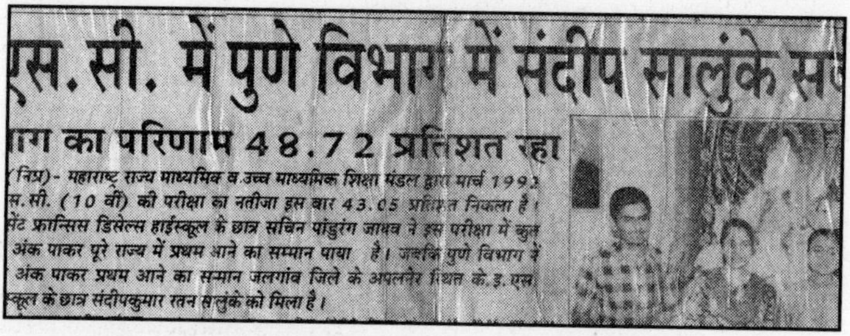

[illegible]स.सी. में पुणे विभाग में संदीप सालुंके स[illegible]

[illegible]ाग का परिणाम 48.72 प्रतिशत रहा

(निप्र)- महाराष्ट्र राज्य माध्यमिक व उच्च माध्यमिक शिक्षा मंडल द्वारा मार्च 199[illegible] [illegible]स.सी. (10 वीं) की परीक्षा का नतीजा इस बार 43.05 प्रतिशत निकला है। [illegible]सेंट फ्रान्सिस डिसेल्स हाईस्कूल के छात्र सचिन पांडुरंग जाधव ने इस परीक्षा में कुल [illegible] अंक पाकर पूरे राज्य में प्रथम आने का सम्मान पाया है। जबकि पुणे विभाग में [illegible] अंक पाकर प्रथम आने का सम्मान जलगांव जिले के अमलनेर स्थित के.इ.एस. [illegible]स्कूल के छात्र संदीपकुमार रतन सालुंके को मिला है।

हिंदी अखबारों में भी इसे प्रथम पृष्ठ पर छाप दिया।

घरात टी.व्ही. नसल्याने अभ्यासाला पोषक वातावरण मिळाले

बोर्डात पहिला आलेल्या संदीपची अशी ही बोलकी प्रतिक्रिया

अमळनेर, दि.२५ (पांडुरंग पाटील यांजकडून)- माझ्या घरात टी.व्ही. नाही, वडील खेड्यावर शिक्षक आहेत. दिवसभर ते तिकडेच असतात. मला भाऊ नाही.. एकच बहीण आहे ती देवळीत डी.एड.ला [illegible] येथे शिकायला असते.. आई आणि मीच घरात असल्यामुळे मला अभ्यासाला पोषक असे शांत वातावरण आपोआपच लाभले व त्याचा फायदा झाला, अशी प्रतिक्रिया माध्यमिक शालांत परीक्षेत पुणे बोर्डात सर्वप्रथम आलेल्या अमळनेरच्या संदीप साळुंकेने प्रस्तुत प्रतिनिधीशी बोलताना व्यक्त केली.

पुणे बोर्डाने केलेला सन्मान स्वीकारून अमळनेरला परतल्यावर प्रथम शाळेत जाऊन शिक्षकांना वंदन केल्यानंतर संदीप घरी आला तेव्हा त्याचेवर अभिनंदनाचा वर्षाव झाला. संदीपच्या अवघ्या घरात उल्हासाचे वातावरण निर्माण झाले. भेटायला येणारे.. प्रश्न विचारणारे.. शुभेच्छा देणारे.. असंख्य लोकांची संदीपच्या घरात वर्दळ वाढू लागली.. त्याबरोबर त्याच्या आई-वडिलांचे मनही समाधानाने ओसंडून वाहू लागले... संदीपच्या मातोश्री मंगलाबाई [illegible]

संदीपला पेढा भरवितांना आई मंगलाबाई सोबत वडील रतनलाल साळुंके छायाचित्रात दिसत आहेत. (छाया- विश्वास अमळनेर)

[illegible] झालेल्या नाहीत.. मुलाच्या दैदिप्यमान यशाबद्दल भरभरून बोलताना त्यांनी सांगितले की, "संदीप रोज नियमित अभ्यास करायचा... [illegible] आपली सहजपणे.. मुळातच त्याचा स्वभाव शांत.. मध्यरात्री केव्हाही उठून तो मला हाक मारायचा.. नंतर मी त्याला चहा करून देत असे.. चहा घेऊन तो माझ्या खाटेजवळच अत्यंत एकाग्रचित्त होऊन अभ्यास करीत बसायचा.. तो हुशार आहेच.. गुणवत्ता यादीत त्याचे नाव झळकेल, अशी मला खात्री होती. पण थेट बोर्डातच तो पहिला येईल असे कधी वाटले नव्हते. संदीपमुळेच त्याला व मलाही पुणे शहर प्रथमच पहायला मिळाले. त्याच्या यशाने मला अतिशय आनंद झाला आहे, असेही त्यांनी सोप्या शब्दात सांगितले.

पित्याबद्दल समाधान

संदीपचे वडील रतनलाल साळुंके हे बी.एस.सी.बी.एड. असून पिळोद हायस्कूलमध्ये शिक्षक आहेत. आपल्या मुलाची सर्वतोपरी काळजी घेऊन आदर्श पित्याचे कर्तव्य चोख

(पान नऊ वर)

'मेरे कारण मेरे माता-पिता भी सम्मानित हुए।' यह भावना मुझे मन-ही-मन आनंद दे रही थी।

मुख्य मंत्री

महाराष्ट्र

मंत्रालय, मुंबई ४०० ०३२
दिनांक २५ जून 1992

चि. संदिपकुमार यास

शुभाशीर्वाद.

शालान्त परीक्षेतील तुझ्या सुयशाबद्दल मन:पूर्वक अभिनंदन. यापुढील आयुष्यात तू आपल्या विषयात ज्ञान संपादन करत असतानाच व्यक्तिमत्वाचा सर्वांगीण विकास करून घ्यावास आणि आपले व आपल्या देशाचे नाव उज्ज्वल करावेस, यासाठी तुला हार्दिक शुभेच्छा.

तुझ्या पालकांना आणि गुरूजनांना सप्रेम नमस्कार.

आपला

(सुधाकरराव नाईक)

चि. संदिपकुमार रतन साळुंके
द्वारा : के.ई.एस. गंगाराम हायस्कूल,
अमळनेर.

तत्कालीन मुख्यमंत्री श्री सुधाकर राव नाईक जी का अभिनंदन पर पत्र।

लोकमत

हीच खरी ईश्वरोपासना! दिवसाचा सदुपयोग करणे

संदीप साळुंकेचे अभिनंदन!

यावेळी दहावीच्या परीक्षेत पुणे बोर्डात प्रथम येण्याचा मान जळगाव जिल्ह्यातील अमळनेर येथील विद्यार्थ्याने मिळविला, ही खान्देशच्या जनतेला अभिमानाची बाब आहे. गेल्या २० वर्षांनंतर खान्देशला हे स्थान मिळाले आहे. ही बाब अभिमानास्पद असली तरी मात्र जळगाव व धुळे जिल्ह्यातील गुणवत्ताप्राप्त यादीत उत्तीर्ण होणाऱ्यांची संख्या पाहिली तर मात्र आपण पुणे-नगरच्या किती मागे आहोत हे दिसून येईल. गुणवत्ता यादीत नेहमीच पुणे आघाडीवर असते. एक काळ होता जळगाव जिल्ह्यातून विशेषतः अमळनेर येथील विद्यार्थ्यांची गुणवत्ता यादीत आघाडी असायची. पण अलिकडे ती परिस्थिती राहिलेली नाही. पुणे बोर्डात पहिल्या २० मध्ये जे ११४ विद्यार्थी आलेले आहेत त्यात एकट्या पुण्याचे ५८ विद्यार्थी आहेत. त्यानंतर अहमदनगर १८, नासिक १५, सोलापूर १२, जळगाव ९ आणि धुळ्याचे केवळ २ विद्यार्थी गुणवत्ता यादीत आलेले आहेत. गुणवत्ता प्राप्त विद्यार्थ्यांची जिल्हानिहाय यादी पाहिली तर जळगाव आणि धुळे फारच मागे आहेत. गुणवत्ता यादीत आपले विद्यार्थी मागे का राहतात याचे आत्मसंशोधन करण्याची गरज आहे. कारण शैक्षणिक संस्थाकडून जी मेहनत विद्यार्थ्यांच्या संदर्भात घ्यायला हवी ती घेतली जात नाही. हुशार विद्यार्थ्यांचा एक गट तयार करून त्यांना योग्य ते स्वतंत्र कोचिंग दिले तर आपल्याही भागातील विद्यार्थी गुणवत्ता यादीत मागे राहणार नाही. हे मात्र निश्चित. अमळनेर येथील संदीप साळुंके हा एक सर्वसामान्य कुटुंबातील विद्यार्थी त्याचे घरात टी.व्ही. सुद्धा नाही हे त्यांनी दिलेल्या मुलाखतीवरून कळते. एका सामान्य कुटुंबातील शिक्षकाचा मुलगा पुणे बोर्डात प्रथम येऊ शकतो हे संदीपने सिद्ध केलेले आहे. संदीप साळुंके बोर्डात पहिला आला तेव्हा त्यावर कोणाचाच विश्वास बसत नव्हता. परंतु संदीपने ते सिद्ध केलेले आहे आणि संदीपच्या या यशापासून खान्देशने ती परंपरा कायम टिकवून ठेवेल अशी भावना मनाशी बाळगू या. गुणवत्तेचा मध्यबिंदू आता शहराकडून ग्रामीण भागाकडे वळलोय. अगदी खेड्यातील शेतमजुरांची मुलेही गुणवत्ता यादीत झळकू लागली आहेत. हे निःसंशय अभिमानास्पद आहे. परंतु सर्वसाधारण ग्रामीण भागातील शिक्षणात सुधारणा झाली आहे असे म्हणता येणार नाही.

'लोकमत' अखबार ने मुझे सम्मानित करते हुए अपने एडिटोरियल में सराहा।

पहला इनाम-एक रुपया

कक्षा सातवीं तक का मेरा बचपन प्रमुख रूप से शिरूड़ (तहसील-अमलनेर) और मारवड में बीता। स्कूल शिरूड़ में था, सो वहीं रहते थे हम सब, और छुट्टियों में मारवड जाते। बचपन में लालन-पालन और संस्कार वहीं हुए। ग्राम विकास संस्थान में पिताजी शिक्षक थे। मुझे कोलपिंप्री में बिताया समय धुँधला सा याद है। वहाँ की नदी किनारे उगते तरबूज। गाँव के बाहर बसा मंदिर। जगह-जगह पर डाट लगा पुराना मिट्टी का घर, जो किसी भी समय ढह सकने की अवस्था में था। एक बार मामाजी मोटरसाइकिल पर बिठाकर पाष्टे गाँव ले गए थे, परंतु मैं वहाँ नीचे उतरा तक नहीं और जिद से लौट आया। ज्वार-बाजरे के सूखे डंठलों से बैलगाड़ी बनाने में मजा आता। बस, इतना ही याद है।

पिताजी का शिरूड़ तबादला हो गया और हम सभी वहाँ गए। दो छोटे कमरे और बाहर एक ओटला। मिट्टी का बना घर। परंतु मकान मालकिन बहुत ही सीधी-सादी भली महिला थी। उनका नाम था भाभू। सभी से उन्हें लगाव था। मकान मालकिन होने का गर्व उन्हें कदापि न था।

शिरूड़ में मैं 'बालवाड़ी' जाने लगा। ग्राम पंचायत के करीब हमारा यह छोटा सा स्कूल एक छोटे से कमरे में था। वहाँ दाखिला लेने से पहले ही पिताजी ने घर में कुछ पढ़ना सिखाया था। इसीलिए स्कूल में मैं मराठी आसानी से पढ़ लेता।

घर के पास ही भैरवनाथ का मंदिर था। मंदिर के चारों ओर बना पार था। उसे 'बैरम का पार' कहा जाता था। स्कूल के छूटने के बाद हम घर जाकर कुछ खा लेते। फिर पढ़ाई करते। शाम को उस पार पर बहुत खेलते। मस्ती करते। माँ या पिताजी के आवाज लगाने पर ही घर भागते। हाथ-मुँह धोकर हम परिवार के जन भगवान् की आरती करते। उन आरतियों में ज्ञानेश्वर महाराज, गजानन महाराज और सखाराम महाराज की आरतियाँ होतीं। आरती के पश्चात् भोजन। यूँ हमारा दिनक्रम होता। पिताजी मुझसे तुकाराम

महाराज के पदों का, ज्ञानेश्वर महाराज के पसायदान का तथा रामदास स्वामी कृत 'मनाचे श्लोक' यानी 'मनोबोध' का नित्य पठन करवाते। उस समय बड़े ही बेमन से और पिताजी के डर से मैं पठन करता था।

एक दिन की बात है। बालवाड़ी में उस दिन स्वास्थ्य जाँच महकमे की ओर से सभी छात्रों की जाँच के लिए एक महिला आई थीं। यूँ सालाना स्वास्थ्य की जाँच होती थी। उन्होंने सभी की सेहत की जाँच की, तब अंत में हमारी शिक्षिकाजी ने उनसे कहा कि, "इसका नाम संदीप है। बड़ा बुद्धिमान है। इसे 'मनाचे श्लोक' जबानी याद हैं।"

मैं जरा अनिच्छा से, डरता हुआ खड़ा हो गया। हाथ जोड़कर और आँखें बंद कर मैंने पहले पाँच श्लोकों का पठन किया। वे महिला बेहद खुश हो गईं। उन्होंने मेरी बड़ी प्रशंसा करते हुए अपनी थैली में से एक रुपए का सिक्का निकाला और मेरी हथेली पर रखते हुए बोलीं—

"इतनी छोटी उम्र में तुमने इतना बढ़िया पठन किया, इसीलिए यह तुम्हारा इनाम है।"

मुझे बहुत खुशी हुई। मैंने वह रुपया अपनी जेब में रखा, तब हमारी शिक्षिकाजी ने कहा—

"वह रुपया सँभालकर घर ले जाओ और अपने माता-पिता को दिखाओ।"

मैंने गरदन हिलाकर 'हाँ' कहा। अब मैं घर जाने के लिए अधीर हो गया। कब स्कूल छूटे और मैं तुरंत घर पहुँचूँ! समय से स्कूल छूटा। मैं तुरंत घर दौड़ गया। अपना इनाम माँ-पिताजी को दिखाया। वे भी बहुत ही खुश हुए।

मेरी उस छोटी उम्र में मिले इनाम के एक रुपए की 'कीमत' मैं नहीं जानता था, परंतु इनाम का 'मूल्य' मैं जान गया था। यानी कुछ अच्छा करने के बदले में कुछ अच्छा ही मिलता है, यह भावना हमेशा के लिए मेरे मन में जाग्रत् हो गई। एक मूलमंत्र भी इस घटना से मुझे मिला कि शुरू में नीरस लगने वाली, ऊब लाने वाली कोई बात, जीवन में आगे आनंद एवं प्रगति का मार्ग प्रशस्त करती है। बचपन में बालमन संस्कारक्षम होता है। मेरे मन में इस घटना ने इनाम प्राप्त करने की, कुछ कर दिखाने की अभिलाषा जाग्रत् की। और आज भी मुझे वही भावना, कुछ करने को प्रेरित करती है। एक कदम आगे बढ़ने की हिम्मत देती है।

इनाम तो सदैव से 'अनमोल' रहा है। चाहे वह एक रुपया हो या एक लाख! उसमें से प्राप्त सात्विक आनंद, अच्छाई पर बढ़ता दृढ़ विश्वास, और ऊँचा उठने की हिम्मत, यही उसका सच्चा मूल्य है। उस पहले इनाम को मैं कभी भूल नहीं पाता हूँ। आगे चलकर मेरा आत्मविश्वास बढ़ता गया। हिम्मत बढ़ती गई। मैं वाद-विवाद प्रतियोगिताओं में हिस्सा लेने लगा। प्रथम स्थान पाता गया...इनाम मिलते रहे...प्यास बढ़ती गई।

इनाम मिलते गए''' हौसला बढ़ता गया''' प्यास बढ़ती गई'''

अब मैं जीवन की वास्तविकता की ओर मुड़कर कुछ कथन करना चाहता हूँ। पिताजी भले ही स्कूल में शिक्षक थे, परंतु हमारी आर्थिक परिस्थिति ठीक ही थी। शनिवार को हमारा स्कूल सुबह का होता था। मैं और मेरा एक दोस्त, हर शनिवार-इतवार जंगल में (यानी खेतों के रास्तों, चारागाह के रास्तों पर) कंडे बीनने जाया करते थे। शनिवार के दिन स्कूल से लौटने पर हम खाना खाकर, बोरियाँ लेकर किसी एक दिशा में निकल पड़ते। तीन-चार किलोमीटर पैदल चलते हुए कंडे बीनते थे। बोरियाँ भर जाने पर सर पर लादकर इतना फासला तय करते हुए वाकई कड़ी मेहनत हो जाती। इतवार के दिन यह काम दो बार करते थे हम। सुबह एक चक्कर और दोपहर में एक।

बावजूद इसके, मुझे आते-जाते राह में जहाँ कहीं गोबर पड़ा दीखता, मैं झट से उठाकर घर ले आता। हमारे घर की खिड़की तले मकान मालिक का गोरुओं वाला छोटा सा बाड़ा था। हमारी खिड़की बड़ी थी, सो मैं खिड़की से बाड़े की टीन की छत पर कंडे थाप लेता। उन दिनों कंडे बीनना, थापना, यह काम मेरे जीवन का एक अविभाज्य भाग था। इस काम की इतनी आदत पड़ गई थी कि राह चलते मुझे कंडे और गोबर को छोड़

और कुछ दिखाई ही नहीं देता।

पाँचवीं कक्षा से मैंने पानी भरने का काम शुरू कर दिया था। घी के खाली कनस्तरों से बनी काँवड़ से पानी लाता था मैं। हमारा घर जरा ऊँचाई पर था, सो भरी हुई काँवड़ लिये चढ़ाई चढ़ना बड़ा कष्टप्रद था। गरमी के दिनों में तो यह काम भारी मुश्किल हो जाता। आस-पास के कुएँ सूख जाते। दूर रहा 'भिल का कुआँ', बड़ा ही घेर वाला था। पानी सिर्फ बीचोबीच कोई एक-डेढ़ फीट तक होता। तब रहट को पकड़कर दूसरे हाथ से रस्सी में लगी बालटी को ठीक उस पानी में उतारना इतना कठिन काम था कि क्या कहूँ? जैसे जान की बाजी लगाकर ही पानी भरता था मैं। अब, जब उन दिनों की याद करता हूँ, तब वाकई चकित रह जाता हूँ।

मुझे अपने माता-पिता के कामों में हाथ बँटाना खूब अच्छा लगता। बाजार से किराना माल (परचून) लाने से लेकर नदी में घर के डिब्बे, पीपे धो लाने के काम तक मैं कर लेता।

पिताजी को उनके शैक्षिक काम में भी मदद करता था मैं। महीने में एक बार हम पिता-पुत्र साइकिल से अमलनेर जाया करते। कभी बीमारी के बहाने, कभी ज्यादा किराना लाने के लिए, तो कभी किताबें खरीदने के लिए वहाँ का एक चक्कर अवश्य लग जाता। यदि हवा उलटी दिशा से बह रही होती, तब पिताजी को साइकिल चलाना भारी हो जाता। ऐसे समय मैं झट से साइकिल से कूदता और पीछे से धकेलना शुरू कर देता। जैसे ही वह गति पकड़ लेती, मैं कूदकर कॅरेज पर सवार हो जाता।

हवा का झोंका, पंछियों की किलकिलाहट और चारों तरफ जानवरों का चरना, यह दृश्य आँख और आत्मा के लिए बेहतरीन तोहफा होता था...दुनिया की फिक्र से दूर...कोई लक्ष्य नहीं...कोई समय सीमा नहीं...कोई आकांक्षा नहीं...कोई तनाव नहीं...केवल अस्तित्व...शुद्ध अस्तित्व, नि:सर्ग में डूबा हुआ अस्तित्व...मुझे रूह, तत्त्वों, आत्मा अथवा प्रकृति या पुरुष के तत्त्वज्ञान का कोई पता नहीं था...कुछ नहीं...परंतु प्रकृति के इन तत्त्वों में विहरना, यह अज्ञात परमानंद था, जो मुझे निसर्ग में लीन करता था...मैं केवल बाँहे फैलाता था...आँखें बंद करता था...और कल्पना करता था कि मेरे शरीर का हर हिस्सा हवा के झोंकों, हरियाली और बूँदा-बाँदी में समा रहा है...कुदरत के पंचतत्त्वों में कल्पना से ही समाहित हो जाना ऐसा लगता था मानो सबकुछ होकर भी कुछ नहीं...कुछ नहीं...।

प्रति वर्ष आखातीज के एक दिन पहले मारवड़ में हमारे घर सखाराम महाराज आते हैं। वहाँ महाप्रसाद (भोजन) का आयोजन होता है। कई बार ऐसा होता कि दीदी और माँ बस से मारवड जाते और पिताजी मुझे साइकिल पर बिठाकर ले जाते। दरअसल शिरूड़ से अमलनेर और वहाँ से मारवड़, बड़ा लंबा रास्ता तय करना पड़ता। तब पिताजी मुझे

सखाराम महाराज का स्तोत्र पठन करने को कहते। उसके बाद 'मनोबोध' के श्लोकों का सिलसिला शुरू हो जाता। यूँ रास्ता भी कट जाता और आनंद भी आता।

जब सखाराम महाराज और उनके साथ आए मेहमान भोजन के लिए बैठते, तब पिताजी इशारे से मुझे पठन का संकेत करते। मैं साफ सुरीली आवाज में पठन करता। अंदर से माँ और दीदी प्रशंसा, कौतुक से मेरी ओर देखतीं। पठन के पश्चात् मैं किसी विजेता के भाव के साथ शान से अंदर जाता।

शिरूड़ में भी दत्तगुरु का मठ है। पिताजी मुझे वहाँ हर गुरुवार को आरती के लिए भेजते। मैं टोपी पहनकर मंदिर जाता। किन्हीं खास तिथियों, दिनों को पिताजी मुझे नारियल लेकर वहाँ भेजते। वहाँ हम नारियल चुपके से 'पादुकाओं' की गद्दी के नीचे रख आते। इसके पीछे यही उद्देश्य होता कि कोई भी दान देते समय उसका बोलबाला न होना चाहिए। आज भी हम उस मंदिर में जाते हैं और नारियल रख आते हैं। जब भी हमारा परिवार अमलनेर जाता है, हम सभी सखाराम महाराज के मठ में दर्शनों हेतु अवश्य जाते हैं।

हमारे परिवार का एक और नियम (व्रत) है कि साल में कम-से-कम दो दिनों के लिए शेगाँव, परमपूज्य गजानन महाराज के देवस्थान में दर्शन हेतु अवश्य जाना है। उन पर हमारी असीम श्रद्धा है। जिस दिन वहाँ जाना होता, माँ बिलकुल प्रातःकाल में ही 'मीठी दशमी' (दूध में आटा सानकर बनी रोटी), चटनी और प्याज, नामक स्वादिष्ट खाना बनातीं। सुबह की सूरत-भुसावल पैसेंजर से निकलते हम। सुबह का समय, प्रसन्न ताजा वातावरण, सारा परिवार मन में भक्ति सँजोकर निकल पड़ता। हम भुसावल पहुँचते। भुसावल प्लेटफार्म पर आगे जाने वाली गाड़ी लगी रहती थी। उसके एक खाली डिब्बे में हम सब खुशी से आसन जमा लेते और साथ रखे भोजन का भरपूर आनंद लेते। गपशप करते।

शेगाँव पहुँचने पर माँ संपूर्ण 'गजानन विजय' का पठन करतीं। (गजानन विजय के ग्रंथ में इक्कीस बहुत बड़े अध्याय हैं। इसके पठन में करीब आठ घंटे लग जाते हैं।) हम सभी सुबह चार बजे उठकर, जल्दी से नहा-धोकर दर्शन की लाइन में खड़े हो जाते। सुबह-सुबह समाधिस्थान पर रही महाराज की करुणामय मूर्ति के दर्शन से मन अनोखी प्रसन्नता से भर जाता। अब तक सुबह के करीब छह बजे होते। माँ तुरंत पाठ के लिए बैठ जातीं।

इसी दरमियान हम तीनों नागझिरा जाकर गोमाजी बाबा की समाधि के दर्शन कर आते। माँ का पठन समाप्त होने से पहले हम 'महाप्रसाद' की लाइन में लग जाते। महाप्रसाद में ज्वार की रोटी और सब्जी मिलती। मैं अपना प्रसाद ले आता। माथे का तिलक, अबीर आदि पोंछकर माँ के प्रसाद के लिए दोबारा नंबर लगाता। मन में डर

बना रहता कि कहीं पकड़ा न जाऊँ ! परंतु मेरे शुद्ध भाव को शायद महाराज जान लेते और मैं कभी पकड़ा न जाता। संध्या समय हम वहाँ की वाटिका में घूमते। मुझे वहाँ के प्राणियों का खास आकर्षण था। रात डेढ़ बजे की रेल से हम लौटने के लिए निकल पड़ते।

हमारे घर का वातावरण धार्मिक और आध्यात्मिक था। घर में सात-आठ धार्मिक-आध्यात्मिक पुस्तकें थीं। मेरा निजी मत यूँ है कि घर का वातावरण कर्मकांडों अथवा आडंबर वाला न होकर किसी हद तक धार्मिक-आध्यात्मिक अवश्य होना चाहिए। इन दिनों भौतिक सुखों एवं खुले माहौल की अवास्तविक कल्पनाओं का जो ऊधम मचा है, संस्कारहीनता की जो लहर उठ रही है, उसकी चपेट से हमें स्वयं को, आनेवाली पीढ़ी को बचाना होगा, ऐसा मुझे लगता है। ग्रामीण भाग में, अत्यंत प्रतिकूल परिस्थिति में, न्यूनत्व की भावना से घिर रहने पर, प्रेरणाओं रहित वातावरण में रहते हुए भी निरंतर उच्च विचारों के चिंतन करने की शक्ति मुझे इन आध्यात्मिक, धार्मिक ग्रंथों ने ही दी है।

मेरे बालमन पर अच्छे संस्कार करनेवाले दो व्यक्तियों का उल्लेख यहाँ करना मैं परम आवश्यक समझता हूँ। कक्षा पहली से चौथी तक रहे मेरे आदरणीय शिक्षक श्री 'लोटन गुरुजी' और चौथी की 'शिष्यवृत्ति परीक्षा' में मेरा मार्गदर्शन करनेवाले आदरणीय श्री 'आनंदा सुतार गुरुजी।'

कक्षा एक से लेकर चौथी तक हमें एकमात्र लोटन गुरुजी ही पढ़ाते थे। सफेद झक पैजामा-कुरता और उतनी ही उजली सफेद टोपी उनका वेष होता। दुबले-पतले, ऊँची काठी के वे हमारे गुरुजी साफ बुलंद आवाज में हमें पढ़ाते थे। वे हमें पूरे मनोयोग से पढ़ाते। मैं पूरे ध्यान से अध्ययन करता। मैंने कभी भी उनके हाथों न सजा पाई और न ही मैं पिटा।

जिला परिषद् का हमारा वह स्कूल खपरैल छाया था। कोई खास सुविधाएँ उपलब्ध न थीं। कोई बढ़िया खास शैक्षिक साहित्य अथवा उपकरण भी उपलब्ध न थे, परंतु फिर भी सीखने की तीव्र इच्छा अवश्य थी। आलस्य बिलकुल न था। हम तमाम बच्चों (छात्रों) का मानसिक गठन ही यह धारणा लिये बना था कि 'पहले पढ़ाई, बाकी सारा कुछ बाद में।'

हमारे सुतार गुरुजी, एक अवकाश प्राप्त शिक्षक थे। पूर्णतया व्रती ! सारा दिन खेत में खटने के बाद संध्या समय में वे हम चार-पाँच छात्रों को शिष्यवृत्ति परीक्षा के लिए पूरे मनोयोग से मार्गदर्शन करते। बिलकुल सरल भाषा में वे समझाते, पढ़ाते। मैं खूब मन लगाकर परीक्षा की तैयारी में जुट गया था। कभी-कभी साँझ छह बजे से रात नौ बजे तक पढ़ता रहता। फिर माँ किसी को बुलवाने भेजती, तब घर लौटता।

कभी-कभी गुरुजी हमें शाम सात बजे कुछ गणित के सवाल हल करने के लिए देते और घर भेज देते। मैं घर आकर तुरंत उनके हल में लग जाता। पूरा काम खत्म करता और गुरुजी के पास जँचवाने दौड़ जाता। माँ कहती भी कि कल सुबह दिखा देना, पर मैं सुनता कहाँ था? कोई अज्ञात शक्ति मुझे पढ़ाई के लिए प्रेरित करती थी, यह अकाट्य सत्य है।

मुझे विश्वास है कि ऐसी कोई कुदरती शक्ति, ऊर्जा है, जो हमें ज्ञान की अथक साधना की ओर खींच लिए जाती है, बिलकुल वैसे जैसे प्रकृति बीज को वृक्ष बनाती है। हम स्वयं का ज्ञान तथा अपने चारों ओर फैले वातावरण के ज्ञान की ओर खिंचे चले जाते हैं। हमारे पास कोई चारा नहीं, हमें ज्ञान प्राप्त करना ही है। हमारे अंदर हमेशा रहनेवाली इस ज्ञानमूलक प्रेरणा को प्रत्युत्तर देना चाहिए। जब हम इस ज्ञान को प्रत्युत्तर देना बंद कर देते हैं, तब हमारा जीवन ही खत्म हो जाता है…बच जाता है केवल शरीर अस्तित्व। जिंदा रहना है तो ज्ञान तथा विद्वत्ता के बुलावे की गूँज का हमेशा साथ देना होगा…

चौथी कक्षा में मुझे एक आदत लग गई थी। मैं आँखें बंद कर आराम से बैठ जाता और जो अँधियारा आँखों के सामने छा जाता, उसमें पहाड़, नदियाँ आदि की आकृतियाँ खोजने का प्रयास करता। इस धुन का भरमाया मैं पूरे साल उसी में अटका रहा। आज तीस वर्ष की उम्र में, उस धुन के चलते मैं ध्यान धारणा में सक्षम हो गया हूँ।

एक और किस्सा याद आ रहा है। तब मैं पाँचवी कक्षा का छात्र था। पिताजी की संस्था के मूल संस्थापक आदरणीय विनायकराव दादा पाटील स्कूल की जाँच हेतु आए थे। हमारी कक्षा में अंग्रेजी का पाठ चल रहा था। वे हमारी कक्षा में आए। हमारे गुरुजी ने उन्हें मेरी अंग्रेजी की नोटबुक दिखाई। मेरी लिखाई देखकर दादा बहुत ही प्रसन्न हो गए। उन्होंने पूछा कि 'यह किसका बेटा है?' और जब उन्हें यह पता चला कि मैं उनकी ही संस्था के एक शिक्षक का बेटा हूँ, उनकी खुशी का ठिकाना न रहा।

चौथी कक्षा की शिष्यवृत्ति (स्कॉलरशिप) परीक्षा में, ग्रामीण विभाग में मैं जिले में प्रथम आया, यह जानकर वे बेहद प्रसन्न हो गए थे। परंतु मैं जब दसवीं की सालांत परीक्षा में पूरे बोर्ड में प्रथम आया, यह देखने-सुनने के लिए आदरणीय दादा जीवित न थे। दुर्भाग्य मेरा!

मेरे पिताजी की दादा पर नितांत असीम श्रद्धा थी। मुझे वह दिन याद है। हम छुट्टियाँ बिताकर मारवड से शिरूड़ आ रहे थे। अमलनेर में ही पिताजी को दादा के देहांत हो जाने की खबर मिली, और वे वहीं बस अड्डे पर रो पड़े थे।

बचपन में पिटने के प्रसंग भी कई आए। एक बार घर से एक बेडशीट लिए मैं चुपके से किसी और के खेत में रहे जामुन के पेड़ से गिरे जामुन चुनने गया था। जामुन

चुने और बेडशीट में बाँध लिये। गाँव के बाहर रहे मंदिर में बैठकर चुपके से उन्हें खा लिया। चादर पर जामुन के दाग लग गए थे। मंदिर से सीधे नदी पर पहुँचा और चादर को धोया। बहुत कोशिश की, पर दाग वैसे ही बने रहे। घर आने पर जमकर मार पड़ी। एक बार राह चलते ट्रैक्टर की ट्रॉली से लटककर मैं आराम से जा रहा था। पिताजी ने देख लिया। तब जो पिटाई हुई, वह आज भी याद है।

मुझे याद है, वह छुट्टी का दिन था। दीदी को पीपल के नरम कोमल गुलाबी पत्ते बहुत अच्छे लगते थे। उस समय सारा दिन हम दोनों पत्ते ही बीनते रहे। दूसरे दिन पिताजी ने हम दोनों को सारा दिन घर से बाहर रखा था।

खेलते समय गिरने, टकराने से कई जख्म होते रहते। एक बार क्रिकेट खेल रहा था। मेरा बॉल घास की गंजी में जा गिरा। मैं आनन-फानन में उस पर कूद पड़ा, पर हाय....वहाँ घास के नीचे मिट्टी के मटकों की भट्ठी जल रही थी। पैरों के तलुवे जल गए। आरोग्य के प्रति हमारे घोर अज्ञान के क्या कहने! खेलते समय जख्मी होने पर हम जख्म पर मिट्टी डालते। तब हम यही सोचते कि मिट्टी की परत जख्म पर जम जाने से वह जल्दी ही भर जाएगा। कहीं किसी ने मलहम वगैरह दिया तो लगा लेते...पर जख्म हफ्तों बने रहते, परेशान करते।

इन सारी शैतानियों के बावजूद अंतर्मन में कहीं गहरे ज्ञान के प्रति जिज्ञासा अवश्य बढ़ रही थी। मन सजग हो निरंतर मुझसे कहता रहता कि जितना हो सके, ज्ञान अर्जित करते रहो। समस्त विषयों को अच्छी तरह से समझकर उनका अध्ययन करो। अव्वल आने की कोशिश करते रहो। निबंध तथा वाद-विवाद की प्रतियोगिताओं में हिस्सा लो। पुरस्कार पाओ। कोई अज्ञात शक्ति मुझे निरंतर प्रेरणा देती रही और मैं उस प्रेरणा को राह पर चलता रहा।

पिताजी हमेशा कहा करते कि संत-महात्माओं की अज्ञात, अदृश्य शक्ति वातावरण में सदैव विचरण करती रहती है, और जो मन लगाकर मेहनत करते हैं, ज्ञान अर्जन हेतु अध्ययन करते हैं, वह शक्ति उनका पूरा-पूरा साथ देती है।

□

शिरूड के घर का परिसर और 'भिल का आड़' नामक गहरा कुआँ। गरमी के दिनों में जिन कठिनाइयों से जूझकर पानी भरता था मैं, उस याद मात्र से शरीर पर रोंगटे खड़े हो जाते हैं।

हनुमानजी का मंदिर, जिसके ओसारे में थी हमारी 'बालवाड़ी'। जीवन में पहली बार इनाम में मिले 'एक रुपए' का वरदान यहीं मिला था।

जिला परिषद् की यह मेरी पाठशाला।

सातवीं कक्षा तक की मेरी पाठशाला। इसी इमारत के पिछवाड़े मैंने कक्षा पाँचवीं में जीवन में पहला भाषण दिया था।

अमलनेर के इसी छोटे कमरे में हमारा चार लोगों का परिवार बसता था, जब मैं कक्षा आठवीं में था।

अमलनेर का टीन की छत वाला मकान, जहाँ मैं छुट्टियों के दौरान इंजीनियरिंग की पढ़ाई करता था।

कैसे सुंदर हुई मेरी लिखाई!

13 अप्रैल सन् 2004 का दिन। सुबह के नौ बजे थे। दिल्ली स्थित संघ लोक-सेवा आयोग के कार्यालय में मैं पहुँचा। वहाँ पहुँचते ही सामने उम्मीदवारों की सूची तथा साक्षात्कार के समय की जानकारी लिखा कागज मैंने देखा। आज का यह अंतिम साक्षात्कार था। सूची में सबसे ऊपर मेरा ही नाम था। मैं खुश हो गया। खुशी का कारण यह कि मेरा 'मूड' फ्रेश था। अंदाजा यह कि पहले व्यक्ति को अधिक समय दिया जाता है और तीसरी बात यह कि मैं जल्दी ही फ्री हो जाऊँगा।

सफेद फुल शर्ट, काले रंग की पैंट और लाल रंग की टाई...यही टिपिकल वेश था मेरा। ठीक दस बजे मैंने कमरे में प्रवेश किया। सामने पाँच परीक्षकों का पैनल था। वे सभी अनुभवी प्रशासक होने के साथ-साथ अपने-अपने विषय के माहिर लोग थे। प्रत्येक के सम्मुख उम्मीदवार के अपने हाथों लिखे आवेदन पत्र के साथ उसकी योग्यता की पूरी जानकारी (बायोडाटा) रखी हुई थी। मुझे बैठने को कहा गया। 'थैंक यू' कहते हुए मैं कुरसी पर बैठ गया। कुछ पल शांति में गुजरे। फिर पैनल के चेयरमैन ने मेरी ओर देखकर कहा—

"आप की हैंडराइटिंग इतनी अच्छी कैसे?"

मैं धीरे से मुसकराया। मेरे मानस-पटल पर पल भर में, अतीत में घटी एक घटना उजागर हो गई।

तब मैं शिरूड़ के स्कूल में पाँचवीं कक्षा का छात्र था। सोमवार था। कक्षा में मैं खिड़की के पास बैठा करता। प्रार्थना के पश्चात् का पहला अध्ययन घंटा (पीरियड) चल रहा था। सहज ही बाहर ध्यान गया और देखा कि दीदी स्कूल की ओर ही आ रही है। किसी अनामिक आशंका से मैं डर गया। वह मेरी कक्षा के पास पहुँची, गुरुजी पढ़ाते हुए रुक गए। बाहर गए। दोनों की कुछ बात हुई। वे अंदर आए और मुझे इशारे से बाहर जाने के लिए कहा। मैं बाहर आया। वह बोली कि घर में मौसीजी आई हैं और तुम्हें घर

बुलवाया है। मेरी धड़कन तेज हो गई थी। मैं वाकई बहुत डर गया था। उसे कई बार कहा कि 'सच' क्या है, बता दो। उसका वही एक ही जवाब…"मौसीजी आई हैं…'

पर सच मैं जानता था।

यह जीवन का एक सत्य है कि जब हम कोई गलत काम करते हैं, तो हमें आनेवाली आपदा की पूर्व कल्पना होती है। हमारा मन उसकी विशिष्ट खामोश जुबान में हमसे यह बात कहता रहता है। असल में वह वैश्विक आत्मा की आवाज हमारे जरिए हमसे बात करती है। हम इस अंतरात्मा की आवाज को टालने की कोशिश करते हैं। हमें लगता है कि यह केवल दिमागी उपज है, न कि वैश्विक आत्मा की पुकार। पर किसी-न-किसी तरह हमारा उससे मुकाबला हो ही जाता है।

पिछले दिन मुझे पिताजी ने सुंदर लिखाई में एक परिच्छेद लिखने के लिए दिया था। मैंने उन्हें लिखकर दिखाया भी था। परंतु अक्षर अच्छा न लिखने की वजह से पिताजी ने उसे फाड़कर फेंक दिया था और दोबारा लिखने की आज्ञा दी थी। दोबारा मैंने कुछ अच्छे अक्षरों में लिखा, परंतु इस बार कई शब्दों को काट लगाकर दोबारा लिखे थे। पिताजी ने उसे भी फाड़ डाला और फिर एक बार लिखने को कहा। मैंने इस बार एक भी शब्द काटे बगैर, अच्छे अक्षरों में परिच्छेद पूरा किया। पूरा होने पर ध्यान में आया कि मैं बीच की एक पंक्ति लिखना भूल गया हूँ। बड़ी हिम्मत से मैंने वह कागज उनके हाथों में थमा दिया। मैं मन-ही-मन घबरा गया था। तभी पिताजी के एक मित्र घर किसी काम से आए, सो पिताजी उनके साथ बाहर निकल गए। जाते समय कह गए कि कल इसे मैं जाँचूँगा। मुझे कुछ राहत मिली और लगा कि कल को पिताजी इसे भूल जाएँगे। पर अब दीदी के स्कूल में आने पर मुझे आशंका से और भी डर लगने लगा। मन-ही-मन मैं जान गया कि मेरा मन रखने के लिए मेरी दीदी मौसी का नाम ले रही हैं। मेरी धड़कन तेज हो गई थी। घर पहुँचा। पिताजी पलंग पर बैठे थे। उनकी ओर देखने की मेरी हिम्मत न हुई। मैं गरदन झुकाए अंदर जाने लगा। मैं आगे बढ़ा ही था कि सटाक से मेरी पिंडली पर संटी (तुअर की हरी कमची) का प्रहार हुआ। लाल लंबा निशान बन गया। वेदना मस्तक तक पहुँच गई। मैं दर्द के मारे चीखकर रोने लगा। मैं माँ के पास गया, पर वह बेचारी चुप थी। बहन असहाय नजरों से देखती रही। मार से बचने के लिए मैं इधर-उधर हो लेता, पर संटी के वार होते ही रहे सारे शरीर पर। मैं कोने में, जहाँ भगवान् का छोटा सा आला था गिर पड़ा। मार खाते-खाते दोहरा हो गया। तब तक दो-चार लातें भी खाईं।

दस-पंद्रह मिनट बाद पिटाई थम गई। मैं हिचकियाँ लेते-लेते रोता रहा। साँस भी अटकी-अटकी सी चल रही थी। सारे शरीर से पसीना छूट रहा था। पसीने में मैं नहा गया था। थोड़ी देर बाद माँ ने मुझे अपने से चिपटा लिया। उस स्पर्श में थी

असीम करुणा। पल भर के लिए मैं दीन सा हो गया। फिर धीरे-धीरे मेरा मन शांत होता गया। रात को मैंने कब खाना खाया और कब गहरी नींद के अधीन हो गया, पता भी न चला।

सुबह के साढ़े चार-पौने पाँच बजे होंगे। पड़ोस के गाय के गोठ से गोरुओं के रंभाने की आवाज आने लगी। दूध दुहने के समय की चहल-पहल की आवाज से मैं जाग गया। माँ अभी ही उठी थीं और स्टोव जला रही थीं। दीदी और पिताजी सो रहे थे। अभी सूरज उगा न था। बाहर अँधेरा था। परंतु मन के क्षितिज पर महत्त्वाकांक्षा का सूरज उदित हो रहा था। सुंदर, साफ, कहीं भी काट न लगनेवाली आकर्षक लिखाई लिखने की महत्त्वाकांक्षा! ग्यारह वर्ष की उस छोटी सी उम्र में बहुत बड़ी प्रतीत होनेवाली महत्त्वाकांक्षा।

छोटी या बड़ी···महत्त्वाकांक्षा की यह अजीब विशेषता होती है कि वह मनुष्य को प्रचंड ऊर्जा से भर देती है। वह हमें निम्न स्तर की प्रेरणा से मुक्ति दिला देती है। ऐसा लगता है जैसे हम दुनिया की उच्च विचारधारा तथा शक्तियों से जुड़ गए हों। ऐसा प्रतीत होता है कि पहले भी यह उच्च विचारधारा तथा शक्तियाँ हमेशा हमारे इर्द-गिर्द हवाओं के झोंकों में थीं ही, परंतु उन्हें हम ग्रहण नहीं कर पा रहे थे···और अब हम दुनिया की उस भव्यता के साथ जुड़ गए हैं। मैंने जीवन में यह अनुभव किया है कि जितने हम दुनिया की भव्यता के प्रति ग्रहणशील होंगे, उतना ही ज्यादा हम निम्न घटिया प्रेरणाओं से मुक्त होंगे। हम एक अर्थपूर्ण जीवन जीना शुरू करेंगे, रोजमर्रा के मामूली बातों से अपने आपको दूर रखना शुरू करेंगे, हम 'जिंदगी जीना' और 'केवल अस्तित्व बनाए रखना' इन दोनों का फर्क समझेंगे।

उसी दिन से मैं एक-एक अक्षर के सुंदर लिखाई पर ध्यान देने लगा। हमारे गाँव का एक युवक उन दिनों अमलनेर के कॉलेज में पढ़ रहा था। उसकी लिखाई बहुत सुंदर थी। उसे देख मैंने समझ लिया कि मुझे सर्वप्रथम हाथ में पेन पकड़ने की पद्धति को बदलना होगा। पेन को निब के करीब से पकड़कर लिखने का अभ्यास किया मैंने। फिर इस बात पर ध्यान दिया कि सभी अक्षरों की लंबाई-चौड़ाई एक सी रखने का प्रयास करना होगा। इसका भी अभ्यास किया। और अंत में यह बात ध्यान में आई कि प्रत्येक अक्षर को यदि बाईं ओर जरा सा झुकाते (तिरछा) हुए लिखा जाए तो लिखाई की सुंदरता निखर जाती है।

ये तमाम सुधार मेरे अंतर्मन से उमड़ रहे थे और मेरा उत्साह बढ़ा रहे थे।

मन ही सबकुछ है, जब तक मन कुछ तय नहीं करता, तब तक हमारा शरीर कभी साथ नहीं देता। किसी काम में मन न होने के बावजूद काम शुरू रखने का नाटक तो हम कर सकते हैं, परंतु तब वह निरर्थक कार्य केवल बोझ बनकर रह जाता है। ऐसे बोझिल,

औपचारिक काम से न हमारे हृदय से आनंद का गीत उपजता है, न हमें मुक्ति की भावना का एहसास होता है। मैंने एक बढ़िया तरकीब सोची और उसे अमल में भी ले आया। पिताजी मुझे जो भक्तिगीत अथवा श्लोक सिखाते एवं याद करवाते, उन्हें मैं बार-बार लिखने लगा। उससे मेरा दोहरा लाभ हुआ। लिखाई सुंदर होती गई और सारा कुछ कंठस्थ भी होने लगा। धीरे-धीरे मेरी लिखाई की प्रशंसा होने लगी और मेरा नन्हा सा मन पुलकित हो उठा। मेरा उत्साह बढ़ता गया।

लक्ष्य के मार्ग पर चलते हुए हमारे काम में जो छोटे-छोटे सुधार होते हैं, वे हमपर गहरा सकारात्मक असर करते हैं। प्रत्यक्ष रूप से अनुभव न मिलने वाले बड़े सपनों से ज्यादा यह छोटी, लेकिन ठोस उपलब्धियाँ हमें अधिक उन्नत करती हैं।

मुझे याद है कि मैं सातवीं की 'विद्यावेतन' परीक्षा दे रहा था। मराठी के परचे के दौरान का किस्सा है। उत्तर पत्रिका में मैंने 'वृक्षरोपण' पर एक छोटा सा निबंध लिखा और उसे एक ओर रखकर मैं अन्य प्रश्नों के जवाब लिखने में मगन हो गया। परीक्षा के कमरे में पर्यवेक्षण कर रहे सर पर्यवेक्षण के लिए आए थे। वे उत्तर पत्रिका में जब अपने हस्ताक्षर कर रहे थे, उनकी नजर उस निबंध पर पड़ी। सातवीं के छात्र की इतनी सुंदर लिखाई देख वे अचरज में पड़ गए। आशंकित हो उन्होंने पूछा, 'यह तुमने लिखा है क्या?' मेरे 'हाँ' कहने पर उन्होंने एक बार फिर उस निबंध को ध्यान से देखा, हस्ताक्षर किए और प्रशंसा भरी निगाहों से मुझे देखते हुए वहाँ से निकल गए। कुछ देर बाद वे दूसरे सर को अपने साथ लिये मेरे पास आए और मेरा निबंध उन्हें दिखाया। उन्होंने भी मेरी ओर कौतुक एवं प्रशंसा से देखा। मैं गर्व से फूला न समाया। इस प्रकार से मेरी लिखाई का मुझे समय-समय पर लाभ होता रहा।

आठवीं कक्षा में पढ़ता था तब लिखाई की एक प्रतियोगिता में मैंने हिस्सा लिया था। अमलनेर की बात है यह। वहाँ मैं सर्वप्रथम घोषित हुआ था। कितना खुश हुआ था तब मैं!

आज के वर्तमान युग में परीक्षा हमारी जीवन प्रणाली का एक अविभाज्य अंग है। परचा जाँचनेवाले परीक्षक और परीक्षार्थी के बीच की कड़ी है उसकी उत्तर पत्रिका। इसके माध्यम से अपने व्यक्तित्व को उजागर करने का एकमात्र सही घटक होता है हमारी सुंदर लिखाई। परीक्षार्थी कौन है? कहाँ रहता है? वह कैसा है? इससे परीक्षक सर्वथा अनभिज्ञ होता है; परंतु हमारी उत्तर पत्रिका देखकर उसके मन में हमारी एक खास प्रतिमा निर्मित हो जाती है। उसे देख वे हमारे व्यक्तित्व का, तौर-तरीकों का, साफ-सुथरेपन का अंदाजा अवश्य लगाते हैं। उत्तर पत्रिका का पहला पन्ना देखते ही उनका मन प्रसन्न हो जाता है। सैंकड़ों परचे जाँचते-जाँचते वे ऊब जाते हैं, और बढ़िया लिखाई देख पल भर में वे उत्साहित हो जाते हैं। परचा जाँचते समय उनका भाव सकारात्मक हो जाता

है। वे उसी विचार को मन में रख अपना निहित कार्य करते हैं।

यह मुद्दा सिर्फ परीक्षा तक सीमित न रहते हुए रोजमर्रा की जिंदगी से भी संबंधित है। प्रतिदिन के व्यवहार में लिखे जाने वाले पत्र, आवेदन पत्र, अहवाल आदि सुंदर अक्षरों में लिखें, तब उसका सकारात्मक, बढ़िया असर ही होता है, यह मेरा अपना अनुभव है।

समसामयिक जीवनयापन का 'मूल्यांकन' एक अभिन्न हिस्सा है। चाहे परीक्षा हो या वार्षिक गोपनीय रपट अथवा 360 मूल्यांकन, जीवन में हमारा लगातार मूल्यांकन होता रहता है। हमारा हस्तलेखन, हमारे व्यक्तित्व का आईना है। आगंतुक द्वारा मिलने के लिए भेजी गई परची, बड़े अधिकारी के समक्ष रखी गई हाथ से लिखी गई टिप्पणी, बैठक के कार्यक्रम का छोटा सा ब्योरा—ऐसी कई सारे उदाहरण हैं जहाँ हम अपने हस्ताक्षर द्वारा अपने व्यक्तित्व को दूसरों के सामने पेश करते हैं।

परंतु इस सारे के लिए, यानी अक्षरों की सुंदर लिखाई की प्रेरणा मिलने के लिए मुझसा पिटना कदापि जरूरी नहीं है। अभिभावक अपने बच्चों को प्रेम से, स्नेह से, थोड़ी सी डाँट-डपट, अनुशासन से अवश्य प्रेरित कर सकते हैं। सुंदर लिखाई नितांत जरूरी है। अपने उम्दा व्यक्तित्व का वह दर्पण है। महात्मा गांधीजी ने भी अपने बुरे अक्षरों के प्रति पश्चात्ताप प्रकट किया था, इसे सभी जानते हैं।

दिन यूँ बीत रहे थे। मेरी पढ़ाई भी सुचारु रूप से चल रही थी। 90 प्रतिशत-92 प्रतिशत नंबर मिल रहे थे। कक्षा में मैं हमेशा अव्वल रहता था। सातवीं की परीक्षा खत्म हो गई। हमेशा की तरह छुट्टियों में हम मारवड गए। बड़ी मौज-मस्ती की। छुट्टियाँ खत्म हो जाने पर शिरूड़ लौट आए। स्कूल शुरू हो गया। मैं आठवीं में था। जुलाई का महीना था शायद। पिताजी स्कूल से घर लौटे थे। अनमने लग रहे थे। माँ-पिताजी की आपस में कुछ बातचीत हुई। मुझे और दीदी को उनके चेहरों पर तनाव दीख रहा था, परंतु हम कारण समझ न पा रहे थे। बाद में पिताजी ने बताया कि उनका शिरूड़ से पिलोदा तबादला हो गया है। यूँ सत्र के बीच होनेवाले तबादले की वजह से वे परेशान थे। वे पिलोदा के स्कूल में हाजिर हो गए। मकान की खोज में जुट गए। वहाँ दुर्भाग्य से मकान न मिल सका। अब साइकिल से जाकर वे अमलनेर में मकान खोजने लगे। पहचान के कुछ लोगों ने उनकी मदद भी की। बड़ी मुश्किल से अमलनेर में एक छोटा सा (8 फीट बाई 10 फीट) कमरा किराए पर मिल गया।

माँ ने सारा सामान समेटने, बाँधने की शुरुआत कर दी। फिर एक दिन हमारे शिरूड़ के छोटे से मकान के सामने एक ट्रैक्टर लाया गया। एक ही घंटे में सारी गृहस्थी का सामान उसमें लद गया। और वह घर...जिस घर ने मुझे बालवाड़ी से सातवीं कक्षा तक आसरा दिया था, मुझे सँभाला था, मुझे प्यार से बड़ा किया था, मुझे पिटते देखा था, रोते

देखा था और हँसते, खुशी से फूलते देखा था वह घर, आज घर नहीं, बल्कि मिट्टी का एक 'मकान' लग रहा था। सिर्फ एक मकान...

हमारा 'परिवार' ईट-पत्थरों के मकान में कितनी जान भर देता है! हमारे प्रियजन 'मकान' को 'घर' में परिवर्तित करते हैं। मकान और घर के बीच फर्क तभी महसूस होता है, जब किसी कारण घर बदलने के समय हम सूने खाली मकान को देखते हैं। जब हम अपने खुद के बड़े फ्लैट या बँगले में शिफ्ट कर रहे होते हैं, तब हमारे मन में तीव्रता के साथ कुछ क्षण के लिए यह विचार कौंध जाता है कि चलो वही पुराने घर में ही रहें। क्योंकि वह पुराना घर केवल चारदीवारी नहीं होती, बल्कि हमारे बुरे समय, हमारे दुःखों, हमारी कुंठाओं, हमारी छोटी-छोटी खुशियों का, और हमारे बढ़ने वाले छोटों का साथी होता है।

हम अपने सभी स्नेहियों से मिल आए। मकान मालकिन भाभू तो खून के रिश्ते से भी अधिक अपनी थी।

मेरे मन में भावनाओं का तूफान मच गया था। अपनी बालवाड़ी, इनाम में मिला पहला एक रुपया, दत्तगुरु का मठ, जहाँ उछलते-कूदते थे वह पार, कंडे बीनने के लिए जिन खेतों की ओर जाता था, उसकी पगडंडियाँ, जिला परिषद् की खपरैल इमारत, मेरी पहली पाठशाला, गोटियों, गिल्ली-डंडे का खेल, वे तमाम गुरुजन, दोस्त, वही जामुन का पेड़...सारा सारा मन में गहरे सँजोए मैंने सबसे...बड़े भारी मन से बिदा ली। भाग्य का प्रहार कभी-कभी बहुत निर्दयी प्रतीत होता है...सजीव और निर्जीव दोनों के साथ कोमल स्नेहयुक्त बंधन निर्माण होने में कितना समय लगता है...और विधाता बस...कुछ ही पलों में इस प्यार के बंधनों को अलग कर देता है...मीठी यादें एलबम का हिस्सा बन कर रह जाती हैं...

हम चारों भी ट्रैक्टर में जा बैठे। कीचड़ उछालता ट्रैक्टर अमलनेर की ओर निकल पड़ा। राह में डबडबाई आँखों से अपनी प्राथमिक-माध्यमिक पाठशालाओं के दर्शन किए। मेरे प्रिय लोटन गुरुजी कक्षा में पाठ पढ़ाते होंगे...मेरे मन ने मुझसे कहा- पाठशाला के सामने का साधुवत विशाल वृक्ष मुझपर आशीर्वाद की बौछार कर रहा था...और शायद कह रहा था...'आगे बढ़ो मेरे बेटे...'बदलाव' ही जीवन का कभी न बदलने वाला सत्य है। भाग्य को मत कोसो...बदलाव से मत डरो...उसे गले लगाओ...उसके साथ जीओ...परंतु आत्मा को चट्टान की तरह अजेय रखो...बड़े होने पर मेरे जैसा बनो...शांत, पवित्र बे लगाव...शक्तिमान...ताकतवर और फिर जो भी तुम्हारे सहारे आए उसे छाया, फल और फूल देने के लिए सदा तत्पर रहो... ।' हाईस्कूल से आगे रास्ता कुछ ऊँचाई पर था...कुछ देर तक स्कूल दिखाई देता रहा...ढलान आने पर सिर्फ टीन की छत...धीरे-धीरे वह भी आँखों से ओझल होती गई...

धीरे-धीरे किशोर मन के चित्रफलक से पाठशाला की जीवंत चिरस्थायी छवि लुप्त हो गई। आँखों से आँसू टपककर मेरे चेहरे पर आ गए। मेरा मन फुसफुसाया 'यह विधाता का निर्दयी प्रहार है। उस छोटे से देहात में हम कितने खुश थे! भाग्य मेरे खुशी भरे दिनों को मुझसे दूर क्यों लेकर जा रहा है? भाग्य ने मेरे हर्ष भरे जीवन में क्यों खलल डाली? ऐसे आकस्मिक बदलाव हमारे जीवन में क्यों आते हैं?''

मुझे कोई उत्तर नहीं मिला...

भगवान् सवालों के जवाब नहीं देते...वे केवल प्रार्थना को सुनते हैं, मन की प्रार्थना को। बुरे समय में हम प्रार्थना करते हैं, परंतु उस वक्त हमारा मन शांत नहीं होता। बुरे समय में भगवान् की प्रार्थना, वास्तव में उससे की हुई शिकायत होती है। बाहरी रूप से वो शायद प्रार्थना हो, लेकिन वास्तव में वह होता है एक प्रश्न, एक शिकायत! इसलिए यह कहा जाता है कि हमें अच्छे समय में प्रार्थना करना चाहिए, ताकि बुरा वक्त आने से पहले हमारे पास भगवान् की कृपा हो।

जहाजी कप्तान की एक कहानी मैंने पढ़ी है। सेवानिवृत्ति के पश्चात् एक निवृत्त कप्तान दिन में सैर करनेवालों के लिए जहाज को शेटलैंड द्वीपों को ले जाया करता था। एक यात्रा के दौरान, जहाज नवयुवकों से भरी हुई थी। जब उन्होंने बूढ़े कप्तान को जहाज शुरू करने से पहले प्रार्थना करते हुए देखा तो हँस पड़े, क्योंकि दिन खुशगवार और सागर शांत था।

वे सागर में ज्यादा दूर नहीं गए थे कि अचानक सागरी तूफान ने जहाज को बुरी तरह से हिचकोले देना शुरू किया। घबराए हुए मुसाफिरों ने कप्तान से कहा कि वे प्रार्थना में शामिल हो। परंतु कप्तान ने जवाब दिया, ''मैं शांति के समय प्रार्थना करता हूँ, जब तूफान आता है, तो मैं जहाज की ओर ध्यान देता हूँ।''

यह सत्य है। यदि हम अपने जीवन के सुख और शांति के क्षणों में भगवान् और उसकी कही हुई बातों की ओर ध्यान नहीं देंगे तो संकट के समय शायद ही हमें उसकी सहायता मिले। संकट के क्षणों में हम इतना डर जाएँगे की ठीक से प्रार्थना भी नहीं कर पाएँगे। परंतु यदि हम शांति के क्षणों में भगवान् में आस्था और प्रार्थना करें, तो निश्चित तौर पर कठिन समय में हमें उसकी सहायता मिलेगी।

जब हम जिंदगी के सुख-चैन के दौर में होते हैं, तब हमारी चाहत होती है कि, यह कभी खत्म न हो। परंतु नियति हमारे लिए कुछ और ही सोचकर रखती है। उसे ऐसा लगता है कि बढ़ते हुए झरने का पानी किसी एक जगह जमा होकर गड्ढे में परिवर्तित न हो! उसे लगता है कि नदी सीधे सागर में जाकर मिले!

एक अध्याय यहीं समाप्त हो गया। वह समाप्त हो ऐसी, चाह भी न थी...सबकुछ बढ़िया ही चल रहा है, ऐसा मेरा मन बार-बार कह रहा था।...परंतु...परंतु उस अज्ञात

परम वैश्विक शक्ति ने कुछ और ही ठानी थी। उसे जल के थम जाने से इनकार था···थम गया पानी, जम गई काई···बहती नदिया ही साफ कहलाई···वह परम शक्ति नदी को सागर की ओर ही ले जाना चाहती थी, क्योंकि मेरे साथ पाथेय था···

पाथेय था संस्कारों का, रुचि थी गहरे अध्ययन की···और इसी के आसरे मुझे अपना अगला प्रवास सफलतापूर्वक पूरा करना था।

□

पुनः आलोकित हुई ज्योति

अमलनेर का वह छोटा सा कमरा, हमारा घर। नहानी भी उसी में बनी हुई। सामान रखने के पश्चात् सिर्फ दो लोगों के बैठने की जगह बचती। घर से लगा सार्वजनिक शौचालय। दरवाजे के समाने था गंदे पानी का डबरा।

वहाँ जाने पर सबसे बड़ी समस्या आन खड़ी हुई मेरे दाखिले की। सत्र के बीच होने वाले तबादले की वजह से उपजी समस्या। मेरे वहाँ जाने से पहले ही सारी सीटें भर गईं थीं। जी.एस. हाईस्कूल में प्रवेश मिलना कठिन हो गया। मेरे सौभाग्य से शिक्षा मंडल के सदस्य डॉ. बडगुजर से वहाँ हमारी मुलाकात हो गई। वे हमारे परिवार को खूब अच्छे से जानते थे। मैं चौथी तथा सातवीं कक्षा का, अपने जिले में स्कॉलरशिप की परीक्षा में आया अव्वल छात्र था। यह बात जब पिताजी ने उन्हें बताई, उन्होंने तुरंत दाखिले के लिए मेरी सिफारिश की और मुझे दाखिला मिल गया।

मेरी ही कक्षा में पढ़नेवाले 3-4 छात्र मेरी ही गली में रहते थे। मैं उनके साथ स्कूल जाने लगा। शहर का नया वातावरण, नया स्कूल, नई कक्षा, नई प्रार्थना, नए शिक्षक...इस नई दुनिया में मुझे शिरूड़ की तीव्रता से याद आती रही। वहीं लौट जाने को मन करता। वहाँ अहिराणी भाषा की ही आदत, परंतु यहाँ उससे सभी अनभिज्ञ! यहाँ सभी के पैरों में जूते या चप्पल होते और एकमात्र मैं नंगे पाँव! मन में डर ने प्रवेश कर लिया था। न्यूनत्व की भावना जोर पकड़ने लगी। यहाँ, इस वातावरण में निबाहना बड़ा मुश्किल लगा। मन कहता, 'वहाँ गाँव-खेड़ा ही ठीक था। वहाँ तुम बड़े बुद्धिमान बने फिरते थे न? यहाँ तुम किस झाड़ की पत्ती? तुम से तेज और अधिक बुद्धिमान छात्रों की यहाँ कोई कमी नहीं...'

अब तुलना भी किस-किस बात की भला? यहाँ सभी छात्रों को 'कोचिंग क्लास' का मार्गदर्शन! उनके पास सभी क्रमिक पाठ्य-पुस्तकों के गाइड्स! उनके बढ़िया सुविधाजनक बस्ते! मेरा बस्ता था, पुरानी निरमा पाउडर की प्लास्टिक की थैली! मन को

किसी भी प्रकार का आसरा नजर न आ रहा था। डर! सिर्फ डर! न्यूनत्व की भावना!

पहला दिन था मेरा नए स्कूल में। मैं कक्षा में गया। सभी छात्र मेरी ओर सरकस के किसी अजीबोगरीब जानवर की नजर से देख रहे थे, पर एक लड़का मेरे पास आया। बड़ी आत्मीयता से उसने मेरा नाम पूछा और कक्षा में मुझे अपने पास बिठाया। दूसरे दिन वह घर भी आया था मेरे। धीरे-धीरे हम गहरे दोस्त होते गए। मैं शालांत परीक्षा में सिर्फ मेरिट में ही नहीं, बल्कि पहले नंबर पर आऊँगा, ऐसा यकीन के साथ कहनेवाला मेरा मित्र है 'जीतू अग्रवाल'।

जीवन में हमें जीवकंठश्च मित्रों की जरूरत होती है, खासकर तब, जब हम असुरक्षित एवं भयग्रस्त होते हैं। हम यदि अपने स्तर पर यशस्वी हों, तो चारों ओर बहुत सारे लोग होते हैं, पर मित्र तो इक्का-दुक्का ही होता है। यह तय कर पाना बहुत मुश्किल होता है कि कोई व्यक्ति सही में मित्र है या किसी परोक्ष उद्‌देश्य के लिए करीब आया है। इस आशंका के कारण हमारी भावनाओं को बाँटना कठिन होता है। फलस्वरूप भावनाओं को बाँटा नहीं जाता, या अधूरे मन से बाँटा जाता है, या बाँटने के पश्चात् हमारे मन में भय बना रहता है कि कहीं हमने गलत व्यक्ति के साथ तो भावनाओं को नहीं बाँटा! यहाँ पर हमारे खरे-खरे मित्र काम आते हैं। वे हमारी मर्यादा, कामयाबी, संपत्ति, पद तथा स्थान से कोई लगाव नहीं रखते। उनका लगाव होता है सिर्फ हमारे हृदय से। हमारी तथाकथित कामयाब जीवन के कुछ भी मायने क्यों न हो, ऐसी दोस्ती को हमने जान-बूझकर सँजोए रखा है।

नए स्कूल में आए मुझे अभी एक हफ्ता भी नहीं हुआ था, और जीवन में आगे बढ़ने के लिए प्रेरणा देने वाली एक घटना घटित हो गई। उस दिन हमारे एक शिक्षक आए न थे, इसीलिए एक पीरियड खाली था। सभी विद्यार्थी अपना-अपना जमघट लगाएं गप्पें हाँक रहे थे। तभी एक लड़के ने मुझसे पूछा—

"तुम्हें सातवीं में कितने प्रतिशत नंबर मिले?"

"92 प्रतिशत!" मैंने गर्व से कहा।

मेंरा जवाब सुनकर सभी हँस पड़े। तभी एक लड़के ने कहा—

"अरे , उसके पिताजी उसी स्कूल में मास्टरजी हैं न···इसीलिए···"

फिर सारे खिलखिला पड़े। फिर एक सवाल—

"अंग्रेजी में कितने?"

"90 प्रतिशत!"

फिर वही लड़का बोला, "अरे, गाँव-खेड़े में 90 प्रतिशत यानी यहाँ वे 60% ही समझो!" यह सुन सभी ठहाका मारकर हँस पड़े। तभी एक व्यंग्य से बोला—

"अरे, अपनी कक्षा में जो प्रथम आया है, उसे कुल 90 प्रतिशत नंबर मिले हैं···यदि

संदीप यहाँ होता तो वही प्रथम होता··· ? क्या समझे···स्कॉलर है भैया···जरा सँभलकर रहना बच्चू···''

फिर हँसी का फव्वारा। मैं बिलकुल चुप। वैसे भी गाँव-खेड़े से शहर में आने का मानसिक तनाव था। न्यूनत्व की भावना से भरमाया हुआ और तिसपर ये व्यंग्यात्मक तीर···मैं पस्त हो गया।

मेरा वहाँ से मन ही उचट गया। मन-ही-मन यकीन हो गया कि हम जैसे लोग गाँव में शेर होते हैं। यहाँ अपने से अधिक बुद्धिमान, तेज लड़के हैं। अपनी क्या औकात? अपने एक सहकारी का बेटा जान वाकई सभी गुरुजन मुझे ज्यादा नंबर देते होंगे।

इसके साथ एक और समस्या का सामना। कक्षा में पूछे जाने वाले प्रश्नों के जवाब देने में जैसे होड़ लग जाती। जिन लड़कों ने अंग्रेजी, गणित, विज्ञान के लिए ट्यूशन लगवाई थी, वे फटाफट सही जवाब दे देते। इस मामले में मैं पिछड़ जाता। जवाब देते न बनता और तब मुझे पूरा यकीन हो गया कि मैं मूढ़ मति हूँ और बुद्धिमान लड़कों में आ गया हूँ।

कुछ दिनों बाद मेरी समझ में यह बात आ गई कि ट्यूशन में जो पाठ पहले ही पढ़ाए जा चुके होते हैं, वे कक्षा में बाद में पढ़ाए जाते हैं। स्वाभाविक तौर पर उन पाठों पर आधारित प्रश्नों के जवाब वे छात्र तुरंत दे पाते थे। पर एक बात और भी थी कि उन क्रमिक प्रश्नों के अलावा यदि कोई नया प्रश्न पूछा जाता (पाठ पर आधारित) तब उसे सबसे पहले मैं ही हल कर पाता था। तब सोचा कि अन्य लड़कों के साथ बराबरी करने के लिए मुझे भी ट्यूशन लगवानी होगी।

मुझे ट्यूशन का अब तक कोई अनुभव न था। स्कॉलरशिप परीक्षा की तैयारी के लिए सुतार गुरुजी का मार्गदर्शन अवश्य मिला था, परंतु उसे 'व्यावसायिक ट्यूशन' नहीं कहा जा सकता। वहाँ किसी भी तरह की होड़ न थी। घर आकर माँ से प्राइवेट ट्यूशन की बात कही। 'हाँ-ना' करते-करते एक जगह मैं ट्यूशन के लिए जाने लगा। परंतु दो-तीन दिनों में ही मैं वहाँ से उकता गया। वह तरीका मुझे पसंद न आया कि शिक्षक के आदेशानुसार ही पढ़ना है और उनके द्वारा लिखाए गए जवाबों को ही लिखना है। अगले दिन से मैंने वहाँ जाना बंद कर दिया।

पर दिमाग में विचार घुमड़ते रहे। अन्य लड़कों द्वारा कसे गए ताने मेरे दिमाग में सुई से चुभने लगे। बार-बार अपने आप से मैं सवाल करता कि क्या वाकई नब्बे-बानवे प्रतिशत नंबर लाने की मेरी योग्यता नहीं है? क्या आज तक मिले नंबर मिथ्या हैं? मेरे देहाती, बावले व्यक्तित्व से मेरी अयोग्यता सिद्ध होती है क्या? बाहरी रूप और अंदरूनी सामर्थ्य का क्या कोई आपसी संबंध ही नहीं? मेरे कोमल मन पर प्रत्येक कमी एवं न्यूनत्व का बोझ भारी पड़ने लगा।

पिताजी बेचारे दूर रहे स्कूल में होने की वजह से सारा दिन आने-जाने के चक्र में

इस कदर अटक गए थे कि उनके आधार का सवाल ही न उठता था। इस असहनीय तनाव का असर दो प्रकार से हो सकता था। यानी, या तो मैं नकारात्मक विचारों की गर्त में डूबकर बहुत कुछ खो देता, अथवा अपनी पूरी क्षमता के साथ उभरकर अपनी योग्यता को सिद्ध करता!

इस संपूर्ण जीवन में हमें हमेशा दुविधा का सामना करना पड़ता है विशेषकर उस मोड़ पर जहाँ हम बदलाव का सामना करते हैं···जब कई विकल्पों में से कुछ विकल्पों का हमें चयन करना होता है। ऐसी स्थिति में अचेतन मन के स्तर पर लिया गया निर्णय हमारे आगे का रास्ता तय करता है। उससे तय होता है कि, परिवर्तन के तूफान में खोकर हम गैर-इकाई बन जाएँगे या उसी तूफान पर सवार होकर विजयी बनेंगे। मैं पुनः स्वामी विवेकानंद को उद्धृत किए बगैर नहीं रह सकता, "उठो, धीरज रखो, शक्तिमान बनो, संपूर्ण जिम्मेदारी अपने कंधे पर ले लो। ये जान लो कि आप अपने भाग्य के निर्माता हो। शक्ति और सहायता आप के अंदर है।"

फिर एक बार मुझे उस अज्ञात शक्ति ने उबारा। मैंने दूसरे विकल्प को अपनाया। मुझे मेरी क्षमता, योग्यता सिद्ध करनी ही है, और वह भी बिना किसी ट्यूशन के। कम-से-कम अपनी टुकड़ी में पहले स्थान पर आना है। सारी शिथिलता, ग्लानि को झटककर मैं पढ़ाई में लग गया। मन पर रहा सारा तनाव धुल गया। न्यूनत्व की भावना जाती रही। अब अपना लक्ष्य सामने था। पास थी सिर्फ पाठ्यक्रम की पुस्तकें। न कोई गाइड और न ही कोई स्वाध्यायमाला। सिर्फ पाठ्यक्रम की पुस्तकों पर पूरा भरोसा किया। उनपर पूरा ध्यान दिया। मैदान में खेलना भी आवश्यक था, सो उसमें कोई कटौती न की। अन्य और कोई 'टाइमपास' नहीं। भिड़ गया मैं पढ़ाई में।

धीरे-धीरे मैं भी कक्षा में पूछे जाने वाले सवालों का जवाब देने लगा। शिक्षकों का मेरी ओर ध्यान जाने लगा। सुंदर लिखाई ने भी मेरा खूब साथ दिया इस जंग में। देखते-देखते सत्र समाप्त होने को आया। आठवीं की परीक्षा पार हुई। नतीजा भी निकला। मैं···मैं अपनी कक्षा में सर्वप्रथम स्थान पाकर सफलता की ऊँचाई को छू गया। I conquered myself मैंने अपने आपको जीत लिया था। मेरा खोता जा रहा आत्मविश्वास मैंने दोबारा संपादित कर लिया था।

हमें अपने आपको हराते रहना चाहिए। जब भी हम विजयी होते हैं, वह विजय ना दूसरों पर है, ना कोई बाहरी वस्तु पर है। उस विजय से पहले हमारी खुद की क्षमताओं के बारे में एक विशिष्ट कल्पना होती है। विजय के साथ हम उस कल्पना को, स्वतः की क्षमताओं की गलतफहमियों को लाँघ जाते हैं। हम खुद होकर अपना कद ऊँचा कर लेते हैं। यही है हमारी अपने ऊपर की विजय! एक पर्वतारोही एवरेस्ट पर चढ़ने के बाद कहता है—

''मैंने अपने आपको जीत लिया।'' वो यह भी कह सकता था कि मैंने एवरेस्ट को जीता। लेकिन नहीं, वह यूँ बोला कि मैंने अपने आप पर विजय पाई है।

न्यूनत्व की तमाम भावनाओं को धोबी पछाड़ पटकनी देकर मैंने अपनी क्षमता को सिद्ध कर दिया था। इसका अर्थ सिर्फ इतना ही है कि मनुष्य जब कोई सफलता प्राप्त करता है, तब वह किसी और पर विजय प्राप्त नहीं करता है, बल्कि अपने आप पर विजय प्राप्त करता है। उसका अपना ही पुनर्जन्म होता है। अपनी कमियों, खामियों को जब हम अन्य लोगों से प्रकट करते हैं, तब वाकई हम अपने आपको उसी लायक समझते भी हैं। उस अवस्था से ऊँचा उठकर अपने आपको सिद्ध करना ही अपने आपको जीतना है। यानी अपनी पहले वाली प्रतिभा को पराभूत करना है।

अपने आप पर, अपनी कमियों पर, अपनी वासनाओं पर, अपनी खामियों पर विजय पाना, जीवन के प्रत्येक पल की माँग है। हम जीवन की उस पुकार को प्रत्युत्तर नहीं देते। जैसे अँजुरी में भरा जल प्रतिपल बह जाता है, अंजुरी को रीता कर जाता है, वैसे ही हमारा प्रत्येक क्षण अपनी गति से, चुपके से छिटक जाता है। अंत में हाथ कुछ नहीं बचता।

आठवीं कक्षा में मेरी अंजुरी भर गई थी। अपनी कक्षा में मेरे प्रथम आने की खुशी माता-पिता को बहुत हुई। परंतु जीवन यदि सीधी लीक पर चले तो उसे जीना या जीवन कैसे कह सकते हैं भला? मेरे साथ भी ऐसा ही कुछ अचंभित करने वाला वाकया घटित हो गया। नवीं कक्षा में मेरे लिए नियति ने एक अलग ही मार्ग चुन रखा था। बिलकुल अलग मार्ग...कल्पना से परे! शायद मेरे जीवन की दिशा को दूसरी ओर मोड़ देने वाला मार्ग...जीवन की नैया को बहकाने वाला मार्ग!

□

मेरा पतन-मेरा उत्थान

अमलनेर के स्कूल में अब मेरा मन लग गया था। पढ़ाई भी बढ़िया चल रही थी। कमियों की भावना कुछ कम हो गई थी। मन में जरा हिम्मत भी बढ़ गई थी। आत्मविश्वास बढ़ रहा था। यह सच है कि तनावग्रस्त व्यक्ति कुछ दबा दबा सा रहता है। परंतु तनाव के दूर होते ही वह अपने आपको, बुद्धि को, मन को मुक्त कर देता है। मेरे साथ भी वही हुआ। आठवीं की सफलता ने आत्मविश्वास बढ़ाया। भले ही मैं देखने में देहाती, बावला था, परंतु अपने आपको सिद्ध करने की ताकत मुझमें है, इसका यकीन आ गया था। इस सारे का विपरीत असर मुझ पर होने लगा।

मेरा अपने आप पर रहा नियंत्रण कुछ कम होने लगा। पूरा ध्यान पढ़ाई की ओर देने के बजाय चित्त ने कुछ आना-कानी करनी शुरू कर दी। चित्त के विचलित होने लायक पोषक वातावरण भी था। जब शिरूड़ में था, तब जरा भी कुछ विपरीत (गलत) काम किया तो खबर दस मिनट के अंदर घर तक पहुँच जाती। छोटा सा गाँव। सभी से जान पहचान। तिसपर बुद्धिमान कहलाने का मान! सभी का ध्यान मेरी ओर होता, अतः अपने आप पर सहज ही नियंत्रण भी था।

अमलनेर की बात ही अलग थी। अपनी कॉलोनी के बाहर मुझे जानने-पहचानने वाला कोई नहीं। शहर में किसी का, किसी से कोई खास लगाव, लेना-देना नहीं होता। यहाँ वही बात थी। शिरूड़ में मैं और पिताजी एक ही स्कूल में थे। परंतु यहाँ मैं कौन हूँ? किसका बेटा हूँ? क्या करता हूँ? किसी को कुछ पता न होता। पिताजी का स्कूल बहुत दूर था, अतः वे सुबह जल्दी निकल जाते और शाम देर से लौटते। उनका मेरे स्कूल से कोई संबंध रह न पाया था। स्कूल से आने के बाद पिताजी इस कदर थक जाते कि उनका मेरी ओर ध्यान ही न रहता। कोई नियंत्रण भी नहीं। यानी अब मैं पूर्णतया मुक्त पंछी था। न कहीं कोई ट्यूशन न और कुछ। बहुत सारा खाली समय था मेरे पास। माँ अपने कामों में सदा व्यस्त रहतीं।

इस सारे का जो विपरीत असर होता है आमतौर पर, वह मुझ पर भी होने लगा। मेरे अंदर रहे सद्‌गुणों की शक्ति धीरे-धीरे कम होती गई। मुझे प्रेरणा देनेवाली ईश्वरीय शक्ति धीरे-धीरे लोप होती गई। मेरा मन दुर्गुणों के अधीन हो गया। अचानक जेल से छूटे कैदी की तरह मेरी मानसिक अवस्था बन गई। पहले अपने पर बहुत सारे बंधन थे, पर अब मैं स्वतंत्र हूँ, मुक्त हूँ, ऐसी गलतफहमी मुझ पर हावी हो गई थी। संयम तथा बंधन, स्वतंत्रता और स्वैच्छाचार के बीच रहे फर्क को समझने की मेरी उम्र भी नहीं थी। यदि स्वतंत्रता को नियंत्रित न रखा गया तो उसमें स्वैच्छाचार के अंकुर फूटते देर नहीं लगती, यह बात मुझे लंबे समय के बाद समझ में आई। उस समय मेरी जो उम्र थी, अधिकतर इस उम्र में बच्चों को सिनेमा का गहरा आकर्षण होता है। यह स्वाभाविक भी है। घर में इसीलिए टी.वी. का खूब आकर्षण रहता है, परंतु घर में माता-पिता का नियंत्रण भी होता है। जैसा मैं पहले ही कह चुका हूँ कि मेरे माता-पिता का मुझ पर रहा अनुशासन कम हो गया था।

उस दिन किसी कारणवश स्कूल की छुट्टी जल्दी हो गई। मैंने सोचा कि अभी से घर जाकर करना क्या है। पिताजी तो शाम को घर लौटेंगे। मैं स्कूल की वरदी में ही अपने

सिनेमा के पोस्टर्स मैं देखता रहा, आँखें फाड़कर, घंटो¨

बस्ते सहित शहर में घूमने निकल गया। घूमते-घूमते मैं 'तंबोली' सिनेमाघर के पास पहुँचा। बाहर दीवार पर सिनेमा के अलग-अलग कई आकर्षक पोस्टर लगे थे। मैंने अपनी जिंदगी में पहली बार ऐसे पोस्टर देखे, जिनमें सिनेमा के हीरो-हीरोइन, फाइटिंग, डांस आदि चित्रित थे। उन्हें देख मेरी आँखें अचरज से फैल गईं। करीब एक घंटे तक मैं उन पोस्टरों को कौतुक से, विस्मय से निहारता रहा। देर होने लगी, तब वहाँ से निकल पड़ा। घर आया। दिमाग से पोस्टर हटने को तैयार नहीं। वे हीरो, डांस, फाइटिंग आदि आँखो के सामने घूमते रहे। सोचा, पोस्टरों के देखने मात्र से इतना मजा, तब प्रत्यक्ष रूप से सिनेमा कितना बढ़िया होगा! पर जाऊँ कैसे?

कॉलोनी के एक घर में हमें सिर्फ महाभारत, चित्रहार को टी.वी. पर देखने की इजाजत बड़ी मुश्किल से मिली थी। सिनेमा का नाम लेने से तो घर में ही 'महाभारत' मच जाएगी, इसका विश्वास था मुझे। तीन-चार दिन इसी बारे में सोचता रहा। फिर एक शनिवार को (स्कूल जल्दी छूटने पर) मैं टॉकीज पहुँचा। दूसरा सिनेमा लगा था। उसके भी आकर्षक पोस्टर देखे। बड़ी हिम्मत जुटाकर टिकट की खिड़की के पास गया। पता चला कि सबसे कम वाला टिकट तीन रुपए का था। मेरे पास पैसे कहाँ थे! वैसे ही घर लौट आया।

दिमाग से सिनेमा हटने को तैयार नहीं। उसे देखने की तीव्र इच्छा मेरे मन पर हावी होती गई। इस इच्छा ने मेरी विवेकबुद्धि को ग्रस लिया। मेरे अच्छे विचारों, आचारों पर वह मात कर गई। अब संयम का अर्थ बंधन में बदलता गया। पूरे हफ्ते उस तीव्र इच्छा ने मेरे मन में तूफान मचाया। एक ही विचार निरंतर मन पर हावी होता गया। सिनेमा...रुपयों का जुगाड़...!

हमारे घर में एक बरतन में चिल्लर रुपए रखे जाते थे। छोटे-मोटे खर्चे के लिए माँ उसमें से रुपए लेती रहतीं। पंद्रह-बीस रुपए की चिल्लर उसमें रखी होती। अच्छाई पर बुराई की मात का समय आ गया था। एक सप्ताह तक मैं इस अंतर्कलह में घिरा हुआ था। कहा गया है कि 'दुनिया की सबसे बड़ी लड़ाइयाँ दिमाग के खामोश कमरे में लड़ी जाती हैं।' 'Biggest battles in the world are fought in the silent chambers of mind.'

अगला शनिवार आया। पिताजी सुबह ही स्कूल को निकल गए थे। बहन घर में न थी। माँ नहाने गई थीं। मैंने हौले से उस बरतन में हाथ डाला और आहिस्ता से एक-एक कर तीन सिक्के चुपके से निकाल लिए और एक किताब में छिपाकर रख लिए। वह किताब अपने बस्ते (निरमा की थैली) में रख ली। थोड़ी देर बाद माँ ने चाय दी। मैं सकुचा गया था...जीवन में आज पहली बार माँ से नजर मिलाना मुझे कठिन हो गया। उनकी ओर आँख उठाकर देखने की हिम्मत मैं जुटा न पाया।

पहली बार मेरा मन सिकुड़ गया। मेरे अब तक के छोटे से जीवन में अपराधी भावना जैसी घातक भावना मैंने नहीं देखी है। वह हमें जिंदा लाश बना देती है। वह

जीवन की ऊर्जा को निर्बल बना देती है, वह स्वयं के खिलने की प्रक्रिया को जला देती है। महात्मा गांधी ने सही कहा है, ''मनुष्य अँधेरे में जो करता है, यही उसका चरित्र है।'' प्रकाश में जो डरता है, उसमें निश्चित ही कुछ गड़बड़ी है। उसमें ऐसा कुछ है, जो अपने स्वयं के विरुद्ध है। अँधेरे में सुरक्षा की भावना होना यह स्वयं की गिरावट है···यह परतंत्र के अंदर की स्वतंत्रता है···यह अपने आप में विरोधाभास है···और विरोधाभास ऊर्जा को निर्बल बनाता है।

ऐसा तो अन्य प्राणियों के साथ भी नहीं होता। क्या कभी किसी प्राणी को विरोधाभासपूर्ण जीवन जीते हुए देखा है ? कभी नहीं। वह अपने 'स्वभाव' के अनुरूप ही रहते हैं। वह कभी दोहरा जीवन नहीं जीते। सिर्फ आदमी दोहरा जीवन जी सकता है और उसके कारण तनाव में रहता है। इसका मतलब यह कतई नहीं है कि प्राणी हमसे बेहतर हैं। इसका मतलब केवल यह है कि आधुनिकता में हमें कई अच्छी चीजें तो दी हैं, लेकिन हमसे हमारा 'स्व' रूप भी छीन लिया है। 'स्व' रूप खोजने की हमारी मूल क्षमता को छिन्न-विच्छिन्न कर दिया है।

मैं स्कूल गया। छुट्टी जल्दी हो गई। घर लौटा। वरदी उतारकर दूसरे कपड़े पहन लिये। वरदी के साथ संस्कारों का कवच भी उतर गया। माँ से 'मैं खेलने जा रहा हूँ' कहा और टॉकीज की ओर निकल गया। वहाँ पहुँचा, पर मन में डर समाया था कि कहीं कोई पहचानवाला न मिल जाए! कोई मुझे जानने न पाए! जल्दी से टिकट खरीदा और अंदर घुस गया। बत्तियाँ बुझा देने पर अँधेरे में मन को राहत मिली। अब तीन घंटे कोई चिंता नहीं। इसे कहते हैं परतंत्रता में रही स्वतंत्रता! हमेशा के ढर्रे से बना वह सिनेमा था। मध्यांतर में फिर टेंशन! वहीं, कुरसी में जमा रहा मैं।

जब खेल खत्म हुआ तब चोरों की तरह दुबकता हुआ बाहर आया। घर पहुँचा, वहाँ सबकुछ ठीक था। किसी के मन में कोई आशंका न थी। सिर्फ मैं ही आशंकित था। चोर की दाढ़ी में तिनका··· ! यूँ भी घर में रखी उस चिल्लर का कोई हिसाब रखता न था। किसी के ध्यान में कुछ न आया। मेरी पहली चोरी सफल रही।

अब मेरी हिम्मत बढ़ गई थी। तीनों सिनेमाघरों में हाजरी लगा आया मैं। पैसे चुराता रहा। किसी का ध्यान नहीं गया। इस सारे में 'विश्वास' का हिस्सा बहुत बड़ा था। माता-पिता का अपने होनहार पुत्र पर इतना दृढ़ विश्वास था कि इस प्रकार का कोई गलत काम वह करेगा, वे सोच भी नहीं सकते थे।

अब मैं और भी हिम्मतवाला हो गया। सोचा, सिर्फ शनिवार के दिन ही सिनेमा क्यों ? और दिनों भी जाया जा सकता है। तब एक सोमवार रोज की तरह मैं बड़ी छुट्टी में घर आया। प्रतिदिन उस समय मैं और माँ चाय पीते थे। मैं बस्ता लिए अपनी स्कूली वरदी में बाहर निकल गया। माँ को लगा होगा कि बेटा स्कूल गया है, पर मेरे कदम

थिएटर की राह चल दिए। तीन से छह के शो में जा बैठने लगा। छह बजे तक रुकना नामुमकिन था, क्योंकि मेरी गली के लड़के स्कूल से सवा पाँच बजे तक घर पहुँच जाते। मेरा भाँडा न फूट जाए, इस डर से मैं पाँच बजे सिनेमा आधा ही छोड़ घर दौड़ जाता। माँ बेचारी समझतीं कि बेटा स्कूल से लौटा है।

अब मैं रोज सिनेमा जाने लगा। बड़ी छुट्टी के बाद के सारे पीरियड से मैं नदारद रहता। इस बात का मुझे कोई गम न होता कि मेरी पढ़ाई डूब रही है। मेरी सारी संवेदन शक्ति क्षीण हो गई थी। मैं पहले का 'संदीप' न रहा था। कोई शक्तिशाली प्रवाह मुझे पूरी गति से बहा ले जा रहा था।

एक बार मन में आशंका उठी कि मैं रोज-रोज पैसे चुराता हूँ, यदि किसी के ध्यान में आया, तब ? पर बिगड़ने की दिशा में मेरे तारे बुलंद थे। पिताजी अपनी नौकरी और आने-जाने में इतने व्यस्त हो गए थे कि पहले की तरह बाजार जाने के काम वे कर न पाते थे। तब सब्जी आदि लाने के लिए माँ मुझे बाजार भेजने लगीं। अमलनेर में हर सोमवार हाट का दिन होता। मुझे इस बात का गर्व होने लगा कि मैं नवीं कक्षा का छात्र, घर के सौदा-सुलूफ के काम को बखूबी निभा रहा हूँ। शुरू में मैं माँ को सारा सामान और बचे हुए पैसे ईमानदारी से लौटा देता। पर अब···अब मेरे मन में 'कलि' ने प्रवेश कर लिया था। मैं बखूबी जान गया था कि माँ को बाजार भावों का कोई पता नहीं चलता। अत: अब मैंने उन पैसों में से कुछ पैसे अलग रखना शुरू कर दिया। पहले दिन बाहर खोमचेवाले के यहाँ पकौड़े खाए। आलूबड़े भी खाए। प्रतिदिन सिनेमा देखना जारी था।

अब पैसे चुराने का तनाव मन पर बढ़ने लगा था। तब सोचा कि खुद कुछ कमाई की जाए! पर कैसे ?

उन दिनों अमलनेर में कुश्तियों की प्रतियोगिताओं का आयोजन किया गया था। खुद रूस्तमे हिंद दारासिंह के हाथों उद्घाटन होने के चर्चे थे। जगह-जगह पोस्टर लगे थे। वजन के हिसाब से और उम्र के हिसाब से विविध गुटों में प्रतियोगिता तय की गई थी। इनाम भी मिलने वाले थे। तब मैंने मन-ही-मन तय कर लिया कि प्रतियोगिता में अवश्य हिस्सा लेना है। पूरे साल के पैसों की समस्या यूँ हल हो जाएगी।

उस समय अमलनेर में एक सरकस आई थी। उसी तंबू में इन प्रतियोगिताओं का एक दिन का आयोजन था। उस दिन मैं स्कूल गया ही नहीं और कुश्ती के तंबू में एक बेंच पर बैठ गया। एक-एक पहलवान आता और प्रेक्षकों को आह्वान देकर कुश्ती के लिए आमंत्रित करता। प्रेक्षकों में से कोई प्रतिस्पर्धी तैयार हो जाता। कुश्ती होती। जीतनेवाले को इनाम मिलता। यूँ कुश्तियों का सिलसिला जारी था। उन बलिष्ठ ताकतवर पहलवानों को देख मेरी सिट्टी-पिट्टी गुम हो गई। सच तो यह कि मैं मन-ही-मन दहल गया था। सोचा कि मुझ सा कोई क्षीणकाय पहलवान यदि पुकारता है, तब देखा

जाएगा। अंत तक ऐसा कोई पहलवान नजर न आया और मेरा कुश्ती का इरादा सफल न हुआ। उकताकर उदास मन से मैं वहाँ से निकल गया। यूँ अपनी पहली कमाई का मेरा स्वप्न चूर हो गया।

अगले दो महीने यूँ ही बीत गए। सिनेमाघर में मैंने निम्नवर्ग के युवक-युवतियों को करीब से देखा। वे वहाँ श्रम-परिहार तथा थोड़े से मनोरंजन हेतु आते थे। अभावों में जीने वाले ऐसे प्रौढ़ लोगों को भी देखता, जो अपने जीवन में कुछ पा न सके, कर न सके, उसे सिनेमा के हीरो आसानी से कर दिखाते हैं···उसी भरम का आनंद लेने वाले प्रौढ़, युवक···तालियाँ पीटते···सीटी बजाते···तंबाकू थूकते···शराब का आसरा लेते···

मैं सारा कुछ करीब से देख रहा था। मेरा मन सुन्न था। पढ़ाई में पिछड़ रहा था। मेरा सिर्फ शरीर ही स्कूल में उपस्थित होता। वह भी सिर्फ आधा दिन। गुरुजन जो पढ़ाते, उस पर मेरा ध्यान न था···कैसी गर्त में जा रहा था मैं! कौन सी दुष्ट शक्ति मुझे उस ओर खींच रही थी!

पैसे कमाने की बात दिमाग से बाहर जाने को तैयार नहीं। तब एक और प्रयत्न किया। गली में रहनेवाले लड़कों से क्रिकेट की मैच तय की। उसमें इनाम जो मिलने वाला था। दो रुपए का इनाम! कड़ी धूप में मैं खेला। जीत भी गया। दो रुपए लेकर घर आया। बड़ा पसीना छूट रहा था। नहाया मैं। शाम को शरीर कँपकँपाने लगा। सिहरन भी थी। मेरी छमाही परीक्षा को मात्र दस दिन रह गए थे। मुझे डर लगने लगा। रात को नींद में मुझे महाभयंकर सपने आने लगे। सपने में साँप, कुआँ, नदी, गटर आदि दिखने लगे। सिर भारी हो गया।

सुबह जब जागा तो शरीर तेज बुखार से जल रहा था। सिर में तेज दर्द था। आँखें लाल हो गई थीं और उनमें जलन भी हो रही थी। मेरा तेज बुखार देख पिताजी मुझे डॉ. बडगुजरजी के यहाँ ले गए। मेरा सारा शरीर जल रहा था और तमाम हड्डियों में दर्द हो रहा था। मुझे अस्पताल में भरती होना पड़ा। मुझे सलाइन लगाया गया।

दस दिन पहले की एक बात मुझे बहुत परेशान कर गई। हमारी स्कूल में खैरनार सर अंग्रेजी पढ़ाने के साथ-साथ एन.सी.सी. भी उनके अंतर्गत थी। मैं पढ़ाई में तेज हूँ, इस बात से वे वाकई खुश थे। उनका पीरियड बड़ी छुट्टी के बाद होता। मेरी गैर-हाजिरी देख उन्होंने मेरे बारे में एक लड़के से पूछा था। दोस्त ने मुझे बताया भी, पर मैंने ध्यान न दिया। फिर मेरे दोस्त ने मुझे बताया कि यदि मैं और दो-तीन दिन नहीं आता हूँ तो सर मेरे घर चिट्ठी भेजनेवाले हैं। यह सुनकर मैं बहुत डर गया। यदि सर चिट्ठी भेजते हैं तो मेरा सारा भाँडा ही फूट जाएगा। मेरे माता-पिता इस बात से अनभिज्ञ थे। वे इसी विश्वास में थे कि मैं प्रतिदिन सिर्फ स्कूल ही जाता हूँ। परंतु पिछले दो महीनों से मैं बहककर कुछ और ही कर रहा था।

इस मानसिक तनाव के साथ-साथ आई बीमारी। और उसके बाद थी छमाही परीक्षा! पढ़ाई तो बिलकुल नहीं हुई थी। डॉक्टर साहब ने बताया कि मुझे टाइफाइड हो गया है। अस्पताल में कम-से-कम दस पंद्रह दिन रहना होगा। उसके बाद पंद्रह-बीस दिन घर में अनिवार्य रूप से आराम!

मैं अस्पताल के बिछौने पर लेटा हुआ था। बूँद-बूँद सलाइन शरीर में उतर रहा था। पास में माँ थीं। पिताजी खाने का डिब्बा लाने घर गए थे। इस समय मेरे मन के विचारों का बवंडर थम गया था। सारा शरीर, विचार, मन, बुद्धि, भावनाएँ पूर्णतया कुंठित हो गई थीं। अस्पताल की छत की ओर नजर शून्य में गड़ गई थी। मेरा शरीर शिथिल हो गया था। सलाइन में मिली दवाइयों से मुझे बेहोशी सी आने लगी। नींद कब लग गई, पता भी न चला।

अब सारे विचार थम गए थे। तनाव हट गया था। ज्ञात का आकाश धुँधला होता गया। विरोधाभासी विचारों का द्वंद्वात्मक बवंडर शांत हो गया। मस्तिष्क के युद्धपटल पर विचारों एवं भावनाओं के सिपाही लड़ते-लड़ते थक गए। इस युद्ध में मैं तार-तार हो गया। अब और कुछ नहीं, सिर्फ शांति थी। मेरे शरीर, मस्तिष्क, आत्मा यहाँ तक कि मेरे शरीर का अणु-अणु, मेरे अस्तित्व का हर अंश इस शांति के लिए लालायित था। अपने मूल स्वभाव से दूर निकल जाने की वजह से पिछले दो-तीन महीनों से मन की जो दुर्दशा हो रही थी, वह अस्थायी तौर पर थम गई थी। भागदौड़ से मन-शरीर को राहत मिली थी। मैं जाग गया था। दोपहर के चार-साढ़े चार बजे होंगे। आँखे खोलीं, तब सामने माँ-पिताजी, बहन और हमारी गली के एक-दो लोगों को बैठा पाया। चाय का समय हो गया था। सलाइन की वजह से हाथ भारी हो गया था। सारा शरीर भी जड़वत् प्रतीत हो रहा था। मैं धीरे से उठा और तकिए से टिककर बैठ गया। सभी की नजरों में स्नेहभरी सहानुभूति झलक रही थी। अस्पताल के बिस्तर पर मैं अपनों के बीच कैद था। बुखार तब भी था, परंतु मन को बहुत बड़ी राहत मिल जाने का एहसास भी था। उस स्नेहभरी, ममताभरी कैद में मुझे सच्ची स्वतंत्रता की अनुभूति हो रही थी। क्योंकि…

…क्योंकि अब यदि मेरा मन चाहे, तब भी मैं पैसे न चुरा पाऊँगा। यदि मन की इच्छा होगी, तब भी मैं सिनेमा न देख सकूँगा। स्कूल से भाग न सकूँगा। पढ़ाई त्याग न पाऊँगा। यदि मन चाहे, तब भी माता-पिता से झूठ बोल न सकूँगा। यूँ गलत रास्ते पर दौड़ने के तमाम मार्ग बलपूर्वक अनिवार्य रूप से बंद हो गए थे। और इन राहों के यूँ बंद हो जाने में ही मुझे सच्ची स्वतंत्रता की अनुभूति हो रही थी। प्रसिद्ध विचारक रूसो ने कहा है कि, "अपने हित के लिए, अपने आप पर लादे बंधनों में ही सच्ची स्वतंत्रता का अनुभव होता है।" (Obedience to the laws, which we prescribe to ourselves, is true freedom.)

सच तो यह है कि हमारा मन दो भागों में विभाजित किया जा सकता है। कुछ बातें

ऐसी होती हैं जिन्हें करने को मन करता है। उनसे कुछ तात्कालिक आनंद भी मिलता है। परंतु वे बातें हमारे भविष्य की, प्रगति की, उन्नति की दृष्टि से व्यर्थ साबित होती हैं। ऐसी बातों की ओर खींचने वाला अपना एक मन!

दूसरी ओर कुछ ऐसी भी बातें हैं, जो हमें बंधनकारक लगती हैं। हमारी स्वतंत्रता के आड़े आती हैं। जिनके करने से कोई आनंद नहीं मिलता है। परंतु हमारे उज्ज्वल भविष्य, प्रगति, वैचारिक उन्नति की दृष्टि से सही मायनों में सहायक सिद्ध होती हैं वे। ऐसी बातों के लिए छटपटानेवाला हमारा दूसरा मन! वाकई छटपटाने वाला ही! क्योंकि पहले मन को सफलता हेतु कुछ भी करना नहीं पड़ता है। उसका अपना हठ, बल ही इतना गहरा होता है कि सबकुछ अपने आप होता रहता है। उसे सिर्फ खुला छोड़ दो, तुरंत वह अपने काम में लग जाता है।

परंतु दूसरा मन छटपटानेवाला होता है। उसे अस्थायी खुशी को टालकर भविष्यकालीन सच्चे आनंद की ओर जाना होता है। सच्ची प्रगल्भ प्रगति की ओर चलना होता है। परंतु सच तो यह है कि उस अस्थायी आनंद के मार्ग को, मोह को टालना भी बड़ा मुश्किल काम है। उस पल जिस बात से आनंद मिल रहा है, उस ओर मन जल्दी आकृष्ट होता है। वहाँ से मन को बलपूर्वक खींचकर, भविष्य की शाश्वत उन्नति के मार्ग पर लाना, वीरों का काम है, एक ओर हमारा चंचल मन, और दूसरी ओर हमारा विवेकपूर्ण मन! एक मन इधर खींचता है तो दूसरा मन उस ओर। यदि पहले मन की बात हम मान लेते हैं, तब क्षणिक सुख, आनंद अवश्य देता है, परंतु अंतर्मन में छिपा विवेक इसे सह नहीं पाता, और तब मन की प्रफुल्लता, स्वच्छंदता, आनंद, प्रसन्नता हम खो देते हैं। अंदर कहीं गहरे हम अपने आप से नाराज रहते हैं। तब 'जीवन की उमंग' खत्म हो जाती है और जैसे-तैसे जीवन 'घिसटता हुआ' चलता रहता है। और तब मन के साथ हम भी घिसटते रहते हैं। इस समय आशाजी की गाई पंक्तियों का अनायास स्मरण हो रहा है···

हे मेरे मन, जरा सा रुको ना।
तुग रहे दौड़, मुझे होती वेदना॥

मन को भरमाने वाले कितने ही माध्यम हमारे चहुँओर बिखरे पड़े हैं। मन जिन्हें आसानी से 'चाहे', वे ही संस्कार चारों ओर से निरंतर होते रहते हैं। मीडिया, टी.वी. विज्ञापन इस सारे में अग्रणी हैं। वह है क्षणिक आनंद। इसीलिए मन के अनुसार चलने में 'स्वतंत्रता' है ही नहीं। वह तो अपने द्वारा स्वीकारी गई 'परतंत्रता' है! हम मन के हाथों की कठपुतली बन जाते हैं। हम सिर्फ मन के गुलाम बनकर रह जाते हैं, और वही 'मन' हम पर हावी हो, 'राजा' बन बैठता है।

संयम और बंधन के बीच बड़ी ही धूमिल एक रेखा है। अस्थायी तौर पर महसूस

किया गया बंधन ही शायद हमारी मानसिक स्वतंत्रता के लिए रहा सच्चा संयम है! जिस समय 'संयम', बंधन लगने लगता है, तब अपने मन की और साथ-साथ 'अपनी' अधोगति अवश्य जानिए।

अस्पताल के बिस्तर पर पड़े-पड़े मैं इन दोनों का फर्क समझ पाया था। महसूस कर रहा था। अब मैं निश्चिंत मन था। मैंने पक्का इरादा कर लिया कि अब सुबह उठकर पैसे चुराने नहीं है। स्कूल से गायब नहीं होना है। अब टॉकीज वाली सहमी, डरी, अपराध भावनावाली नजर नहीं। घर में माँ से नजर न मिलाने का मौका नहीं आने देना है। गुरुजनों के सामने अपराध भावना से खड़े नहीं रहना है···और इस सारे में मुख्य रूप से सहायक है अस्पताल में कटने वाले अगले दस-पंद्रह दिन; क्योंकि इसी वजह से अनिवार्य रूप से मैं चाहकर भी कुछ करने में असमर्थ जो हूँ।

जीवन के सही लक्ष्य या उद्देश्य को जानने-समझने के लिए अपने आपको जानना एवं समझना आवश्यक ही नहीं, अनिवार्य हैं। हम तब तक सहज और सरल जीवन व्यतीत नहीं कर सकते हैं, जब तक हम अपने आपको सही तरीके से समझ न लें और अपने 'स्व' रूप के साथ अपना सहज रिश्ता न बना लें। जड़वत् करनेवाले दैनिक क्रियाकलापों में हमारे लिए यही एक आशा की किरण है। एक ही प्रयास में अपने आपको समझ पाना असंभव है, परंतु जीवन और प्रकृति हमें रास्ता दिखलाते रहते हैं। परंतु हमें इतना संवेदनशील होना पड़ेगा कि हम जीवन के इन शुभ संकेतों को समझ सकें और सही संदर्भों में ग्रहण करके सही प्रक्रिया दें, और जो कुछ थोड़ा-बहुत हम अपने बारे में समझ सकें, उसे हम सच्चे दिल से स्वीकारें। यह एक ऐसी अखंड प्रक्रिया है जो मनुष्य की भौतिक मृत्यु के उपरांत ही समाप्त होती है। अपने आपको समझने का यही एक तरीका है।

वास्तविक दैनिक जीवन में बहुत बार हम एक मुखौटा पहने रहते हैं। कुछ हद तक बिना किसी को नुकसान पहुँचाए यह ठीक भी हो सकता है। परंतु यह स्वयं हमें अर्थात अपने आपको जरूर नुकसान पहुँचाता है। यदि हम यह मुखौटा बीच-बीच में उतारते रहें और साधना, चिंतन, मनन और स्वसंवाद के द्वारा अपने आपसे संपर्क करते रहें तो जीवन को अर्थ प्राप्त हो। परंतु किसी भी क्षण यदि हम यह महसूस करें कि हम इन मुखौटों के बीच हम अपना ही चेहरा भूल जा रहे हैं तो हमें यह जान लेना चाहिए कि यह हमारे लिए खतरे का संकेत है, और हम यह सुनिश्चित रूप से मान सकते हैं कि हमारा जीवन नाटकीय एवं आडंबरपूर्ण हो रहा है।

ज्युलियस चार्ल्स हेयर ने सही कहा है, "आप जैसे हैं, वैसे खुद को समझ लो। खुद से बेहतर बनने के लिए यही सीढ़ी का पहला पायदान है।"

क्या ही सुनहरा मौका मिला है मुझे फिर से 'संदीप' बनने का! मैं अब कड़ी मेहनत, पढ़ाई करनेवाला संदीप ही बनूँगा! अपना घर, अपना स्कूल, अपनी पढ़ाई,

अपनी छोटी-छोटी सफलताएँ, कौतुक, प्रशंसा···अब मन में कोई कशमकश नहीं। कोई तनाव नहीं। अंदर की बात से बाहरी इरादे के बीच कोई संघर्ष नहीं। दिखावे का कोई नाटक नहीं।

अब सारा कुछ स्वच्छ। साफ-सुथरा एवं शुद्ध। सारा कुछ पारदर्शी। यानी अब सुबह जल्दी उठकर पढ़ाई करनी है, स्कूल जाना है, अध्यापन की ओर ध्यान देना है। समय से गृहपाठ करना है···घर में सबके साथ खुशी से भोजन करना है···मेरे अपनों को कुछ कर दिखाना है, खूब आनंद देना है और सभी की प्रशंसा के योग्य बनाना है।

अब मैं मन-ही-मन खूब हलका महसूस कर रहा था। मेरे अंदर का 'मैं' मैंने खोज लिया था। मन-ही-मन एक दृढ़ प्रण कर लिया कि अब कभी भी खो नहीं जाना है···अपने 'आपको' कसकर पकड़े रखना है। शाम को डॉ.साहब आए। उन्होंने पूछा—

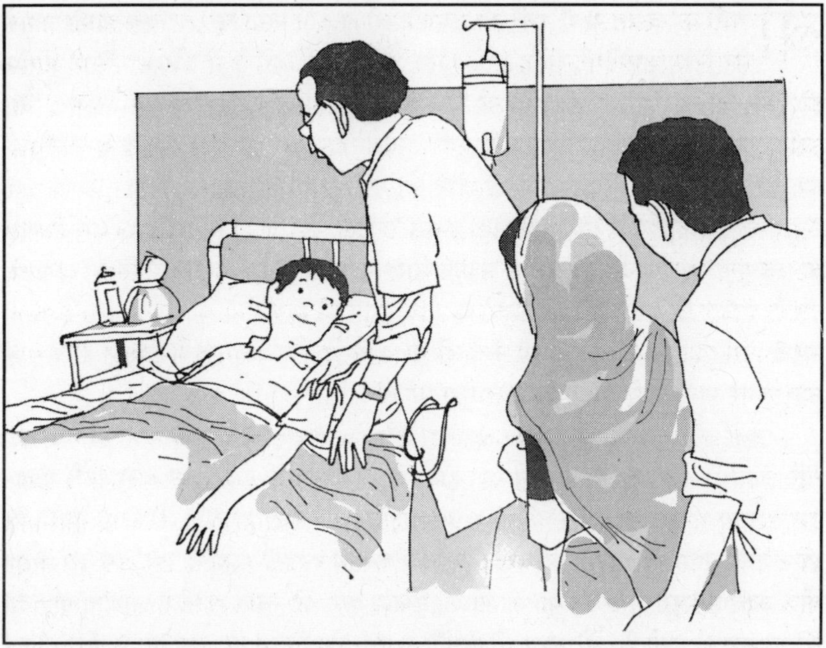

डॉक्टर साहब शारीरिक सेहत के बारे में पूछ रहे थे, मैं मन के बारे में कह रहा था।···

"अब कैसा लग रहा है?"

"बहुत ही अच्छा···"

डॉ. साहब मेरी शारीरिक अवस्था के विषय में पूछ रहे थे और मैं अपने 'मन' की अवस्था के बारे में कह रहा था। □

संग्राम दसवीं का

बीमारी की वजह से मैं नवीं की छमाही परीक्षा दे न पाया था। पर वह बीमार पड़ना मेरे लिए फायदेमंद सिद्ध हुआ। मन तो दो-ढाई महीनों से बीमार···सिर्फ बीमार ही नहीं, बल्कि मृतप्राय ही हो गया था। शारीरिक बीमारी तो मात्र एक निमित्त···पर उसके साथ मन की बीमारी भी जाती रही। ग्यारह दिन अस्पताल में बिताने के बाद मुझे घर की याद सताने लगी। घर जल्दी जाने को मन बेताब हो उठा।

किन्हीं कारणों से हमें वह छोटा कमरा छोड़ना पड़ा था। इस दरमियान हमें शिरूड़ के हनुमान नगर में दो कमरों का मकान मिल गया था। नीचे मकान मालिक रहते थे, ऊपरी मंजिल पर हम। दो छोटे कमरों के साथ छोटी सी गैलरी भी थी। पानी नीचे से लाना पड़ता। सामुदायिक शौचालय भी नीचे ही था। एक दिन के अंतराल से उसका हौज भरने और ऊपर पानी लाने की जिम्मेदारी मुझ पर थी।

नवीं की दीवाली की छुट्टियाँ खत्म हो गई थीं। मेरा तो जैसे पुनर्जन्म ही हो गया था। यदि बिगड़ते-बिगड़ते मैं सँवर न गया होता तो पता नहीं आज मैं किन हालातों में होता। इसे सोचना भी कठिन है। प्रकृति में बसने वाली उस अज्ञात शक्ति ने मेरे लिए कुछ और ही तय कर रखा था। यानी जब हमें खूब लंबी छलाँग लगानी होती है, तब हम दस कदम पीछे आते हैं। पूरी मन-तन की शक्ति को एकाग्र कर, जी-जान से लंबी छलाँग लगा देते हैं···सफल हो जाते हैं। मेरे साथ भी नियति ने यही तय किया था। दस कदम पीछे ले गई मुझे···दसवीं की सबसे ऊँची छलाँग लगाने के लिए।

नवीं कक्षा की सारी गहमा-गहमी में मुझे 70 प्रतिशत-80 प्रतिशत के दरमियान नंबर मिले थे। यानी मैं दस से पंद्रह प्रतिशत तक नीचे आ गया था, पर मुझे उसकी कोई चिंता न थी। मेरा आत्मविश्वास मेरे साथ था। नवीं की सालाना परीक्षा के बाद छुट्टियाँ शुरू हो गई थीं। कक्षा के सभी बुद्धिमान छात्रों ने कहीं-न-कहीं प्राइवेट टयूशंस लगाई थीं। कई विद्यार्थी तो पुणे में पढ़ने चले गए थे। किसी की ट्यूशन जलगाँव, तो किसी की

अमलनेर में ही बढ़िया क्लास में। मैं भी अपनी गली के एक सर के यहाँ पढ़ने जाने लगा। और लड़कों के अपनी-अपनी ट्यूशन के गुट बने हुए थे। चौराहों पर वे इकट्ठा होते। मैं किसी भी गुट में न था। अकेला ही था। अकेलेपन की कुछ टेंशन भी थी, परंतु मैं अकेले ही पढ़ता।

एक दिन पिताजी ने सहज ही पूछ लिया कि किन्हीं विषयों की ट्यूशन लगानी है क्या? नवीं कक्षा तक मैं अपने आप ही पढ़कर सफल होता रहा, परंतु अब उसकी जरूरत महसूस होने लगी थी। नवीं में पिछड़ जो गया था। तब अंग्रेजी और गणित की क्लास पढ़ने के लिए मैं ट्यूशन जाने लगा।

अंग्रेजी की क्लास में प्रतिशत के हिसाब से बैठने की व्यवस्था थी। बढ़िया प्रतिशत पाए छात्र आगे बैठते। नवीं में मैं बहुत ही कम नंबरों से पास हुआ था, अतः मेरी सीट आखिरी नंबर पर थी। सर प्रतिदिन गृहपाठ देते थे और दूसरे दिन वे प्रश्न पूछते, जिसके जवाब सही-सही देने होते। यानी सारे जवाब कंठस्थ ही होने चाहिए, ऐसा नियम ही बन गया था। शुरू के आठ दिनों में ही सर के ध्यान में आया कि मैं सारा कुछ कंठस्थ कर जवाब देता हूँ। कहीं कोई गलती नहीं। उन्होंने नवीं में मिले कम नंबरों के बारे में कारण जानना चाहा। मैंने बीमारी का कारण बता दिया। कारण समझ में आते ही मुझे उन्होंने पहली बेंच पर बैठने का आदेश भी दे डाला। मेरा तो जैसे प्रमोशन ही हो गया! यूँ सत्र का आरंभ-शुभ ही रहा।

सर अंग्रेजी के पाठ के कठिन शब्द चुनते और जबानी पढ़कर हमें स्पेलिंग लिखने को कहते। यही उनकी जाँच का तरीका था। स्पेलिंग (बगैर देखे) लिखने के बाद छात्रों को आपस में एक-दूसरे की नोटबुक जाँचने को कहते। जिसका एक भी स्पेलिंग गलत होता, वह आउट हो जाता। यह जाँच एक महीने तक चलती। लगातार तीस दिनों में जिस छात्र की एक भी गलती न होगी, उसे विजेता घोषित किया जाता। बीस दिनों में बहुत सारे छात्र आउट हो गए। सिर्फ हम चार-पाँच लड़के बचे थे। अंतिम दिन तो हम दो ही लड़के बचे थे। उस दिन सर ने कुछ कठिन शब्द जबानी कहे। हम दोनों ने उनके स्पेलिंग लिखीं। सर ने जाँचने के लिए हम दोनों की नोटबुक्स रख लीं। जाँचना आरंभ किया। अब कोई एक जीतेगा। या शायद दोनों भी...गहरी उत्कंठा...उस उम्र में जीतने का आकर्षण जबरदस्त होता है। सर ने कॉपियाँ जाँच लीं। सारी कक्षा में शांति छाई थी। सर के हाथ में दोनों कॉपियाँ...हम लोगों की तेज धड़कन...साँस रुकी हुई...सर ने हम दोनों की ओर देखा...बोले—

"स्पेलिंग टेस्ट का विजेता है...संदीप"

सभी ने तालियाँ बनाईं। सर ने इनाम दिया। एक और शुभ संकेत!

स्कूल शुरू हो गया। मैं 'ब' टुकड़ी में था। सर जो पढ़ाते, मैं पूरे ध्यान से सुनता,

लिखता। क्रमिक पुस्तकों के अलावा मेरे पास और कोई मार्गदर्शन की पुस्तकें न थीं। न कोई गाइड और न ही कोई स्वाध्यायमाला। कभी-कभी मन पर तनाव आ जाता। अन्य सभी लड़कों के पास यह सब था, और इसके बावजूद क्लास भी जाते थे वे। मजे की बात यह कि किन्हीं लड़कों के गणित, अंग्रेजी, विज्ञान के साथ-साथ मराठी के भी क्लास थे। इसी वजह से वे सब सुबह से शाम तक इसी में बँधे, अटके रहते। इसके अलावा समय निकालकर वे किन्हीं शैक्षिक संगठनों के शिविर में भी मार्गदर्शन प्राप्त करने चले जाते। सारे समय व्यस्त!

पर मेरी बात अलग थी। सुबह के क्लास का डेढ़ घंटा और दिन में रहा स्कूल का समय, बस इतनी ही अनिवार्य व्यस्तता। बचा हुआ समय मेरा अपना था, जो आगे चलकर वरदान साबित हुआ। मैं पूरे ध्यान से पाठ पढ़ता। प्रश्नों के सटीक उत्तर तैयार करता। मनन-चिंतन करता। स्लेट पर जवाब लिखने का अच्छा अभ्यास करता। स्लेट का फायदा यही होता कि जितनी बार चाहूँ, बार-बार लिख सकता था। खुद पढ़ाई करने की वजह से, बार-बार के लिखने से मुझे जवाब अच्छी तरह से ध्यान में रहने लगे। पाठ से, सवालों के सटीक जवाब खोजने के लिए उन्हें ध्यान से पढ़ना होता। खूब ध्यान से आशय समझना होता। जब तक बिलकुल सही, तमाम मुद्दों के साथ जवाब लिख न लेता मैं, मुझे चैन न आता। अत: बार-बार पढ़ना और बार-बार लिखना जारी रहता। यदि कहीं कोई अड़चन या आशंका होती, स्कूल के गुरुजनों से समझ लेता। वे भी उत्तम मार्गदर्शन करते।

मेरे पास गाइड्स न थे। बहुत अधिक क्लासेस भी न थे मेरे। यह एक तरह से बढ़िया ही बात रही। मैं यह नहीं कहता कि इन सब का लाभ होता ही नहीं है। होता है। परंतु समझकर स्वयं जवाब खोजने में, लिखने में, उनका बार-बार लिखित रूप में अभ्यास करने से सर्वाधिक फायदा होता है। इसका अनुभव मैंने प्रतियोगिता परीक्षा, उच्च शिक्षा के दौरान किया। मैंने खुद ऐसे लोगों को देखा है जिन्हें स्वयं पढ़ाई करने की आदत न थी, जो स्पून फीडिंग के जरिए पढ़े थे, वे ऊँची शिक्षा में पूर्णतया असफल सिद्ध हुए थे।

प्रतियोगिता परीक्षाओं की अनिश्चितता को ध्यान में रखकर मैंने नौकरी के साथ-साथ उनकी तैयारी करने की ठान ली। तब मैं बजाज ऑटो में कार्यरत था। वहाँ दस-ग्यारह घंटे काम करने के पश्चात परीक्षा की तैयारी करता। समय के अभाव में किसी क्लास में मार्गदर्शन के लिए जाना मुमकिन न था। वैसे पहले जब मैं इंजीनियरिंग के अंतिम सत्र में था, तब प्रतियोगिता परीक्षा की पूर्व तैयारी के लिए क्लास में जाने की कोशिश की थी, पर वह कोशिश भी नाकाम रही। किसी प्राइवेट कंपनी में नौकरी के साथ-साथ MPSC या UPSC की पढ़ाई करना और उसमें सफल होना (बगैर किसी मार्गदर्शन के) वाकई इतना आसान नहीं है···पर मैं इसे कैसे कर गया।···कहने का उद्देश्य सिर्फ इतना ही है कि भविष्य की तमाम सफलताओं का नींव मेरी दसवीं की

पढ़ाई में ही पूरी दृढ़ता के साथ पक्की रखी गई थी। स्वयं ही पढ़ने से 'नींव' पक्की है, यह बात निश्चित है।

वास्तविक समस्या हमें ज्यादा परेशान नहीं करती। परंतु यह भावना कि समस्या 'अजेय' है, हमें वास्तव में हतोत्साहित कर देती है। जब हम समस्या को स्वीकार कर लेते हैं और उसपर विजय प्राप्त करने का निर्णय ले लेते हैं तो समस्याएँ अपने आप सरल हो जाती हैं। जीवन की बहुत सारी समस्याओं का निर्माण हमारी मनोवृत्ति के कारण होता है। ऐसी समस्याओं का समाधान हमारे अंदर ही होता है। अतः यह निर्णय हमें ही करना है कि हम अपने आपको इन समस्याओं से मुक्त करना चाहते हैं या नहीं। हमें अपनी मदद स्वयं ही करनी होगी। कोई अन्य हमारी मदद नहीं कर पाएगा। हम अपने रक्षक स्वयं हैं।

जैसा कि स्वामी विवेकानंद ने कहा है, ''हम आज जो हैं या हमने जो कुछ होने कि इच्छा की, हम उसके लिए स्वतः उत्तरदायी हैं। हमें अपने स्वनिर्माण की शक्ति स्वतः प्राप्त है। यदि आज हम जो हैं, वह भूतकाल में हमारे द्वारा किए गए कर्मों का परिणाम है, तो यह भी सुनिश्चित है कि भविष्य में हम जो कुछ भी बनने की इच्छा रखते हैं, उसका भी निर्माण हमारे द्वारा वर्तमान में किए जाने वाले कर्मों से सुनिश्चित होगा। अतः हमें यह जानना पड़ेगा कि हमें क्या कर्म करने हैं और कैसे करने हैं।''

बात दसवीं की चल रही थी। पिताजी के पास दसवीं के गणित, रेखागणित, विज्ञान के परचे जाँचने के लिए आते थे। पुणे बोर्ड के परचे भी उसमें होते। पुणे के प्रसिद्ध स्कूलों के परचे देखने काबिल होते। किसी-किसी परीक्षार्थी को सौ प्रतिशत नंबर भी मिलते। वे उत्तर पत्रिकाएँ पिताजी मुझे दिखाते। उनमें रही लिखाई, साफ-सुथरापन, स्टेप के अनुसार हल किए गए गणित, परचा लिखने का सही तरीका आदि बातें मैंने अपने मन में जतन कर ली थीं। दसवीं में मैं जब छोटे-बड़े टेस्ट पेपर लिखने लगा, तब मन में जतन किए नियमों को अमल में लाने लगा। जिन परचों को मैंने साक्षात् देखा था, मन-ही-मन अपने परचों की उनसे तुलना करता। तुलना में मैं उन्हें उनके काबिल ही पाता। तब लगता कि मुझे भी बोर्ड में पूरे नंबर मिलेंगे। यानी मैं बोर्ड की मेरिट लिस्ट में स्थान पा सकता हूँ। मैं पिताजी से, दोस्तों से जब यह बात कहता, तब सभी की प्रतिक्रिया नकारात्मक ही होती। सभी कहते कि, संदीप यह अपने बस की बात नहीं। पुणे, मुंबई, नासिक में तुमसे अधिक बुद्धिमान छात्र पढ़ते हैं। उनके स्कूल भी उसी स्तर के होते हैं। सबसे अच्छा स्कूल, सभी प्रकार की मार्गदर्शक पुस्तकों की उपलब्धता, ऊँचे स्तर के शिक्षक, क्लासेस आदि···और तुम्हारे पास इसमें से क्या है भला? तुम अपने स्कूल में अथवा यहाँ के केंद्र में निश्चित अव्वल रहोगे इसमें कोई शक नहीं। कई लोगों को मेरी बातें 'हवाई किलों' जैसी प्रतीत होतीं।

पिताजी ने अपनी तरफ से मेरा भविष्य तय कर रखा था। दसवीं में अच्छे नंबर···यानी अस्सी प्रतिशत मिलेंगे। तब किसी अच्छे सरकारी डी.एड. कॉलेज में दाखिला ले लेंगे।

और मैं दूसरे विचारों के साथ एक महान् स्वप्न का जाल बुन रहा था। अपनी छोटी सी गैलरी में दरी पर बैठ जब मैं पढ़ता, तब मन मेरिट के सपने देखता। मेरा परम मित्र 'जीतू अग्रवाल' ही सिर्फ मेरे मतों से सहमत रहता। वह सकारात्मक विचारों के चलते मुझे यकीन दिलाता कि मैं पूरे बोर्ड में अव्वल नंबर से ही पास होनेवाला हूँ। अर्थात् यह भी मुझे अतिशयोक्ति ही लगती। फिर भी मन के किसी कोने में एक छोटी सी चिनगारी कौंधकर मुझे जैसे विश्वास दिलाती कि मैं मेरिट में अवश्य स्थान पानेवाला हूँ। आस-पास का सारा वातावरण इस विचार के ठीक विपरीत 'अपने बस की बात नहीं' को ही सच मान रहा था।

मेरी पढ़ाई जारी थी। मेरे मन का सपना तो बहुत ही बड़ा था। उस सपने को सच बनाने की दिशा में मेरी मदद करना तो दूर···सभी को मेरे सपना देखने से भी इनकार था। इसके कई कारण थे। पहला कारण मेरा व्यक्तित्व। सामनेवाले पर किसी भी प्रकार से अपनी धाक जम सके, ऐसा मुझमें कुछ न था। न रंगरूप और न ही मेरा हुलिया। मैं बिलकुल देहाती बावला नजर आता था। दूसरी बात यह कि मैं सिर्फ अपनी टुकड़ी में (8 वीं तक) प्रथम आता रहा, न कि सभी टुकड़ियों में प्रथम। शहर में प्रथम स्थान पानेवाले छात्र की जो खास प्रतिमा जनमानस में होती है, उसका तिलमात्र अंश भी मुझ में न था।

परंतु मेरा अंतर्मन···उसमें जगमगाती वह छोटी सी चिनगारी, मुझे बार-बार उसी लक्ष्य की ओर आकर्षित करती रहती। मन को जरा भी चैन नहीं। सारे प्रयत्न मैं अकेले ही कर रहा था। अर्थात् इसमें किसी को दोष देना भी गलत था। सारा वातावरण ही शिथिलता, ढीलेपन का भरमाया। पिछले कितने ही वर्षों में इस अंचल में किसी ने सफलता के उत्तुंग शिखर के दर्शन किए ही न थे। 'प्रोत्साहन' नामक शब्द भी सभी भूल गए थे जैसे! अपने इलाके से कोई बेजोड़ सफलता हासिल कर सकता है, ऐसा विचार करने की मानसिकता ही न बच पाई थी। कभी-कभी मैं भी इसी मानसिकता का शिकार हो जाता। परंतु मैं फिर से सँभल जाता, नए जोश से भर जाता। और पढ़ाई में लग जाता।

एक दिन रद्दीवाले के यहाँ से मैं एक पुरानी पत्रिका ले आया, जिसमें मेरिट में आए छात्रों के साक्षात्कार छपे थे। साथ ही उनकी उत्तर पत्रिकाएँ भी छपी थीं। मैंने उन्हें ध्यान से पढ़ा। उसी पत्रिका में मुझे दसवीं की तैयारी के लिए दो-तीन किताबों के संदर्भ भी मिले। अमलनेर में मैंने सभी जगह उन्हें खोजा, पर न मिलीं। मन हारने को तैयार नहीं। हमारे घर के पास 'आबा' नामक एक ऐसा व्यक्ति रहता था, जो पुणे की किसी कंपनी में नौकरी करता था। मैंने माँ से पैसे लिये और किताबों की लिस्ट के साथ वे पैसे आबा को दिये। एक महीने बाद 'आबा' पुस्तकों सहित हाजिर हो गया। मेरी खुशी का

ठिकाना न रहा। उन पुस्तकों की मदद से मैंने अपने उत्तरों में बहुत सारे सुधार किए।

एक बात ध्यान में आई कि मातृभाषा मराठी में सभी को बहुत कम नंबर मिलते हैं। घर में 'अहिराणी' भाषा का राज था। मैंने मराठी पर भी ध्यान केंद्रित किया। अपने उत्तरों में मुहावरों-कहावतों का उपयोग करने लगा मैं। रेडियो पर मराठी समाचार और भाषा के कार्यक्रम सुनने लगा। सुभाषितों को दर्ज करता रहा। उचित जगहों पर उनका उपयोग भी करने लगा।

मुझे याद है कि उन दिनों इराक और अमेरिका के दरमियान युद्ध छिड़ गया था। अपनी डायरी में मैं प्रतिदिन उन खबरों को लिखने लगा। पूरी डायरी भर गई। धीरे-धीरे मराठी भाषा पर मेरा प्रभुत्व बढ़ता गया।

फिर जाना कि संस्कृत में बढ़िया नंबर मिलते हैं। पर दुर्भाग्यवश मुझे निर्णय करने में देर हो गई थी। वैसे भी हमारे स्कूल में संस्कृत की सुविधा न होने की वजह से मामला यहीं खत्म कर दिया।

अब बारी आई हिंदी की! तब हिंदी की पढ़ाई भी मनःपूर्वक करने लगा मैं। अन्य विषयों की पढ़ाई भी साथ-साथ चल रही थी। एक बात मैं यहाँ अवश्य कहना चाहूँगा कि, मैं जो कुछ भी कर रहा था, वह सहज भाव से हो रहा था। कहीं भी अपेक्षाओं का मन पर बोझ न था। रात-दिन निरंतर पढ़ते रहने का सिलसिला भी नहीं। औरों को मुझसे कोई खास उम्मीदें भी न थीं। पर अपने समय का, पढ़ाई हेतु सुचारु रूप से मैं उपयोग अवश्य कर रहा था। 'दसवीं का वर्ष' जानकर घर में कोई खास सहूलियत भी न मिली थी। नीचे से प्रतिदिन पानी लाना, नीचे का हौज भरना आदि काम नियमित रूप से चल रहे थे। प्रतिदिन का खेलना, खाना, सोना उसी तरह से चलता रहा। परंतु अंतर्मन में जल रही ज्योति को मैंने निरंतर प्रकाशित बनाए रखा। उसी के प्रकाश में मेरा मार्ग-क्रमण चलता रहा।

देखते-ही-देखते दिसंबर आ गया। अन्य छात्रों ने परचे लिखना आरंभ कर दिया था। मुझे फिर टेंशन! मेरी पढ़ाई अभी पूरी भी नहीं हुई थी। धीरे-धीरे स्कूल में आनेवाले छात्रों की संख्या घटती गई। एक समय तो ऐसा भी आ गया कि हम सिर्फ दो ही लड़के स्कूल आए थे। हमारी (स्वर्गीय) गोगटे मैडम ने हमारी आशंकाओं को सुलझा दिया था।

पढ़ाने के प्रति कितना समर्पण भाव था मैडम का! उनकी समर्पण भावना का यथोचित सम्मान नहीं कर सका था, क्योंकि उस समय मैं शिक्षा के प्रति उनके समर्पण भाव को समझ सकने लायक नहीं हुआ था। उस छोटी उम्र में मुझे लगता था कि कुछ को छोड़कर संभवतः सभी शिक्षक उन्हीं की तरह होंगे। परंतु कुछ वर्षों बाद जब मैंने 11वीं, 12वीं एवं इंजीनियरिंग पास कर ली तो यह महसूस किया कि अधिकांश शिक्षक उस तरह से नहीं हैं। तब मैंने बड़ी तीव्रता से यह महसूस किया कि मुझे उनसे मिलना चाहिए

और उनके समर्पण भाव के लिए मेरे हृदय में जो सम्मान है, उसे उनके पास अभिव्यक्त करना चाहिए। मैंने उनसे मिलने की सोच तो ली, परंतु कई दिनों तक कुछ कारणों से मैं उनसे मिलने नहीं जा सका, और न ही उनके प्रति अपने आभार व्यक्त कर सका। लेकिन कुछ दिनों बाद कैंसर के कारण उनके दारुण निधन की खबर मुझे मिली। मैं बिलकुल तार-तार हो गया। वह अविवाहित थीं और पूरी तरह से शिक्षा एवं किशोर अवस्था के बच्चों के चहुँमुखी व्यक्तित्व को निखारने के प्रति संपूर्ण रूप से समर्पित शिक्षिका थीं। उनके चेहरे पर एक पवित्र शांति और तेज हमेशा विद्यमान रहता था। उनके अंतिम दिनों में मैंने जब उनके शारीरिक कष्टों के बारे में सुना तो मुझे अपने ऊपर एवं अपनी सुस्ती पर काफी क्रोध आया। मैं उनके अंतिम दिनों में उनसे न मिल पाने एवं उनके प्रति मेरी जो अगाध श्रद्धा थी और जिसकी वे पूरी हकदार थीं, उसको अभिव्यक्त न कर पाने के कारण मुझे अपार कष्ट हुआ। व्यवस्था ने उन्हें सिर्फ वेतन दिया था। पर उनके जिस छात्र नें सभी बाधाओं को लाँघकर बोर्ड में सर्वश्रेष्ठ स्थान प्राप्त किया था, उसके हृदय से निकले आदर के शब्द शायद उनके लिए वेतन से कई गुना अमूल्य होते। वह यह जानने की हकदार थीं कि मेरे दिल में उनके लिए कितनी असीम श्रद्धा है! 'मैं आपके मार्गदर्शन के बिना प्रगति नहीं कर पाता।' यह एक वाक्य भी उनके अंतिम दिनों की पीड़ा कुछ कम कर देता।

मैं उनसे कहना चाहता था कि, मैंने भी अब दुनिया देख ली है और जान लिया है कि यही वे समर्पित, स्वार्थविहीन अध्यापक हैं जिनके कारण शिक्षा व्यवस्था अभी भी साँसे ले रही हैं। मैं उनके पैर छूना चाहता था, इसलिए नहीं कि स्कूल के दिनों में मेरे मन में उनके लिए श्रद्धा नहीं थी, अपितु इसलिए कि मेरे मन में जो श्रद्धा थी, उसे मैं पहले कभी अभिव्यक्त नहीं कर पाया था। मैं यह भी समझ नहीं पाया था कि हमें अपनी कृतज्ञता को लगातार शब्दों के द्वारा अभिव्यक्त करते रहना चाहिए। वास्तव में उन्होंने मुझसे इस तरह के शब्दों की उम्मीद ही नहीं की होंगी। वास्तव में सच तो यह है कि मैं जीवन में आगे बढ़े जा रहा हूँ, यही उनके लिए काफी संतोषजनक रहा होगा। लेकिन मैं उन्हें यह सब बतलाना चाहता था। परंतु जब मैं अपनी कृतज्ञता को स्पष्ट रूप से अभिव्यक्त कर पाने जितना समझदार हो गया था, तो वह दुनिया छोड़ कर निकल गईं। शायद उनकी आत्मा चाहती थी कि ये भावनाएँ शब्दों में कभी भी अभिव्यक्त न हों। शायद वह चाहती थीं कि उनकी स्वार्थविहीन सेवाओं को शब्दों के तराजू से ना तोला जाए।

जो भी हो मैडम, मैं अब इतना समझता हूँ कि शरीर की मौत के साथ ही आप पूरे विश्व के सभी अणु रेणुओं में समाहित हो गई हो। आप सुबह की बहती हुई ताजा हवा में, पेड़ों के बीच सीटी बजाती हुई हवा में, समुद्र की नाचती हुई लहरों में, बहती हुई नदियों में, अनंत आसमान में...सभी में हो। मैडम, आप मेरी कृतज्ञता को स्वीकार करें,

मैं वादा करता हूँ कि स्वार्थहीन शिक्षण का जो आदर्श आपने हम सभी के सम्मुख प्रस्तुत किया, मैं उसे कभी नहीं भूलूँगा। जो भाई सीखना चाहेगा, मैं उसे पढ़ाऊँगा। मैं जिंदगी में शिक्षक बनने से कभी नहीं चुकूँगा। मैं वास्तव में अध्यापक नहीं हूँ, लेकिन तब भी हृदय की गहराइयों में मैं अध्यापक हूँ; क्योंकि हर व्यक्ति मरते दम तक हृदय से एक बच्चा ही रहता है। हर व्यक्ति को एक अध्यापक, एक गुरु की आवश्यकता होती है। मराठी में प्रकाशित मेरी पहली पुस्तक के बाद मैंने इसे महसूस किया। मेरे पास पत्रों की, फोन कॉल की, एस.एम.एस. की बाढ़ सी आ गई जिससे मैं जान गया कि सभी को एक गुरु, एक परमार्शदाता की प्यास होती है। वे उन चंद शब्दों के भूखे हैं जो उन्हें उनके अपने अस्तित्व या अपने आप से परिचित करवा दें। मैं लेक्चर, सेमिनार, व्याख्यान, ई-मेल, एस.एम.एस. और मूलतः पुस्तकों के माध्यम से प्रयासरत हूँ कि उनकी इस आध्यात्मिक एवं बौद्धिक भूख को शमित या तृप्त कर सकूँ। और इससे मुझे यह आत्मसंतुष्टि मिले कि कम-से-कम मैंने मैडम की आत्मा के प्रति अपनी कृतज्ञता को कुछ अंशों तक पूरा किया है।

जनवरी के अंत में मैंने सिर्फ दो ही महत्त्वपूर्ण परचे लिखे। उन्हें सर से जँचवा भी लिया। प्रताप कॉलेज के डॉ. पी. जे. जोशी सर का नाम मैंने सुना था। मराठी के दो परचे मैंने लिखे। बड़ी हिम्मत कर मैं अकेले ही उनके घर पहुँचा। मैंने उन्हें पहली बार देखा था। किसी की सिफारिश भी नहीं। परचे आगे बढ़ाते हुए अदब से कहा, "सर, क्या इन्हें आप जाँच देंगे ?" उन्होंने परचे जाँच दिए। मुझे 84/100 नंबर मिले थे। मेरी आँखें खुशी से दमक उठीं। रद्दी की दुकान से मेरिट की जो उत्तर पत्रिकाएँ (परचे) मैं लाया था, उन छात्रों को मराठी में 82 प्रतिशत-85 प्रतिशत तक नंबर मिले थे। मुझे सर ने 84 नंबर दिए,...यानी मेरिट...मन खुशी से छलक गया।

बड़ी ही खुशी से घर लौटा। डट गया पढ़ाई में मैं। धीरे-धीरे परीक्षा करीब आने लगी। प्रैक्टिकल की परीक्षा से फारिग हो गया। अब आई वही अंतिम परीक्षा! अपना रोल नंबर कहाँ लगा है, खोजना था। खोज भी लिया। वह नगरपालिका के स्कूल में लगा था। यूँ भी मैं किसी गिनती में न था। मुझसे किसी को कुछ लेना-देना भी न था। वहाँ कमरे की अंतिम खिड़की के पास मेरी सीट थी। बाहर कड़ी धूप।

पहले परचे के दिन पिताजी स्कूल तक छोड़ने आए थे। पहला पेपर बहुत ही बढ़िया रहा। फिर दूसरा, तीसरा, चौथा...सभी परचे बिलकुल मन के मुताबिक लिख पाया था मैं। इतिहास का परचा लिख रहा था मैं। हमेशा की तरह पर्यवेक्षक हस्ताक्षर करने मेरे पास आए। मेरा पेपर देख उन्हें बड़ा ही अच्छा लगा। उन्होंने मेरे गणित, रेखागणित के पेपर के बारे में पूछा और अपना पता देते हुए कहा कि परीक्षा समाप्त होने पर मेरे घर जरूर आना। मेरी प्रशंसा भी की। इसका अच्छा असर मेरे अगले परचों पर

रहा। मेरा जोश बढ़ा। इस प्रकार से अंतिम परचा लिखकर पर्यवेक्षक के हाथों में थमाया और बड़ी खुशी से मैं घर लौटा।

साल भर की कड़ी मेहनत पर अस्थायी तौर पर पूर्ण विराम लग गया था। मन में अतीत घुमड़ने लगा—नवीं का संदीप! दसवीं का संदीप। एक ही काया परंतु विचारों में बृहद् अंतर! अब लगता है कि नवीं कक्षा में जो घटित हुआ, वह विधि लिखित ही था। भगवान् ने उस बवंडर को मुझ तक नवीं में आने दिया, ताकि दसवीं में मैं पूर्णतया मुक्त रहकर असली 'संदीप' में लौट आऊँ। दसवीं के तमाम सत्र में, साल में मैं 'स्वयं' ही था। असली संदीप लौट आया था।

परीक्षा के बाद के दो-तीन दिन दोबारा (बार-बार) पेपर देखने में गए। जवाबों को स्मरण करने में बीत गए। बढ़िया लिखे जवाबों के आधार पर अपना प्रतिशत अंदाजन तय करने में बीत गए। समय के बीतते सारी प्रश्न पत्रिकाएँ पलंग के नीचे खिसका दी गईं। पिताजी भी छुट्टियों का आनंद ले रहे थे। हमेशा की तरह छुट्टियों में मारवड़ भी हो आए हम सब। छुट्टियाँ तेजी से बीत गईं। नतीजे की तारीख भी घोषित हो गई। स्कूल में, गली में, घर में मेरे नतीजे के प्रति कोई खास उत्सुकता न थी। जब यही तय हो गया था कि 80 प्रतिशत नंबर मिलेंगे, डी.एड. में दाखिला लेना है… तब उत्सुकता का सवाल ही कहाँ उठता है?

घर में अचार बनाने की तैयारी शुरू हो गई थी। पिताजी कच्चे आम ले आए थे। उन्हें मैंने बड़ी मेहनत से काटकर रखा था। नतीजे के एक दिन पहले, यानी 22 जून सन् 1992 के दिन, मैं इन कटे आमों के पास दोपहर में सो रहा था, और…

और उधर माँ सरस्वती मुझे जगाने हेतु पुणे से अमलनेर की ओर निकल पड़ी थीं…!

□

नंबर एक की बेगारी

दसवीं की परीक्षा में जब मैं बोर्ड में प्रथम आया, मेरी जो चहुँओर खूब प्रशंसा हुई, उसका एक बहुत बड़ा असर यह रहा कि सभी की नजरें मेरी ओर लगी रहने लगीं। स्वाभाविक तौर पर प्रशंसा के साथ-साथ अपेक्षाओं का तनाव भी बढ़ने लगता है। यानी आगे चलकर मैं एक प्रकार की बेगारी ही ढोने लग गया था।

सच तो यह कि दसवीं की अंतिम परीक्षा तक मैं एक स्वच्छंद, मुक्त पंछी था। इतना स्वच्छंद कि नवीं कक्षा में मेरी इस स्वच्छंदता ने कब स्वैराचार का रूप धारण कर लिया, मुझे पता भी न चला। परंतु मेरे सौभाग्य से मैं जल्दी ही उसकी लपेट से बाहर निकल आया। और अब मेरे पास मेरा अपना चुना हुआ संयम था। अपने आप पर पाई सब से बड़ी जीत थी वह।

पढ़ाई में मेरी रुचि बढ़ गई थी। मन कहता कि 90 प्रतिशत नंबर अवश्य मिलेंगे। शायद मैरिट में भी आ जाऊँ ! जब इसे लेकर उत्साह बहुत बढ़ जाता, तब किसी से इसका जिक्र करने पर सामनेवाला खिलखिलाकर हँस पड़ता। सभी के चेहरे पर मेरी इस उम्मीद के जवाब में यही झलकता कि 'क्या ही सपना सँजोया है इस पागल ने! कहाँ राजा भोज, कहाँ गंगू तेली!' मैं भी इस मजाक को गंभीरता से न लेता। वह तो (यानी मेरिट) एक आस मात्र थी, अपने प्रति गहरा आत्मविश्वास कदापि नहीं। मैं उस मजाक की ओर ध्यान न देता। मैंने जमकर पढ़ाई आरंभ कर दी। पढ़ाई खूब अच्छी लगने लगी थी, इसलिए पढ़ रहा था। उसमें खूब मजा आ रहा था, इसलिए भी पढ़ रहा था। सिर्फ पढ़ाई करने के उद्देश्य से ही जमकर पढ़ रहा था। 90 प्रतिशत या 95 प्रतिशत नंबरों के लिए नहीं, मैरिट में आने के उद्देश्य से भी नहीं। मेरी पढ़ाई का प्रारूप था कि प्रवाह के साथ स्वच्छंद बहना, हवा के साथ पंख बन हवा में तैरना! पहली बारिश में विभोर हो नाचना! यानी सारा कुछ सहज सरल भाव से, आनंद से कर रहा था मैं। किसी से होड़ न थी। किसी को हराकर मुझे आगे निकलना न था। न जीतने की ईर्ष्या थी और न ही हारने की चिंता।

मराठी में एक बड़ा ही भावपूर्ण गीत है, जिसका अभिप्राय यूँ है कि—

"न मैंने अपने पुण्य (पुन्न) को तौला है और न जाना है कि वह अपनी गाँठ में कितना है। मैंने किसी पाप कर्म को किया नहीं, सो उसकी टीस (चुभन) भी नहीं मेरे मन में। यूँ गंगा का प्रवाह है यह जीवन…"

उपरोक्त शब्दों-सा मेरा जीवन निरामय था। इसका मुख्य कारण था नवीं कक्षा में मेरा पूरी तरह से बिगड़ जाना। उस मानसिक दर्द ने, उस कचोट ने मुझे आमूलाग्र बदल डाला। कबीर के अनुसार—

"सूप में डाले अनाज को फटकने पर असली साफ अनाज बच जाता है और व्यर्थ हलका थोथा (छिलके, कीड़े आदि) हवा में उड़ जाता है।" बस यही हाल मेरा भी था। मन में एक नीरव शांति बस गई थी। इस नीरव शांति का वर्णन तो शब्दों से परे है। अब मन के मंदिर में यूँ नीरव शांति का वास हो जाने पर जिस कार्य को भी हम करते हैं, वह निखालिस प्रसन्नता से होता है, उसे पारस का स्पर्श हो जाता है। सच तो यह कि 'कार्य' न रहकर उसका एक सुरीला गीत हो जाता है।

मैं भी एक सुरीला गीत गाने लगा था। उसे अध्ययन कैसे कहूँ? जैसे खुले चारागाह में चरवाहा अपने गोरूओं को चरने के लिए छोड़ देता है और खुद पूरे आनंद से किसी एक जगह बैठकर हवा के झोंकों का आनंद लेते हुए, मुक्त हो, बाँसुरी बजाता है। बस ऐसा ही मेरा पढ़ना! बिलकुल निरुद्‌देश्य, बिलकुल निर्विचार से की गई सच्ची-सीधी मेरी पढ़ाई! यानी परीक्षाफल के घोषित होने के एक दिन पहले तक भी अपने नतीजे के प्रति मन में कोई खास विचार नहीं, खास आशा नहीं, खास अपेक्षा भी नहीं। शायद इसे ही 'समाधि अवस्था' कहते हों!

परंतु जीवन में सन् 1992 के जून के वे तीन दिन संदीप के जीवन में एक झंझावात ले आए। मेरी मेहनत का फल मुझे मेरी अपेक्षाओं से कहीं अधिक बहुत कुछ दे गया। सबसे बढ़कर दिया एक आत्मविश्वास, जो मुझे निरंतर ऊँचा उठने को प्रेरित करता रहा। आज भी करता है। साथ में मिली महान् कीर्ति!

24 जून, 1992 के दिन सारा कुछ बदल गया। उस दिन से संदीप सिर्फ अपना निजी न रहकर और भी बहुत कुछ हो गया था। तमाम समाचार-पत्रों के मुखपृष्ठ पर जा बैठा वह। बड़ी प्रशंसा! बड़ी तारीफ! परीक्षा में 'अद्वितीय' स्थान जो उसे मिला था! संदीप को अखबार में छपी उसकी तसवीर भी अपरिचित लग रही थी। उस छोटे से गाँव में सभी उसे जानने-पहचानने लगे थे। सभी की नजरें उसकी ओर लग जाती थीं।

मैं यह जान लेता कि सभी मेरी ओर देख रहे हैं, परंतु उनकी नजरों में रहे भावों को मैं पढ़ न पाता। सभी मेरी ओर देख रहे हैं, इस बात का मन पर तनाव अवश्य था। उस तनाव ने मेरी स्वच्छंदता को मुझसे हर लिया था। पहले मैं इस बात से भी अनभिज्ञ था कि

बाहर जाते समय···स्लीपर पहननी है या चप्पल! अब मैं सतर्क हो गया था। यानी सभी की नजरों का केंद्र बना मैं अब धीरे-धीरे बदल रहा था।

पिताजी के पास एक साइकिल थी। समय के चलते वह पुरानी (खटारा) हो गई थी। बचपन में शिरूड़ से अमलनेर, पिताजी के साथ डबल सीट बैठकर जाता था मैं। इतना मजा आता था कि क्या कहूँ? साइकिल का पैडिल कुछ तिरछा था, सो वह चलते समय चैनगार्ड से घिसटता था। प्रत्येक चक्र के साथ उसका घिसटना और निरंतर खट्‍ट···खट्‍ट···आवाज होना तय था। पिताजी के साथ जाते समय मुझे वह 'लयकारी' बड़ी ही सुखद लगती। मैं सारी दुनिया को भूलकर उस 'लयकारी' में खो जाता। उसका आनंद लेता।

परीक्षा में अव्वल स्थान पाने के बाद मैं ग्यारहवीं के पहले दिन उसी साइकिल पर सवार हो कॉलेज पहुँचा। उस समय साइकिल से निकलने वाली खट्‍ट···खट्‍ट···मुझे बहुत परेशान कर गई; क्योंकि सभी लोग मेरी ओर प्रशंसा से देख रहे थे। सभी की नजरें मेरी ओर लगी थीं और मेरी साइकिल की आवाज मुझे शर्म से परेशान कर रही थी। एक समय था कि मेरे स्वच्छंद जीवन में यही आवाज मुझे खुशी देती थी। मेरा मन मोह लेती थी। पर आज···आज वह मुझसे सही न जा रही थी। यह कैसा बदलाव? भले ही अपने आप में यह बदलाव बड़ा सूक्ष्म है, परंतु फिर भी बड़ा ही महत्त्वपूर्ण भी। 'मुझे क्या लगता है' के बजाय अब 'लोग क्या सोचते होंगे' यही मुद्दा मुख्य हो गया था। मानसिक पराधीनता की वह बहुत ही सूक्ष्म शुरुआत थी। मुझे छोटे बाल रखना अच्छा लगता था, परंतु अब रुझान कुछ बड़े बालों की ओर झुक गया था। कल तक शर्ट के 'इन' करने की बात भी न सोचनेवाला मैं, आज 'बेल्ट' लेने की सोच रहा था। यौवनावस्था में अच्छा रहन-सहन पसंद आना बिलकुल स्वाभाविक बात है। परंतु इस रहन-सहन की व्याख्या अपने अनुसार यानी By Choice होनी चाहिए। यहाँ वह बात रह नहीं जाती। समय के चलते युवाओं को सजीले, छबीले रहन-सहन का मोह हो ही जाता है। यह तो हुई बाह्य रूप के बदलाव की बात।

परंतु मेरे अंतर्मन में दूरगामी बदलाव कुलबुलाने लगे थे। 'मुझे हमेशा प्रथम स्थान पर ही होना चाहिए' का हठ 'संदीप' ने संदीप से किया। बस वही एक जिद! यदि इसमें कहीं चूक हो जाती, तब संदीप गुस्सा हो जाता। यानी अब एक अखंड, समूचा संदीप बचा ही न था। उसके दो बिलकुल भिन्न रूप हाथ-में-हाथ डाले एक साथ चलने की कोशिश में लग गए। एक संदीप स्वच्छंद, शांत, संतोषी था, जो प्रत्येक कार्य को सर्वोत्कृष्ट तरीके से ही करने के प्रयत्न में होता, और दूसरा संदीप सिर्फ पहले नंबर के आस-पास चक्कर लगानेवाला, सर्वप्रथम की जिद पकड़े हुए जी रहा था। यदि कहीं जरा सा भी पिछड़ जाता, तब खूब उदास हो जाता। पूरी हठधर्मिता के साथ अपने आपको प्रथम

स्थान की ओर बरबस खींचने लगता।

कॉलेज में ग्यारहवीं का अध्ययन-अध्यापन शुरू हो गया था। शुरू के तीन-चार महीने मैं सत्कार समारोहों, प्रशंसा के समारोहों की वजह से अनियमित छात्र बन गया था। समय अपनी गति से आगे निकल गया। अब पहले सत्र की परीक्षा के लिए सिर्फ दो महीने बाकी रह गए थे। मेरी पढ़ाई पूरी नहीं हुई थी। अब यदि मेरा प्रथम स्थान खो जाता है, तब क्या होगा? बस यही घोर चिंता मेरे अंतर्मन में धुँधुआने लगी। रात-दिन मैं जुट गया पढ़ाई में। वास्तविक तौर पर इस परीक्षा का तनाव पालने की इतनी जरूरत भी नहीं थी। अगले सत्र में मैं उसे, यानी पढ़ाई को पूरा कर सकता था। परंतु पहले नंबर की महत्ता ने, गहरी आशा ने, मेरा चैन छीन लिया था। जी-तोड़ मेहनत की मैंने। उस सत्र में प्रथम क्रमांक पा लिया मैंने।

मैंने पहला स्थान पा लिया। एक संदीप जीत गया, परंतु दूसरे संदीप का क्या हाल? कितना तनाव था उसके मन पर! पढ़ाई का जरा भी आनंद न ले पाया वह। मन की शांति भी खोनी पड़ी थी उस दौरान। कोल्हू के बैल सा सिर्फ खटना। पहले नंबर के चारों ओर निरंतर चक्कर लगाते रहना ही मात्र! यानी सारा दिन कोई मजदूर खून-पसीना एक कर, जी-तोड़ मेहनत से एक गड्ढ़ा खोदे और शाम को उसका मालिक खुश होकर उसे सौ रुपए थमा दे, ऐसी बात थी यह। कोई मतलब नहीं ऐसे अव्वल आने में, जहाँ हम सिर्फ कोल्हू के बैल सिद्ध होते हैं! यह मात्र एक सफलता का ठप्पा था। भावनाओं के स्नेहिल स्पर्श के अभाव वाला।

ग्यारहवीं में एक और समस्या उभरकर सामने आई। कोचिंग क्लास लगाने की समस्या। मुझे मूलतया क्लासेस से परहेज है। चौथी में स्कॉलरशिप के अध्ययन एवं अभ्यास हेतु सुतार गुरुजी के पास जाता था मैं। स्कूल की पढ़ाई से वह पाठ्यक्रम सर्वथा भिन्न था। गुरुजी का पूरा ध्यान मेरी ओर ही ओर होता था। वह बात ही अलग थी। दसवीं में अंग्रेजी के क्लास जाता था, वह भी अनेकों के दबाव के कारण। दसवीं का महत्त्व भी अलग ही था। परंतु ग्यारहवीं की समस्या जरा भिन्न थी।

छात्रगण अलग-अलग गुटों में बँटे रहते। आपस में पढ़ाई की चर्चा करते, तब एक बात का उल्लेख बार-बार होता कि किन्हीं खास प्रोफेसरों की प्राइवेट ट्यूशन लगाना बहुत जरूरी है। वरना उनके अधिकार के अंतर्गत जो प्रात्यक्षिक की परीक्षाएँ देनी होती हैं उनके नंबरों पर गहरा असर पड़ता है। वे खुलेआम इस बात की चर्चा करते कि फलाँ-फलाँ छात्र ने क्लास से इनकार किया, उसे बहुत कम नंबर मिले, और अंत में वह अपने इच्छित कॉलेज में दाखिला पा न सका।

मैं तो यह सारा सुनकर हक्का-बक्का रह गया। ऐसी बात तो मैंने सपने में भी नहीं सोची थी। मैंने तो अपने आपको ऊँची सफलता के खूँटे से बाँध रखा था। इस मामले में

मैं कोई समझौता नहीं करना चाहता था। क्या करूँ? कैसे करूँ? उस उम्र में मानसिक तनाव बढ़ता गया। बेचैनी बढ़ती गई। मन का भार हलका करने के लिए पास माता-पिता भी नहीं। बेचारों को शहर की इस स्थिति का कोई अंदाजा भी नहीं। इस माहौल से वे पूरी तरह अनभिज्ञ थे।

अंत में मैंने निर्णय पक्का कर लिया। 'खास' प्रोफेसरों, टीचरों के यहाँ ट्यूशन पढ़ने जाने लगा। कभी-कभार ट्यूशन जाता भी न था। तब अन्य सभी यूँ कहते कि 'उसकी बात अलग है। वह बोर्ड में प्रथम आया लड़का है। उसकी हमारी क्या बराबरी भला?' परंतु सत्य यह था कि मैं वाकई एक अति सामान्य लड़का था। आर्थिक तौर पर देखा जाए तो मेरा परिवार छोटे से किराए के मकान में रहता था। पिताजी आज भी उसी 'खटारा' साइकिल पर सवार हो काम पर जाते थे। प्राइवेट क्लासेस की बहुत बड़ी फीस (फीस नहीं फिरौती ही) देते-देते पिताजी कितने परेशान होंगे, इसका मुझे अंदाजा था। बस एक बात अच्छी थी कि मेरे प्रथम आने के उपलक्ष्य में मुझे अनेक संस्थानों, लोगों से इनाम के तौर पर जो रुपए मिले थे, वे करीब 60 हजार थे, उनका आसरा था। परंतु अनचाहे और थोपे गए किसी काम पर जब प्रशंसा के तौर पर मिले रुपए खर्च होने का सवाल उठता है तो मन अकुला जाता है। मेरा भी वही हाल था।

सर्वोत्तम नंबर प्राप्त करने की अनिवार्यता और समवयस्कों की ओर से बढ़ते दबाव के चलते मैं हार गया और मैंने ट्यूशन जाना आरंभ कर दिया। एक क्लास खत्म हुआ कि दूसरा। दूसरे के बाद तीसरा। यूँ हमारा झुंड साइकिलों पर सवार इस क्लास से उस क्लास तक दिन भर घूमता रहता, बंधुआ मजदूरों की तरह। बेगार छात्र! यह हुई पुरानी बात। आज भी जब मैं गाँव जाता हूँ, बेगार छात्रों के झुंडों को देखता हूँ, तब उनपर बड़ी दया आती है मुझे। सारी व्यवस्था में बदलाव आना चाहिए, उसे लाना ही चाहिए, ऐसी तीव्र इच्छा हो जाती है। औपचारिक शिक्षा पद्धति के समानांतर एक समूची ऐसी व्यवस्था का होना भी आश्चर्य की बात है। और दुःख की बात यह कि आर्थिक तौर पर वह सभी को यदि उपलब्ध नहीं है, तब उसकी क्या महत्ता?

ग्यारहवीं का सत्र समाप्त हो गया। पहला नंबर लानेवाला जिद्दी संदीप जीत गया था। मराठी में अपेक्षा से कम नंबर मिले थे। मैं परीक्षक प्राध्यापकजी से मिलने गया। नंबर कम क्यों मिले, इसका कारण भी जान लिया। जो किया, वह एक तरह से उचित ही था, परंतु उस समय और अधिक नंबर प्राप्त करने की, नंबरों के प्रतिशत के बढ़ाते रहने वाली भावना ने मेरी मानसिक अस्वस्थता को बढ़ा दिया था। गरमी की छुट्टियाँ शुरू हो गईं। छात्रों ने छुट्टियों के क्लास में दाखिला लेकर नियत क्लासों में जाना आरंभ कर दिया था। हमारे कॉलेज के प्रोफेसरों ने भी छुट्टियों में विशेष ध्यान देने हेतु छात्रों को बुलवाया था। परंतु यहाँ मुश्किल से हम पाँच-छह विद्यार्थी इकट्ठा हो पाते। सर भी सोचते कि सिर्फ

पाँच-सात लड़कों को क्या पढ़ाया जाए? तब मैंने भी प्राइवेट क्लास में जाना शुरू कर दिया। उस झुंड में घुस गया। दोबारा सुरक्षितता का अनुभव किया। भले ही वह गुलामी में रही सुरक्षा थी, पर दूसरा विकल्प कहाँ?

अब बोर्ड स्तरीय व्यवस्था में भी बदलाव कर दिया गया था। पुणे बारहवीं बोर्ड से विभाजन कर अब नासिक बोर्ड के अंतर्गत हम छात्र आ गए थे। बोर्ड की परीक्षा की कल्पना मात्र से मानसिक तनाव बढ़ने लगा था। दसवीं में मैं वाकई तनाव-मुक्त छात्र था। रिश्तेदार, दोस्त, गुरुजन जाने-अनजाने स्मरण करा देते कि इस परीक्षा में भी दसवीं सी उच्च सफलता मिलनी ही चाहिए। यह एक और तनाव। बारहवीं के शुरू-शुरू के दो-तीन महीनों में मेरी मानसिक स्थिती ऐसी हो गई कि मैं अपने भविष्य के हिसाब से विषयों को चुनने के बजाय, मुझे किन विषयों में सर्वाधिक नंबर मिल सकेंगे, उन्हीं विषयों के बारे में सोचता रहा।

किसी ने सलाह दी कि Electronics अथवा Crop Science लेने से बहुत ही अच्छे नंबर मिलेंगे। किसी ने कहा कि किसी एक ग्रुप को चुनो और भूगोल को चुनो, जो स्कोरिंग विषय है। किसी-किसी की सलाह यह भी कि मराठी के बजाय हिंदी को चुनो, अधिक नंबर मिलेंगे।

बारहवीं बोर्ड में सर्वप्रथम आने की झक यानी उन्माद इस कदर मुझ पर हावी कि मैं सिर्फ उसी दिशा में विचार करने लगा। अलग-अलग विषयों की किताबें लाइब्रेरी से ले आया। सरसरी तौर पर पढ़ा, परंतु जरा भी रस न आया। फिर भी जिद्दी संदीप ने सोचा, रस से क्या लेना-देना…प्रथम आना है…इसे ही कंठस्थ करो। तब दूसरा मन विद्रोह कर उठा कि यह प्रथम आने की झंझट, सनक किसलिए? यूँ प्रतिशत के, नंबर के खूँटे से जकड़कर रहना ही किसलिए? उखाड़ फेंको इस खूँटे को। मुक्त हो जाओ।

बारहवीं का सत्र आरंभ हो गया। कॉलेज में फॉर्म जमा करने का समय भी आ गया। इच्छित विषयों के चुनाव की घड़ी आ गई। मन में फिर उथल-पुथल।…मेरिट…प्रथम नंबर…कोल्हू का बैल…था…पढ़ाई का आनंद…मन की शांति…फॉर्म में विषयों के खाने के पास मेरा हाथ पल भर के लिए रुक गया। दुविधा की मन:स्थिति। अचानक सही संदीप ने कलम ली और फटाफट अपनी पसंद के विषय लिख भी डाले। उस पल भर के लिए 'मैरिट' शब्द भी संदीप ने दिमाग से निकालकर बाहर रख दिया था। कितना सही निर्णय!

उस एक पल के लिए मैं 'प्रथम क्रमांक' की यातना से छिटक गया और फिर मेरे मन ने परम शांति को अनुभव किया। पढ़ाई शुरू कर दी मैंने। इसी दरमियान मैंने IIT के बारे में सुना था। जलगाँव निवासी आदरणीय मनोहर पाटील सर ने एक बढ़िया संस्था से संपर्क कर मेरे लिए Postal Course शुरू करवा दिया था। मैंने इस अध्ययन का आरंभ भी कर दिया। परंतु मेरे दुर्भाग्य से उस स्तर का अध्यापन करवा सके ऐसा कोई मार्गदर्शक

अमलनेर में मिल न सका। मैं अपनी ओर से कोशिश कर रहा था, पर वह बहुत ही कम थी। आस-पास का वातावरण भी IIT के लिए पोषक न था। दो-तीन महीनों के बाद ध्यान में आया कि एक साथ दोनों पटरियों पर चलना मेरे लिए असंभव है। अतः मैंने अपना पूरा ध्यान बारहवीं पर केंद्रित कर लिया।

पढ़ाई जोरों पर थी। दिसंबर के आखिर में बहुत सारी पढ़ाई खत्म हो गई थी। सिर्फ गणित और प्राणिशास्त्र का कुछ पाठ्यक्रम अभी बाकी था। परंतु अब कॉलेज में पूरा पेपर लिखने की जाँच परीक्षा शुरू हो गई। दरअसल में मेरे हाथ में उर्वरित दोनों विषयों की पढ़ाई करने के लिए समय था, परंतु मन ने उछलकर कहा कि 'यदि इन बाकी बचे विषयों की Test Series में शामिल न हुए तो संपूर्ण जाँच परीक्षा में प्रथम कैसे आ पाओगे?' मेरी इस मानसिकता को Obession मात्र एक ही शब्द की उपमा दी जा सकती है। हिंदी में इसे 'खब्तीपन' कहा जा सकता है। किसी खास मर्यादा तक, उच्च कोटि की सफलता प्राप्त करने के लिए संघर्ष करना, कोशिश करना, जूझना बिलकुल उचित है, परंतु जब दिमाग पर झक सवार हो जाती है, तब उसका असर सारे जीवन पर पड़ने लगता है। एक ही धुन! एक ही रट!

इस परिस्थिति के लिए सिर्फ मैं अकेला जिम्मेदार न था। आस-पास के लोग भी नहीं···बल्कि सारी परिस्थिति का एक ऐसा अजीब रसायन तैयार हो गया था, जो मुझ पर हावी था। जिन विषयों की पढ़ाई पूरी न हुई थी, उनकी परीक्षा भी देने की मैंने ठान ली। एक परचे की तैयारी में मैं पूरी रात जागकर पढ़ाई करता रहा। दूसरे दिन मेरा एक मन मुझे परीक्षा देने से मना कर रहा था तो दूसरा मन मुझे बरबस खींचकर वहाँ ले गया। परचा शुरू हुआ। आधे से अधिक प्रश्न मैंने लिख लिए थे और अचानक मुझे चक्कर सा आया। आँखों के समाने अँधियारा छा गया। मैंने अपना पेन एक ओर रख दिया और आँखें मूँदकर दोनों हाथों के पंजों पर अपना सर रख दिया। सर के ध्यान में कुछ आया। उन्होंने मेरी पूछताछ की और एक छात्र के साथ मुझे तुरंत घर भेज दिया।

घर आने पर माँ ने नींबू पानी पिलाकर मुझे सुला दिया। इसी वजह से मुझे जाँच परीक्षा के अन्य परचों से छुटकारा मिल गया। आज जब उस बात पर विचार करता हूँ, तब सोचता हूँ कि क्या वह चक्कर, आँखों के आगे छाया अँधियारा मात्र शारीरिक तौर पर था? रात भर जागने का असर था? नहीं! मुझे लगता है कि वह सारा शारीरिक स्तर से बढ़कर मानसिक स्तर पर रही छटपटाहट थी। Anxiety थी।

यहाँ यह विश्लेषण परमावश्यक है। मैंने औरों की इच्छाओं, आकांक्षाओं तथा अपेक्षाओं को अपने ऊपर लाद लिया था। बेवजह का लादना था वह। मेरा लक्ष्य तय था। इंजीनियरिंग के लिए 'ए' ग्रुप में 95 प्रतिशत से अधिक नंबर अर्जित करना, बस इतना ही ध्येय सामने रखना जरूरी था। अन्य विषयों में 60 प्रतिशत के आस-पास नंबर अर्जित

करना कठिन काम न था। परंतु मेरा लालची मन मुझे चैन से बैठने न देता था। निरंतर एक ही रट! एक ही जिद! मुझे और तमगों का लालच था। मुझे और अधिक सर्टिफिकेट्स की गहरी आस थी। अपने आपको सर्वोच्च सिद्ध करना था मुझे। इस खींचातानी में शरीर और मन दोनों ही झुलसे जा रहे थे। जिस नियत मार्ग पर मुझे अपनी गति से चलना ही पर्याप्त था, वहाँ मैं बेतहाशा जी-जान से सिर्फ दौड़ रहा था। राह में बिखरे सौंदर्यस्थलों की ओर नजर डाले बगैर ही थकान भर देने वाली वह दौड़, वह छटपटाहट थी।

इसी दरमियान किन्हीं कारणोंवश मकान बदलना पड़ा। मिथ्या दुनियादारी के कटु अनुभव को लेना था। हमारा (किराए का) नया मकान गाँव के दूसरे सिरे पर बना था। मकान के साथ लगे सिर्फ खेत-ही-खेत थे। एक बार चोर भी हमसे भेंट कर निकल गए।

समय पूरे वेग से बीत रहा था। प्रैक्टिकल्स की परीक्षा समाप्त हो गई। अंतिम परीक्षा भी आरंभ हो गई। एक-एक कर सारे परचे पूरे हो गए। अच्छा लिख पाया उन्हें मैं। प्रत्येक परचे के बाद लगता कि अपने आपको इतना घिसने, गलाने की वाकई जरूरत न थी। जान-बूझकर अपने आपको थका डाला था मैंने। बस यही खास अंतर था मेरी दसवीं-बारहवीं की पढ़ाई के बीच।

परीक्षा समाप्त होने पर मैं मुक्त हो गया। उन दिनों CET का झंझट नहीं था, सो आराम था। पिछले दो वर्षों की थकावट मिटाने लगा। पिछली बार जैसे पहले दस-पंद्रह दिन नंबरों के प्रतिशत तय करने में बीत गए। बारहवीं में भी मैंने यही किया था, परंतु इस बार एक फर्क अवश्य था। इस बार मैंने, पिछले साल की मेरिट में आए छात्रों के प्रतिशत से मेरे प्रतिशत की तुलना करनी आरंभ कर दी। दिमाग में यह विचार भी कौंध जाता कि पिछली बार के परचों की तुलना में इस वर्ष के परचे आसान थे या कठिन। अंतिम निर्णय पर इसका क्या असर रहेगा आदि। कुछ दिनों पश्चात् यह जोड़-तोड़ भी थम गया।

अब मेरी पुरानी स्वच्छंदता, स्वतंत्रता लौट आई थी। खूब आराम से कटे वे दिन। समय अपनी गति से चलता रहा। और एक दिन अखबार में हमारे नतीजे की तारीख घोषित हो गई। मन में एक आशंका जागी कि क्या वाकई मैंने परचे अच्छे लिखे हैं ? दोबारा परचे देखे। हिसाब लगाया। अब नतीजे के सिर्फ दो दिन बाकी थी। मन का उत्साह, बेचैनी बढ़ती गई। उन दिनों मेरिट में रहे छात्रों के घर डाकखाने से 'तार' आती थी।

मैं सुबह से पोस्टमैन के इंतजार में था। दोपहर भी बीतने को आ गई पर पोस्टमैन का कोई अता-पता नहीं। मन की व्याकुलता बढ़ती गई। बार-बार अंदर आना, बाहर खड़ा रहना, ऐसा करने से माँ का मन आशंकित होगा, इस विचार से खिड़की में किताब पढ़ने के बहाने बैठा रहा मैं। दुनिया अपनी राह चल रही थी, परंतु मैं उस राह में न था। प्रतीक्षा⋯सिर्फ प्रतीक्षा। सारा दिन बीत गया। पोस्टमैन न आया। मेरा मन निराशा से दुःखी हो गया। रात को बिस्तर पर लेटे-लेटे स्मरण हुआ कि हमने तो मकान बदल दिया है।

बोर्ड के पास पुराना पता ही है। शायद उस पते पर 'तार' आई हो! वहाँ हमें न पा कर पोस्टमैन शायद लौट गया हो! मन की छटपटाहट को जरा दिलासा मिली। इसी एक विचार की खुशी में मैं रात में सो सका।

अगला दिन उगा। सुबह ग्यारह बजे के बाद कॉलेज में नतीजा मिलने वाला था। सवा ग्यारह के करीब मैं घर से निकल पड़ा। रेलवे स्टेशन के पास कॉलेज से आते मुझे मेरे एक सर दिखाई दिए। उन्होंने मुझे रोका और बधाई देते हुए बोले, 'संदीप, नासिक बोर्ड में तुम तीसरे स्थान पर उत्तीर्ण हुए हो। साइंस विषयों के 'ए' ग्रुप में तुम्हें 97 प्रतिशत नंबर मिले हैं और बी ग्रुप में 98 प्रतिशत नंबर।

बेहद खुश हो गया मैं। मेरे रोमांच उभर आए। दसवीं की परीक्षा में भी मैं ऐसे ही अव्वल नहीं आया था, मेरी मेहनत का फल था वह। इसे सिर्फ मैं ही जानता था। अब भी सफलता ने उसकी पुष्टि कर दी थी···कोई तुक्का न था, इस बात को अब सभी जान जाएँगे, यही पुष्टि मुझे शांति प्रदान कर गई।

बारहवीं में मैंने विषय ही ऐसे चुने थे कि जिनके बलबूते पर प्रथम स्थान पाना असंभव ही था। परंपरा यही सिद्ध कर रही थी कि Electronics, Crop Science, संस्कृत जैसे विषय लेनेवाले छात्र अव्वल स्थान को प्राप्त कर सकते हैं। मन यह जानता था कि अव्वल नहीं आओगे। मैं अपने तीसरे स्थान से भी बेहद खुश था। मनचाहे कॉलेज में दाखिला मिलने योग्य मेरे गुणों का प्रतिशत था। बड़े तृप्त मन से मैं कॉलेज पहुँचा। अपनी आँखों से खुद अपनी मार्कशीट देखी। दोस्तों, गुरुजनों की बधाइयों को स्वीकारा और घर लौटा। माँ-पिताजी मेरी राह देख रहे थे। उनके चरण छुए···अपनी सफलता की खुशी उनके साथ बाँट ली···पिछले दो वर्ष मन पर निरंतर रहे दबाव से मुक्ति पाई···

कुछ दिनों पश्चात् कॉलेज में सफल विद्यार्थियों के सत्कार का आयोजन किया गया। मेरा भी यथोचित सत्कार किया गया। समारोह के अध्यक्ष, कॉलेज के तत्कालीन प्राचार्य आदरणीय माली सर ने मेरी प्रशंसा में बहुत कुछ कहा। सबसे महत्त्वपूर्ण बात यह कि प्रत्येक विषय के मेरे प्राप्त नंबरों का जो सटीक विश्लेषण किया उन्होंने, वह मेरी कल्पना से परे था। उन्होंने भाषा के नंबरों को अलग रखा। तमाम स्कोरिंग विषयों जैसे, Electronics, संस्कृत, Crop Science, को भी अलग रखा और उस भरी सभा में उन्होंने डंके की चोट पर यह सिद्ध कर दिया कि साइंस का यह छात्र गणितीय विश्लेषण की कसौटी पर बोर्ड में सर्वप्रथम क्रमांक पर ही उत्तीर्ण हुआ है। मेरे गुरु ने मेरे मन में प्रसन्नता की जो बौछार कर दी, उसका वर्णन नहीं हो सकता। अपने अंतर्मन में मैंने उस खुशी को सदा के लिए सँजोए रखा है। मुझे इतना तो करना ही होगा, क्योंकि मेरी उस समय की उम्र और परिस्थिति ही वैसी थी।

□

‘स्व’ रूप की ओर

बारहवीं के बाद इंजीनियरिंग के दाखिले की तमाम ‘खानापूरी’ पूरी कर मैं पुणे के शासकीय अभियांत्रिकी महाविद्यालय, यानी जाना-माना नाम COEP में दाखिल हो गया।

भारत का यह जाना-माना पुराना महाविद्यालय! सन् 1854 में इसकी स्थापना हुई थी। जिनके नाम पर गौरवशाली ‘अभियंता दिन’ मनाया जाता है, वे महान् वैज्ञानिक डॉ. मोक्षगुंडम विश्वेश्वरैया’ इस महाविद्यालय के भूतपूर्व छात्र रह चुके थे।

मुझे अपने इस कॉलेज की इमारत बहुत ही अच्छी लगी। अधिकांश इमारतें बहुत ही पुरानी होने के बावजूद भी बेहद मजबूती से आज भी खड़ी हैं। पत्थर की इन इमारतों ने डेढ़ सौ से भी अधिक बार कड़ी धूप और धुआँधार वर्षा को झेला है। सहा है। परंतु उनपर किसी एक खरोंच का नामोनिशाँ तक नहीं। कॉलेज से नजदीक ही संचेती अस्पताल। इसके सामने रहे पुल को पार करते ही आ जाता है हमारा हॉस्टल। हॉस्टल की इमारतें भी भव्य, पत्थर की बनीं, ऊँची छतों वालीं, पुरानी परंतु आकर्षक। सबसे आकर्षक हैं इनकी लंबी-चौड़ी खिड़कियाँ।

एक बिस्तर और एक संदूक ले मैं हॉस्टल में दाखिल हुआ। रैगिंग से सामना करते हुए हमारा स्वागत हुआ। हम वहाँ नए छात्र थे। रात में हमारे कमरे में एक ‘सीनियर’ ने प्रवेश किया। हमारे कमरे में खाट या पलंग था नहीं। मैं नीचे जमीन पर गद्दी बिछाकर लेटे-लेटे कुछ पढ़ रहा था। शायद CSR था। कमरे में आते ही हमारे ‘उस’ सीनियर ने मेरे हाथ में किताब देखकर फब्ती कसी। गंदी फब्ती। हमारे हॉस्टल से नजदीक ही मंदिर है, वहाँ अगली रैगिंग हुई। इस कृत्य को सिर्फ ‘तुच्छ, विकृत’ की ही उपमा दी जा सकती है। मुझे इसका गहरा मानसिक आघात हुआ। इसी मानसिक तनाव में मैं अमलनेर निकल गया। माँ-पिताजी इस रैगिंग नामक भयंकर विकृति से संपूर्णतया अनभिज्ञ थे। बेचारी माँ ने मुझे पास ही धूलिया अथवा जलगाँव में पढ़ने की सलाह दी। यूँ करना, यानी

अपने ही पैरों पर कुल्हाड़ी मारने जैसी बात! पाँच-छह दिन वहाँ रुककर मैं पुणे लौट आया। धीरे-धीरे यहाँ के वातावरण की आदत होती गई। रैगिंग की बात आई गई हो गई। अब कोई तकलीफ नहीं।

धीरे-धीरे मैं कॉलेज में स्थिर होने लगा। हॉस्टल तथा कॉलेज का वातावरण मेरे स्वभावानुरूप था। खास बात यह कि जितने छात्रों ने वहाँ प्रवेश लिया था, उनमें से अधिकांश छात्र मेधावी थे। महाराष्ट्र तथा भारत के अन्य बोर्ड परीक्षाओं में उच्च कोटि की सफलता प्राप्त कर यहाँ सिर्फ 'पढ़ने' के लिए आए थे। पढ़ाई के प्रति आपसी आदान-प्रदान बहुत ही अच्छा हो रहा था। इसी मुद्दे पर हँसते-खेलते मेल-जोल अच्छा था।

मैं सुबह पाँच बजे जाग जाता। नहा-धोकर सिमला ऑफिस के पिछवाड़े रही 'शिवशक्ति' नामक टपरी पर चाय पीने पहुँच जाता। चाय तैयार हो जाने पर टपरी का मालिक पहली चाय की प्याली भगवान् को अर्पण करता और दूसरी प्याली मुझे देता। रूम पर लौटते ही मैं पढ़ाई करता। नौ बजे तक उसमें कोई खलल अथवा खंड नहीं। रूम पार्टनर से गपशप भी चलती। मेस में दस बजे तक खाना तैयार हो जाता। खाना खाकर सीधे कॉलेज निकल जाता।

हमारी मेस का नाम था 'FX'। क्या स्वादिष्ट भोजन! पुणे के अन्य इंजीनियरिंग, मेडिकल कॉलेज के छात्र वहाँ बीच-बीच में स्वादिष्ट भोजन करने के लिए अवश्य आते। मेस के अधिकतर कर्मचारी कोंकण निवासी थे। बहुत प्यार से, आत्मीयता से वे सभी से पेश आते। सारा व्यवस्थापन देखनेवाले दत्ताजी और रोटी परोसनेवाले सुभाष काका को भूलना ही मुश्किल।

संध्या समय का हॉस्टल का 'माहौल' तो अवर्णनीय। समूचे हॉस्टल की लंबी-चौड़ी खिड़कियों से अंदर घुसकर धींगा मस्ती करने वाली ठंडी बयार। बरमूडा अथवा हाफ पैंट पहने इधर-उधर डोलते हम छात्रगण। पढ़ाई के मुद्दों पर, किसी के कमरे में इकट्ठा होकर चलने वाली चर्चाएँ। समस्याओं के हल को खोजना आदि चलता। इस गपशप में शाम के खाने का समय कब आ गया, पता ही नहीं चलता। शाम साढ़े सात-आठ बजे तक मेस में पहुँचना। खाना खाने के बाद कुछ समय तक वहीं रखे कॉमन टी.वी. के पास जरा डोलते रहते। नौ-साढ़े नौ तक रूम पर लौट आना...ऐसे बीतती थी हमारी शाम।

हॉस्टल से करीब ही शिवजी का मंदिर पातालेश्वर बसा है। वहीं जंगली महाराज का भी मंदिर है। शिवाजीनगर के मुख्य रास्ते पर बसे दोनों मंदिर बहुत ही सुंदर हैं। इनमें से जंगली महाराज मंदिर ऐतिहासिक है और पातालेश्वर मंदिर पौराणिक काल से बसा हुआ है। घनी झाड़ी! ऊँचे-ऊँचे वृक्ष! नीरव शांति वहाँ बसती है। किसी-किसी छुट्टी

के दिन मैं वहाँ अपनी किताबें लेकर पहुँच जाता और उस शांत पवित्र वातावरण में अपनी पढ़ाई करता।

मुझे अपने कॉलेज में सबसे अच्छी बात यह लगी कि यहाँ 'पकी-पकाई रोटी खाने' का रिवाज था ही नहीं। स्वाध्याय पर जोर था। सभी लेक्चर्स को हाजिर रहना अनिवार्य न था। यानी एक सीमा हाजरी की निश्चित की गई है, उसे हम अवश्य पूरा (कई तरीकों से) कर लेते थे, बस। किसी भी विषय के, प्रत्यक्ष अथवा अप्रत्यक्ष रूप से क्लास लगवाने की अनिवार्यता भी नहीं थी। सभी छात्र मेधावी थे, अतः आपस में चर्चा करने से, एक-दूसरे की पढ़ाई की समस्याओं को सुलझाने का रुझान था। सभी विषयों को समझकर पढ़ने का रिवाज ही यहाँ था।

अब मुद्दा आता है पैसों का। मूलतः फीस बहुत कम थी। आप शायद विश्वास न करेंगे कि हॉस्टल के पूरे साल के लिए प्रति छात्र सिर्फ 500-600 रुपए ही जमा करने होते थे। मेस का खर्चा भी प्रतिमाह 500-600 रुपयों से अधिक न आता था। किसी स्कॉलरशिप का इश्तिहार आने पर मैं आवेदन करता रहता। एकाध स्कॉलरशिप मुझे मिल भी जाती। दूसरी बात यह कि दसवीं के बाद इनाम में मिले सारे पैसे जमा थे, अतः आर्थिक तौर पर पिताजी के ऊपर मैंने कोई बोझ पड़ने न दिया था।

इस दौरान किन्हीं कारणोंवश यदि मैं तनाव में होता, अथवा उदास हो जाता, तब मेरा सबसे बड़ा सहारा था—मेरे पिताजी के पत्र! उनके पत्र की मैं बड़ी आतुरता से बाट जोहता। मैंने उनके सारे पत्रों को सँजोकर रखा था। उन्हें पढ़कर मेरी निराशा, मेरी उदासी पल भर में धुल जाती। मैं तरोताजा हो जाता। उन्हें बार-बार पढ़कर अपने आपको रिचार्ज करता। मैं तो यूँ कहूँगा कि अपनी भावनाओं को खूब अच्छे तरीके से प्रकट करने का एकमात्र साधन सिर्फ पत्र ही है। फोन, मोबाइल, इंटरनेट आदि साधन मात्र औपचारिकता ही सिद्ध होते हैं। इन माध्यमों से किया गया संवाद सिर्फ ऊपरी प्रतीत होता है। वहाँ भावनाओं की गहराई का अभाव सा लगता है।

सिर्फ पढ़ाई के दौरान ही नहीं, वरन् मेरी बजाज की नौकरी के दौरान भी मेरे माता-पिता के पत्र मेरा सबसे बड़ा सहारा सिद्ध हुए। उन पत्रों ने मेरे आँसुओं को पोंछा था। मुझे प्रेरणा दी थी। असमंजस की स्थिति में मुझे मार्ग दिखाया, उस स्थिति से मुझे उबारा भी। मुझे तो ऐसा लगता है कि हर माता-पिता को अपने जायों को खूब अच्छे पत्र लिखने चाहिए···पत्रों के माध्यम से जो विश्वास मिलता है, भावनाओं की जो गरमाहट मिलती है, दोबारा उठने के लिए जो बल मिलता है, जो जोश मिलता है···वह ताकत फोन अथवा SMS में कदापि नहीं।

कॉलेज के शुरुआत में रैगिंग का सामना करना पड़ा था। तब मानसिक अस्वस्थता की वजह से मैं अमलनेर चला गया था। लौट भी आया। उसके कुछ दिनों बाद पिताजी

का पत्र आया। लिखा था—

"....तुम हमारे इकलौते बेटे हो। तुम पर बहुत सारी जिम्मेदारियाँ हैं, जिन्हें तुम हिम्मत से निभा रहे हो, इस बात पर हमें गर्व है। Charm Strikes the Sight but Merit Wins the Soul इस विचार के अनुसार ही तुम्हारा बरताव है। इसी के फलस्वरूप यहाँ अमलनेर में राह में जब कोई शिक्षक, दोस्त, विद्यार्थी मिल जाते हैं, तुम्हारे बारे में वे अवश्य पूछताछ करते हैं। तब मन गद्गद हो उठता है। तुम दिन दूनी-रात चौगुनी प्रगति करो, यही ईश्वर के चरणों में विनती है।

पैसों की चिंता मत करना बेटे! महँगाई तो मानवता को मिटाने पर तुली है। परंतु हमें मानवता को त्यागना नहीं है। इसका विकल्प यही है कि भूखे को रोटी दो, प्यासे को पानी और हिम्मत हारे इनसान को हिम्मत दो। मैं तुम्हें सिर्फ हिम्मत ही दे सकता हूँ, मेरे बेटे..."

इंजीनियरिंग के प्रथम वर्ष के दौरान किसी एक संस्थान की ओर से मुझे स्कॉलरशिप प्रदान की गई थी। मुझे तब पिताजी ने लिखा था—

"...पुणे पहुँचते ही तुम्हें 600 रु. की स्कॉलरशिप मिल गई, इसे जान कर बहुत खुशी हुई। हमें तुम्हारे लिए कुछ करना चाहिए, परंतु आज तुम ही हमारे लिए बहुत कुछ कर रहे हो बेटे! आँखें खुशी से छलक गई हैं।

हमारे परिवार पर संत कृपा है। इसीलिए हफ्ते में एक दिन जंगली महाराज के मंदिर में दर्शन करने अवश्य जाना तुम। मौखिक परीक्षा से डरना नहीं। सखाराम महाराज का स्तोत्र गुनगुनाना, ताकि संत, वायु के रूप में वहाँ उपस्थित रहकर परीक्षक के मन से द्वेष अथवा कटु भावना को निकाल देंगे और अपना भी मन प्रसन्न रखेंगे।"

इंजीनियरिंग की परीक्षा के बाद जब मैं बजाज ऑटो में काम पर जाने लगा, तब पिताजी ने लिखा था—

"...हमारे दोनों बच्चे इतनी कम उम्र में अपने पैरों पर खड़े हो गए, यही हमारे लिए बहुत बड़े संतोष की बात है।...मुझे बाजीप्रभु देशपांडे का स्मरण हो आया कि घाटी में घमासान से जूझते हुए बाजी ने, महाराज के सुरक्षित रहने के संकेत मिलने पर ही अपने प्राण त्याग दिए...बस उसी तरह, अब मेरा अंत कभी भी हो जाए, मुझे चिंता नहीं।

तुम्हारा पत्र मिला और सारा अतीत स्मरण हो आया। राह में कितनी सारी मुश्किलें आईं, पर तुम जरा भी न डगमगाए। इसके पीछे है ईश्वर तथा संतों की प्रकृति में निरंतर विचरती महान् शक्ति, तुम्हारा दृढ़ मनोबल और चित्त की एकाग्रता। पहले मुझे भय था कि यदि मेरी नौकरी चली गई तो मेरे बच्चों का भविष्य क्या होगा? परंतु आज मैं भय से पूर्णतया मुक्त हूँ।

अपनी सेहत का पूरा ध्यान रखना। तुम्हारे अलावा हमारा और कौन है? तुम ही

हमारा आसरा हो। पहले वेतन पर भगवान् का हक होता है, अतः तुम्हारे पहले वेतन से हम गजानन महाराज, जंगली महाराज तथा सखाराम महाराज को भोग और नारियल चढ़ाएँगे···''

नौकरी के साथ-साथ प्रतियोगिता परीक्षा के अध्ययन के मेरे निर्णय पर पिताजी ने मुझे लिखा था—

''···और दूसरी बात यह कि कंपनी का काम और पढ़ाई, दोनों का बोझ तुम लेकर चल रहे हो, सो अपनी सेहत का पूरा ध्यान रखना तुम! तुम्हारे आत्मविश्वास तथा तुम्हारे आत्मबल के कारण ही तुम इतनी मेहनत कर पा रहे हो। आत्मविश्वास के अभाव में हम तो असफल ही रहे। परंतु We will find a way. जिस सफलता को हम न पा सके, ईश्वर ने हमारे बेटे को उस वरदान से परिपूर्ण कर दिया और हमारी झोली सफलता से भर दी।''

बजाज ऑटो की नौकरी के साथ-साथ जिस ध्येय को साध्य करना था, उसे पूरा करने में मैं अपने आपको असमर्थ पाने लगा और बहुत निराश हो गया। तब माँ- पिताजी से फोन पर बात की। रो पड़ा था मैं तब। दो-तीन दिनों बाद पिताजी का पत्र आया। लिखा था—

''···फोन पर तुम अकुलाए, रो पड़े, तब से हम दोनों का सारा ध्यान तुम्हारी ओर ही लगा हुआ है बेटे! माता-पिता का प्यार कभी हिम्मत बढ़ाता है तो कभी मनोबल को कम भी कर डालता है। हिम्मत और धीरज बँधाने वाली ममता, स्नेह ही सच्चा प्रेम होता है। वही स्नेह, समस्या पर मात करने की हिम्मत देता है···तुम्हारे आँसू पोंछने के लिए इस समय हमें तुम्हारे पास होना चाहिए था बेटे, परंतु उतने ही गहरे स्नेह से हम ईश्वर से प्रार्थना करते हैं कि जिन समस्याओं से हमारा 'बच्चा' जूझ रहा है, हे ईश्वर तुम उस जगह पहुँचकर उसका मनोबल बढ़ाना, समस्या पर मात करने की शक्ति देना, उसे सफलता देना प्रभु···

···आज का कलियुग तो लक्ष्मीयुग बनकर रह गया है। विद्वान् लोग अस्थिर हो रहे हैं। उनके ज्ञान से लाभ उठाकर उपभोक्ता उन्हें बरबाद करने पर तुले हैं। परंतु समय का चक्र सबकुछ बदल देता है। तुमने बहुत मेहनत की है, इसका भान हमें है। अपने आपको सँभालो। मेरे परामर्श से नाराज न होना। किताबों के ज्ञान से अधिक महत्त्वपूर्ण है अनुभव से प्राप्त ज्ञान। पहले कहा करते थे कि, 'जे न देखे रवि, वो देखे कवि'। परंतु आज हम कह सकते हैं कि, 'जे न देखे रवि, जे न देखे कवि, ते देखे अनुभवी।' तुम्हारे साथ संतकृपा का बल है, इसे तुम शायद नहीं जानते। अमीरी में भले ही जीवनयापन सरल होगा, परंतु अमीरों के घरों में भी दुःख होते हैं। छोटा सैनिक ही बहादुरी से आगे बढ़ता है। गरीब, मेधावी छात्रों को संकटों से पार पाना ही

होता है। तुम निराश न होना। संतों की शक्ति तुम्हारे साथ अवश्य है। उनकी कृपा से 11 अगस्त की परीक्षा अवश्य देना बेटे…''

ये मेरे माँ-पिताजी के सिर्फ पत्र नहीं, बल्कि हमारे परिवार का वे आईना हैं। उनमें स्नेह है, बीती परिस्थिति का भान है, जिम्मेदारियों का स्मरण है। प्रत्येक होनहार छात्र, व्यक्ति के साथ संतकृपा का बल होता है…यह आश्वासन आधार है। कितनी बार पढ़ता रहता उन्हें मैं। वही मेरी शक्ति थी, वही मेरी प्रेरणा थी, जो मेरा उत्साह भी दुगुना-चौगुना बढ़ा देती।

जीवन के उदास अनमने पलों में पिताजी के पत्र मुझे तार लेते… मेरी ऊँगली थामकर वे मुझे आत्मिक बल देते…

आज भी कभी-कभी मैं परिवार में बैठकर इन्हें पढ़ सुनाता हूँ। ये शब्द मुझे अपनी जमीं पर दृढ़ता से बनाए रखते हैं, और साथ ही इसी मिट्टी में रहे मेरे अन्य भाइयों को, दोस्तों को प्रगति की ओर ले जाने का बल भी देते हैं। यही हमारी धरोहर है, जो हमें हवा में व्यर्थ उड़ने से रोकती है।

इंजीनियरिंग में मैं Mechanical Engineering की शाखा में अध्ययन कर रहा था। दूसरे वर्ष में वहाँ Sandwich नामक पाठ्यक्रम के लिए मौखिक परीक्षा द्वारा चयन किया जाता है। इसमें तीसरे वर्ष के पहले सत्र में तथा चौथे वर्ष के द्वितीय सत्र में किसी कंपनी में प्रत्यक्ष रूप से काम करने का अवसर मिलता है। यदि छात्र का चयन हो जाता है, तब उसे कंपनी की ओर से बारह सौ रुपए प्रतिमाह वेतन मिलता है। इसे 'विद्या वेतन' कहा जाता है। यानी अब पिताजी को पैसों की ओर से आराम था। मेरा वहाँ चयन हो गया था। बजाज ऑटो में। इसमें मेरा दोहरा लाभ था। दो सत्रों में कम विषयों की पढ़ाई और औद्योगिक क्षेत्र में प्रत्यक्ष काम करने का अवसर, अनुभव। वेतन भी अच्छा था।

इतना अच्छा सब चल रहा था और तब मेरे दिमाग पर चलचित्र बनाने का भूत सवार हो गया। जिंदगी में एकाध बहुत बढ़िया सिनेमा बनाने कि विचार ने जैसे मुझे पागल बना डाला। पुणे के FTII संस्थान में जाकर इस बात का पता लगाया कि क्या इस प्रकार का कोई पार्ट टाइम कोर्स वहाँ है भी!

इसी दौरान मेरा चचेरा भाई स्वप्निल, जो बीमारी के इलाज के लिए मुंबई में था। उसे मिलने मैं मुंबई गया। वहाँ मैंने मिथुन चक्रवर्ती, नाना पाटेकर, अशोक ठकेरिया आदि

महान् दिग्गजों से भेंट करने का प्रयत्न किया, जो व्यर्थ रहा। इसे जवानी का जोश कहा जाए या नासमझी ? अच्छा, अब इन तमाम लोगों के पते कहाँ से पाए होंगे मैंने ? अमलनेर में! वहाँ एक बार सैलून में कटिंग के लिए गया था, तब 'मायापुरी', 'चित्रलेखा' आदि पत्रिकाएँ देखीं मैंने। उनमें इन लोगों के पते छपे थे। जिन्हें मैंने चुपके से दर्ज कर लिया था। मेरी सारी कोशिशें नाकाम रहीं। धीरे-धीरे पढ़ाई बढ़ती रही और दिमाग से वह भूत भी धीरे-धीरे ओझल होता गया। परंतु मन के किसी कोने में आज भी एक आस अवश्य है कि 'तरुणाई' के लिए एक बहुत ही अच्छा और महत्त्वपूर्ण चलचित्र बनाए बगैर मरना नहीं है।

मेरी पढ़ाई बढ़िया चल रही थी। प्रत्येक सेमेस्टर में मैं Distinction पाता रहा। पहले वर्ष के अलावा अन्य सभी वर्षों में मैं विश्वविद्यालय के पहले दस सफल विद्यार्थियों में अपने आपको रख पाया। इस सफलता के लिए किसी प्रकार का मेरा अट्टाहास कदापि नहीं था। दसवीं की तरह नीरव शांति के साथ मेरी पढ़ाई जारी थी।

अपने महाविद्यालयीन भाषण प्रतियोगिताओं में, वाद-विवाद प्रतियोगिताओं में मैं हिस्सा लेता। इनाम भी पाता। 'अभियंता' नामक कॉलेज की पत्रिका में मेरी कविताएँ, कहानियाँ छपीं। इसी पत्रिका के संपादक के रूप में मैं बिना विरोध चुन लिया गया। परंतु इंजीनियरिंग की पढ़ाई के साथ-साथ प्रतियोगिता परीक्षाओं की तैयारी की वजह से, समय के अभाव में मैंने इसे अस्वीकार कर दिया।

बारहवीं के बाद इंजीनियरिंग के प्रवेश की प्रक्रिया कुछ क्लिष्ट है। यही बात मेडिकल की भी। मुझे दाखिला लेने में दो-तीन दिन लग गए थे। पिताजी साथ न आए थे। मैं अकेले ही आया था। इस दौरान मैंने दो रातें, प्रवेश प्रक्रिया के दालान के बाहर बरामदे में बिताई थीं। बहुत तकलीफ उठाई थी।

अब अमलनेर, और आस-पास के छात्र जब पुणे प्रवेश के लिए आने लगे, उन्हें तकलीफ न हो, मार्गदर्शन कर सकूँ, इस हिसाब से मैं उन्हें कई बार अपने कमरे में ही रख लेता। इस सबसे मुझे एक अपूर्व मानसिक संतोष मिलता। ऐसे ही एक छात्र की मैंने मदद की, उसे दाखिला भी मिल गया। उस समय हमें अपने भविष्य का वाकई कोई पता न था। आज वह, यानी किरण मेरा 'साला' है। मैं उसका जीजा हूँ, क्योंकि उसकी बहन 'रानी' अब मेरी अर्धांगिनी है।

कॉलेज के मेरे सहपाठियों से मुझे बहुत कुछ सीखने का अवसर मिला। मेरे अधिकांश दोस्त अमेरिका में हैं। कुछ दोस्त भारत में ही बड़ी कंपनियों में बड़े अफसर हैं। मेरे एक मित्र ने सर्वथा भिन्न मार्ग को चुना।

वह मित्र है 'चंद्रहास पुजारी'। दसवीं की परीक्षा में अपंग छात्रों में वह समूचे बोर्ड में प्रथम आया था। संयोगवश इंजीनियरिंग में हम साथ-साथ थे। उसने Electronics and

Telecommunication की शाखा को चुना था। अमेरिका जाने के लिए हो रही GRE की परीक्षा में उसने 2350/2400 नंबर अर्जित किए थे। वह मूलत: बहुत ही बुद्धिमान, मेधावी छात्र था। सच तो यह कि अमेरिका के किसी भी जाने-माने विश्वविद्यालय में उसे आसानी से प्रवेश मिल सकता था, परंतु उसके मन में क्या घुमड़ रहा था, किसी को अंदाजा न था।

कुछ ही दिनों पश्चात् उसने ISCON 'इस्कॉन' नामक संस्थान में प्रवेश कर लिया। अब पुणे के इस्कॉन संस्थान में वह 'स्वामी चैतन्य चरणदास' के नाम से अध्यात्म की साधना में लीन है। उसने अध्यात्म पर बहुत सारी किताबें लिखी हैं। 'टाइम्स ऑफ इंडिया' नामक अंग्रेजी समाचार-पत्र में 'Speaking Tree' के अंतर्गत उसके लेख छपते हैं। मेरी पोस्टिंग पुणे में हो जाने पर मैं उसे मिलने गया था। अब वह गेरूए वस्त्रों को परिधान किया एक स्वामी चैतन्य चरणदास था, परंतु मेरे लिए वह आज भी मित्र चंद्रहास ही है। कई वर्षों बाद मिले थे हम। श्रीकृष्ण मंदिर के बगीचे में हमने आपस में जी भरकर बातें कीं। चंद्रहास ने, श्रीकृष्ण भगवान् के चरणों में अर्पित एक फूल मुझे 'अनोखी भेंट' के रूप में दिया। अपनी लिखी एक पुस्तक भी भेंट में दी। पुस्तक के प्रथम पेज पर 'पुरानी यादों से सजा' एक पत्र भी उसने मुझे लिखकर दिया। अब हम जब भी मिलते हैं, मंदिर के सान्निध्य हमारी चर्चा, अध्यात्म के प्रति बड़ी ही रोचक रहती है।

जब भी मुझे COEP का तीव्र स्मरण हो जाता है, मैं सुबह छह बजे अपनी कार में सवार हो कोर्ट तक जाता हूँ। वहीं बाहर गाड़ी पार्क कर पैदल ही हॉस्टल के चारों ओर चक्कर लगाकर जंगली महाराज मंदिर से होते हुए सिमला ऑफिस के चौराहे पर से 'शिवशक्ति' तक पहुँचता हूँ। सुबह की ठंडक, हॉस्टल की दीवार से सटे वृक्षों की सुगंध, SSC बोर्ड की (मेरे लिए ऐतिहासिक) इमारत को अपने मन में सँजोता हूँ। बोर्ड की इमारत के गेट के पास माँ-पिताजी के साथ चौकीदार से अंदर जाने की विनती करने वाला 'संदीप' मुझे वहाँ मिल जाता है। हॉस्टल की 'H' ब्लॉक की चौथी मंजिल की खिड़की के पास मेरी भेंट उस 'संदीप' से होती है जिसकी आँखों में, मन में सपने बसते थे। मॉडर्न कैफे के चौराहे पर बजाज की बस की बाट जोहता 'संदीप' मुझे वहाँ मिलता है। मैं उसकी ओर देखता हूँ...मुसकरा देता हूँ...शिवशक्ति में चाय पीता हूँ और प्रसन्न मन से अपने घरौंदे की ओर लौट पड़ता हूँ...उस सारे दिन की मेरी पूँजी होती है...वह अनामिक प्रसन्नता, जो खूब महकती रहती है।

□

ध्येय-प्राप्ति की असीम आस

किसी भी उद्देश्य को साध्य करने के लिए उसके प्रति गहरी आसक्ति होना परम आवश्यक होता है। यदि ध्येय के प्रति गहरी आस नहीं है, तब मनुष्य किसी और स्थान पर पहुँचकर, वहाँ मन के लायक जो भी मिल जाता है, उसे ही साध्य मानकर (झूठे) भ्रम में जीवन यापन करता रहता है। इस मुद्दे को स्पष्ट करने हेतु मैं एक छोटी सी कथा सुनाता हूँ—

किसी देश में एक बहुत बड़ा प्रतिष्ठित मठ था। धार्मिकता की कसौटी पर खरा उतरा वह मठ था। मठ के प्रमुख धर्मगुरु अब बहुत ही बूढ़े हो गए थे। उन्हें जीवन का अंतकाल समीप नजर आ रहा था। उन्हें मठ के लिए ऐसे उत्तराधिकारी को चुनना था, जो पूर्ण रूप से बैरागी हो। तब उन्होंने एक तरकीब सोची। उन्होंने सभी शिष्यों में से चार योग्य शिष्यों को बुलवाया। उनके सामने एक मानचित्र रखा, जिसमें सैकड़ों किलोमीटर लंबाई का एक रास्ता था। उस रास्ते पर एक चिह्न बना हुआ था, जो कि शिष्यों का गंतव्य स्थान था। मठाधिपति की सिर्फ एक शर्त थी कि चारों एक साथ वहाँ पहुँचों और उसी रास्ते से मठ को लौट आओ। जो लौटकर आएगा, वही मेरा उत्तराधिकारी बनेगा। इस सीधी सरल शर्त को सुनकर चारों आश्चर्य में पड़ गए। वापिस लौट आना, कोई बड़ी बात न थी। अब मठाधिपति कौन बनेगा, यही आशंका मन में लिये वे यात्रा पर निकल गए।

वे चारों दो सौ कि.मी. का प्रवास कर एक राज्य में पहुँचे। राजा ने बड़े ही आदरपूर्वक उन तेजस्वी बैरागियों को अपने दरबार में आमंत्रित किया। उन चारों की विद्वत्ता जानने के पश्चात् राजन ने विनम्रतापूर्वक एक प्रस्ताव रखा—

"मुझे आप जैसे किसी एक विद्वान् की राजपुरोहित के रूप में आवश्यकता है। यदि आप में से कोई इस पदभार को सँभालकर मुझे अनुगृहीत करे तो बड़ी कृपा होगी।"

उन चारों में से एक बैरागी इस प्रस्ताव पर मोहित हो गया। उसने राजपुरोहित के मान–सम्मान को, अपने मठ के मठाधिपति बनने से अधिक मौलिक समझा और राजा के

प्रस्ताव को स्वीकार कर वह वहीं बस गया।

बाकी तीनों अगले प्रवास पर निकल पड़े। चार सौ कि.मी. जाने के बाद थकान मिटाने हेतु उन्होंने राह में मिले एक बड़े मकान में आश्रय लिया। वह प्रासाद एक अमीर वृद्धा स्त्री का था। उस वृद्धा ने उन तेजस्वी युवाओं को आश्रय देने के पश्चात् कहा—

''इस उम्र में मैं यहाँ अकेली पड़ गई हूँ। मेरी सैंकड़ों एकड़ उपजाऊ जमीन है। यदि आप तीनों में से कोई यहाँ बस जाए, तो मुझे आसरा मिलेगा और मेरे पश्चात् इस सारी संपत्ति का वह वारिस भी होगा।''

उन तीनों में से एक ने सोचा कि वृद्धा के दिन अब बीत चुके हैं। उसका अंतकाल समीप है। कोई और इस धन का वारिस होने के बजाय क्यों न मैं ही प्रस्ताव को स्वीकार लूँ? वहाँ मठाधिपति बनने से कहीं अच्छा यह कि मैं ही एक मठ स्थापित करूँ और अपनी अखंड साधना को अविरत चलाता रहूँ। और वह वहीं रुक गया।

अब दोनों शिष्य आगे निकल पड़े। लंबा रास्ता तय करने के बाद उन्हें बहुत प्यास लगी। वहाँ एक घर के पास वे रुक गए। घर में रही एक अतीव सुंदर युवती ने उन्हें जल दिया। लड़की के पिता ने उन दोनों तेजस्वी युवकों को देखा और मन-ही-मन सोचा कि,

अनेक प्रलोभनों ने इशारा किया, फिर भी वह आगे बढ़ता ही रहा, मठ पहुँचा, मठाशीध हो गया...

यदि इनमें से कोई एक मेरा दामाद बन जाए तो अहो मेरे भाग्य! सीधे पूछने की हिम्मत उनसे न हुई। वे बोले—

"यदि आप जैसा कोई बुद्धिमान तेजस्वी युवक आपकी जानकारी में हो तो बताने की कृपा करें। मैं अपनी बेटी के विवाह की बात सोच रहा हूँ।"

उन दोनों में से एक को वह सुंदरी मन-ही-मन खूब पसंद आ गई थी। वह प्रसन्नता, अधीरता से बोला—

"आपकी कन्या के लिए मैं संन्यास और संन्यासी का चोला दोनों त्यागने को तैयार हूँ।"

पिता ने प्रस्ताव स्वीकार लिया और संन्यासी वहीं रुक गया।

इस प्रकार से सिर्फ एक संन्यासी अपने गंतव्य स्थान की ओर बढ़ गया। कितने ही प्रलोभन राह में आए, परंतु संन्यासी मोह-माया में न अटका और अपने मठ की ओर चल पड़ा।

मठ पर पहुँचने पर उसने अपने गुरु को मृत्युशैय्या पर लेटा पाया। गुरु ने बड़े ही स्नेह से उसे देखा और अपने गले की माला उसके गले में डाल दी।

सभी ने नए मठाधिपति का जय-जयकार किया।

उपरोक्त कहानी यही सिद्ध करती है कि अपने उत्तम उद्‌देश्य की लंबी यात्रा में जगह-जगह पर मोह के अस्थायी मुकाम आते हैं, जो हमें इशारों से पास बुलाते हैं, (अस्थायी) आनंद, सुख का प्रलोभन देते हैं। हम उनके भुलावे में आ जाते हैं और वहीं रुक जाते हैं। समय के चलते जीवन समाप्त हो जाता है।

अपना जीवन भी ठीक इसी तरह चलता है। बचपन में अथवा युवावस्था में हम कोई सपना (उद्‌देश्य) मन में सँजोते हैं। उस राह पर चलना भी आरंभ कर देते हैं। बहुत आगे निकल आने पर अचानक स्थिरता देनेवाला कोई मुकाम हमें अपनी ओर आकर्षित करता है और हम वहीं रुक जाते हैं। हमेशा के लिए... समय अपनी गति से निकल जाता है, तब किसी एक दिन यह अहसास होता है कि अरे, मैं इस गाँव में रहना नहीं चाहता था! उस समय यदि हिम्मत के साथ और आगे निकल पड़ता तो और ऊँचाई पर होता। मन में टीस उठती है। अब मौका छिटक गया होता है। पैरों में रही शक्ति क्षीण हो गई होती है। जिस मुकाम पर अटक गए थे वहाँ की जिम्मेदारियों के पाश में इस कदर जकड़ लेते हैं कि निकलना असंभव।

कुछ ऐसे क्षण होते हैं जो बड़ी आसानी से हमें चुपचाप अनजाने में ही अपने सपनों से दूर ले जाते हैं। यह इतना चुपचाप और सूक्ष्म तरीके से होता है कि हम उन क्षणों में अचेतन मस्तिष्क में चलने वाले द्वंद्व की आहट भी नहीं सुन पाते। रास्ता तो हमेशा ही आसान होता है। अगर मुश्किल भी हुआ तो आनंददायक होता है। परंतु प्रलोभन का

सामना करना बड़ा कठिन होता है। महत्त्वपूर्ण बात यह है कि वे हमारी बाहरी चेतना में छुपे रहते हैं। हमारे दिल की अंत:चेतना समझती है कि हम धीरे-धीरे अपने हृदय के सच्चे लक्ष्ये से दूर होते जा रहे हैं। परंतु प्रलोभनों की क्षणिक शक्ति इतनी तीव्र होती है कि हम अपनी अंत:चेतना की क्षीण आवाज को नहीं सुन पाते। गहरी अंत:चेतना की आवाज हमसे खुलकर बात करती है, केवल ध्यानावस्था में। पर आधुनिक जीवनशैली की समस्या यह है कि हम सस्ते मनोरंजन से इतना घिर चुके हैं कि हमारे पास ध्यान एवं स्वसंवाद के लिए समय ही नहीं है, या यूँ कहें कि हम वक्त नहीं निकालते। चाहे इसे आधिक्य या किसी अन्य प्रकार की समस्या कहें, पर यह हमारी वास्तविक एवं सच्ची आध्यात्मिकता पर विपरीत असर डाल रही हैं। हम आध्यात्मिक रूप से भूखे एवं कुपोषित हैं।

मुझे ऐसे बहुत सारे लोग मिले हैं, मिलते हैं, जिनके अपने सपने इसी तरह से अधूरे रह गए। मुझे इस छोटी उम्र में उपायुक्त (Dy. Commissioner) के पद पर देखकर, कई बुजुर्गों को अपना अतीत याद आ जाता है। वे खुले मन से इस बात को स्वीकारते हैं कि हमने भी प्रतियोगिता परीक्षाओं की तैयारी आरंभ की थी। पूर्व परीक्षा पास भी हुए थे, परंतु इसी दरमियान नौकरी लग गई। वेतन अच्छा था सो अगली परीक्षाओं का इरादा ही छोड़ दिया। यदि और पढ़ाई करते तो बड़े अफसर बन जाते···काश! अपनी स्थिति से वे संतुष्ट थे, परंतु अपने हाथों से बहुत कुछ छूट जाने का पछतावा उनके चेहरे पर झलक जाता।

सिर्फ प्रौढ़ों, वृद्धों की बात नहीं करता मैं, बल्कि मुझे ऐसे बहुत सारे युवक भी मिले जिन्होंने बहुत बड़े-बड़े सपनों को देखा, उस राह चल भी पड़े, परंतु आज वे कहीं शिक्षक हैं, बाबू हैं, जीवन बीमा निगम में हैं अथवा बैंक में हैं। जीवन-चक्र चलता रहा। सपनों को भूलना कठिन था, सो कुछ समय फिर उस राह चले भी। परंतु जीवन की अन्य गहमा गहमियों में सपना पीछे छूटने लगा। मन कुछ समय के लिए छटपटाया भी, परंतु समय के चलते वह भी छटपटाहट भी धूमिल होती गई। उसी राह में जीवनयापन होता रहा।

बचपन या युवावस्था में हम बड़े सपने देखते हैं और उनको पाने के मार्ग पर चल भी पड़ते हैं। उस समय तक हर चीज बिलकुल मुमकिन और आसान लगती है। अपने आप पर हमें अत्यधिक आत्मविश्वास होता है। कोई रुकावट बहुत बड़ी नहीं महसूस होती है, अत्रेय नहीं लगती हैं। परंतु अपने लक्ष्य की तरफ बढ़ते समय रास्ते में एक स्थिरता का पड़ाव आता है। हम सोचते हैं कि उस पड़ाव पर थोड़ा विश्राम कर लें, उस अस्थायी पड़ाव का थोड़ा आनंद लें। पड़ाव की स्थिरता हमें आकर्षित करती है। यह स्थिरता, आनंद, आकर्षण हमारी दूरदर्शी नजर को धुँधला कर देती हैं। हम यह नहीं

समझ पाते कि हम उस पड़ाव के वासी नहीं हैं। हमारा मन यह नहीं समझ पाता कि जिस पड़ाव पर हम पहुँचे हैं, वह हमारा है ही और जब भी चाहे हम वहाँ बैठ सकते हैं।

आनंद की झूठी मान्यताएँ और विश्राम का आकर्षण हमारे हृदय की उबलती प्रेरणा को नष्ट कर देता है। मन कभी-कभी अंदर से दुखता है, पर निम्न स्तर के आनंद और स्थिरता के लिए हम उन्हें नजरअंदाज करते रहते हैं। परंतु हमारी अंत:प्रेरणा के बीज कभी भी हमेशा के लिए दफन नहीं होते। वे धरती की सतह के नीचे दबे रहते हैं और अंकुरित होने, खिलने, बड़े वृक्ष में परिवर्तित होने और छाया एवं फल देने की क्षमता के साथ अनुकूल परिस्थितियों की राह देखते हैं। धीरे-धीरे स्थिरता और क्षणिक आनंद की उपयोगिता अपनी चरम सीमा पर पहुँच जाती है। कुछ खामोश क्षण हमें अपने आप से जोड़ देते हैं। हृदय की आँखों के आगे परदे में दरार पैदा होती है और ज्ञान एक किरण परदे की दरार में से पार होकर हमारे अस्तित्व की वास्तविक गहराइयों तक पहुँचकर हमारे अंत:स्थल तक पहुँच जाती है। मोक्ष या मुक्ति के इन क्षणों में हमें अहसास होता है कि बचपन या युवावस्था में हमारे मन की गहराइयों में जो इच्छाएँ थीं उन्होंने कभी हमारा साथ नहीं छोड़ा था, अपितु हमने ही उन्हें त्याग दिया था। वासनाएँ उन उच्च आदर्शों पर, सपनों पर हावी हो जाती हैं। धीरे-धीरे हमारी छोटी-छोटी इच्छाएँ प्रशस्त कर देते हैं, परंतु वे हमेशा हमारी प्रतीक्षा करती रहती है कि कब हमें अहसास होगा कि हमारी वास्तविक मंजिल क्या है! लेकिन हमारी अंतरात्मा यह कदापि नहीं चाहती, क्योंकि अगर सबकुछ यहीं होता तो विश्व में महान् आत्माओं का उद्भव नहीं होता, विश्व साधारण लोगों की भीड़ बनकर रह जाता।

सिडनी हैरिस ने कहा है कि हमें उन कर्मों पर ज्यादा अफसोस नहीं होता जो हमने गलत किए, बल्कि उन कर्मों पर होता है जो शायद हम कर सकते थे, लेकिन हमने नहीं किए। अफसोस उन कृत्यों के लिए भी है जिन्हें हम नहीं कर सके, जिसके लिए कोई तसल्ली नहीं की जा सकती है।

अंत में मेरे मन में दो सवाल उठते हैं। पहला यह कि जीवन के लिए यदि आवश्यक है, तब नौकरी को स्वीकारना ही पड़ता है। परंतु···परंतु अपने दृढ़ उद्देश्य की ओर, अपने सँजोए सपनों की ओर क्या पक्के इरादे से हम चल नहीं सकते? दूसरी अत्यंत महत्त्वपूर्ण बात यह कि उस राह चलने के लिए कौन से विशेष गुणों की, किस संयम की आवश्यकता होती है, उन्हें जान लेना बहुत जरूरी है। इन प्रश्नों के जवाब मैंने खुद, अपने अनुभवों के आधार पर खोजने की कोशिश की है, अत: उन समस्याओं को मात करने के तरीकों को मैं आपके सम्मुख पेश करने वाला हूँ।

□

वो कठिन अँधियारे दिन

सन् 1998 में पुणे के शासकीय अभियांत्रिकी कॉलेज से मैंने बी.ई. (मैकेनिकल इंजीनियरिंग) की उपाधि प्राप्त की। पुणे विश्वविद्यालय में, मैं चौथे स्थान पर उत्तीर्ण हुआ था। इससे पहले तीसरे वर्ष के सत्र के दौरान कैंपस इंटरव्यू के द्वारा मैं बजाज ऑटो लि. पुणे में चुन लिया गया था। जुलाई में काम पर हाजिर हो गया। बढ़िया तनख्वाह थी। रहने के लिए कंपनी ने अच्छी जगह भी दी थी कैंपस में। काम पर जाना शुरू हो गया।

मन में MPSC और UPSC का सपना सँजोया था। पर इस मुकाम का जबरदस्त आकर्षण भी था। बहुत बड़ा वेतन। रहने को घर। युवावस्था। इकलौती संतान···पाँचों उँगलियाँ घी में थीं। कई लोग इन विशेषताओं की बात भी करते। मैं प्रतियोगिता परीक्षा की तैयारी कर रहा हूँ, सुनकर कई लोग कह भी रहे थे कि इतनी बढ़िया नौकरी मिली है तब व्यर्थ की मेहनत किसलिए? परंतु मेरा सपना मुझे चैन से बैठने न देता। सोने न देता। काम से लौट आने पर मैं हाथ-मुँह धोकर तरोताजा हो जाता और पढ़ाई में लग जाता। पढ़ाई के लिए बहुत कम समय मिल पाता मुझे।

जब तनाव का सीधा संबंध किसी बाहरी चीज से लगाया जा सकता है तो ज्यादा चिंता की बात नहीं होती। क्योंकि हमें तनाव का स्रोत पता होता है। लेकिन जब तनाव की जड़ हमारे स्वत: के अंदर हो तो वो बहुत जहरीला और खामोश हत्यारा बन जाता है। प्रत्यक्ष में तो हमें तनाव का कोई प्रत्यक्ष स्रोत दिखता नहीं तब भी हम अपने आप से नाराज रहते हैं।

कई बार मन में विचार उठता कि क्या वाकई मुझे इन परीक्षाओं में सफलता मिलेगी? नौकरी के साथ-साथ क्या इसे मैं निभा पाऊँगा? क्या मैं किसी मृगजल के पीछे दौड़ रहा हूँ? शुरू के तीन-चार महीने इसी सोच में बीत गए। मैं भरमा गया था। निर्णय नहीं कर पा रहा था। अपने दोस्तों से इस विषय पर चर्चा भी की, परंतु कोई ठोस हल मिल

नहीं रहा था मेरी समस्या का।

फिर एक साप्ताहिक छुट्टी के दिन मैं तुकाराम महाराज की समाधि के दर्शन करने देहू पहुँचा। आद्य संत तुकाराम महाराज बहुत बड़े कवि थे, जिनकी तमाम भक्ति रचनाएँ प्रासादिक मानी जाती हैं। वहाँ से मैं देहू की भंडारा नामक पहाड़ी पर गया, जहाँ बैठ वे अपनी रचनाएँ लिखते। वहाँ बैठकर शांति से विचार करने लगा मैं कि अपने पास एक बढ़िया नौकरी है, बढ़िया उच्च उपाधि है। प्रतियोगिता परीक्षा में वैसे भी सारी अनिश्चितता ही रहती है। मूलतया वहाँ उत्तीर्ण-अनुत्तीर्ण शब्द कोई मायने नहीं रखते। वहाँ जितनी सीट्स उपलब्ध हैं, उनमें अपना नंबर लगना महत्त्वपूर्ण होता है। अन्यथा प्रथम श्रेणी का भी कोई लाभ नहीं। उन परीक्षाओं की रीति इस प्रकार से है कि पहली बारी में ही पूर्व परीक्षा और मुख्य परीक्षा में सफल बनो और अंतिम साक्षात्कार तक पहुँचो। यदि साक्षात्कार में आप चुने नहीं जाते हैं तो फिर पहले से परीक्षा की तैयारी करो। इस पूरे चक्र को पार करने में एक वर्ष की अवधि लग जाती है। यानी यदि दो बार प्रयत्न करने पड़े तब सीधे दो वर्ष का समय खर्च करो।

अब यदि मान लिया कि दो वर्ष का समय कम-से-कम इसमें लगेगा। यदि नौकरी से त्यागपत्र देकर परीक्षा भी दी और दुर्भाग्य से यदि असफल रहा, तब इस अच्छी नौकरी की होड़ में, मैं दो वर्षों के लिए पिछड़ जाऊँगा। तब परिवार का भी विचार किया। किराए के मकान के लिए पिताजी को कितने पापड़ बेलने पड़े थे, मैं ही जानता हूँ। उन्हें नौकरी से निवृत्त होने में चार-पाँच वर्ष ही बाकी बचे हैं। अपने खुद के मकान की उनकी आशा को व्यर्थ कैसे कहूँ? निवृत्ति के करीब आने पर आज उन्हें जो वेतन मिल रहा है, उससे दुगुना तिगुना वेतन उनका बेटा कमा रहा है। इसी बात से वे बहुत खुश और आश्वस्त भी हैं। मुझे याद है कि इंजीनियरिंग के मेरे अंतिम सत्र के दौरान घर में पहला टी.वी. आया था। माँ-पिता के मन से अब तंगी में जीवनयापन करने की भावना जाती रही थी। मेरी निरंतर प्रशंसा, रिश्तेदारों में मेरा कौतुक, मेरे विवाह की चर्चा आदि के रहते यदि मैं नौकरी छोड़ देता हूँ, प्रतियोगिता परीक्षा की तैयारी में लगा हूँ, तब इससे उन दोनों को जो मानसिक आघात पहुँचेगा उसका क्या? ऊपरी तौर पर वे दोनों मेरा समर्थन अवश्य करते, परंतु अंदर से टूट भी जाते। हाथ रही नौकरी छोड़ने का तनाव उनपर बना रहता।

मेरा वहाँ पहाड़ी पर बैठकर गहरा चिंतन चल रहा था। करीब पाँच घंटे मैं बैठा रहा वहाँ। शब्दों के माध्यम से संत शिरोमणि तुकाराम महाराज मेरे साथ वहाँ अवश्य थे। उन्होंने कहा है—

'अपने मन से निरंतर संवाद करो, अपना विवाद भी अपने से ही करो।'

ये शब्द निरंतर मेरे मन में घुमड़ रहे थे तथा चिंतन के लिए प्रोत्साहित कर रहे थे। मुझे अपने मन में चल रहे बवंडर पर विजय प्राप्त करनी थी। मैं बड़ी देर तक विचार

करता रहा। सिर्फ अपने प्रति ही नहीं, वरन् परिवार के प्रति भी। अंत में मन ने स्पष्ट रूप से फैसला कर दिया कि तुम्हें नौकरी में रहकर ही परीक्षा की तैयारी करनी है…और अवश्य करनी है। मन का तूफान थम गया। मन ने शांति की अनुभूति की।

अनिर्णय की स्थिति हमारे लिए सबसे घातक होती है— "संशय आत्मा विनश्यति।" यह सिर पर लटकती हुई तलवार के समान है, जो न जीने देती है और न मरने देती है। अनिर्णय की स्थिति हमारे दिमाग की समस्त ऊर्जा को निचोड़ लेती है। कभी-कभी हम अजीब दुविधा में फँस जाते है। हमारे सामने दो समान विकल्पों में से किसी एक को चुनने की स्थिति उत्पन्न होती है। कई बार हम ऐसी ही परिस्थितियों को अस्थायी पड़ाव बना देते हैं और निर्णय को आगे के लिए स्थगित कर देते हैं। यह सबसे खतरनाक स्थिति होती है, क्योंकि उससे तनाव, अशांति एवं अद्विग्नता उत्पन्न होती है। यह मस्तिष्क की शांति और सुसंवाद को भंग कर देती है। अप्रसन्नता एवं थकान भर जाती है। यह सकारात्मक ऊर्जा को नष्ट कर देती है। यह प्रसन्नता की जड़ पर हमला करती है। जीवन की ऊर्जा का स्रोत ही मौन हो जाता है। कही जाती है, जब हम अपने सपने एवं लक्ष्य की ओर बढ़ रहे होते हैं।

जब तक हम अनिर्णय की स्थिति में रहते हैं, असहजता एवं खिन्नता बनी रहती है। अनिर्णय के उन दिनों में मैं सोचा करता था कि जानवर मनुष्यों से ज्यादा अच्छी स्थिति में हैं, क्योंकि वे स्वाभाविक रूप से नैसर्गिक ढंग से जो चाहते हैं करते हैं।

हम मनुष्य लगातार अपनी बौद्धिक क्षमता एवं मानसिक शक्तियों का उपयोग करते हैं और वह सही भी है। लेकिन अनिर्णय की अवस्था में हमारी बौद्धिक क्षमता रचनात्मक तरीके से कार्य नहीं करती। घूम-फिरकर वहीं हमारा जीवन खत्म हो जाता है, केवल अस्तित्व बचता है। लेकिन जैसे ही हम कोई निर्णय लेते हैं ऊर्जा वापस आ जाती है। चाहे वह निर्णय सही हो या गलत, कम-से-कम हम कर्म की राह पर तो चल पड़ते हैं।

मैंने अपना निर्णय कर लिया था। फिर उस पहाड़ी से मैं तुकाराम महाराज के मंदिर देहू में गया। वहाँ चहुँओर उनके शब्दों के सुगंधित गुच्छे खिले हैं, उनका खूब आनंद लिया। अंतर्मन महक गया मेरा वहाँ। और खुशी-खुशी मैं लौट आया।

अब मेरे साथ मुख्य समस्या थी समय की। उन दिनों मैं बजाज ऑटो के उत्पादन विभाग में था। गियर सेक्शन में बड़ी जिम्मेदारी का काम मुझ पर सौंपा गया था। यदि कहीं जरा सी भी गलती हुई तो उसका असर उत्पादन के खंडित होने में होता, और इसका गहरा असर अंतिम असेंब्लिंग लाइन पर पड़ता। तब हंगामा मच जाता। इसके अलावा कभी-कभी कामगारों की कमी, कभी मशीन बंद, कभी इच्छित क्वालिटी का न होना, आदि समस्याओं से सामना। इन सब पर मात करनेवाली सबसे बड़ी समस्या थी 'सेकेंड शिफ्ट'

की। उसका समय होता दोपहर के साढ़े तीन बजे से रात्रि के बारह बजे तक। मुझे बचपन से आदत थी सुबह साढ़े चार से पाँच के दरमियान जग जाने की। मैं रात दस बजे तक सो जाता था। सबसे बुरी आदत यह थी कि रात कितनी ही देर से मैं सोऊँ, सुबह उसी नियत समय पर नींद अवश्य खुल जाती थी। मेरी तमाम सफलताओं का सेहरा मेरे सुबह जल्दी उठकर पढ़ने की आदत के सिर सजता रहा।

यहाँ एक बात मैं खासतौर पर कहना चाहूँगा कि मेरी प्रत्येक सफलता में मेरे सुबह जल्दी उठने की आदत का योगदान सर्वाधिक है। सुबह के ब्रह्म मुहूर्त में मन प्रसन्न और तरोताजा रहता है। उस समय सिर्फ प्रकृति और पशु-पक्षी जागते होते हैं। सारा वातावरण शांतिपूर्ण रहता है। अपने शरीर की थकान निकल गई होती है। यह समय मनन, चिंतन, लेखन और पठन के लिए अति उत्तम रहता है। सुबह पाँच बजे से नौ बजे तक का समय तमाम व्यत्ययों से मुक्त होता है। आगे जीवन का चक्र शुरू हो जाता है। यदि हमें अपने जीवन में कुछ अलग सृजनात्मक, विधायक कार्य करना है, तब इस समय का उपयोग बिलकुल सही साबित होता है, ऐसा मेरा निजी अनुभव है।

परंतु हमें चारों ओर इसके विपरीत दृश्य दिखाई दे रहा है। करीब-करीब सारे ही परिवार रात ग्यारह-बारह बजे तक जागते हैं। टी.वी., फोन, सिनेमा आदि इनके परम मित्र कहलाते हैं। किसी प्रकार का उत्साह, प्रेरणा, बुद्धि बढ़ानेवाला मनोरंजन रहा ही नहीं है। एक ही ढर्रे के उबाऊ और स्वप्नहीन, उद्देश्यहीन, निरर्थक मनोरंजन के पीछे हम पागल बन अपना समय और अपनी बुद्धि की क्षमता को व्यर्थ बरबाद कर रहे हैं। नित नए तनावों, समस्याओं का निर्माण कर रहे हैं।

देर से सोने पर देर से जागना। फिर समय की तंगी की वजह से जैसे-तैसे अपने नित्य कर्मों से फारिग होना। काम पर जानेवालों का मन पर छाए तनाव की वजह से सुबह-सुबह झल्लाना, गुस्सा करना, चिढ़ना आदि अपने आप होता जाता है, जो स्वाभाविक है। ईश्वर का दिया प्रत्येक दिन हम सुबह से ही बिगाड़ देते हैं। फिर शाम को वही अर्थहीन मनोरंजन, वही व्यर्थ की शॉपिंग और जाने क्या-क्या! हमारी सर्जनशीलता, नवनिर्माण की क्षमता, विचार करने की क्षमता को हम खोते जा रहे हैं। जीवन ऐसे ही बीत जाएगा…रीत जाएगा…

परंतु अब इस दूसरी शिफ्ट ने मेरा सारा काम ही बिगाड़ दिया था। बारह बजे रात ड्यूटी खत्म होने पर बिस्तर पर लेटने तक करीब एक बज जाता। सुबह पाँच बजे से पहले जाग जाता। कुल चार घंटों की नींद मिलती। जो पूर्णतया अधूरी रहती। फिर सारा दिन सिर में दर्द रहता। एसीडिटी की तकलीफ हो जाती। काम में मन न लगता। इस ड्यूटी की जरा-सी आदत होने तक फिर पहली शिफ्ट आ जाती। शरीर की सारी समय-सारिणी धराशायी हो जाती। बजाज ऑटो का यह नियम है कि नए अभियंता को प्रत्यक्ष रूप से

उत्पादन विभाग का अनुभव मिले, इसलिए उससे शुरू के डेढ़-दो महीने प्रोडक्शन सेक्शन में काम करवाते हैं। अपने ज्ञान को और बढ़ाने के उद्देश्य से मैं सारा कुछ मन लगाकर सीख रहा था। परंतु मेरी शारीरिक पीड़ा और प्रोडक्शन का निरंतर बना रहा तनाव, मुझे मेरी पढ़ाई से वंचित कर रहा था। शारीरिक पीड़ा, नौकरी में काम का तनाव, और इन दोनों की वजह से पढ़ाई न हो सकने के मानसिक तनाव के इस दुश्चक्र में मैं फँस गया था।

इसी समय एक अच्छी खबर मिली। इंजीनियरिंग के अंतिम सत्र में मैंने MPSC की पूर्व परीक्षा दी थी। उसका नतीजा आया था। मैं पास हो गया था। खास बात यह कि इंजीनियरिंग के अंतिम परचे के दूसरे दिन ही MPSC का परचा था, समय निकालकर मैंने जैसे-तैसे उसकी पढ़ाई पूरी की थी, और अब मैं उसमें उत्तीर्ण भी हो गया था। मन फिर से उमंग से भर गया। सारी निराशा, सारा तनाव हवा हो गया। भविष्य की सफलता की आस बँधी। गुरुवार की छुट्टी के दिन मैं अगली परीक्षा की किताबें ले आया। दोस्तों से विचार-विमर्श किया। पढ़ाई का टाइम-टेबल बनाया।

नई किताबों की अपनी खास महक! मैं फिर से विद्यार्थी बन गया। पर इस समय न मैं बालक था और न ही किसी कॉलेज का छात्र। एक बड़ी कंपनी में अफसर था मैं। फिर भी नई किताबों की, उनमें बसी गंध का ऐसा जादू होता है जो हमें सारी जिम्मेदारियों, तनावों को भूलने पर बाध्य कर पुनः एक बार बालक बना देता है, छात्र बना देता है। हाथ में समय बहुत कम था और मुख्य परीक्षा के छह पेपर्स की तैयारी करनी थी। मैंने टाइम-टेबल बना लिया। कितने दिनों में कौन-कौन से विषय खत्म करने हैं, तय कर लिया। वैकल्पिक विषयों में 'मराठी' और 'राजनीतिशास्त्र' को चुना। उत्साह से पढ़ाई आरंभ कर दी। यदि हमारे सामने कोई लक्ष्य है, तब अन्य समस्याओं की चिंता अपने आप कम हो जाती है और मानसिक दबाव भी घट जाता है।

कंपनी की समस्याएँ थीं ही, पर समय के अभाव में अध्ययन सीमित रह जाता। परीक्षा करीब आ रही थी। वैसे मैंने बहुत सारी पढ़ाई पूरी कर ली थी, परंतु 'मराठी वाङ्मय' का कुछ हिस्सा पूरा न हो पाया था। बहुत बड़ी छुट्टी मिलना असंभव था। 'मराठी साहित्य' के अलावा अन्य परचे अच्छे रहे। मराठी के परचे में भाग्य ने साथ न दिया। अनिवार्य प्रश्नों में वही सब पूछा गया था, जिसे मैं पढ़ न पाया था। समय भी कम पड़ गया। करीब-करीब बीस नंबरों के प्रश्न छूट गए। परीक्षा समाप्त हो गई। एक-दो दिन आराम किया और कंपनी का 'रूटीन वर्क' शुरू हो गया। धीरे-धीरे UPSC की पढ़ाई भी आरंभ कर दी। रात की ड्यूटी से होनेवाली शारीरिक तकलीफ जारी थी। एक बार मुख्य व्यवस्थापक महाशय से अपनी तकलीफ के बारे में कहा और मुझे दूसरे विभाग में भेजने की विनती भी की, जिसका कोई असर न हुआ।

अब फिर से मन की स्थिति दोलायमान हो गई। नौकरी छोड़ देने को मन किया। पर अनिश्चितता की घनी छाया ने मन की न मानी। पढ़ाई तो जारी थी ही। मन को जरा भी संतोष नहीं। कंपनी में मन नहीं लग रहा था।

समय बीतता रहा और एक दिन दोस्त का फोन आया कि MPSC के नतीजे आ गए हैं। मैंने उसे अपना रोल नंबर दिया। दस–पंद्रह मिनट के बाद उसका फोन आया कि उत्तीर्ण छात्रों की फेरहिस्त में तुम्हारा नंबर नहीं है। पल भर के लिए मैं इस बात पर यकीन भी न कर पाया। ड्यूटी खत्म हो जाने पर मैं तुरंत जिलाधिकारी कार्यालय में गया···लिस्ट देखी···बार–बार देखी, परंतु मुझे मेरा नंबर कहीं भी नजर न आया। मैं सन्न रह गया। जीवन में पहली बार मैंने असफलता पाई थी। बड़ा धक्का लगा मुझे। दसवीं में सर्वप्रथम, बारहवीं में मेरिट में तीसरा नंबर, इंजीनियरिंग में पुणे विश्वविद्यालय में चौथा नंबर, बजाज में चुना जाना···यूँ सफलताओं की ऊँची उड़ान बिलकुल थोड़े से कम नंबरों की वजह से थम गई। साक्षात्कार के लिए कुल 512 नंबरों की जरूरत थी और मुझे मिले थे कुल नंबर 508। सिर्फ चार नंबर कम पड़ गए और मैं अपात्र सिद्ध हो गया। बड़े निराश मन से मैं लौट आया। किसी से बात करने का मन नहीं। अपने आप से नाराज था मैं। मन खट्टा हो गया मेरा। सभी काम बेमन से करता रहा। कोई उत्साह न रहा। सिमट गया मैं अपने आप में। पढ़ाई नियमित रूप से चल रही थी। MPSC की परीक्षा का समय अभी तय न हुआ था, इसीलिए UPSC की पढ़ाई जारी रखी। पर मन उचट गया था।

यह भावना बलवती होती जा रही थी कि मैं शायद अपनी मंजिल को प्राप्त न कर सकूँ! जब हम अपनी मंजिल की ओर निकल पड़ते हैं तब हमें खुद पर, खुद की क्षमताओं पर और मंजिल की प्राप्यता पर कोई संदेह नहीं होता। कमजोर से कमजोर क्षणों में भी यह विचार मन में नहीं आता कि हम अपनी मंजिल को प्राप्त न कर पाएँगे। लेकिन राह पर चलते हुए किसी कमजोर एवं खतरनाक क्षण में यह विध्वंसकारी विचार मन के किसी कोने में जगह प्राप्त कर लेता है कि शायद हम अपनी मंजिल प्राप्त न कर सकेंगे। यह विचार होता तो है बड़ा सूक्ष्म, लेकिन वह हमारे ऊर्जा को बिलकुल खत्म कर देता है। हमें लगने लगता है कि हमारी आत्मा की क्षमताओं की तुलना में हम बहुत क्षुद्र जीवन जी रहे हैं। लगता है कि हमारी आत्मा किसी सोने के पिंजड़े में बंद पड़ी है, हमने मध्यम दर्जे के विकल्प को चुनकर खुद से ही समझौता कर लिया हैं, हमारा विवेक भ्रमित हो गया है। यह न दिखने वाली परंतु हृदय को भर देने वाली चोट असहायता के एक भयंकर अहसास से हमारे अस्तित्व को भर देती है। हम, हम नहीं रह जाते। दिन तो कटते रहते है, परंतु 'जीवन' समाप्त हो जाता है। बचता है केवल शरीर का अस्तित्व!

इसी दौरान मेरा तबादला दूसरे विभाग में हो गया। शिफ्ट पद्धति से मुक्ति पा गया

मैं। रात की ड्यूटी से छुटकारा मिल गया। मैंने सही मायने में राहत की साँस ली। शरीर यातनाओं से छुट्टी पा गया। सुबह नौ बजे से शाम साढ़े पाँच तक काम पर जाता। बाकी सारा समय मेरा अपना होता।

MPSC की मुख्य परीक्षा में मिली असफलता के बाद अगले दो वर्ष मैं कुछ कर न पाया। पता नहीं क्यों मेरे अंदर का जोश ठंडा पड़ गया था! उमंग जाती रही थी। परंतु इस बीच UPSC की पढ़ाई जारी रखी और उसकी पूर्व परीक्षा में उत्तीर्ण भी हो गया। परंतु मुख्य परीक्षा देने गया ही नहीं। इसी दरमियान MPSC का विज्ञापन आया। थोड़ी सी तैयारी कर मैंने परीक्षा भी दी। मन में कोई उत्साह नहीं था। परीक्षा का तनाव भी नहीं।

ऐसा होने के कई कारण थे। अच्छी-खासी नौकरी थी। बहुत अच्छा वेतन भी था। हर महीने अच्छी राशि जमा हो रही थी। पिताजी ने अमलनेर में प्लॉट लेकर मकान का काम शुरू कर दिया था। रेफ्रीजरेटर, फर्नीचर आदि (मध्य वर्ग की) सुविधाएँ भी जुट गई थीं। पुणे में मैं अकेला ही रहता था, सो खर्चा भी बिलकुल सीमित होता। परंतु मेरा बड़ा खर्चा होता था किताबों के खरीद पर। आज मेरे पास अपनी निजी करीब साढ़े पाँच सौ किताबें हैं।

एक-दो बार माँ-पिताजी पुणे आए थे। उन्हें मैं देहू, आलंदी, पंढरपुर-यात्रा करवा लाया। यानी कुल मिलाकर सारा बढ़िया चल रहा था। और इसी स्थिरता ने मुझे शिथिल बना दिया। मन के सपने, मन के कोने में दुबककर ऊँघने लगे थे। उनमें पहली सी चिनगारी बची न थी। वे सपने चादर ओढ़े सो गए थे। इसी ऊँघ में दो वर्ष कैसे बीत गए पता न चला। मैंने पहले जो कथा सुनाई थी, उस कथा में रहे एक मुकाम पर ठहर गया था मैं। ज़रा सा आराम सोचा था, पर अब आराम-ही-आराम चल रहा था। उस आराम की काली छाया जीवन पर अब फैलने लगी थी।

यानी नदी का प्रवाह थम गया था। मन अगले विचारों (सपनों) में खोने लगा। जैसे, मोटरसाइकिल लेनी है···पुणे में फ्लैट लेना है···घर में मेरे विवाह के चर्चे हो रहे हैं···यानी सदा के लिए बस जाने की दिशा में एक-एक कदम आगे बढ़ रहा था। मुझे इसमें कुछ अयोग्य न लग रहा था।

हमेशा के एक प्रसंग का यहाँ उल्लेख मैं जरूरी समझता हूँ, जो हमें बहुत बड़ी सीख दे जाता है। किसी थिएटर में हम सिनेमा देखने जब कुछ देरी से पहुँचते हैं, बाहर की रोशनी से होकर अचानक अँधेरे में पहुँच जाते हैं, तब हमें आस-पास कुछ दिखाई नहीं देता। डोरकीपर फिर टॉर्च की रोशनी में हमारी सीट का नंबर पढ़ता है और इशारे से सीट दिखा देता है। फिर हम टटोलते हुए, अनेकों के पैरों से ठोकर खाते हुए अपने स्थान पर बैठ जाते हैं। कुछ ही पलों में हमें आस-पास का सारा कुछ साफ दिखाई देने लगता है। यानी हमारी वे आँखें जो तेज रोशनी को पार कर अँधियारे में आई थीं, जल्दी ही उस

अँधियारे की अभ्यस्त हो जाती हैं। यानी आँखें, उन्नति (रोशनी) की ओर से अवनति (अँधेरा) की ओर जाना पसंद नहीं करतीं। पर कुछ ही देर पश्चात् वे उसे स्वीकार लेती हैं। धीरे-धीरे उसकी आदत कर लेती हैं और अंत में उसकी अभ्यस्त भी हो जातीं हैं।

यही बात हमारे उद्देश्यों के साथ होती है। जरा सी स्थिरता वाला जीवन हमें अपनी ओर खींचता है। हम उस के साथ शुरू में निभा लेते हैं और आगे चलकर उसके आदी हो जाते हैं। यहाँ विचारों, उमंगों की उड़ान थम जाती है। सृजनशीलता दुर्बल हो जाती है। मन में एकाध बार विषाद भी छा जाता है पर रोजमर्रा की जिंदगी में वह मिट भी जाता है।

जिंदगी के कुछ पड़ावों पर हम अल्प संतुष्ट हो जाते हैं और सपनों के साथ समझौता कर लेते हैं। हृदय की ऊर्जा का स्रोत आकुंठित हो जाता है। कभी-कभार मन दुखता है, सपने हमें जगाने की कोशिश करते हैं, हृदय में आकुंठित ऊर्जा को प्रवाहित करने की कोशिश करते हैं। यह अहसास कि जीवन और भी सार्थक हो सकता था, हमें अनजान विषाद और दुःख से भर देता है।

परंतु दैनिक जीवन की भाग-दौड़ एक बहुत प्रभावशाली वेदनाशामक दवाई का काम करती है। वह हमसे ही हमारे सपने छिन लेती है, सपनों को आसनी से भुलाने में मदिरा के समान मदद करती है। इस बाहरी दौड़ की चिल्लाहट हमारे अंतःहृदय की आवाज को दबा देती है। हर बीतते क्षण जिंदगी हमें मौत की तरफ ढकेलती है। लेकिन जीवन के कुछ क्रांतिकारी क्षणों में चमत्कार होता है। अचानक हमारी अंतरात्मा हमें इन सबके खिलाफ विद्रोही बना देती है और हमें अपने आप से एवं अपने सपनों से जोड़ देती है। पुनर्जागरण एवं पुनर्ऊजित होने का यह अहसास हमारे शरीर के कण-कण को असीम उर्जा से उत्तेजित कर देता है। हम फिर अपने आप से जुड़ जाते हैं और बरसों से भुली अपनी मंजिल की राहों पर पुनः चल पड़ते हैं। हमारा जीवन आमूल रूप से बदल जाता है। ऐसी व्यक्तिगत क्रांति के बाद जीवन कभी पूर्ववत् नहीं रह सकता।

परंतु कभी अचानक कोई स्फूर्ति का स्रोत हाथ लग जाता है और मन आलस्य, ढिलाई का चोला फेंककर तरोताजा होता है और अपने निहित उद्देश्य के मार्ग में पूरी उमंग से आगे चलने लगता है। मेरे साथ भी ऐसा ही हुआ। दो वर्ष बेहोश पड़े मेरे मन को अचानक एक दिन कोई स्फूर्ति मिली और वह पूरे जोश से हड़बड़ाकर जाग पड़ा। निमित्त था दो अपनों के पत्रों का।

सावन का महीना था। उस दिन मेरी छुट्टी थी। नागपंचमी थी। मैं सहज ही घर के बाहर निकला। सुबह के आठ बजे थे। पास के छोटे से मंदिर पहुँचा। अभी किसी भक्त ने मूर्ति की पूजा की थी। सुंदर स्वच्छ मूर्ति! उस पर चढ़ाए ताजे खुशबूदार फूल, अगरबत्तियों की भीनी सुगंध, दीये की मंद लौ, थाली में लगा भोजन का भोग, उस भोग से आ रही घर के बने भोजन की खास सुगंध···और मुझे तीव्रता से घर का स्मरण हो आया। घर का

देवायतन आँखों के सामने उभर आया। माँ के खाने का जायका मुँह में उतर आया।

कितनी ही यादों की लहर मन को पुलकित कर गई। शिरूड़ का घर, स्कूल, स्कूल की ओर खेतों से होकर जाने वाली पगडंडी। सावन में माँ शिवजी का व्रत रखतीं। उन्हें पूजा के लिए मंदिर के पास बेल के बड़े वृक्ष से, बड़ी मेहनत से तोड़कर लाए बेल के 'त्रिदल' सुगंधित फूल।

चहुँओर छाई सावन की नरम हरियाली! बीच-बीच में बरसती सावन की फुहारें! उन फुहारों से चूते हम सभी के खपरैल छाए घर! उस मिट्टी से उठती मिट्टी की सौंधी-सौंधी सुगंध! समूचे परिसर में छाया देते घने बड़े महावृक्ष। स्कूल से घर लौटते ही परोसा जानेवाला स्वादिष्ट माँ के हाथ का भोजन···वह धार्मिक वातावरण और···और बहुत कुछ स्मरण हो आया, जो मेरी आँखों को अनायास ही नम कर गया।

और अचानक स्मरण हो आया अपने रुके हुए प्रवास का। मन में गहरी टीस उठी। अरे, यह तो मेरा मात्र एक मुकाम था, गंतव्य स्थान नहीं! कुछ समय सिर्फ रुकना था यहाँ पर···पर मैं बड़े लंबे समय तक अटक गया यहाँ। एक···दो···तीन! पूरे तीन वर्ष बीत गए। इस मुकाम के पाश कसे जा रहे हैं! अँधियारे की आदत पड़ रही है···। मन उदास, खिन्न हो गया मेरा। लगा कि मेरी समस्त ऊर्जा ही धीरे-धीरे सोख ली जा रही है! मैं ऊर्जाहीन पुतला ही बनता जा रहा हूँ जैसे!

मैं मंदिर से उठा और सीधा घर की ओर निकल पड़ा। किसी ओर मेरा ध्यान न था। भीड़ भरी राहों में भी मैं 'अकेला' ही था। घर लौटा। दोपहर का खाना बड़ा फीका लगा। इसके दो कारण थे। सावन के महीने में 'मेस' का खाना, यह पहली बात। और दूसरी यह कि मन में घुमड़ रहे विचारों, यादों का तूफान! सारा दिन उदास रहा मैं। रात में चैन की नींद न आई। एक कसक मन को छटपटा गई। कोसता रहा अपने आपको मैं। सुबह जागा। सिर में दर्द था। यहाँ मन और शरीर के बीच रहे दृढ़ संबंध सिद्ध हो गए। एक की तकलीफ को दूसरे ने भी अनुभव किया।

समय से काम पर गया। मन बेचैन था। बार-बार अतीत के सपनों को खोज रहा था वह। काम पर सुबह से पाँच-छह बार चाय पी मैंने। दोपहर में खाना खाने को मन न किया। दोपहर को ही घर आया मैं। दरवाजे में दो पत्र पड़े थे। दोनों पत्र देखे। एक पिताजी का था और दूसरा बहन का। बहन ने राखी भेजी थी। दोनों पत्रों को पढ़ा। मेरे 'अपने' दोनों सगों ने पत्र में सहजता से और बड़ी खुशी से यही लिखा था कि मैं कितना अच्छा हूँ। अपने समूचे परिवार का दृढ़ आधार हूँ। कैसे मैं अपने परिवार को न्यूनत्व से उबारकर दृढ़ विश्वास की ओर ले गया। अँधियारे से निकालकर प्रकाश की ओर ले गया। निराशा से आशा की ओर, अज्ञानता से ज्ञान की ओर···पढ़ते-पढ़ते मैं गद्गद होता गया। मेरी साँस घुटने सी लगी। अंतर्मन भारी हो गया···भावनाओं का विस्फोट भी हो गया···मेरी हिचकियाँ

बँध गईं। मैं अकेले बैठ खूब रो लिया। अकेला ही था, यह कितनी अच्छी बात थी···किसी के समझाने-बुझाने की आवश्यकता भी न थी।

कल मंदिर में बैठे रहने पर मन में जो तूफान उठा, निरंतर घुमड़ता रहा, तनाव बढ़ाता रहा···वह सारा इन सच्चे आँसुओं में, मेरी हिचकियों द्वारा पूरे वेग से बह निकला। आँसुओं की धारा तेजी से बहती रही। मैं उन्हें रोक न पा रहा था। पिछले तीन वर्षों से जमीं काई की परत को पूरी तरह से बहा ले जाने के लिए आँसुओं की तेज धार ही अनिवार्य थी।

प्रत्येक हिचकी के साथ मन थोड़ा-थोड़ा हलका होने लगा था। मन का विषाद आँसुओं में घुल रहा था। करीब आधे घंटे तक मेरी यह अवस्था रही। अब धीरे-धीरे मन को राहत मिली। उसने शांति का अनुभव किया। जो मन पिछले तीन वर्षों में कहीं खो गया था, वह अपनी राह लौट आया था।

एक घंटे के पश्चात् मैं पूर्ववत् हो गया। ऑफिस में फोन किया मैंने और आधे दिन की छुट्टी ले ली। बढ़िया स्नान किया। मन, आँसुओं से धुलकर तरोताजा हो गया था और शरीर नहाने से। कागज और पेन लेकर देहू निकल गया। तीन वर्ष पहले तुकाराम महाराज के सान्निध्य एक संकल्प किया था। परंतु दुर्भाग्यवश उसे पूरा न कर पाया मैं। अब दोबारा एक दृढ़ संकल्प करना है, महाराज से आशीर्वाद लेकर! उस कसौटी में खरा उतरना है मुझे।

रिक्शा देहू की राह चल (दौड़) रही थी। बारिश झिमझिमा रही थी। शीतल बयार का साथ था···और मेरा मन संकल्प के प्रति कटिबद्ध···।

□

सफलता के मिले संकेत

इंद्रायणी नदी के तीर पर, तुकाराम महाराज के सान्निध्य में बैठकर पिछली गलतियों का सारा लेखा-जोखा एक कागज में दर्ज किया और अगले प्रयत्न में, किसी भी परिस्थिति में सफल होना ही है, यह प्रण किया। अपने लिए टाइम-टेबल बनाया। उसी के अनुसार चलने का निर्धारण किया। अगले दो वर्षों तक अपने निहित लक्ष्य के अलावा किसी और बात को कदापि न करने का दृढ़ निश्चय किया। महाराज के दर्शन कर लौट आया।

दूसरे दिन से सुबह साढ़े चार पौने पाँच बजे सोकर उठने लगा मैं। नहा-धोकर करीब छह बजे पढ़ने बैठ जाता। साढ़े आठ बजे तक पढ़ता। फिर एक सेकेंड हैंड साइकिल खरीदी। सभी ने मजाक उड़ाया। मोटर ले सकूँ, इतनी आमदनी होने पर भी पुरानी साइकिल ? कंजूस आदमी ! मैं मन-ही-मन मुसकराया। मोटरसाइकिल खरीदकर मैं अपने आपको स्वतंत्रता की छूट देना न चाहता था। घूमने-फिरने पर नियंत्रण जो रखना था। सिर्फ काम पर जाने के लिए और चाय पीने भागने के लिए साइकिल ही उपयुक्त थी।

किताबों और नोट्स की छोटी जेरॉक्स कॉपियाँ बना लीं, जिन्हें जेब में आसानी से रखा जा सकता था। कंपनी में जब भी खाली समय मिलता, मैं उन्हें पढ़ता। खाने की छुट्टी में भी बचे समय में मैं पढ़ता। शाम को ऑफिस से लौटने के बाद कुछ देर आराम करने के पश्चात् छह बजे के करीब पढ़ाई में लग जाता। साढ़े आठ बजे तक पढ़ता। फिर खाना खाकर, थोड़ी सी और पढ़ाई कर रात दस बजे सो जाता।

पूरे एक साल अमलनेर जा न पाया मैं। वैसे प्रत्यक्ष, अप्रत्यक्ष तनाव तो आते रहते पर पढ़ाई में कोई ढील नहीं दी मैंने। मेरे साथ के कुछ दोस्तों ने CAT, GATE, GRE की तैयारी की। धीरे-धीरे वे चुने जाने लगे और वहाँ से निकल गए। साल के अंत तक मेरी बैच के चार-पाँच दोस्त ही बजाज में रह गए थे। पुणे के औद्योगिक क्षेत्र में स्वेच्छा

निवृत्ति को उकसावा और समर्थन मिलना आरंभ हो गया था। पुनर्रचना (Restructuring) की हवा भी चली।

मैं पढ़ाई में डूब गया था। पढ़ाई की ऊब से बचने के लिए मैंने अपनी ही आवाज में पढ़ाई की कुछ कैसेटस् रिकार्ड कर लीं। सुबह-शाम तरोताजा होने के दरमियान मैं इन टेप्स को ध्यान लगाकर सुनता। रिविजन की यह तरकीब बढ़िया रही। यदि निगडी से पुणे किसी काम से जाना होता तब बस में एक घंटे तक वॉकमैन के जरिए कैसेट सुनता। मैं जानता था कि UPSC मैं सफल होना बड़ा ही मुश्किल काम है। उसके लिए उच्च कोटि के प्रयत्न ही जरूरी हैं। मैं अपने प्रयासों में कोई कमी नहीं रखना चाहता था।

अब मैंने MPSC और UPSC की प्राथमिक परीक्षा दी और दोनों में उत्तीर्ण भी हो गया। मुख्य परीक्षा के लिए दोनों में समान विषयों को चुना। मराठी साहित्य के बजाय 'भूगोल' को चुना। मर्यादित समय में अधिकाधिक पढ़ सकूँ, यही उद्‌देश्य इसके पीछे था। हफ्ते में मिलनेवाली एक छुट्‌टी के दिन मैं पुणे जाता। दोस्तों से मिलता और नए राजकीय, सामाजिक बदलावों की जानकारी प्राप्त करता। उस हिसाब से नई पुस्तकों, नए नोट्‌स का जुगाड़ करता। MPSC की मुख्य परीक्षा बहुत अच्छी रही। अब मैंने नई साइकिल खरीद ली।

अगली पढ़ाई शुरू करने वाला था कि मुझे खबर मिली कि पिताजी को लकवा मार गया है। साइकिल, कंपनी में छोड़कर बस से अमलनेर तुरंत निकल पड़ा मैं। बस में बहुत रो लिया मैं। व्यर्थ के विचारों से मन सुन्न सा हो गया था। प्रवास के दौरान मुझे खबर मिली कि अमलनेर में डॉ. बडगुजरजी के यहाँ से प्राथमिक उपचार लेने के पश्चात् पिताजी को धूलिया लाया गया है। शाम तक मैं धूलिया पहुँच गया। सीधा अस्पताल ही गया। पिताजी के शरीर का बायाँ हिस्सा निर्जीव हो गया था। आँखें भी एक ही दिशा में मुड़ी हुईं। मुझे देखते ही वे रोने लगे। मैंने उन्हें ढाढस बँधाया। डॉ. साहब ने अड़तालीस घंटों की मियाद में दोबारा झटका आने की आशंका जताई थी। मैं और माँ अलट-पलट कर दिन और रातें पिताजी के सान्निध्य जागते रहे। अस्पताल में सोने को जगह खाली न थी, सो मैंने पिताजी के पलंग के नीचे कथरी बिछाकर समस्या हल कर ली।

दस बारह दिन हम अस्पताल में रहे। डॉ. साहब ने पिताजी को थोड़ा-थोड़ा चलवाने को कहा। आँखों के तिरछेपन की वजह से वे तिरछे चलते। उन्हें सहारा देते हुए चलवाने का काम मैं करता रहा। UPSC की परीक्षा नजदीक आ रही थी। हमारे एक रिश्तेदार श्री. चव्हाण सर धूलिया के 'जयहिंद कॉलेज' में सांख्यिकी (statistics) पढ़ाते थे। मैंने उनसे किताबें मँगवा लीं और जब पिताजी सो जाते, मैं सांख्यिकी के परचे की तैयारी करता। धीरे-धीरे पिताजी की सेहत में सुधार होने लगा था। किसी का सहारा ले वे जरा सा खड़े होने लगे। अस्पताल ने डिसचार्ज देने के बाद उन्हें अमलनेर लाया गया।

अभी भी वे स्वयं कुछ भी करने में असमर्थ थे। दीवार का सहारा ले धीरे-धीरे चल लेते। मेरी भी बहुत सारी छुट्टियाँ उनकी तीमारदारी में बीत गईं। अब छुट्टी मिलना कठिन था और काम पर हाजिर होना जरूरी हो गया। माँ-पिताजी को वहाँ छोड़कर निकल जाना मेरे मन को खूब भारी लगा, परंतु और कोई रास्ता था ही नहीं। मन पर पत्थर रख वहाँ से निकल पड़ा···इससे पहले बस तक छोड़ने, मुझे विदा कराने हमेशा पिताजी आया करते···आज मैं उदास हो, अकेले ही लौट रहा था···मन कचोटता रहा···पर क्या करता मैं···बस पुणे की ओर निकल पड़ी··· ।

पुणे पहुँचने पर हमेशा का जीवन-चक्र शुरू हो गया। प्रतिदिन सुबह-शाम फोन पर मैं पिताजी से संपर्क करता और सेहत के बारे में जानकारी लेता। मन को संतोष दिलाने का एकमात्र तरीका था वह।

पढ़ाई जोरों पर थी। नजदीक आ गई परीक्षा। पंद्रह दिन की छुट्टी मंजूर करवाकर परीक्षा देने बंबई निकल गया। परचे अच्छे रहे। statistics की परीक्षा से फारिग हो गया और अमलनेर पिताजी को देखने गया। उनकी सेहत में अब अच्छा सुधार था। तभी MPSC का नतीजा आया। मैं उसमें उत्तीर्ण हो गया था और साक्षात्कार के लिए चुन लिया गया था। बहुत खुशी हुई सभी को। अब साक्षात्कार (इंटरव्यू) की तैयारी में जुट गया। तहसील, जिला, गाँव आदि की सांख्यिकीय जानकारी जुटाने में पिताजी ने मेरी बड़ी मदद की।

साक्षात्कार के दिन मैंने मंदिर में भगवान् के दर्शन किए। मन-ही-मन समस्त परिवार का स्मरण किया और मुख्य हॉल में प्रवेश किया। साक्षात्कार लेनेवाले पाँच माहिर व्यक्ति मेज की उस ओर विराजमान थे। उन्होंने मुझसे विविध प्रकार के प्रश्न पूछे। मेरी लिखाई, बजाज ऑटो, जलगाँव जिला, राज्य शासन, वर्तमान परिस्थिति में हो रही उथल-पुथल आदि के बारे में बहुत सारे प्रश्न थे। करीब पैंतीस मिनट तक यह सिलसिला जारी था। मैंने सभी प्रश्नों के संतोषजनक जवाब दिए। ज्ञान, जानकारी और आत्मविश्वास के प्रति मैं उनकी कसौटी पर खरा उतरा। तब शायद उन्होंने सोचा कि इस प्रत्याशी की प्रतिकूल परिस्थिति में, दबाव की स्थिति में क्या अवस्था रहेगी, इसे जानना होगा। वे मेरी मानसिकता को जाँचना चाहते थे शायद। वहाँ उपस्थित एक अनुभवी वरिष्ठ अधिकारी ने पूछा—

"आपको कविता करने में रुचि है, ऐसा आपने लिखा है।"

"जी।"

"अब तक कितनी कविताएँ लिखीं आपने?"

"जी, बारह सर!"

"मुझे लगता है कि कविता लिखना यानी समय व्यर्थ गँवाना।"

"सर, मेरे विचार से अपना शौक और संतोष, दोनों में लगाया गया समय व्यर्थ नहीं होता है। बल्कि व्यक्तित्व विकास हेतु यह आवश्यक भी है।"

"फिर भी मेरे विचार से सारे कवि पागल होते हैं।"

"सर, मुझे लगता है कि वे पागल नहीं, भावुक, संवेदनशील होते हैं, कहना अधिक उपयुक्त होगा।" मुसकराते हुए मैंने कहा।

तब उन्होंने एक अन्य अधिकारी की ओर मुसकराते हुए देखा। फिर उन्होंने सवाल किया—

"लगता है आपको सुंदर लिखाई में कई इनाम मिले हैं।"

"जी।"

"परंतु फॉर्म पर आपके हस्ताक्षर देखकर ऐसा नहीं लगा कि आपकी लिखाई सुंदर है।"

"सर, मेरे विचार से, अन्य कई लोगों की तुलना में मेरी लिखाई बड़ी अच्छी है।"

"फिर भी मुझे ऐसा लगता है कि लिखाई की प्रतियोगिता में आप प्रथम स्थान पर रहें, इतनी सुंदर आपकी लिखाई नहीं है।"

"सर, शायद यह सच भी हो। परंतु सर, उस प्रतियोगिता में जितने स्पर्धक सम्मिलित हुए थे, परीक्षकों के अनुसार उन सब में मेरी लिखाई सबसे अच्छी रही होगी। परंतु मुझे भी ऐसा ही लगता है कि मेरी लिखाई अच्छी है। शायद ऐसा भी हो सकता है कि आपने, मुझसे अच्छी लिखाई भी देखी हो। और उसी वजह से आपको मेरी लिखाई उतनी सुंदर न लगी हो।" और मैं धीमे से मुसकरा दिया।

इस प्रकार से करीब पंद्रह मिनट तक नोकझोंक चलती रही। मैंने अपना आपा कदापि खोने नहीं दिया। अपनी बात को पूरे आत्मविश्वास के साथ पेश किया। गर्व, अभिमान को अपने बस में रखकर प्रसन्नता से स्थिति पर विजय पाई। सभी से 'धन्यवाद' कह कमरे से बाहर आया। राहत की साँस ली। सर्किट हाउस से बाहर आया। बाजार में एक चक्कर लगाया। मंदिर गया। शाम जब घर लौटा, तब अपने आपको प्रफुल्लित, हलका महसूस किया। साक्षात्कार बढ़िया रहा। सफलता बिलकुल करीब है, यह विश्वास होने लगा। एक पड़ाव पार होगा ही, इसका यकीन हो गया।

इस दौरान मेरा विवाह तय हो गया, परीक्षाओं की वजह से रोक रखा था। ऑफिस में रोजमर्रा का जीवन चल ही रहा था। जुलाई का महीना था। बारिश भी थी। पिछले एक महीने से बीच-बीच में 'MPSC का नतीजा जल्दी ही घोषित होने वाला है' नामक अफवाहों का बाजार गरम रहने लगा। पाँच जुलाई की दोपहर में मैं दफ्तर में काम कर रहा था। दोपहर के बारह बजे थे और मेरा मोबाइल खनखनाया। मरियम का फोन था। बंबई में MPSC का नतीजा निकल चुका था। यह सुनते ही रोमांच उभर आए। सफलता?

असफलता ? पहले दस में नंबर या बीस में ? या कुछ भी नहीं ? अनेक सवालों ने मन को झकझोर डाला।

पुणे के जिलाधिकारी कार्यालय में अभी नतीजा पहुँचा न था। मैंने अपने दोस्त तुषार ठोंबरे को फोन लगाया। उसने अपने किसी दोस्त को बंबई में नतीजा जानने के लिए फोन लगाया। दस-पंद्रह मिनट इस काम में तो लगने ही वाले थे। मेरी बेचैनी लगातार बढ़ रही थी। मैं ऑफिस से बाहर खुली हवा में निकल आया। इतने में मोबाइल की घंटी बजी। नंबर तुषार का देखा मैंने। कान से मोबाइल लगाया…तुषार ने कहा…'संदीप तुम डिप्टी सी.ई.ओ. बन गए हो…बधाई!'

मेरी धड़कन बढ़ गई। क्या कुछ मन में घुमड़-घुमड़ गया। जमे हुए पानी का बाँध टूट गया था। मेरा मुकाम बदल गया था। गंतव्य स्थान की ओर मैं बढ़ चला था। पिंजरे का दरवाजा हमेशा के लिए खुल गया था। मैंने तुरंत आधे दिन की छुट्टी ले ली। किसी से कुछ कहे बगैर मैं पुणे के जिलाधिकारी कार्यालय तुरंत जा पहुँचा। वहाँ नतीजा तब तक पहुँच गया था। मैंने अपनी आँखों से देखा कि 'उपमुख्य कार्यकारी अधिकारी' के पद तले मेरा नाम दर्ज था। संवर्ग में मेरा स्थान प्रथम था। खास बात यह कि उस वर्ष उप जिलाधिकारी के पद थे ही नहीं। और उप मुख्य कार्यकारी अधिकारी के पद के लिए, खुले संवर्ग में मात्र एक ही पद था। डी.वाई.एस.पी. पद के लिए मैंने कोई विकल्प न दिया था।

मैंने तुरंत घर माँ-पिताजी को फोन लगाया। उन्हें गोपाल ने पहले ही यह खुशखबरी दे दी थी। उन्हें जो प्रसन्नता हुई, उसे शब्दों में प्रकट करना मात्र असंभव ही! मैं तो बहुत अधिक खुश था। पूरे संतोष के साथ घर लौटा मैं। पिछले कितने ही दिनों से असंतोष की वजह से नींद दूभर हो गई थी…और आज अतीव संतोष ने मेरी नींद हर ली थी।

दूसरे दिन कंपनी में जाते समय मन में मुक्तता की, हलकेपन की जो अनुभूति मुझे हो रही थी, उसे शब्दों में उजागर करना मुश्किल काम है। यानी जैसे किसी रेगिस्तान के लंबे पथ पर निरंतर प्रवास चल रहा है, दूर-दूर तक कोई पेड़ भी नजर नहीं आ रहा है, और अचानक एकाध छोटा सा, अदना सा गाँव आ जाए, वहाँ रहे हरे-भरे विशाल वृक्ष के तले पार पर बैठकर मंद शीतल बयार का झोंका बदन को छू जाए…बस वही अनुभूति!

डॉक्टरी जाँच तथा अन्य औपचारिकताएँ पूरी करने और प्रत्यक्ष रूप से नियुक्त होने में अभी बहुत समय था। UPSC की परीक्षा का अध्ययन जोरों पर था। संयमित जीवन जी रहा था मैं। किसी भी मनोरंजन की कल्पना मात्र को भी त्याग दिया था मैंने। जो उस समय मेरे हिसाब से बिलकुल सही था। आकुर्डी, निगडी में आने-जाने के लिए साइकिल और पुणे जाने के लिए बस, यही मेरे वाहन थे। UPSC की मुख्य परीक्षा का समय आया।

पंद्रह दिनों की छुट्टी ले ली थी मैंने। परीक्षा मुंबई में थी। मझगाँव के एक लॉज में परीक्षा के दौरान रुका था मैं। परीक्षा खूब अच्छी रही।

पुणे लौट आया। पिछले पूरे एक साल मैं घर न जा पाया था। तब माँ-पिताजी को पुणे बुलवा लिया। देहू, आलंदी, पंढरपुर जाकर उन्हें भगवान् के दर्शन करवाए। माँ-पिताजी को मेरे विवाह की जल्दी पड़ी थी। शायद यह स्वाभाविक भी था। विवाह तय हो गया था और विवाह में देर करना वे उचित नहीं समझते थे। UPSC के नतीजे तक मैं रुकना चाहता था। मेरे हाथ में 'उपमुख्य कार्यकारी अधिकारी' का पद था ही। सिर्फ औपचारिकता ही बाकी थी। विवाह के लिए मैंने हामी भर दी। तुरंत पिताजी ने लड़की वालों के यहाँ यह खबर फोन द्वारा पहुँचा दी। वहाँ भी प्रसन्नता की लहर दौड़ गई। विवाह का दिन 1 मई सन् 2004 तय हुआ।

पुणे से माँ-पिताजी अमलनेर चले गए और दूसरे ही दिन मेरा UPSC का नतीजा निकला। मैं साक्षात्कार के लिए आमंत्रित किया गया। साक्षात्कार का दिन तय हुआ 13 अप्रैल सन् 2004। स्थान दिल्ली। 11 अप्रैल का आरक्षण किया। साक्षात्कार की अच्छी तैयारी कर ली। परंतु दस अप्रैल को मालूम हुआ कि कंपनी की एक परियोजना के तहत कोई बहुत ही महत्त्वपूर्ण निर्णय 12 तारीख को लेना है। तब 11 तारीख का आरक्षण रद करना पड़ा। ऑफिस का काम समाप्त कर 12 तारीख को शाम सात बजे की उड़ान से दिल्ली पहुँचा। दरियागंज के एक लॉज में रुका। सफेद शर्ट, काली पैंट और टाई मेरा पहराव था। मुझे टाई बाँधनी आती न थी। बजाज के मेरे दोस्त अरविंद मालवीय ने इस काम में पहले से ही मेरी मदद कर रखी थी। टाई की गाँठ को पुणे से ही बाँधकर ले गया था। यानी एक विज्ञापन (प्रसिद्ध) के अनुसार, 'गले में पहना, टाई को कसा, और हो गया।'

UPSC की इमारत में पहुँचा। प्रत्याशियों की सूची देखी। सबसे ऊपर मेरा ही नाम था। बड़ा अच्छा लगा देखकर। करीब 35 मिनट तक साक्षात्कार चला। बढ़िया रहा। बड़ी प्रसन्नता से घर लौटा।

शादी की तैयारियाँ शुरू हो गई थीं। इस सारी गहमा-गहमी में मेरा मित्र 'अजिंक्य पवार' जो 'उपमुख्य कार्यकारी अधिकारी' है, निरंतर मेरे साथ था। विवाह के दस-बारह दिन पहले ही अमलनेर पहुँचा मैं। सारा माहौल अतीव प्रसन्नता से भर गया था। रिश्तेदारों, दोस्तों का आगमन...शहनाई की गूँज...खुशी की फुहारें...फूलों की, पूजा की और दिव्यत्व की पावन सुगंध चहुँओर...पिताजी द्वारा आमंत्रित गायन मंडल...ऐसे पावन, प्रसन्न वातावरण में मैं विवाहबद्ध हो गया।

1 मई, सन् 2004 को मेरी पत्नी 'रानी' के साथ जीवन का नया अध्याय शुरू हो गया। वह मेरे लिए शुभ भविष्य लेकर मेरे जीवन में आई है, इसे सिद्ध करने वाली शुभ

वार्त्ता मुझे 7 मई, सन् 2004 के दिन मिली। रात के साढ़े आठ बजे होंगे। श्रीमती वंदनाजी गेवराईकर (उस समय त्रिंबकेश्वर में तहसीलदार) का फोन आया, 'संदीप, तुम UPSC में उत्तीर्ण हो गए हो।' यह खुशी का एक सुखद धक्का ही था मेरे लिए, क्योंकि शादी के लड्डुओं में मैं दीन-जहान भूल गया था। तब UPSC परीक्षा आदि की याद रहती कैसे भला?

दूसरे दिन 'सकाल', 'लोकमत', 'देवदूत' आदि समाचार-पत्रों के संवाददाता मेरे घर आए। अपने समाचार-पत्रों में मेरी सफलता की खबर को उन्होंने पूरी आत्मीयता से छापा था। उन्होंने दसवीं से लेकर UPSC तक की मेरी यशोगाथा को अपने शब्दों के माध्यम से सर्वोचित मान दिया था।

दस-बारह दिनों में Dy. CEO के पद का नियुक्ति-पत्र भी आ गया। मैं मंत्रालय पहुँचा और सचिव साहब से मिला। उन्हें कहा कि 'राज्य शासन' में मैं अब सिर्फ तीन महीनों तक का मेहमान हूँ। केंद्र शासन ने मुझे चुन लिया है। मुझे 6 सितंबर से 'मसूरी (उत्तराखंड) में आधारभूत प्रशिक्षण हेतु हाजिर होना है। वे बहुत ही खुश हुए। उन्होंने मुझे अगले तीन महीनों के लिए जलगाँव जिला परिषद् में 'परिवीक्षाधीन उपमुख्य कार्यकारी अधिकारी' के पद पर नियुक्त कर दिया।

नियुक्ति-पत्र लेकर मैं बजाज कंपनी में पहुँचा, इस्तीफा देने के लिए। बड़ी शान के साथ पहुँचा वहाँ। सभी को आश्चर्य भी लगा और खुशी भी हुई। मेरी सफलता से वे प्रसन्न थे। बजाज कंपनी से विदाई लेते समय सारा पुराना संघर्ष मानस पटल पर उभर आया। मन की व्याकुलता, आंतरिक उथल-पुथल, यहीं बस जाने की संभावना, मन की उद्विग्नता आदि का तीव्र स्मरण हो आया। फिर स्मरण हुआ देहू, आलंदी, तुकाराम महाराज, भंडारा पहाड़ी, इंद्रायणी नदी, मेरा हारकर रो पड़ना, मन का पुनर्जन्म, माँ-पिताजी का यहाँ आना, बजाज कंपनी के दोस्त, वहाँ का तनाव, आनंद, दुःख···आदि आदि का।

अंत में स्मरण हुआ धर्मगुरु के चारों शिष्यों का। गलत मुकाम पर रुके तीन संन्यासी शिष्यों का। मैं भी शायद उन्हीं का अनुसरण कर रहा था····परंतु बच गया उस अनर्थ से।

हाथ में अपनी बैग सँभाले निगडी के चौक में बस की प्रतीक्षा में खड़ा था मैं, अपने अतीत में मगन! बस आई, मैं बैठ गया। रास्ते में मेरी कर्मभूमि 'बजाज ऑटो' का गेट दिखाई दिया। मैंने हाथ हिलाकर बजाज से···उस 'अपनी' दुनिया से विदा ली···आँखें नम हो गईं···

□

अंजुरी में भरा-भरा जल

पहले कभी पढ़ा एक प्रसंग याद आ रहा है···

छत्रपति राजा शिवाजी की वृद्धा माता जिजाऊ मृत्युशैया पर जीवन की अंतिम साँसें गिन रही हैं और वहीं निकट 'दासबोध' का पठन हो रहा है। जीवन की अंतिम घड़ियों में मृत्यु के विदारक सत्य को उजागर करने वाली पंक्तियों का विवेचन चल रहा है। सूर्यास्त का संधिकाल है। पास ही दीया मंद लौ में जल रहा है···

औरों के लिए मात्र दिन का अस्त हो रहा है···दूसरा दिन उगेगा ही! परंतु माता जिजाऊ के लिए दिन का यूँ अस्त होना···शायद सदा के लिए अस्त है! दोबारा कभी रोशन न होने वाला दीया···

संत श्रेष्ठ रामदास स्वामीजी ने जीवन के कठोर सत्य को अपने ग्रंथ 'दासबोध' तथा नित्य पठन की 'मन की वाणी' में स्पष्ट किया है। अपनी मन की वाणी में वे यूँ कहते हैं···

"स्मरो लोक का नाम ही मृत्यु भू है।
वृथा है पिपासा, अहंता वृथा है॥
चिरंजीव हूँ मैं, भरा दर्प जीना।
अकस्मात् सर्वस्व को छोड़ जाना॥ 15॥

मरे एक, दूजा करे शोक भारी।
उसी दूसरे की लगे शीघ्र बारी॥
नहीं अंत में लोभ या क्षोभ छूटा।
इसी से पुनर्जन्म पाया अनूठा॥ 16॥

मृत्यु के प्रति भान रखने का अखंड प्रेरणास्रोत मुझे समस्त संतों के विचारों में दिखाई देता है··

अरे जीव तू कृत्य ऐसे करे जा।
मरेगा तभी कीर्ति द्वारा रहे जा॥
घिसो या जलो चंदनी काष्ठ जैसे।
भरो सज्जनों के मनों को सुखों से॥ 8॥"

हर व्यक्ति के जीवन में एक क्षण ऐसा भी आता है कि जब उसका बल, कुल, अभिमान, संपत्ति, सफलता, असफलता, आनंद, दुःख, विषाद, नाते-रिश्ते, द्वेष, मत्सर, पूर्व धारणा, क्रोध आदि समाप्त हो जाता है। तन, मस्तिष्क, विचार, मन, बुद्धि आदि पर पूर्ण विराम लग जाता है। बचता है सिर्फ निर्जीव शरीर। कुछ पल पहले तक हँसनेवाला, क्रोधित होनेवाला, बोलनेवाला, सेवा करनेवाला, सेवा करवानेवाला यह शरीर बेजान हो जाता है। समस्त मनोयायिक भाव-भावनाओं, आचारों-विचारों की यह गठरी एक पल में मृत हो जाती है। इस देह को तुरंत मिट्टी में एकाकार हो जाने की जल्दी भी इतनी कि उसे शीघ्र ही मिट्टी अथवा अग्नि के हवाले करना ही पड़ता है। यदि उसकी किसी भी प्रकार की कोई महत्ता नहीं है, तब शारीरिक अस्तित्व के साथ उसका समूचा अस्तित्व पूर्णतया लोप हो जाता है। परंतु यदि उसने अपने जीवनकाल में कुछ अच्छा कार्य किया

है तब उसका अस्तित्व मरणोपरांत भी बचा रहता है। इस प्रकार से किसका अस्तित्व बाद में कितने लंबे समय तक बना रहता है, यह उसके जीवित कार्य की महानता पर निर्भर करता है। 'दासबोध' में इसके प्रति जो लिखा गया है, उसका मतितार्थ यूँ है—

'औरों को सुखी करने के लिए अपनी काया को अपार-अपार कष्ट सहने दो। अजर-अमर बनो। दूसरे की आत्मा को जानो। उसके भले के लिए अपनी आत्मा का उसकी आत्मा में विलय करो।'

आप सोचते होंगे कि अपनी इस पहली पुस्तक में ही जीवन के अंतिम सत्य की बात किसलिए? जीवन के प्रति कुछ विशद करते समय मृत्यु की बात क्यों? इसका सही कारण यही कि प्रत्येक के अंदर सार्थक काम करने की क्षमता होती है, उस प्रेरणा का यह विश्लेषण है। 'भगवत् गीता' के तीसरे अध्याय में इसका बड़ा ही सुंदर विश्लेषण यूँ किया गया है—

'न ही कश्चित्क्षणमपि जातु तिष्ठत्यकर्मकृत।
कार्यते ह्यवशः कर्म सर्वः प्रकृतिजैर्गुणैः॥'

यानी हम निरंतर किसी-न-किसी तरह कार्यमग्न रहते ही हैं। हर पल हम कुछ-न-कुछ अवश्य करते रहते हैं। लौकिक कार्य से भले ही हम कुछ न करते हों, परंतु हमारा हृदय, फेफड़े अपना काम निरंतर करते रहते हैं। नींद में भी मन का कार्य अविरत चलता रहता है। इसके अलावा अपनी रोजमर्रा की जिंदगी में हम कुछ-न-कुछ करते रहते हैं और हमारी प्रत्येक कृति के पीछे कोई-न-कोई प्रेरणा अवश्य होती है। प्रतिदिन हम उन्हीं कामों में व्यस्त रहते हैं जिनकी वजह से हमारे शरीर का अस्तित्व बनाए रखना, हमारी प्राथमिक आवश्यकताओं की पूर्ति करना, अपना खुद का तथा परिवार का संरक्षण करना आदि की प्रेरणा मिलती है और यही प्राकृतिक प्रेरणा है। इन प्राकृतिक एवं आवश्यक प्रेरणाओं के बावजूद कुछ और महत्त्वपूर्ण प्रेरणाएँ भी हैं, जो युवाओं के लिए तथा प्रतियोगिता परीक्षाओं में सम्मिलित होने वाले युवक-युवतियों के लिए आवश्यक हैं।

सामान्यतया उम्र के 20-25 वर्षों के दरमियान सभी को महसूस होने वाली प्रमुख बात है—अपने भविष्य के प्रति रहा संभ्रम! क्या जीवन में मैं कुछ कर पाऊँगा या नहीं, यही घोर आशंका! जिस प्रकार की शिक्षा मैं पा रहा हूँ, क्या उसके आसरे मुझे अच्छी नौकरी मिलेगी? कोई अच्छा व्यवसाय उपलब्ध होगा? इस क्षेत्र में क्या मुझे सफलता मिलेगी? ऐसे कई प्रश्न! मेरे मित्रों ने जिस दूसरे मार्ग का अनुसरण किया है उसके आसरे वे अवश्य सफल होंगे, और मैं ही पिछड़ जाऊँगा, यही डर निरंतर मन को कुरेदता! रिश्तेदार, दोस्त, सगे-संबंधी और अन्य लोगों द्वारा बार-बार पूछा जाना! परिवार के लोगों की हम से रही

उम्मीदें ! उन्हें क्या मैं पूरा कर पाऊँगा भी ? मैं अपने परिवार का अच्छा आधार बन सकूँगा अथवा नहीं ? ऐसे अनेक प्रश्नों–सवालों के भँवर में मन गोते लगाता, चकरा जाता है।

इन सारी स्थितियों से उपजता है तनाव। निराशा। ऐसे में तारनहार लगता है प्रोत्साहन युक्त साहित्य। यानी Motivational literature अथवा Sucess literature, जिसकी ओर हम आकर्षित हो जाते हैं। इन दिनों ऐसे साहित्य से भरपूर पुस्तकों की बिक्री अपनी चरम सीमा पर है। इनके पढ़ने से मन को दोबारा ताजगी मिलती है। निरर्थक भटक रहे मन में, निराशा से घिरे मन में कुछ करने की हिम्मत जाग उठती है। परंतु इसका असर बहुत थोड़े समय तक ही रह पाता है।

मुझे जब कभी निराशा, उद्विग्नता, उदासीनता ने घेरा, तब मैंने भी ऐसी पुस्तकों से प्रेरणा पाई थी। Seven Habits of Highly effective people, Alchemist जैसी पुस्तकों ने मुझे उस स्थिति से अवश्य उबारा था, पर समय के चलते इसका असर कम हो जाता। मन दोबारा नकारात्मक विचारों से घिर जाता। ऐसे समय में मैं किसी ऐसी प्रेरणा की खोज में या जो मुझे निरंतर उच्चतम विचारों के स्तर पर कार्यमग्न रख सके, गहरे अध्ययन के लिए, खूब मेहनत करने के लिए, व्यसनों से दूर रखने के लिए, अतीव निराशा के पलों में भी सकारात्मक विचार करने के लिए बाध्य करे। मेरा अंतर्मन सदैव इस विचार से जुड़ा रहा कि इस समाज में मुझे उपयोगी सिद्ध होना है। इस विधायक विचार के निरंतर बने रहने के लिए प्रेरित कर सके, ऐसा एकाध स्थिर एवं अखंड प्रेरणास्रोत कहीं–न–कहीं अवश्य होगा, इसका मुझे पूरा विश्वास था। उस स्रोत की निरंतर खोज में और उसके चिंतन में मैं पूरे मनोयोग से लगा रहा।

मनुष्य का जीवन कितना होता है भला ? सत्तर–अस्सी वर्षों की जिंदगी हमारे हिस्से आती है। और सच तो यह कि इतनी आयु का भरोसा कहाँ ? पता नहीं किस पल बुलावा आ जाए ! उस पल स्मरण होगा कि हाय··· कितना कुछ करना बाकी रह गया ! यदि मैं यह करता तब ! यदि मैं वह करता तब ? अपने यौवनकाल में मौज–मस्ती के अलावा यदि कोई विधायक काम कर लेता तब ? छुटपुट, अर्थहीन मनोरंजन से भरमाने के बजाय यदि मैं उच्च स्तर के विचारों, आचारों का चिंतन करता तब ?

परंतु अंतिम समय में इस सोच का क्या उपयोग ? सिर्फ बाँझ विचार है ! भूतकाल तो हाथों से कब का छिटक गया। सिर्फ विचारों के मन में उठने से क्या हासिल ? और जो विचार गहरे अंतर्मन से उठता है, यदि उसे प्रत्यक्ष रूप से साकार करने में हम सक्षम नहीं, तब वह मन को बिंध जाता है। उसका जख्म भी गहरा होता है। अतः वृद्धावस्था में, बीते अतीत की यादों को कुरेदने से क्या मिलेगा ? जीवन की कैसेट को सिर्फ विचारों के माध्यम से ही रिवाइंड किया जा सकता है। प्रत्यक्ष कृति के माध्यम से उसे 'प्ले' नहीं किया जा सकता। इसीलिए··· इसीलिए मेरे विचार से आज ही, इसी समय मृत्यु के बारे में

सोचना है। एक दिन यह सारा छूट जाएगा, इस बात को याद रखना है। यह चलती-बोलती, जीती-जागती काया एक दिन पूर्णतया निर्जीव होगी ही, इसका स्मरण रखना है।

भले ही सोचने में यह क्रिया विपरीत लगती हो, परंतु स्मरण रहे कि मानव जन्म एक ही बार मिलता है। सिर्फ सत्तर-अस्सी वर्ष का कालावधि अपने हाथ है। शायद उससे कम भी! प्रतिपल हम मृत्यु की ओर ही सरक रहे हैं। व्यर्थ गँवाया हर पल, हमें अंतिम समय के विषाद के निकट ले जा रहा है।

जीवन के शुरू के बीस-तीस वर्ष कैसे बीत गए, पता भी न चला। और अगले बीस-तीस साल कैसे छिटक जाएँगे, इसका भी पता न लगेगा। जीवन में आवासित हो स्थिर होने में, बच्चों को पढ़ाने-लिखाने में, उन्हें जीवन में सक्षम बनाने में समय जिस गति से बीत जाएगा कि बुढ़ापा कब आ गया, पता न चलेगा। और जब पीछे लौटकर देखेंगे, तब क्या अनुभूति होगी···कि जनमे, बढ़े, पले···अगली पीढ़ी का दीप जलाया और अंत में मिट्टी में मिल गए! तब मुझ में और अन्य प्राणियों में क्या फर्क रह गया? जो उन्होंने किया, वही मैंने भी किया। सच तो यह है कि इसमें करने जैसा कुछ है ही नहीं···वह तो नैसर्गिक रूप से होता ही रहता है···अपने शारीरिक अस्तित्व को बनाए रखने की आस में ये तमाम बातें मूलगामी प्रेरणा से अपने आप घटित हो जाती हैं।

तब···तब मेरा अपना कार्य ही क्या हुआ? प्रकृति ने मुझे अन्य जीवों की तुलना में, विचार करने की, जीवन को आकार देने की, अन्य प्राणियों से भिन्न होने की जो अमूल्य देन दी है, उस क्षमता का मैंने क्या उपयोग किया? उनमें और मुझ में क्या फर्क रह गया?

ऐसा गहरा विचार करते हुए अपने मन को मृत्यु की देहरी तक ले जाना होगा···जीवन की कैसेट को मन के माध्यम से फॉरवर्ड करते हुए मृत्यु की देहरी तक ले जाना और अचानक यह सोचना कि···अरे! मृत्यु तो अभी कोसों दूर है···अभी तो बहुत सारा समय मेरे हाथ में है···उस अंतिम मानसिक दुःख को, यातना को टालने हेतु मुझे आज ही काम में जुट जाना है।

आज मेरा शरीर सुदृढ़ है। मन में उम्मीद है। विचारशक्ति बलवान् है। दिमाग पर निराशा की परत जमी नहीं है। जरूरत है सिर्फ ऊपरी केंचुली त्यागने की। मुरदा मानसिकता को फूँक डालने की। जरूरत है फिर से उठ खड़े होने की। पूरी गति से आगे बढ़ने की। अमूल्य ध्येयवाद को सिर आँखों पर ले आगे बढ़ने की। ऊँचे ध्येय एवं अनंत आशाओं, आकांक्षाओं के भान को दृढ़ रूप से स्वीकारते हुए अंतिमतः 'मानव' बनकर जीने की।

और यह संभव है···निश्चित रूप से संभव है। मौत का किवाड़ खटखटाकर लौटे व्यक्ति से पूछो···मौत को जिसने भी करीब से देखा है, वह व्यक्ति अंतर्बाह्य रूप से

पूर्णतया बदल जाता है। उसके आचरण, उसकी बोल-चाल उसकी जीवन के प्रति रही दृष्टि में आमूलाग्र बदलाव आ जाता है। नया मिला जीवनदान ही प्रकृति द्वारा दिया गया एक अवसर है, मनुष्य को 'मानव' बनकर जीने के लिए। यही भाव इन व्यक्तियों के जीने के तरीके में दिखाई देता है।

मृत्यु के पश्चात् मिलता है या नहीं, इसे हम नहीं जानते···परंतु इसी जनम में, इसी देह के साथ पुनर्जन्म बिलकुल संभव है। जीवन की ओर देखने की, सोचने की, अपने निहित कार्य की ओर देखने की, अपने ध्येय का, लक्ष्य की ओर देखने की, समाज की ओर देखने की अपनी दृष्टि यदि हम जड़ से बदल दें, तब क्या हम पहले वाले आलसी, निराशावादी, मत्सर करनेवाले व्यक्ति रह जाते हैं ? तब क्या यह हमारा मानसिक पुनर्जन्म नहीं कहलाएगा ? मुझे सहज ही एक गीत की पंक्ति का स्मरण हो रहा है···

'इसी ही जनम में, फिर से होगा जनम मेरा···'

किसी भी क्षेत्र में सक्षम होने के लिए···खेती से लेकर प्रतियोगिता परीक्षाओं तक, किसी भी काम में सफलता प्राप्त करने हेतु इस स्थिर, अखंड प्रेरणा की, मानसिक पुनर्जन्म की नितांत आवश्यकता है।

अपने अस्तित्व को सिद्ध करने की, मन के पुनर्जन्म की, मृत्यु की अपरिहार्यता की, और फिर भी अपने जीवन को सुयोग्य आकार देने वाली अपनी निजी क्षमता की, अधिकार की प्रेरणा ही हमें निरंतर कार्यरत रखेगी···और ऊँचा उठाने के लिए हमें पंख देगी···पंखों में शक्ति देगी!

अन्यथा कहते रहना होगा···

अँजुरी में भरा-भरा
जल जैसे रीत गया
जीवन यूँ ही बीत गया॥

□

आकाश अस्तित्व का

मनुष्य को सोचने-विचारने का वरदान ईश्वर ने दिया है। जीवन के अनुभवों, उम्र की परिपक्वता के साथ उसके विचारों में, उसकी मानसिकता में क्रांतिकारक बदलाव निश्चित रूप से होते हैं। उन्हें देखकर मुझे आश्चर्य होता है और उसके प्रति कौतूहल और कौतुक की भावना भी जाग्रत् होती है।

अपने जीवन के अतीत में जब मैं पलटकर देखता हूँ तब इस बात को तीव्रता से अनुभव करता हूँ कि गत जीवन के दो मोड़ ऐसे थे जहाँ मेरी मानसिकता में बहुत बड़ी उथल-पुथल हुई, गहरा उत्पीड़न हुआ। सच तो यह कि मैं पूरी तरह छिल गया था। साँप का केंचुली छोड़ना और मनुष्य की मानसिकता बदलना, इन दोनों प्रक्रियाओं में मुझे बड़ी विचित्र, परंतु एक प्रकार की समानता दिखाई देती है। साँप की केंचुली उसके शरीर से इस कदर पक्की चिपकी हुई होती है कि मानो वह उसके शरीर का एक अविभाज्य अंग है। उसी तरह व्यक्ति की मानसिकता भी इस कदर उसकी अपनी होती है मानो वह उसके शरीर का अविभाज्य अंग हो। सच तो यह कि हमें किसी की पहचान होना, यानी उसकी मानसिकता को जानना ही होता है। साँप की केंचुली भले ही उसके शरीर का अविभाज्य अंग है, पर वह उसे त्याग सकता है, त्यागता ही है। ठीक इसी तरह मनुष्य स्वभाव का अविभाज्य अंग रही उसकी मानसिकता को भी त्यागा जा सकता है। केंचुली धीरे-धीरे अनजाने अपने आप विकसित होती रहती है। ठीक इसी तरह मनुष्य की मानसिकता भी। किसी खास प्रकार की मानसिकता की रचना-विन्यास की प्रक्रिया इतनी सूक्ष्म और अजागरूक तरीके से होती है कि लाख कोशिशों के बावजूद भी उसके विकास की शैली अथवा अवस्था को स्पष्ट करना असंभव ही। जैसे-जैसे साँप की केंचुली विकसित होती जाती है, वह सुस्त होता जाता है। उसकी प्राकृतिक चपलता खो जाती है। वह निरंतर ग्लानि में रहने लगता है। मनुष्य की मानसिकता का भी ऐसा ही असर होता है। मन भले ही निराश न रहता होगा, परंतु वह उदास अवश्य रहता है। उसकी प्राकृतिक

सृजनशीलता को झपकी लग जाती है। वह जीवन 'बिताता' है पर 'जीता' नहीं है। उसे पक्षियों का कलरव, ठंडी बयार का स्पर्श, पहली बारिश के तुषार, पहली बारिश में रही मिट्टी की सौंधी-सौंधी सुगंध का अनुभव पुलकित नहीं कर पाता। इनके चलते उसे उत्साह से नाचने-गाने का मन भी नहीं करता। वह सिर्फ एक आम आदमी बनकर रह जाता है। संपूर्ण केंचुली शरीर पर तैयार हो जाने पर साँप की गति इतनी धीमी हो जाती है कि उसे मार डालना आसान हो जाता है। इसी तरह मनुष्य जब यह सोचने लगता है कि 'जो कुछ चल रहा है, ठीक चल रहा है', इसी मानसिकता के चलते उसकी अवनति होते देर नहीं लगती। सुस्त साँप के जीवन में एक पल ऐसा भी आ जाता है जब उसे केंचुली को निकाल फेंकने की तीव्र इच्छा हो जाती है। बल्कि केंचुली त्यागे बगैर वह पहले सा नैसर्गिक स्वच्छंद जीवन जी ही नहीं पाता। तब एक संपृक्त मोड़ आता है और साँप तब किसी दरार से होकर अथवा ऊबड़-खाबड़ जमीन पर घिसटकर अपनी केंचुली अपने शरीर से छुड़ाने के सफल प्रयत्न करता है। इस प्रक्रिया में उसका शरीर लहूलुहान हो जाता है। बहुत वेदना सहनी पड़ती है उसे।

मनुष्य के बारे में भी ठीक यही घटित होता है। अपने आपको मानसिक तौर पर उसे छीलना-छिलवाना पड़ता है। इसी जीवन में अपने पुनर्जन्म की प्रक्रिया भी इतनी ही वेदनामयी होती है। जीवन में अब तक सहेजकर रखी मानसिकता को खरोंचकर निकालने में मन को लहूलुहान तो होना ही पड़ेगा। घर में पड़ी एकाध वस्तु ऐसी होती है जो सिर्फ पड़ी ही रहती है। भले ही वह अनावश्यक निरर्थक सिद्ध हो रही हो, हमें पता नहीं क्यों उसे सहेजकर रखे होते हैं···ठीक यही बात हमारी पुरानी, निरर्थक मानसिकता की भी है। बदलने की प्रक्रिया में सबसे बड़ा रोड़ा है हमारा 'स्व'। इस भावना में निहित हैं हमारी बरसों पुरानी आदतें, खास प्रकार के विचार जो हमारे 'स्व' को विकसित किए हुए हैं। 'स्व' यानी 'मैं', मेरा 'अहम्'। हम इस बात से सदैव डरते रहते हैं कि यदि हमने अपने (पुराने) आचार-विचार, मानसिकता को त्याग दिया, तब मेरा 'मैं' ही पूर्णतया नष्ट हो जाएगा। मेरा अपना अस्तित्व ही खतरे में पड़ जाएगा।

अब यदि हमें जमीन से चिपककर रहना ही है, तब जड़त्व परमावश्यक है। हमारा 'स्व' हमें जड़ता प्रदान करता है। यदि हमारा 'स्व' ही नष्ट हो जाता है, तब हमारी जड़ता अपने आप नष्ट हो जाएगी। फिर मनुष्य (यानी हम) किसी 'पर' जैसा हलका-फुलका हो जाएगा। जड़ता के नष्ट होते ही हमें जमीन पर पैर घिसटते हुए चलने का प्रयोजन ही खत्म हो जाएगा। किसी पंख (पर) के समान हम हवा में तैरते हुए, पूरी स्वच्छंदता से जी सकते हैं। पर···परंतु हमें जड़ता ही पसंद है, जिसके आसरे हम जमीं पर अपनी एक 'पक्की जगह' बना लेते हैं। आने-जाने वाले लोग भी मुझे 'पहचानते' हैं। यह पहचान ही 'मेरी', 'हमारी' के अस्तित्व को बनाए रखती है। यह पहचान 'अच्छे-बुरे' दोनों

संदर्भों में बनी रह सकती है। हर एक को अपने अस्तित्व के बनाए रखने की गहरी आस होती है। किन्हीं लोगों की मानसिकता यूँ कि, 'हम तो सामान्य आम व्यक्ति हैं' कहने में भी आनंद लेने की होती है। इस सारे का मतितार्थ यही कि अस्तित्व बनाए रखने की इच्छा ही सबकुछ। यदि बहते पानी में किसी पेड़ की छोटी सी शाख को पत्थर बाँधकर डाल दें, अथवा किसी नाजुक से पंख को छोटा सा कंकड़ बाँधकर जमीन पर रख दें, तब उन दोनों का जड़ता की वजह से यानी पत्थर, कंकड़ की वजह से स्थान निश्चित हो जाता है। यदि यह जड़त्व नष्ट हो जाए तो बहते पानी में शाखा किसी एक स्थान पर अपना हक नहीं जता सकती। 'पर' भी खुले आसमान में स्वच्छंद उड़ने लगता है। उसे किसी खास जगह की आस नहीं, जरूरत नहीं।

यदि हमें हमारी मानसिकता का पुनर्जन्म करवाना है तब वेदनामय स्थिति से ही कर निकलना होगा। प्रकृति हमें वास्तव में ऐसी शक्ति प्रदान करती है, परंतु हमारी ओर से कभी कोई प्रतिउत्तर नहीं मिलता है प्रकृति को। कभी-कभी हमारी ओर से देर हो जाती है और कभी-कभी तमाम उम्र भी बीत जाती है, पर हम ध्यान ही नहीं देते। केंचुली के अति बोझ के कारण सुस्त पड़े साँप सा हमारा जीवन पड़ा रहता है। यानी वैद्यक दृष्टि से 'जीवंत' रहने के सारे लक्षण हमारी देह में विराजमान होते हुए भी जीवन जीने का कोई लक्षण उसमें दिखाई नहीं देता। भोर के समय जाग्रत्-अजाग्रत् अवस्था की सीमा-रेखा पर मुझे कई बार ऐसा लगता है कि किसी शराबी की तरह अथवा नशीले पदार्थों का सेवन करनेवाले व्यक्ति का जीवन जैसे निरंतर नशे में बीतता है···उसी तरह एक खास मानसिकता के नशे में हम सभी का जीवन बीतता है। यानी···

हमें हमारे अस्तित्व के प्रति कोई विचार, कोई प्रश्न व्यथित नहीं करता। उत्पीड़ित नहीं करता। हम कौन हैं ? कहाँ से आए हैं ? हम कहाँ जा रहे हैं ? आदि जैसे गहन प्रश्न हमारी पक्की मानसिकता को जरा भी उधेड़ नहीं पाते। दिन, महीने, सालों बीत जाते हैं···कभी-कभी तो सारी उम्र बीत जाती है, पर हम जैसे के तैसे ही बने रहना पसंद करते हैं। जख्म पर जमी पपड़ी तले कभी-कभार दर्द उठने पर, टीस उठने पर हम सिर्फ मरहम-पट्टी कर चुप हो जाते हैं। पपड़ी तले जख्म की गंदगी रिस जाने के लिए पपड़ी को खरोंचने की हिम्मत भी हम जुटा न पाते हैं।

भोर में मन को बेचैन कर जाने वाली इन भावनाओं को मैं कोई उचित नाम दे न पा रहा हूँ, परंतु वह भावना सर्वथा निराली अवश्य है। उस भावना में चिंता नहीं है, डर नहीं है, बेचैनी नहीं है, महानता नहीं है और तथाकथित अध्यात्म भी नहीं है। पेड़ में लगे पत्तों-फूलों को अपनी जड़ों के प्रति जो गहरा खिंचाव महसूस होता है, उनसे मिलने की तीव्र इच्छा मन में उभर आती है, बस ऐसी ही कोई भावना। जब कभी यह भावना मेरे हृदय में तीव्रता से जागती है, तब मेरा मन करता है कि किसी वृक्ष को आलिंगित करूँ

और खूब जोर से ऐसी ललकार भरी आवाज लगाऊँ। जो सारे परिसर को झकझोर जाए। आप भी अपने जीवन के प्रति विचार करें…मुझे यकीन है कि आपके मन में भी यही भावना तीव्रता से जाग्रत् होगी, या शायद पहले ही जाग्रत् हो गई होगी।

यूँ कवच अथवा केंचुली के त्यागने की सनक या उन्माद मन में किस तरह से उभरता उमड़ता है, इस पर मैंने बहुत विचार किया। मुझे, स्वयं को मिला एक सत्य यह, कि यह एक पल में घटित हो जाने वाली क्रांति है। One minute Revolution ही कह सकते हैं। और यह मानसिक क्रांति पूर्णतया निर्भर करती है अपने मूल स्वरूप पर। प्रकृति में रही प्रत्येक वस्तु, प्राणी अपने मूल स्वभाव की ओर जाने के प्रयत्न में होता है। यह जरूरी नहीं कि वह अपने मूल रूप के जान लेने के पश्चात् ही उस ओर निकल पड़ेगा। इस मामले में मुझे बीज और पेड़ की संज्ञा बहुत आकर्षित करती है।

प्रकृति में ऐसे हजारों किस्म के बीज बिखरे पड़े हैं। हमारे घर में प्रतिदिन लगने वाले बीजों को भी हम सिर्फ 'अनाज' रूप में जानते हैं। उनकी ओर कभी ध्यानपूर्वक देखने की न हमें फुरसत है और न ही आवश्यकता।

गरमी के दिनों में मिट्टी में गुमसुम पड़े बीज की ओर शायद ही हमारा ध्यान जाता होगा। समझो गया भी, तब भी उसमें से खिलने वाले, फलने-फूलने वाले जीवन की हम कल्पना भी नहीं कर पाते हैं। फिर अचानक मेघ घिर आते हैं। कड़ी धूप में झुलसी 'काली माई' के हृदय में मेघ हलके से बौछार करते हैं। फिर वह भी बीज को अपने अंक में धारण कर लेती है। देखते-ही-देखते उस बीज से अत्यंत कोमल, नरम हरा अंकुर फूट कर बाहर आता है। हाथ जोड़े नाजुक दो हरे पत्ते प्रकृति को प्रमाण करते हुए नई दुनिया का अवलोकन करते हुए ऊपर उठते हैं। समय के बीतते उनके अनगिनत सगे जनमते हैं। अंकुर अब पौधा बन गया होता है। धरती माँ के गर्भ से जीवन रस सोखते हुए वे आकाश की ओर बढ़ने का सामर्थ्य पाते हैं।

अब मेघ भी निकल जाते हैं। अब वही गुमसुम पड़ा बीज, बीज न रहा है, बल्कि उसने मिट्टी और आकाश, दोनों से नाता जोड़ लिया है। अब यदि मेघ पानी सिंचन न भी करते हों, जीवन का रस प्राशन करने की कला उस पेड़ की जड़ों के पास होती है, और प्रकाशरूपी रस को धारण करने की क्षमता पत्तों में आ जाती है। यानी अब जड़ें, गर्भ की ओर प्रवास करती हैं और अंकुर आकाश की ओर बढ़ता है। देखते-ही-देखते वह पौधा घने वृक्ष में ढल जाता है।

परंतु यह प्रवास यहीं नहीं थम जाता। वृक्ष धारण करता है कलियों को। कलियाँ बदल जाती हैं फूलों में। फिर एक दिन समूचा वृक्ष फलों से लद जाता है। धीरे-धीरे फल पक जाते हैं। अब पके फलों का फूट जाना भी तय है। उनके फूटते ही बीज दोबारा धरती की गोद में बिछ जाते हैं। यानी शुरुआत बीज से होती है इस प्रवास की और अंत भी बीज

के समीप ही इस प्रवास का।

अब यदि इन तमाम बदलाओं का वीडियो शूटिंग की जाए और उस सी.डी. को पूरी रफ्तार से (फास्ट फॉरवर्ड) चलाया जाए तो हम एक अनोखे प्रवास का आनंद लेंगे, जिसका नाम होगा, 'बीज से बीज तक'।

अब यदि हमें इसी प्रकार से विकसित होना है, अंकुरित होना है, फूलना-फलना है, तब अपनी जड़ पुरानी मानसिकता को त्यागना अनिवार्य है। फिर चाहे कितनी ही तीव्र वेदनाओं से क्यों न गुजरना पड़े। मैंने तो इस वेदना का नाम 'मानसिक प्रसव वेदना' रखा है। प्रकृति के प्रत्येक सृजन समारोह के साथ इन प्रसव वेदनाओं का होना अपरिहार्य है। स्वयं के मानसिक पुनर्जन्म को भी हम सृजन समारोह ही कहेंगे। यानी अपने स्वभाव के विरुद्ध, अपने 'स्वरूप' के विरुद्ध हम जाने-अनजाने इतनी सारी बातें कर जाते हैं कि आगे चलकर उन्हीं की आदत पड़ जाती है। जब इस मानसिकता की संपृक्त स्थिति आ जाती है तब इसे पूर्णतया बदलने के लिए किसी भी तत्कालीन कारण की विस्फोटक चिनगारी पर्याप्त होती है।

मेरे जीवन के ऐसे दो महत्त्वपूर्ण मोड़, जो मुझे झकझोर गए, उनका उल्लेख मैं अवश्य करना चाहूँगा। नवीं कक्षा में मेरा पूरी तरह बिगड़ जाना। उस अधकचरी उम्र में न तो मुझे 'स्व' का ज्ञान था और न ही 'स्व' भाव का भान। मेरे जीवन में जो कुछ भी उस समय घटित हुआ, वह अपरिपक्वता के दौर में अनजाने ही घटित हुआ। परंतु अस्पताल के बिस्तर पर पड़े-पड़े मेरे उन बिगड़े विचारों में, मेरी मानसिकता में घोर परिवर्तन आया।

प्राइवेट कंपनी में कार्यरत था, उस दौरान भी मेरे स्वप्न करीब दो वर्षों तक सुस्त हो पड़े रहे। उस समय सावन का सोमवार, बहन तथा पिताजी के स्नेह भरे पत्रों ने चिनगारी का काम किया और मेरी मानसिकता में बदलाव आया।

कहने का मतलब सिर्फ इतना ही है कि जीवन के प्रत्येक मोड़ पर प्रकृति हमें कोई-न-कोई संकेत अवश्य देती रहती है, परंतु हम अपने आप में इस कदर व्यस्त रहते हैं कि अपनी ही धुन में रहे हम, उन संकेतों में निहित गूढ़ार्थ को जानने-समझने में सर्वथा असमर्थ होते हैं। यदि उस अर्थ को हम समझ लें, तब बहुत बड़ा मानसिक बदलाव हम में आ जाएगा। मुझे तो ऐसा भी लगता है कि प्रतिदिन या हफ्ते में कम-से-कम एक दिन हमें 'स्वयं' की ओर तटस्थ भाव से देखना चाहिए, अपने ही जीवन का निरीक्षण करना चाहिए, अच्छे मित्रों की संगत में होना चाहिए। जो लोग हमारे लिए वाकई आदर्श हैं, उन्हें गुरु मानकर उनका अनुसरण करें, ताकि निरंतर भटकने वाली हमारी वृत्ति हमें 'स्वयं' के भान का स्मरण करवाती रहेगी। प्रकृति की आवाज को प्रतिउत्तर देना ही चाहिए।

यदि हमें वाकई प्रति उत्तर देना है, तब पहले इसे जाँचो कि क्या हमारे मन में दर्द उठ रहा है? यह प्रक्रिया इतनी सूक्ष्म है कि ऊपर से दिखाई न देनेवाला रोग है। सिर्फ लक्षणों के निकषों पर ही इसे जाँचना-परखना होगा। दुखते मन के कुछ लक्षण निम्न प्रकार के होते हैं—

★ भोर समय में जाग्रत्-अजाग्रत् अवस्था की सीमारेखा पर मन का खूब अस्वस्थ होना।
★ संध्या समय अकारण ही मन का अकुलाना।
★ औरों की दृष्टि में हम पूर्णतया सुखी प्रतीत होते हैं, परंतु सच यह, कि हमारा सुख ही हमें कचोटता रहता है। मन की यह अवस्था जानलेवा एवं मन को क्षत करने वाली होती है। दुनिया के सामने प्रसन्नता का मुखौटा चढ़ाए रहना पड़ता है, परंतु दूसरी ओर सुख के इस सोने के पिंजरे में हमारा मन छटपटाता रहता है।
★ कोई अति सामान्य व्यक्ति यदि अपने जीवन में बहुत सुखी है, तब उस बात पर भी क्रोध आता है। सप्ताह में भरने वाले एक हाट के दिन ठेले पर माल बेचनेवाले की उन्मुक्त, बिंदास जोर की आवाज सुनकर, पशुधन के संध्या काल लौटते समय चरवाहे का उन्मुक्त गीत सुनकर या खचाखच भरी लोकल गाड़ी में चायवाले का गुनगुनाना सुनकर यदि आपके मन में टीस उठती है, तब जानिए कि आपके मन में दर्द है। दरअसल यह टीस जलन की वजह से नहीं उठती है, बल्कि हमारी खोई हुई स्वच्छंदता के स्मरण से उभरा दर्द है यह।
★ एक ऐसी अनामिक 'भावना' का मन में जाग्रत् होना, जिसका किसी भी पुस्तक में, चिकित्सा शास्त्र में भी उल्लेख नहीं है। निरंतर उस भावना का मन में अस्तित्व बना रहता है, परंतु किसी और के पास उसे व्यक्त करने में असमर्थता ही लगती रहती है।
★ किसी कथा का कोई प्रसंग, किसी चलचित्र में चल रहे किसी प्रसंग से अथवा किसी कविता की किसी पंक्ति को सुनते ही आँखें भर आती हैं तथा आँसू झरने लगते हैं।
★ एकांत में खूब बिलख-बिलखकर रोने को मन करता है।
★ रात-दिन किसी-न-किसी विचार का मन में निरंतर बने रहना। यानी विचार करने की आदत से इस कदर मजबूर कि यदि दिमाग में कोई विचार नहीं है, तब लगता है कि कहीं कुछ गलत हो रहा है। हम बेफिक्र हो गए हैं।
★ मन में चिंता, तनाव, उद्देश्य (Target) अथवा किसी जिम्मेदारी की भावना का निरंतर वास। यदि किसी पल इससे छुटकारा मिला भी तो अपने आपसे डर

लगने लगता है। डर यही कि हम कुछ भूल रहे हैं। फिर उसे खोजने की चिंता।

★ मन में बार-बार यह भावना उठती है कि कुछ बदलाव होना चाहिए। कुछ बड़ा काम कर अपने अस्तित्व को सिद्ध करना है। अपनी सृजनशीलता में नई कोंपलों को उगना चाहिए आदि-आदि। यह सब उस समय मन में उफनता रहता है जब हम अपने 'स्वयं' के ही होते हैं। बिलकुल भोर का समय, शाम के झुरमुट का समय, बरसते पानी में, नदी किनारे, समुंदर के किनारे, किसी ऊँची पहाड़ी पर जब हम होते हैं, तब हमारा अपने अंदर झाँकने का समय और स्थान, इस कदर सही होता है कि बदलाव की भावना तीव्रतम होती जाती है। इस समय हम सिर्फ 'अपने' ही होते हैं।

परंतु रोजमर्रा की जिंदगी में सुबह आठ या दस बजे से अपरिहार्य दुष्ट जीवन चक्र जब हम पर हावी हो जाता है, तब कुछ पल पहले महसूस होने वाले सुंदर मनोहारी सपने अचानक अव्यावहारिक प्रतीत होने लगते हैं।...सपनों का यह सुंदर झुंड रात्रि में अथवा मुँह अँधेरे हमारे आँगन में उतरता है...दोपहर में उड़ जाता है।

एक मन कहता है कि इस झुंड को आना चाहिए, तो दूसरा मन कहता है कि इन्हें उड़ जाना चाहिए। हम खुद उन्हें वहाँ से हटा नहीं पाते। और ऐसा भी लगता है कि वे खुद ही दूर देस जा बसें तो बेहतर। सच तो यह है वे ही हमारे मनमानस के सच्चे साथी हैं। तब...न तो उन्हें भगाया जा सकता है...न उनके साथ उड़ा जा सकता है...यूँ आगे-पीछे चलने वाली दौड़ दीर्घकाल तक चलती है...तब तक चलती है जब तक मन में आस है...जब तक हम थककर चूर हो गिर नहीं पड़ते...तब तक...

★ तब काव्य, कविता अपनी लगने लगती है...जो गद्य से परे लगता है, वह शब्दों के माध्यम से कविता में जा बसता है...वह भावना चुटकी भर शब्दों में समूचे आकाश को समा लेती है। वही उसकी ताकत है। अपनी 'पुरुषार्थ' नामक कविता में रामधारी सिंह 'दिनकर' ने कहा है—

"हमारे भीतर
स्मृतियों का एक समुद्र है,
जिसे मन कहते हैं
यह समुद्र कभी भी
निश्चल नहीं होता,
लगातार डोलता रहता है

चेतना के सात हिस्से
इस समुद्र में डूबे हुए हैं
केवल आठवाँ हिस्सा ऊपर लहराता है···

जब अहम् जनमा
स्वर्ग के साथ हमारा संबंध टूट गया
जिस ईश्वर के सान्निध्य में
हम आनंद मनाते थे
उसका संग छूट गया··
सारा ज्ञान भूलकर
अबोध बालक बन जाना
पुरुषार्थ है
चेतना के आठों अंशों को
जल से बाहर ले जाना
पुरुषार्थ है···''

जब मैं ऐसा कुछ पढ़ लेता हूँ तब मेरा मन करता है कि अपने शब्दों को भी कविता में ढाल लूँ। मन की तरल भावनाओं को अभिव्यक्त करूँ—

''भोर के आँगन में, नित नए उत्सवों का मेला
न समाए मेरे अंक में, विशाल सपनों का रेला।
हर सपने की चाह, अपने निजी आकाश की··
अपने निजी आकाश में अपना घरौंदा रचने की।
परंतु···
परंतु दोपहर की धूप को, गंध है वास्तव का
भारी है मेरे सपनों पर, हठ अपने आकाश का··।
क्यों बनें बोझ मुझ पर·· मेरे अपने सुख?
लौटे मेरे सपने, खो गया आकाश
और मेरे शब्द भी मूक-मूक··।
फिर लौटे सपने, आँगन में मेरे
दुःख से भरे वे, थके, हारे-हारे
पलकों में उनकी, दुःख के आँसू भरे-भरे।
पलक भी न झपके, अस्तित्व की पीड़ा के

सपने मेरे, फिर वही खेल खेले··· ।
आँसू झरे, प्रश्न मिटे, नि:शब्द भाषा
पंछी भी उड़ गए, पागल मेरी आशा।
परंतु···
फिर वही भोर, वही आँगन···वही सपनों का रेला···
फिर नई खोज और आकाश नया··· ॥''

★ समझो कभी शब्द न आए मदद के लिए तब एकाध गीत का साथ अवश्य मिलता है। जैसे—'तुझसे नाराज नहीं जिंदगी, हैरान हैं हम···" दिल की गहराई से उपजे से ये शब्द! या फिर, 'दिल ढूँढ़ता है फिर वही, फुरसत के रात दिन···' यह तो जैसे हमारी अंदरूनी माँग है। बारिश के होते ही मन का आंदोलित हो जाना। पानी पर मन का तैरते हुए, क्षितिज की ओर निकल जाना।

मन के इन तमाम बदलावों को जानना होगा। पहचानना होगा। समय से जागना होगा। सजग बनना होगा। यदि देर हो गई, तब मन कड़ा हो जाने की संभावना बढ़ जाएगी। सपनों के झुंड उड़ जाएँगे, हमेशा के लिए। किसी अस्थिर पड़ाव पर ही तमाम जीवन बिताना पड़े शायद···

□

बुझते-बुझते रोशन हो उठे ये दीपक

हीनमन्यता को त्यागा जा सकता है। संपूर्णतया मानसिक तौर पर पुनर्जन्म हो सकता है, इस बात पर स्वानुभव से मेरा पूरा विश्वास है। मेरे संपर्क में आए कुछ छात्रों ने तमाम समस्याओं से हर स्तर पर जूझकर सफलता प्राप्त की और मेरे कथन की पुष्टि का वे जीता-जागता उदाहरण बन गए।

मैं MPSC और UPSC में उत्तीर्ण हो गया और नागपुर में सहायक आयकर कमिश्नर की ट्रेनिंग लेने लगा। उस दौरान समय मिलते ही मैं अमलनेर आता और आस-पास के गाँव-खेड़ों में रह रहे छात्रों को प्रतियोगिता परीक्षाओं के लिए प्रेरित करता और उनका मार्गदर्शन भी करता। इस दौरान मुझे गहराई से अनुभव होता कि गाँव-खेड़ों में बसे मेरे युवा साथी पूर्णतया सभी बातों से अनभिज्ञ हैं। बिलकुल बुझे-बुझे से वे युवक! दिशाहीन, ऊर्जाहीन पुतले ही थे वे! क्या करें··कहाँ जाएँ, कुछ भी न जाननेवाले। मेरे सामने सबसे बड़ी समस्या यही कि इन बुझे-बुझे जीते-जागते पुतलों में प्राण फूँकने का क्या और कैसा उपाय करूँ? किस चिनगारी की मदद से उनमें चेतना की आग प्रज्वलित करूँ?

मैंने एक छोटा सा उपाय खोज निकाला। प्रत्यक्ष पढ़ाई शुरू करने से पहले मैं उन्हें आधे घंटे तक 'हीनमन्यता' की गर्त से बाहर निकालने के सारे प्रयत्न करता। अध्यापन के पश्चात् भी उनकी समस्याओं को सुनता। हल सुझाता और साथ ही प्रेरणादायी विचारों का आदान-प्रदान करता।

चार-छह महीने निरंतर हवा देने पर अंगार का एक छोटा कण प्रज्वलित हुआ। मेरे मन को बड़ी राहत मिली। अब मैंने अध्यापन के पश्चात् एक-एक युवक को व्यक्तिगत तौर पर समुपदेशन करना आरंभ कर दिया। इसका मुख्य कारण यह कि मेरे ध्यान में आया कि अध्यापन के पश्चात् वे लड़के मेरे आस-पास यूँ ही रुक से जाते, मँडराते। उन्हें लगता कि सर हमें हमारे बारे में कुछ पूछेंगे, कुछ जानेंगे। हम भी अपनी बात, अपनी

समस्या उनके सामने रखेंगे। हल की कोई किरण साथ ले जाएँगे। तब मेरी समझ में यह भी आया कि यहाँ मुझे सभी से अलग-अलग रूप सें बात कर उनकी समस्याओं को सुलझाना होगा। यहाँ सारे मरज पर एक ही दवा काम न करेगी।

मैं उन्हें उनके प्रश्नों को कागज पर लिखने को कहता। फिर उनपर चर्चा होती और लड़कों को अपनी (निजी) समस्याओं का हल अपने आप मिल जाता।

उन्हीं लड़कों में एक था 'दीपक'। दीपक पाटील। अमलनेर तहसील के एक छोटे से गाँव इंद्रापिंपरी का निवासी। सारा गाँव सिर्फ खेती पर निर्भर। आधुनिक शिक्षा पद्धति से पूर्णतया अनभिज्ञ गाँव। हीनमन्यता का चहुँओर बोलबाला। दीपक के पिता खेती करते। माँ का स्वर्गवास हो गया था। एक छोटा भाई था। तीनों साथ रहते। पिता ने दूसरा विवाह न किया था। पुरुष प्रधान परिवार था वह। दीपक खुद रसोई बनाता और खेत में पिताजी की मदद भी करता। जब भी समय मिलता, वह पढ़ाई करता। दसवीं पास था वह। पिता का खेत छोटा था, जो जीवनयापन के लिए पर्याप्त न था। अतः वह नासिक में मजदूरी करने लगा था।

अब वह अमलनेर के कॉलेज में पढ़ने लगा था। इस बुद्धिमान लड़के को आगे बढ़ने का रास्ता सूझ न रहा था, परंतु उसमें सृजनशक्ति खूब भरी थी। सुबह घर का काम और रसोई आदि से निबटकर दस-पंद्रह किलोमीटर साइकिल दौड़ाता वह अमलनेर आता। कॉलेज में अथवा मंदिर में बैठकर रात-दिन पढ़ाई करने लगा वह। शाम को मेरे पास पढ़ने आता और रात के घने अँधेरे में साइकिल पर सवार हो घर निकल जाता। उसे मन-ही-मन अपने 'पुनर्जन्म' का एहसास होने लगा था। आशा की एक धुँधली सी किरण दिखाई दे रही थी। जी तोड़ मेहनत कर रहा था वह। उसके पास कोई और विकल्प था ही नहीं। जीने का कोई दूसरा रास्ता भी उपलब्ध नहीं। पर उसे इस बात का ज्ञान और विश्वास हो गया था कि मैं जीवन की होड़ में दौड़ सकता हूँ। इस दौड़ में सर्वप्रथम न आने से कोई फर्क पड़नेवाला न था। उसकी ऐसी अपेक्षा भी न थी। संभावना भी न थी।

ग्रामीण विभाग में यूँ भी आमतौर पर जीवन की होड़ कुछ विलंब से ही शुरू होती है। वे इस प्रतियोगिता में 17-18 साल देरी से ही हिस्सा ले पाते हैं। शहर में इस तथाकथित प्रतियोगिता की सीटी Play Group में, UKG/LKG में ही बज जाती है। मेरे इन ग्रामीण छात्रों को ऐसी सीटी अथवा प्रतियोगिता के प्रति जरा सी भी जानकारी न थी। मूलतः ऐसी कोई प्रतियोगिता होती है, इस बात से भी वे अनभिज्ञ थे। जब इनके लिए मैंने सीटी बजाई, तब तक इनकी उम्र के 20-22 वर्ष बीत चुके थे।

दीपक फिर भी दौड़ लगा रहा था। एक चिनगारी उसके दृष्टिपथ में भी चमक गई थी। PSI (Police Sub Inspector) की पूर्व परीक्षा में वह उत्तीर्ण हो गया। मुख्य परीक्षा

में भी वह सफल हो गया। अब उसकी शारीरिक जाँच ही बाकी रह गई थी। पर यह अब आसान प्रतीत हो रहा था; क्योंकि मन तेज दौड़ में सक्षम हो गया था, तब शरीर साथ अवश्य देगा ही। दीपक ने जी जान से दौड़ लगाई और PSI के पद पर पहुँचकर सफलता का ठप्पा लगा दिया। इंद्रापिंपरी गाँव का एक युवक पहली बार इस पद पर विराजमान हो गया। सभी ने आश्चर्य से दाँतों तले उंगली दबा ली। दीपक के पिता को भी इस बात पर बड़ी देर बाद विश्वास हुआ।

आज दीपक नासिक के पुलिस प्रशिक्षण केंद्र में प्रशिक्षण ले रहा है। मैंने इन युवकों को अपनी ऊँगली पकड़कर आगे खींचने का सफल प्रयास किया है। इस सारी मेहनत के पीछे मेरा एकमात्र उद्देश्य यही था कि मेरी मिट्टी से कोई ऊँचा उठे, मेरे आसमान की छाँह में रहनेवाले अन्य सभी युवाओं को प्रेरणा मिले...वे भी आत्मविश्वास से आगे बढ़ें...जीवन की सामान्य आकांक्षाओं-इच्छाओं से वंचित न रहें...बस...!

दीपक ने लिखा है—

"मेरा छोटा सा गाँव इंद्रापिंपरी। चार-पाँच सौ की बस्ती। पाँच कोस की परिधि से बाहर इसे कोई नहीं जानता। किसी ने पूछा भी तो पास के गाँव का संदर्भ दिए बगैर समझना मुश्किल। गाँव-खेड़ों में पढ़नेवाले आम लड़कों की तरह मैं भी दसवीं पास हो गया। अपेक्षा से कम नंबर मिले, तब बहुत दिनों तक दु:खी, उदास रहा। मेरा मन उचट गया था। मेरे जिन दोस्तों को मुझसे अधिक नंबर मिले थे, वे मुझे चिढ़ाने के उद्देश्य से सुबह-शाम मेरे घर के आस-पास चक्कर लगाते।

गाँव का एक अलिखित नियम ही बन गया था कि लड़का दसवीं पास हो अथवा फेल, उसे प्राइवेट कंपनी में नौकरी के लिए अंकलेश्वर या सूरत भेज देना है। अगली शिक्षा के प्रति न मार्गदर्शन था गाँव में और न ही मानसिकता। कुछ लड़के कला शाखा में प्रवेश लेकर आगे पढ़ते रहते। मेरे बारे में ITI की ट्रेनिंग की बात तय हो गई। तभी माँ बीमार हो गईं और पिताजी की जो अल्प जमापूँजी थी, वह दवाई में खत्म हो गई।

मेरी दादीजी ने मुझे 'शिक्षक' बनने का सपना दिखाया था, सो मैंने नवलनगर के डी.एड. कॉलेज में ट्रेनिंग के लिए परचा भर दिया और मन-ही-मन इस सपने को पूरा करने की ठान ली। परंतु किन्हीं अपरिहार्य कारणों की वजह से मेरे इस मंसूबे पर पानी फिर गया।

अब मैंने सूरत जाने का फैसला कर लिया, नौकरी के लिए। इसी दौरान मेरे चाचाजी ने, जो नासिक में काम करते थे, मुझे बुलवा लिया।

जिस कंपनी में वे काम करते थे, वे मुझे वहाँ ले गए। मुझे गेट पर रुकने के लिए कहा और वे किसी से बात करने लगे। बाद में मुझे पता चला कि वह आदमी

वहाँ का ठेकेदार है। मैंने तुरंत अपने सर्टिफेकेट्स उन्हें दिखाए। मेरे कागजों को देखे बगैर वह आदमी झल्लाया, "इसकी क्या गरज? यहाँ चरवाहा और B.A., M.A. एक ही तराजू में तुलते हैं। मजदूर तो मजदूर ही…"

वहाँ मजदूरों की हालत बहुत खस्ता थी। उनके साथ पशुओं सा व्यवहार होता था। छोटी सी गलती पर भी मजदूर की पिटाई हो जाती।

आगे चलकर मुझे कैंटीन में काम करने का मौका मिला। तुलना में यह काम आसान था। खाने की मेजों की, प्लेटों की सफाई का काम मैं करता। मैंने मन-ही-मन भगवान् से प्रार्थना की, कि इसी काम पर मैं बना रहूँ। परंतु भाग्य में आराम नहीं था।

अब मैं सुबह से शाम तक मिट्टी ढोने का काम करने लगा। बदन पर मिट्टी की ऐसी मोटी परत जम जाती कि शाम को एक-दूसरे को पहचानना भी कठिन। मेरा चचेरा भाई पाँचवीं तक पढ़ा था और मेरे साथ मिट्टी ढोता था। वह मुझे खिझाते हुए फब्ती कसता, "बारहवीं पास करने से क्या फायदा हुआ तुम्हारा? मुझ जैसी मिट्टी ही ढोनी है न?" वे शब्द मेरे मन को बिंध जाते…परंतु मरता क्या न करता?

एक दिन कंपनी में काम के दौरान जरा सा सुस्ता रहा था कि पीछे से सुपरवाइजर आया और एक तमाचा रसीद करते हुए बोला, "खाली बैठने की मजदूरी पाते हो क्या? चलो काम करो…" इस घटना से मैं सन्न रह गया। इस अपमानित जीवन से तो मर जाना बेहतर…बस यही बात दिमाग में घूमती रही। मैंने इधर-उधर देखा कि मुझे झापड़ खाते किसी ने देखा तो नहीं! पर वहाँ कोई न था। अपमान और निराशा से भरा मैं वहाँ की नौकरी छोड़ निकल गया—कहीं और काम मिलने की आस में।

नासिक का एक किस्सा आजीवन याद रहेगा। कोई त्योहार था। चाचाजी आदि गाँव निकल गए थे। मैं और मेरा चचेरा भाई, बस हम दोनों ही रुके थे। हम सभी बेकार थे उन दिनों, अतः खाना बनाने का कोई सामान हमारे पास न था। दुकानदार भी कब तक उधार देता भला? उस त्योहार के दिन भूखे पेट लेट गए हम दोनों, पर तेज भूख सोने भी न दे रही थी। हमारी बेबसी पर हमें रूलाई फूट रही थी। हमारे पड़ोस में रहनेवाले एक आदमी को बगीचे में काम करने के लिए मजदूरों की जरूरत थी। हम से पूछा, "चलोगे काम पर?" हम दोनों ने हामी भर दी। पेट के पीछे, दिए गए पते पर निकल पड़े हम दोनों। वह जगह दस-बारह किलोमीटर दूर थी। भूखे पेट इतनी दूर पैदल जा पहुँचे हम। सारा दिन गड्ढे खोदते रहे। पेट में एक दाना नहीं। उस आदमी ने शाम को मजदूरी के पचास रुपए दिये।

उन पैसों से दाल–चावल खरीदे और खिचड़ी बनाकर खाई।

काम मिलने के तमाम उपाय, प्रयत्न असफल रहे, तब बेगारी के काम पर जाने का निर्णय लिया। बेगारी का मैं मतलब समझता न था। चाचाजी ने समझा दिया। उनके साथ सातपुर के चौराहे के करीब पहुँचा। वहाँ और भी बहुत सारे मजदूर इकट्ठा हो गए थे। वहाँ ईंटें, बजरी ढोने का काम मिल गया। आगे चलकर यह काम मिलना भी बंद हो गया।

सातपुर के कमरे का किराया पिछले तीन–चार महीनों से दे न पाए थे हम। मकान मालिक किराया लिये बगैर हम लोगों को कमरा छोड़ने भी न दे रहा था। हमारे पास पैसे भी न थे। हम लोगों ने सिडको के कमरे से निकल जाने का तय किया। रात के बारह बजे के बाद साइकिल पर सामान लादकर हम वहाँ से भाग निकले। सातपुर की कंपनी में मजदूरी करने लगे। कुछ समय तक सारा कुछ ठीक चलता रहा, परंतु यूनियन बनाने के झूठे आरोप के चलते हमें वहाँ से भी बाहर निकलना पड़ा। सातपुर के MIDC परिसर में काम की खोज में मैं बहुत मारा–मारा फिरा पर कुछ भी हासिल न हुआ।

इसी दौरान माँ के बीमारी की खबर मिली। मैं बड़ी खिन्न अवस्था में घर लौटा।

मैं घर लौटा। माँ बिस्तर से लग गई थी। माँ का चेहरा फीका पड़ गया था। सारे शरीर में सूजन थी। आँखें धँस गई थीं। उसमें जरा भी शक्ति रही न थी। माँ को देखने सारा गाँव उमड़ पड़ा था। किसी ने मुझसे कहा कि तुम्हारी माँ कुछ ही पलों की मेहमान है। यह सुनते ही मेरा छोटा भाई मुझसे लिपटकर रोने लगा। इस छोटी सी उम्र में माँ के वियोग की कल्पना मात्र से मेरा कलेजा फटने लगा। हम दोनों भाई खूब रो लिये। पिताजी भी बेबस हो आँसू बहाते रहे।

माँ की हालत गंभीर थी। वह मेरे बचपन से ही मुझे 'मोठा भाऊ' यानी बड़े भाई के नाम से पुकारती थी। हम तीनों को यूँ बेबस रोते हुए देखकर माँ नो मुझे अपने करीब बुलाया और बोली, 'मोठा भाऊ, तुम यूँ रोओगे तो तुम्हारे पिताजी, तुम्हारा छोटा भाई किसके आसरे जिएँगे रे?'

हमारी पड़ोस की महिलाओं ने माँ को नहलाया। नई साड़ी पहनाई। शाम तक मामा, मौसियाँ आ गए थे।

सुबह के चार बजे होंगे। माँ कुछ बुदबुदाने लगीं, जो समझ में न आ रहा था। वह बेहोश सी थीं। एक बार माँ ने आँखें खोलकर सभी को निहारा। आँसू निकल आए उसके। अब माँ को नीचे उतारा गया। मुँह में तुलसी का पत्ता रखा। पानी डाला''सारा कुछ शांत शांत''माँ चल बसी थी।

माँ के पेट में बीमारी थी। कभी-कभी खून की उल्टियाँ भी होती उन्हें। आज भी माँ की याद आने पर कलेजा मुँह को आ जाता है। माँ के वियोग के दौरान, उदास और शोकाकुल वातावरण की मनःस्थिति में मैंने आगे न पढ़ने का निर्णय कर लिया था। परंतु पिताजी ने मेरे शिक्षकों की सलाह पर नवलनगर में F.Y.B.A. में मेरा दाखिला करवा दिया था। कंपनी में अब अपना कोई भविष्य नहीं है, इसे जानकर मैंने आगे पढ़ने की ठान ली।

एक दिन के लिए भी कॉलेज में गए बगैर मैंने परीक्षा दी और सिर्फ अर्थशास्त्र के अलावा मुझे अन्य सभी परचों में प्रथम श्रेणी मिली।

मेरे फुफेरे भाई ने नासिक में वायरमैन का कोर्स किया था और वहीं उसे एक कंपनी में अच्छी नौकरी मिल गई थी। यह बात मुझे जँच गई। मैंने भी अमलनेर में एक प्राइवेट संस्थान में वायरमैन के कोर्स के लिए दाखिला ले लिया और साथ ही B.A. के दूसरे वर्ष की पढ़ाई के लिए अमलनेर के ही प्रताप कॉलेज में दाखिला ले लिया।

मेरा गाँव इंद्रापिंपरी, अमलनेर से बारह-पंद्रह किलोमीटर दूरी पर था। वहाँ बस से जाने के बजाय मैं साइकिल से जाना उचित समझा। मेरा वायरमैन का कोर्स सुबह के समय में था और मेरा कॉलेज दोपहर को। मैं दोनों जगहों पर जाने लगा।

मेरे ही परिसर में रहनेवाले एक उपाधि प्राप्त युवक से जानकारी मिली कि PSI के पदों को MPSC के द्वारा भरा जाता है। मैंने तुरंत उससे कहा कि, "मुझे भी PSI होने की तीव्र इच्छा है। क्या मैं MPSC की परीक्षा में सम्मिलित हो सकता हूँ?" वह तुरंत बोला,

"अरे पागल, वह अपने बस का नहीं। इन परीक्षाओं में सिर्फ अमीर और बुद्धिमान लड़के ही सम्मिलित होते हैं। हम जैसों के लिए यह सारा नहीं है।" यदि मैं किसी से भी इस विषय की चर्चा करता, मुझे सदैव नकारात्मक जवाब ही मिलता।

MPSC के लिए जनरल नॉलेज खूब अच्छा होना चाहिए, इसे मैं जान गया था, अतः मैं वही पढ़ने लगा। बड़े रास्तों के किनारे सजी किताबों की दुकानों से (यानी नीचे जमीन पर बैठकर किताबें बेचनेवालों से) दस-बारह रुपए कीमतवाली उपयुक्त किताबें मैं खरीदता और उन्हें कंठस्थ करने लगा। अखबारों में छपे G.K. की प्रश्नमंजूषा को भी कंठस्थ करने लगा।

सुबह घर में खाना बनाकर मैं अमलनेर साइकिल पर निकल जाता और अधिकाधिक समय कॉलेज की लाइब्रेरी में सिर्फ जनरल नॉलेज की पढ़ाई करता। तब मैं यह भी नहीं जानता था कि PSI के लिए कोई खास पाठ्यक्रम भी होता है। सिर्फ जनरल नॉलेज! यानी एक तरह से मैं दिशाहीन दौड़ लगा रहा था।

खेत-खलिहानों में पढ़कर 'दीपक' जैसे कई दीये रोशन हो उठे

मैंने PSI करने की ठानी है, मैं MPSC की तैयारी कर रहा हूँ, यह बात मेरे गाँव के लोगों से छिप न सकी। लोगों का मेरी ओर देखने का नजरिया ही बदल गया। कईयों ने मुझे प्रोत्साहित किया तो किन्हीं ने मजाक भी उड़ाया। मुझे PSI अथवा DYSP कहकर आवाज देते मेरे दोस्त। यदि उन्हें टालने की कोशिश करता, तब कहते, "ड्यूटी पर जाने में देर हो रही है क्या PSI जी?" मैंने मन-ही-मन निश्चय कर लिया कि एक दिन अवश्य PSI बनकर इन लोगों के मुँह बंद कर दूँगा।

गरमी के दिनों में कॉलेज में जाना बंद कर दिया। घर में बैठकर पढ़ना भी मुश्किल था। इसलिए मैं सुबह जल्दी उठता और अपने काम निबटाकर, खाना बनाकर खेत में भाग जाता। इन दिनों वहाँ लोगों की आवाजाही बहुत ही कम रहती। खूब मन लगाकर पढ़ता मैं। मेरा छोटा भाई दोपहर के बारह बजे के करीब मेरा खाना खेत पर ही ले आता। वहीं खाना खाकर मैं शाम तक पढ़ाई करता।

सन् 2004 में सालुंखे सर 'संघ लोक-सेवा आयोग' यानी UPSC की परीक्षा में उत्तीर्ण हुए और CEO भी बन गए थे। मैंने सुना कि वे अपने घर में निःशुल्क पढ़ाते भी हैं। मुझे लगा कि मुझे भी वहाँ जाना चाहिए। परंतु मन में डर इस बात का कि मैं बिलकुल ही देहाती था। मेरी भाषा भी देहाती और रहन-सहन तो बिलकुल ही सादा! इतने बड़े अफसर से कैसे निभेगी मेरी? इसी दौरान सालुंखे सर ने अमलनेर के 'मराठा मंगल' कार्यालय में प्रतियोगिता परीक्षा से संबंधित एक

कार्यशाला का आयोजन किया था। उन्होंने इसमें विविध पदाधिकारी अफसरों को भी आमंत्रित किया था। मेरी तबीयत ठीक न थी, फिर भी मैं वहाँ गया। सर के भाषण, मार्गदर्शन के मुद्दों, तरीकों को विशद करने की क्षमता देख मैं बेहद प्रभावित हो गया। और तब इस बात का गहरा दुःख भी हुआ कि मैं अब तक इस मार्गदर्शन से वंचित क्यों कर रहा? मेरे मित्र नरेंद्र के साथ मैंने वहाँ जाना आरंभ कर दिया।

सर की क्लास में जाने के बाद मुझे PSI/STI/ASST की पूर्व परीक्षा, राज्य सेवा की पूर्व परीक्षा के पाठ्यक्रम, किताबें, अध्ययन का तरीका आदि के बारे में पूरी और सही जानकारी मिली। प्रत्येक विषय को वे खूब अच्छे तरीके से समझाते, क्योंकि वे उन सभी विषयों में पारंगत थे। मूलभूत यानी आधारभूत संकल्पना के समझाने में वे इतने माहिर थे कि उनके समझाने के पश्चात् वह विषय, उसका सारगर्भित अर्थ भूलना असंभव है। मेरी प्रतियोगिता परीक्षा की नींव सही मायनों में सर ने ही पक्की रची। वे बहुत ही अनुशासन प्रिय व्यक्ति हैं। समय का पाबंद होना उनके हिसाब से बहुत ही महत्त्वपूर्ण है।

एक बार सर ने एक टेस्ट लिया। मेरी उस दिन पढ़ाई ठीक से हुई न थी, इसलिए मुझे कम नंबर मिले। तब उन्होंने मुझे बहुत डाँटा और बोले, ''यदि तुम PSI में चुन लिए गए दीपक, तब तुम्हारी सफलता अनगिनत लड़कों की प्रेरणा बन जाएगी।'' मेरे प्रति उनके मन में एक तरह की छटपटाहट थी। सर जानते थे कि मेरी माँ न थी, मैं खाना बनाकर, दस-बारह किलोमीटर साइकिल चलाकर क्लास को आता था। मैं एक कुशल अधिकारी बनने की तीव्र इच्छा रखता था। और इसी स्नेह की वजह से, सर के कुशल मार्गदर्शन की वजह से इस बात में मेरा विश्वास बढ़ता गया कि मैं पूर्व परीक्षा में अवश्य उत्तीर्ण हो जाऊँगा।

सर अर्थशास्त्र जिस तरह से पढ़ाते, समझाते उसका कोई सानी नहीं था। बहुत सरल कर दिया था यह विषय उन्होंने। आज तक मैंने जितनी भी परीक्षाएँ दी हैं, उन सभी में मुझे अर्थशास्त्र में संतोषजनक नंबर मिले हैं।

सर नागपुर से हर हफ्ते दो दिनों के लिए अमलनेर मार्गदर्शन हेतु सिर्फ इसलिए आते थे कि उनके मन में यह गहरी चाह थी कि उनके अपने परिसर के युवाओं के मन से प्रतियोगिता परीक्षाओं के प्रति रही उदासीनता दूर हो, और मन में दृढ़ बैठी न्यूनमन्यता की भावना नष्ट हो। दो दिन सर का मार्गदर्शन होता और हफ्ते के अन्य दिन, उनके द्वारा तैयार किए गए वरिष्ठ छात्रगण हमें मार्गदर्शन करते। क्लास शाम 6 से 8 बजे तक चलती। इसके बाद घर पहुँचने में, साइकिल से रात के दस भी बज जाते। गाँव-खेड़ों में तब तक आधे से अधिक लोग गहरी

नींद में होते। मेरे देर से आने की वजह से, जो लोग जागते होते, बड़े आशंकित भाव से मेरी ओर देखते। परंतु कुछ लोग ऐसे भी थे गाँव में जो मेरी इच्छा की, मेहनत की प्रशंसा करते। कभी-कभी रास्ते में अँधियारे की वजह से, सुनसान रास्ते की वजह से डर भी खूब लगता, परंतु क्लास में जाना आवश्यक भी था।

एक दिन का किस्सा है, जिसे मैं कभी भूल न पाता हूँ। किसी वजह से अमलनेर से निकलने में रात के दस बज गए। मैं हिम्मत कर वहाँ से घर की ओर निकल पड़ा। जहाँ तक बस्ती थी, साइकिल पर अकेले होने का मुझे कोई डर न था, परंतु जैसे ही मैंने मंगरूल गाँव को पार किया, मैं उस घने अँधियारे से भी डरने लगा, क्योंकि मैंने सुना था कि इस रास्ते पर चोर-लुटेरे भी आते हैं। शिरूड़ से आगे शमशान भी था, जहाँ एक चिता जल रही थी। वहाँ बहुत सारे कुत्ते भौंक रहे थे। मुझे आते देख वे मेरे पीछे दौड़ने लगे। मैंने साइकिल तेज कर दी, फिर भी एक कुत्ते ने मेरी पैंट का पाँयचा पकड़ लिया। मैं मारे डर के काँपने लगा और जैसे-तैसे घर पहुँचा। आज भी उसे याद करने पर मेरे रोंगटे खड़े हो जाते हैं।

हफ्ते में दो दिन सर की क्लास में मैं अवश्य जाता। उन्होंने हमारी अच्छी तैयारी करवा दी थी। 4 सितंबर सन् 2005 को मैंने PSI की पूर्व परीक्षा दी। मेरे परचे अच्छे रहे, इसलिए सालुंखे सर ने मुझे अगली पढ़ाई में जुट जाने को कहा। मैंने किताबों का इंतजाम करना आरंभ कर दिया। गाँव में जब मेरी पूर्व परीक्षा की खबर लगी, तब लोग बार-बार PSI के बारे में पूछने लगे। नतीजा कब निकलेगा? नतीजे में 3-4

मैं पढ़ाता गया... वे पढ़ते गए...

महीने कैसे लग सकते हैं भला ? क्या तुम्हें यकीन है कि तुम पास हो जाओगे ? क्या तुम सच में PSI बनोगे ? मैं तो यह सारा सुनकर परेशान हो जाता।

पूर्व परीक्षा का नतीजा आने में करीब एक साल लग गया। मेरे गाँव के लोग समझते कि मैं फेल हो गया हूँ…झूठ बोल रहा हूँ। इतना समय किसी भी नतीजे के लिए नहीं लगता…आदि-आदि।

मैं पूर्व परीक्षा में उत्तीर्ण हो गया। मैं यह बात अपने गाँव में बताना न चाहता था, पर पता नहीं कैसे, सभी इसे जान गए और अज्ञान वश बेचारे यही समझ बैठे कि मैं PSI हो गया हूँ।

पूर्व परीक्षा में उत्तीर्ण हो जाने पर सालुंखे सर ने सलाह दी कि "यदि हो सके तो अगली तैयारी के लिए पुणे निकल जाओ। क्लास की फीस की चिंता मत करना। मैं 'प्रज्ञानवर्धिनी' के सचिन हिसवणकरजी से बात कर लूँगा।" मैं थोड़ा आश्वस्त हो गया। परंतु पुणे का खर्चा कुछ ज्यादा ही आनेवाला था। कमरे का किराया, मेस आदि का मिलाकर कुल खर्चा 2500 रु. महीने का था। यानी पूरे चार महीनों का खर्चा करीब 12 से 15 हजार तक था। पिताजी के पास इतने रुपए थे नहीं। उन दिनों हमारे पास करीब 20 बकरियाँ थीं। पिताजी ने सारी बकरियाँ बेच डालीं और पैसों का इंतजाम किया।

पुणे मैं पहली बार ही आया था। यहाँ न कोई जान-पहचान का और न ही कोई रिश्तेदार। पुणे में कॉट बेसिस की सुविधा थी। हम दो दोस्त पुणे आए थे। 'प्रज्ञानवर्धिनी' के नजदीक रहे कमरे में कॉट बेसिस वाले कमरे में सिर्फ एक ही कॉट बची थी। तब फैसला यूँ हुआ कि मैं कमरे में रहूँगा और मेरा दोस्त दीपक चौधरी, धनकवडी में रहकर प्रतिदिन सदाशिव पेठ आया-जाया करेगा। हमारी पढ़ाई शुरू हो गई।

पुणे का एक किस्सा याद आ रहा है। अपनी किताबें आदि साथ रखने के लिए मैं एक दुकान में 'रैक' खरीदने गया। दुकानदार ने पूछा—

"किस काम के लिए चाहिए रैक ?"

"जी, मैं MPSC की पढ़ाई कर रहा हूँ, सो किताबें आदि साथ रखने के लिए…"

"आपकी ओर देखकर लगता नहीं कि आप छात्र हैं…"

दुकानदार के इस जवाब से मैं वाकई शर्मिंदा हो गया। चूँकि पूर्व परीक्षा का नतीजा आने में करीब एक साल लग गया था, इसलिए पुणे के विद्यार्थियों की मुख्य परीक्षा की तैयारी करीब-करीब पूरी हो गई थी। उन्होंने दोबारा क्लास लगाए थे। उनकी बातचीत से पता चलता था कि वे वाकई बिलकुल तैयार हैं परीक्षा के लिए।

तब मेरे मन में सवाल उठता, कि प्रतिमाह ढाई हजार रुपए खर्च करने पर भी क्या मैं परीक्षा की तैयारी कर पाऊँगा? पास हो पाऊँगा?

मन में और भी बहुत कुछ उमड़-घुमड़ जाता। मुझ पर इतना रुपया खर्च हो रहा है और वहाँ गाँव में पिताजी और छोटा भाई कैसे निभाते होंगे? हाथ से खाना बनाते होंगे। बडा दु:ख होता मुझे यह सारा सोचकर। घर की याद सताने लगी। अंत में पुणे छोड़ मैं घर लौट आया। खूब मन लगाकर पढ़ाई की। घड़ी के अनुसार नियत समय में परचे लिखने का खूब अभ्यास किया। मेरी पढ़ाई संतोषजनक हो गई थी। अंतिम परीक्षा के मेरे परचे भी अच्छे रहे। उत्तीर्ण होने का मन-ही-मन यकीन भी हो गया। अब इसी विश्वास के चलते मैं 'शारीरिक जाँच' की परीक्षा की तैयारी में लग गया। दोबारा इसके लिए पुणे गया। वहाँ कुछ दिन वरजिश करने के बाद (पैसों के अभाव में) घर लौटा। वरजिश जारी रखी।

नतीजा निकला। मेरे मित्र योगेश पाटील ने मेरे असफल होने का संदेसा मुझे दिया। बड़ा धक्का लगा मुझे यह जानकर। उस रात मैं सो न पाया। मन में वेदना थी। तीव्र आक्रोश था। असफलता मेरा साथ छोड़ने को तैयार नहीं। बार-बार मन कहने लगा कि भगवान मेरी इतनी कड़ी परीक्षा क्यों ले रहे हैं? बहुत उदास, निराश हो गया मैं।

असफलता की मानो मुझे आदत सी पड़ गई थी। मराठी के 'ज्ञानपीठ पुरस्कार' के विजेता स्वर्गीय वि.स.खांड़ेकरजी ने अपने उपन्यास में लिखे एक सत्य का मुझे स्मरण हो रहा है। वे कहते हैं—

'''कोई एक सपना देखना, उसे मन में सँजोना, उसके फलने-फूलने के लिए दिन-रात जूझते रहना, उस परिश्रम का आनंद लेना, और यदि दुर्भाग्य से वह स्वप्न भंग हो जाता है, तब भी उसके टुकड़ों पर पैर रखकर, क्षत होकर दूसरे स्वप्न की ओर दौड़ लगाना, मनुष्य के मन का धर्म है। और इसी वजह से मनुष्य का जीवन अर्थपूर्ण बन जाता है।''

उपरोक्त शब्द मुझे हमेशा से प्रेरणा देते आए हैं। सन् 2007 में फिर PSI के लिए इश्तिहार आया। 23 दिसंबर को पूर्व परीक्षा थी। अब इसी परीक्षा को अंतिम ध्येय मानकर मैंने पूरे मनोयोग से पढ़ना शुरू किया। अमलनेर शहर में मेरे गाँव के कुछ युवक एक किराए के कमरे में पढ़ते थे। मैं भी वहाँ पहुँचा। पढ़ाई में जुट गया। पहले से मेरा सारा कुछ पढ़ा हुआ था, इसलिए इस बार तैयारी वाकई बहुत अच्छी हुई। परीक्षा हो गई। परचे बढ़िया रहे। दो महीनों में नतीजा भी आ गया। मैं उत्तीर्ण हो गया था। दो-ढाई महीने बाद मुख्य परीक्षा होने वाली थी। मैंने अपने पिछले परचों में हुई गलतियों को खोज निकाला। उन्हें दोबारा न करने की ठान

ली। मेरी पिछली एक और गलती को मैंने सुधारा। वह गलती यानी व्यर्थ का अतिरिक्त आत्मविश्वास! इसी के चलते पिछली बार मुझे अपनी मातृभाषा मराठी में अपेक्षा से कम नंबर मिले थे। समूचे पाठ्यक्रम की समय सारिणी बनाई और उसी के अनुसार पढ़ाई शुरू कर दी। समस्याएँ आती गईं पर उनका हल भी मिलता गया। मेरे गाँव में बिजली की कटौती के नाम पर बड़ी ही मुश्किलें आन खड़ी हो गईं। अमलनेर के दोस्तों ने कमरा खाली कर दिया था। वह किराया मेरे अकेले के बस के बाहर था। ऐसे समय में मेरी बहुत बड़ी मदद की मेरे मित्र योगेश पाटील ने। उसके साथ मैं उसी के कमरे में अमलनेर में रहने लगा। वैभव देवरे ने भी हम दोनों की मदद की।

इस बार पूरी तैयारी और आत्मविश्वास के साथ परचे लिखे। मुझे आशा थी कि मुझे 310-315 तक नंबर मिलेंगे। इसी दरमियान मैं औरंगाबाद जलसंधारण महकमे की परीक्षा देने गया था। वहाँ पता चला कि PSI का नतीजा आ गया है। योगेश पाटील ने मुझसे मेरा क्रमांक (Roll No.) पूछा, पर नंबर तो घर में रखा था। वहाँ पहुँचते ही पहले इंटरनेट पर नतीजा देखा। मैं पास हो गया था। मैंने आधी बाजी मार ली थी। बची आधी में 'शारीरिक जाँच' की परीक्षा थी। मैंने सुबह शाम वरजिश शुरू कर दी। इसके लिए मैं प्रतिदिन अपने गाँव से 12-15 किलोमीटर साइकिल चलाता हुआ अमलनेर के प्रताप कॉलेज के मैदान पर वरजिश करता। घर से सुबह पाँच बजे निकल जाता और दोपहर के 11-12 बजे तक लौटता। फिर शाम को वही सिलसिला।

अब मुझे पता चला कि मेरी शारीरिक जाँच की परीक्षा और मेरा साक्षात्कार (मौखिक परीक्षा) एक ही दिन में हैं। यहाँ पर भी मेरे नसीब ने मेरी कड़ी परीक्षा ली। सभी लड़कों की ऊँचाई नापने के बाद सीने की चौड़ाई नापना शुरू हो गया। वहाँ कम-से-कम 92 सें.मी. की जरूरत थी और सामान्य स्थिति में मेरी सिर्फ 87 सें.मी. थी। लंबी साँस भरकर भी वह सिर्फ 4 सें.मी. बढ़ रही थी। मैंने तमाम कोशिशें कर लीं पर सीने की चौड़ाई जरूरत से कम ही रही। शारीरिक जाँच के एक कर्मचारी ने मुझे जाने को कहा। नासिक में मेरा एक दोस्त हीरालाल हरणे रहता है। उसने मुझे नासिक में ही रुक जाने का आग्रह किया, परंतु मैं घर लौट आया। पिताजी निराश हो गए। आगे चलकर योगेश पाटील ने मुझे सीना तानने की तरकीब सिखाई और मुझसे अभ्यास करवाता रहा, परीक्षा के दिन दो-तीन मौके मिलने पर भी मैं इसमें असफल रहा। अंत में मेरे दोस्त हरणे ने उन्हें मुझे एक अंतिम मौका देने की विनती की। बड़ी मुश्किल से वे अधिकारी माने। इस बार नसीब ने साथ दिया और मैं इच्छित चौड़ाई तक सीना तानने में सफल हो गया। मुझे

इस परीक्षा में 180/200 नंबर मिले। मेरे दोस्तों ने यकीन दिलवाने की कोशिश की, कि अब मैं निश्चित रूप से चुन लिया जाऊँगा। पर मुझे यकीन न आ रहा था। अभी मेरी मौखिक परीक्षा बाकी थी। परंतु मैं खुश अवश्य था। इसी खुशी के चलते मैं 'साक्षात्कार' की परीक्षा पूरे आत्मविश्वास से दे पाया। मेरे दोस्त मुझे बार-बार यकीन दिलाते रहे मेरे चुने जाने के लिए, परंतु मेरा मन सिर्फ 'आयोग' के अंतिम फैसले की प्रतीक्षा में था। और अंत में वह दिन भी आया...

5 फरवरी सन् 2007 के दिन शाम के 8 बजे योगेश पाटील का फोन आया। वह बोला—

"दीपक, हार्दिक बधाई। तुम PSI बन गए हो..."

यह मेरे जीवन का बड़ा ही भाग्यशाली दिन। मेरे रोएँ-रोएँ में खुशी की लहर दौड़ गई। सारा संघर्ष, सारी मेहनत, सारे दुःख तीव्रता से स्मरण हो आए। मन तृप्त हो गया। पिताजी तो इस 'शुभ वार्त्ता' पर बहुत दिनों तक विश्वास ही न कर पा रहे थे।

सन् 2002 के फरवरी से लेकर सन् 2007 के फरवरी तक के 5 साल हमारे लिए बहुत ही विकट साबित हुए। मेरी माँ के गुजर जाने के बाद से हमने अनगिनत संकटों का सामना किया। आज भी उनके स्मरण मात्र से शरीर पर रोंगटे खड़े हो जाते हैं। इस दौरान तमाम रिश्तेदारों ने हमसे आँखें फेर ली थीं। वे हमारी ओर एक तुच्छ, बिगड़े परिवार की नजर से देखते। वे हमारे यहाँ आना इसलिए भी टालते रहे कि शायद यहाँ आने से उनपर हमारे कामों का बोझ पड़ेगा। हमारी एक बुआजी थीं, जो दो-चार महीनों में एकाध चक्कर अवश्य लगा जातीं। वह दिन हमारे लिए वाकई एक त्योहार बनकर आता। हमें खूब स्वादिष्ट मनचाहा खाना खिलातीं वह। उनके जाने के बाद साल के किसी त्योहार आदि से जैसे हमारा कोई मतलब ही नहीं रहता। सब दिन एक समान होते। हमें हमारी बुआ का हमेशा इंतजार बना रहता।

हम प्यार से हमारे पूज्य. पिताजी को 'ताथ्या' कहते चले आ रहे हैं। क्या कुछ न किया उन्होंने हमारे लिए! हमारी माँ भी वे ही और पिता भी वे ही। शुरू-शुरू में खाना बनाना भी एक संकट लगता। पर कोई इलाज न था। मैं इस काम में ताथ्या की खूब मदद करता। परिस्थिति से जूझना भी आवश्यक था न! मैं रोटियाँ बना लेता। बेचारे ताथ्या सारा कुछ खुद निबटाते। सब्जी-दाल बनाना, कपड़े धोना, बरतन माँजना, घर लीपना आदि से लेकर खेती के काम तक वे सारा कुछ करते। वे तो जैसे कोल्हू का बैल बन गए थे, इतनी मेहनत करते। हम दोनों भाई अपनी ओर से उन्हें काम में मदद करते, पर वह सीमित होता। उन्होंने माँ को दिये वचन को पूरी तरह निभाया। हमें इतना प्यार दिया कि पिछले सात वर्षों में उन्होंने

माँ की हमें याद भी आने न दी। अपनी ओर से कोई कमी न रखी। जब कभी मैं उनसे कपड़ों के लिए पैसे की माँगा करता, तब कहते, "अभी काम चलने लायक कपड़े हैं न तुम्हारे पास···तब उनपर क्यों खर्च करते हो? उन पैसों से अपनी जरूरत की किताबें खरीदो।"

मेरे गाँव के लोगों के मन में यह विचार कभी न आया था कि इस गाँव में कोई तरक्की भी करेगा! वही 'हीनमन्यता' की भावना का पुराना प्रभाव! परंतु आज की मेरी छोटी सी सफलता को देखने के बाद उनके मन में भी आशा का पौधा पल्लवित होने लगा है। वे जान गए हैं कि मेहनत, संयम और दृढ़ संकल्प के बल पर कुछ भी असंभव नहीं। अपने गाँव का पहला और एकमात्र PSI होने के नाते समूचे गाँव को मुझ पर गर्व है। अब वे कहते हैं कि तुम्हारी सफलता की वजह से हमारा गाँव प्रकाश में आया है।

एक बात की कमी आज खल रही है, और हमेशा खलती रहेगी कि मेरी इस छोटी सी सफलता को देखने के लिए आज मेरी माँ होतीं तब इस खुशी में चार चाँद लग जाते! यह खुशी हम सभी उसके साथ बाँटते। और आज वह दारोगा की माँ कहलाने पर गर्व करतीं···सम्मान पातीं···!!

दीपक की तरह और एक लड़का था तुषार···

शिरूड़ में रहनेवाला तुषार गरूड़! दस गाँवों का पानी पीकर भी प्यासा···दसवीं के बाद ITI का अभ्यासक्रम पूरा किया उसने। कारखानों के चक्कर लगाए पर नौकरी के लिए भाग्य ने साथ न दिया। फिर D.Ed. की पढ़ाई की। परीक्षा में सफल भी रहा, परंतु अपेक्षा से बहुत कम नंबर मिले, इसलिए शिक्षक के पद पर भी चुना न गया तुषार। आगे चलकर B.A. में दाखिला ले लिया।

माँ-बाप का इकलौता बेटा तुषार! एक छोटी बहन। दिमाग से तेज होकर भी आर्थिक तौर पर कमजोर···क्षमता के अनुसार कुछ पढ़ने, करने से वंचित! बेटे की असफलता, बेकारी की वजह से पिता का चिड़चिड़ाना। घर का माहौल बिगड़ा हुआ। इसी वजह से तुषार अधिकांश समय घर से बाहर बिताने लगा। दोस्तों के साथ गपशप, टाइमपास में जीवन व्यतीत होने लगा। आस-पास की, घर की सारी परिस्थिति इस कदर बिगड़ गई थी कि उसे कुछ सूझ ही न रहा था। बार-बार यही ताना सुनने को मिलता कि तुम कुछ भी करने की कोशिश करो, सफलता नहीं मिलेगी तुम्हें! तुम्हारी कुछ भी करने की योग्यता नहीं है···। इसे सुनते-सुनते तुषार मानसिक तौर पर अवसन्न हो गया। यह स्थिति तो बेहद क्लेशकारक होती है। हालातों के बवंडर में असहाय-सा भटक गया था वह। मानसिक तौर पर बेहद निराश हो चला था तुषार।

जब उसने अखबार में पढ़ा कि परली गली में रहनेवाला संदीप MPSC, UPSC में उत्तीर्ण हो गया, तब मन के जख्म पर जमी पपड़ी छिल गई···जख्म रिसने लगा। तब भान आया कि मन अभी भी 'जीवंत' है। इस रिसते जख्म पर कोई मरहम लगाना होगा। इसी इच्छा, आकांक्षा के चलते एक इतवार को वह मेरे घर आया। उस दिन के स्मरणमात्र से भावविवश तुषार कहता है कि—

"सर, उस दिन मैं आपके घर आया। नीचे रानी दीदी मिल गई। आपके बारे में पूछा, तब बताया कि आप ऊपर कमरे में हैं। मैं ऊपर आया। दरवाजा खुला ही था। आप नीचे फर्श पर एक कथरी पर सो रहे थे। इस दृश्य मात्र नें मेरे मन पर जमी निराशा की पपड़ी को खरोंचकर मिटा डाला। मन में विचार आया कि यूँ जमीन पर एक कथरी बिछाकर सोया एक आदमी UPSC की परीक्षा में उत्तीर्ण हुआ है ? और जी रहा है आम आदमी की तरह ? यानी मेरे जैसा ही यह एक युवक है···और मैं क्या हूँ ?···बाद में आप जागे। मेरे पास बैठे। हलके-हलके मेरे दुःखी मन को सहलाया। मेरे रिसते मानसिक जख्म पर प्रेरणा का, विश्वास का मरहम लगाया। सच कहता हूँ सर, तब ही मेरा पुनर्जन्म हो गया।"

तब से तुषार प्रतिदिन हमारे यहाँ आने लगा। ऊपर कमरे में बैठकर पढ़ाई करने लगा। अपनी बढ़ती योग्यतानुसार परीक्षा में भी बैठने लगा। बाहर घूमना, दोस्तों के साथ मटरगश्ती आदि सब बंद कर दिया उसने। उसके घर के लोगों को अभी भी उस पर विश्वास न था। पर तुषार वाकई पढ़ने लगा था।

मैं एक ऊबड़-खाबड़ जमीन में मेहनत कर रहा था। उस जमीन की गुड़ाई, निराई, जुताई करने में समय लगने वाला था। जहाँ घास का उगना भी कठिन, ऐसी भूमि पर मैं अपने हिसाब से सिंचन करने लगा। दो वर्षों के अथक प्रयत्नों के बाद बंजर भूमि को भेद कर एक अंकुर धीरे से अंकुरित हुआ। बड़ी शान से ऊँचा उठा। सृजन की जीत हो गई। बगैर किसी सिफारिश के, बगैर कोई पैसा खर्च किए तुषार एक 'पुलिस' बन गया। माँ-पिता की आँखों पर लगी ऐनक उतर गई। गाँववासियों के आँखों पर बँधी पट्टी खुल गई, और सभी ने तुषार का 'स्वच्छ-स्पष्ट' रूप देखा। तुषार की बहन का विवाह हो गया। तुषार यहीं पर रुका नहीं बल्कि आगे चलकर PSI भी बना।

निराशा, एक तरह की अनामिक मूढ़ता से ग्रस्त उस परिवार को तमाम दुःखों से राहत मिल गई। आज उस घर से हँसी-ठट्ढे की बुलंद आवाजें बाहर भी सुनाई देने लगी हैं, और···और मुझे मेरे मन को यह समझाने का एक और अवसर मिल गया कि 'मैं इस धरती पर बोझ नहीं हूँ।'

सुनील मेरा सगा चचेरा भाई। बचपन में साथ-साथ खेले, बढ़े हम। उसकी गाड़ी भी हर स्टेशन पर रुककर आगे बढ़ रही थी। सुनील ने ITI को ट्रेनिंग ली और कई जगह

नौकरी की। जबलपुर के ऑर्डिनेंस फैक्टरी में भी काम किया उसने। पर हमेशा नौकरी छूट जाती। उसके घर में भी वह एक समस्या बन गया। घर के लोग कहते, "कुछ करो-धरो। घर पर बोझ मत बनो...काम के न काज के, ढाई मन अनाज के...।" बस इन्हीं तानों से तंग गया था वह।

गाँव के कुछ लोग उसे कहते—

"तुम्हारा भाई अब बड़ा अफसर बन गया है। दो-चार वर्षों में वह तुम्हें अच्छी नौकरी दिलवा देगा।" तब सुनील ने उन लोगों की सलाह पर बिलकुल ध्यान न दिया। उसे इस बात का भान अवश्य था कि भाई के पास कौन सा 'दान' माँगना है। यदि इतने सारे युवक उससे प्रेरणा पाकर पढ़-लिख रहे हैं, तब मैं ही क्यों पीछे रहूँ? बस इसी विचार के साथ वह मेरी क्लास में आने लगा। और समय वह मेरा भाई होता था, परंतु पढ़ाई के समय मात्र विद्यार्थी। सुनील दृढ़ संकल्प के साथ पढ़ाई में जुट गया। गाँव के बाहर हनुमानजी का एक मंदिर था। इन सभी लड़कों ने उसकी सफाई खुद की और वहीं इकट्ठा पढ़ाई में जुट गए वे। वहाँ उन्होंने ज्ञान, प्रयास और मेहनत का यज्ञ प्रज्वलित किया, जिसमें अपने दुर्गुणों की, जड़त्व की, आलस्य की और निराशा की आहुति देना आरंभ कर दिया। ज्ञान के यज्ञ में इससे बढ़कर और कौन सी आहुति हो सकती है? वह यज्ञ पूरी शक्ति के साथ प्रज्वलित होने लगा। उसके प्रकाश में, उसकी तेज आँच में सुनील जैसे लड़के निखर आए। उनमें रही हीनमन्यता जलकर भस्म हो गई। और एक भाग्यशाली दिन उसके जीवन में पुलिस महकमे का 'नियुक्ति पत्र' ले आया। सुनील को अपनी इच्छित मंजिल मिल गई। अपने अतीत की मानसिक स्थिति तथा बदलावों के बारे में सुनील लिखता है—

'चौथी कक्षा में पास हो पर मैंने मारवड़ के हाईस्कूल में दाखिला ले लिया। पिताजी खेत में काम करते थे और माँ घर सँभालती थी। हमारा संयुक्त परिवार था। हमारी पढ़ाई 'निरुद्देश्य' थी। मैं उस समय क्या पढ़ रहा था, क्या करना है, इसका मुझे कोई भान न था। घर में भी इस मामले में रुचि लेनेवाला कोई न था।

पढ़ाई के दौरान यह सवाल मेरे अथवा घर के किसी भी सदस्य के मन में आया कि आगे चलकर हमें करना क्या है? दसवीं में 'कॉपी' कर मैं उत्तीर्ण हुआ। गाँव के अधिकांश युवक ITI में दाखिला लेते थे, उसी लीक पर मैं भी चला। यानी मुझे मेरी सलाह, इच्छा को जाने बैगर वहाँ धकेला गया। पास हो जाने पर मैं नासिक में अपने ममरे भाई के यहाँ भेज दिया गया। वहाँ कंपनी में काम करने लगा।

यह सब मेरी इच्छा के विरुद्ध हो रहा है, इसका ज्ञान और भान मुझे था। परंतु वाकई करना क्या था, इससे भी मैं अनभिज्ञ था। उन दिनों मेरे चचेरे भाई श्री संदीप सालुंखे पुणें की बजाज ऑटो कंपनी में असिस्टेंट मैनेजर थे। मैंने उन्हें पत्र में लिखा कि मैं यहाँ कंपनी

में काम करना नहीं चाहता। मुझे भी जीवन में आगे जाने की चाह है। कुछ कर दिखाने की इच्छा है। उन्होंने तुरंत मुझे लिख भेजा कि यदि जीवन में तुम वाकई कुछ करना चाहते हो तो तुरंत 12वीं में दाखिला ले लो और अच्छे नंबरों से पास होने की जरूरत है, तभी कुछ कर सकोगे।

उनकी सलाह के अनुसार मैं मारवड आया और बारहवीं में दाखिला ले लिया। माँ -पिताजी इस निर्णय के विरोध में थे। मैंने मन लगाकर पढ़ाई आरंभ कर दी। परंतु इस सबके दौरान मेरे मन में हीनमान्यता की भावना दृढ़तम होती गई। अपनी योग्यता बहुत कम है, बस यही भावना दिन-रात मन को कुरेदती रही। अंत में यह भावना जीत गई। बारहवीं पास होते ही मैं जबलपुर की ऑडिनेंस फैक्टरी में निकल गया। वहाँ जाने पर मेरे दृष्टिकोण में बदलाव आया। वहाँ से लौटने पर मैंने उपाधि के प्रथम वर्ष में दाखिला ले लिया। इस पढ़ाई के साथ-साथ मैं फिर अपनी राह से भटक गया। मुझे दोस्तों के साथ मटरगश्ती करने में, गप्पें हाँकने में आनंद आने लगा। सारा समय व्यर्थ बरबाद होने लगा। मेरा प्रिय दोस्त तुषार गरूड़ भी उन दिनों 'इस कार्य' में मेरा साथ देता रहा। रात बारह बजे तक बाजार के कट्टे पर हम मटरगश्ती करते। गप्पें हाँकते। लोगों को भला-बुरा कहते। व्यर्थ के विषयों पर घंटों निरर्थक चर्चा करते। मार-पीट भी करते हम। बस यूँ ही जीवन गर्त में जा रहा था। न हम किसी अच्छे कार्य के बारे में सोचते थे और न ही कुछ करते थे।

अब पिताजी को विश्वास हो गया कि मैं पूरी तरह बिगड़ गया हूँ। उन्होंने मेरे पीछे रट लगाई कि औरों की तरह किसी कंपनी में लग जाओ। घर में रहकर सड़ जाओगे तुम। परेशान होकर आखिरकार मैंने दोस्तों के साथ वापी में काम के लिए निकल जाना तय किया। उपाधि के दूसरे वर्ष की पढ़ाई अधूरी छोड़कर निकल जाने का निर्णय था मेरा। इसी दरमियान श्री संदीप सालुंखे MPSC उत्तीर्ण होकर DYCEO के पद को प्राप्त कर चुके थे। 1 मई को उनका विवाह था।

इस विवाह के तुरंत बाद में नौकरी की तलाश में वापी निकल गया। एक महीने तक मैं मारा-मारा फिरा, पर हाथ सिर्फ निराशा ही आई। तभी मन में विचार आया कि संदीप सालुंखे जैसा क्या मैं कुछ ऐसा कर सकता हूँ? तुरंत उन्हें फोन लगाया और कहा, काम का न होने की वजह से मारा-मारा फिर रहा हूँ···आपकी तरह कुछ कर दिखाने की तीव्र इच्छा है···। वे बोले, "मैंने यहाँ MPSC के क्लासेस शुरू कर दिए हैं। यदि चाहो तो निकल आओ।"

मेरे मन में खलबली मच गई। क्या करूँ? क्या न करूँ? अब यदि घर लौटता हूँ तब···! मैंने सारी समस्या अपने वापी के दोस्त बबलू से कही। उसने सलाह दी की यहाँ रुकने से कोई फायदा नहीं। छह महीनों बाद कंपनी वैसे भी निकाल ही देती है। यह

सुनकर मैंने घर लौटने का निर्णय कर लिया।

घर लौटा। पिताजी की गालियाँ सुनता रहा। उन्हें बहुतेरा समझाया पर वे मानने को तैयार नहीं। मैं संदीप दादा से मिलने गया। वे UPSC में उत्तीर्ण हो गए थे।

उस दिन शनिवार था। तारीख याद नहीं। शाम के पाँच बजे होंगे। जब मैं पहुँचा, उनका क्लास शुरू हो गया था। मैं नीचे पहले नाना और ताई से मिला। उनसे पता चला कि क्लास शुरू हुए आठ दिन हो गए हैं। मैं क्लास रूम की ओर गया। 15-20 विद्यार्थी बैठे थे। दादा पढ़ा रहे थे। उन्होंने मुझे बैठने को कहा। वहाँ बैठते ही पता चला कि मराठी की जाँच परीक्षा हो रही है। मैं पहली बार वहाँ गया था, सो मुझे लगा कि मुझे परीक्षा देनी न होगी। परंतु मुझे भी परचा लिखने को कहा गया। यह टेस्ट 20 नंबरों का था। जब टेस्ट खत्म हो गया, दादा ने आपस में एक-दूसरे की कॉपियाँ जाँचने के लिए कहा। परंतु मेरा परचा खुद उन्होंने जाँचा। इस परीक्षा में किसी को 14 नंबर तो किसी को 18 नंबर भी मिले। मुझे सिर्फ दो ही नंबर मिले और साथ ही दादा ने Very Good भी लिखा था। इसके तुरंत बाद मराठी व्याकरण वे पढ़ाने लगे। सिर्फ 2 नंबरों की वजह से मैं परेशान था, सो क्या पढ़ाया जा रहा है, इस ओर मेरा जरा भी ध्यान न था। जैसे ही क्लास छूटा, मैं तुरंत वहाँ से निकल गया। घर न गया।

मैं बस स्टैंड की ओर जा रहा था। आधे रास्ते में उसी क्लास की कुछ लड़कियाँ साइकिल पर सवार वहाँ से गुजरीं। वे आपस में हँसी ठट्डा कर रही होंगी, पर मुझे लगा कि वे मुझपर हँस रही हैं। मेरा तो दिमाग ही घूम गया था उन 'दो' नंबरों की वजह से। मुझे कुछ भी सूझ न रहा था। तब मैं अपने दोस्त तुषार गरूड़ के पास पहुँचा और उसे सारा किस्सा कह सुनाया। और यह भी कहा कि अब मैं दोबारा कंपनी में काम खोजने वाला हूँ। तुषार मुझे बहुत कुछ समझाता रहा। उसने कहा कि "बगैर किसी पूर्व तैयारी के तुमने परीक्षा दी। दो नंबर भले ही मिले होंगे, परंतु संदीप दादा ने तुम्हें Very Good से नवाजा है न! तुम अपने विचार पर दृढ़ रहो। कल से मैं भी तुम्हारे साथ वहाँ पढ़ने आऊँगा।" मुझे धीरज बँधाया उसने। दूसरे दिन से हम वहाँ साथ जाने लगे।

मराठी के कवि संजय आवटे की एक कविता 'बराक ओबामा, बदलती दुनिया का पासवर्ड' की कुछ पंक्तियों का स्मरण हुआ—

'फ्रेश सपनों को देखना होगा, यह भी सत्य;
परंतु किस मॉल में देखें, इसका पता नहीं।
अपने आपको बदलो, यह भी एक सत्य;
परंतु बदलना कैसे है, इसका पता नहीं।

और तब अचानक मेरे मन में भी कुछ उमड़-घुमड़ गया—

'एक संदीप सालुंखे मिलते हैं
दिस इज युवर टाइम, स्पष्टता से कहते हैं।
'दुनिया बदल गई', हँसकर कहते हैं
और तुरंत उसका सबूत पेश करते हैं।
गीत की पहली पंक्ति गुनगुनाते हैं
और सारा 'गीत' याद आने लगता है
अरे, यह तो मेरा अपना गीत है…,
इन्हें कैसे पता, लगने लगता है…'

संदीप दादा के पढ़ाने का तरीका ही अलग है। विषय की पढ़ाई समाप्त होते ही वे प्रेरणादायी शब्दों में बहुत कुछ समझाते। उन प्रभावशाली शब्दों की वजह से दिमाग धीरे-धीरे अपनी पटरी पर आने लगी। आत्मविश्वास बढ़ता गया। प्रतियोगिता परीक्षा के तमाम विषय धीरे-धीरे समझ में आने लगे।

अब हमारी क्लास में तुषार, मृणाल तथा शीतल पढ़ने लगे। मैं अपने तीन दोस्तों के साथ गाँव के बाहर बने हनुमानजी के मंदिर में खूब मन लगाकर पढ़ने लगा। प्रत्येक विषय की पूरी तैयारी के साथ टेस्ट परीक्षा देने लगा मैं। धीरे-धीरे मेरे नंबर बढ़ते गए। मन में उत्साह बढ़ने लगा। जीवन में मैं अवश्य कुछ बन सकूँगा, यह आत्मविश्वास भी बढ़ने लगा। मुझे अपने आप पर आश्चर्य होने लगा कि रात के बारह तक घर से बाहर घूमनेवाला, दोस्तों के साथ मटरगश्ती करनेवाला, समय बरबाद करनेवाला मैं, अब मन लगाकर पढ़ने भी लगा! इससे पहले भी मैं परीक्षा के फॉर्मस भरता था, पर पढ़ाई राम भरोसे! क्या पढ़ना है…कैसे पढ़ना है…कुछ पता न था।

अब मेरी पढ़ाई सही दिशा में चल रही थी। परीक्षा के पहले क्या पढ़कर परचा लिखना है, यह भी समझ में आ गया था। 'वायरलेस विभाग पुणे' की लिखित परीक्षा में मैं और तुषार गरूड़ उत्तीर्ण हो गए। 'साक्षात्कार' लिया और उसकी विडियो फिल्म हमें दिखाई। हमारी खामियों को समझाया। उस परीक्षा में हमें कम नंबर मिले, अतः हम दोनों चुने न गए। परंतु मौखिक परीक्षा के गुर को हमने सीख लिया।

हमारी छोटी-छोटी गलतियों की वजह से बार-बार सफलता हमारे हाथ से छिटकती रही। परंतु अपने लक्ष्य की ओर हम दोनों आगे बढ़ते रहे। बहुत सारी परीक्षाएँ दीं। बहुत संघर्ष किया। जी-जान से मेहनत की पर कहीं सफलता मिलती, कहीं नहीं। परिवारजनों का अविश्वास बढ़ता रहा। हमारे प्रयत्नों को वे मात्र 'नाटक' समझने लगे। गाँव के लोग 'MPSC वाला साहब' कहकर चिढ़ाने लगे। असफलता मेरा साथ छोड़ने को तैयार नहीं।

परंतु इसी संघर्ष ने मुझमें मानसिक बदलाव भी किया। मैं साहित्य में रुचि लेने लगा। कहानियाँ, उपन्यास, लेख आदि चाव से पढ़ने लगा। पहले स्टेज पर मेरी घिग्घी

बँध जाती, पर अब मैं वाद-विवाद प्रतियोगिताओं में, नाटक में, वार्षिक स्नेह सम्मेलन में हिस्सा लेने लगा। इनाम जीतने लगा।

इसी दौरान जलगाँव जिला परिषद् में 'वरिष्ठ सहायक अधिकारी' के पद के लिए इश्तिहार आया। सिर्फ एक ही पद था। करीब 280 अर्जियाँ आई थीं। मैंने भी आवेदन किया था। खूब मन लगाकर पढ़ाई की और उस पद के लिए चुन लिया गया। इसी एक घटना ने मुझे खूब बदल डाला। मन में अभूतपूर्व आत्मविश्वास जगाया। कुछ दिनों पश्चात् 15 हजार पुलिस कर्मचारियों के भरती की प्रक्रिया आरंभ हो गई। इस परीक्षा में उत्तीर्ण हो गया। अंत में जिला परिषद् के पद से इस्तीफा देकर मैं शान से पुलिस की नौकरी में आ गया। अब मैं आर्थिक तौर पर स्वतंत्र हो गया।

मैं जानता हूँ कि दुनिया के महान् विस्तारित क्षेत्रों की तुलना में मेरी सफलता किसी छोटे से तिनके से भी कम है, परंतु फिर भी मेरे लिए यह सफलता बहुमूल्य है। मेरा अपना अस्तित्व शून्यवत प्रतीत हो रहा था मुझे। कैसे जिंदा रह पाया मैं, पता नहीं! वह भी कोई जीना था भला? कितने घने अँधेरे से होकर गुजरा मैं! और उस घोर अँधियारे की भयानकता ने मेरी इस छोटी सी सफलता के मूल्य को कई गुना बढ़ा दिया।

हम जिस राह पर चल रहे थे, वह हमें किस गर्त में ले जा रही थी, इसकी कल्पना मात्र से मेरे रोंगटे खड़े हो जाते हैं आज। परिवारजनों से लेकर गाँववालों तक सभी जगह मात्र हीनमन्यता की भावना का बोलबाला। छोटे-मोटे सपनों के देखने पर भी पाबंदी। परिस्थिति ने हमारी मानसिकता को ऐसा मोड़ दिया कि हमारी नजरों में हमारी कीमत भी 'शून्य' थी। प्राथमिक शिक्षा ने न हमें कुछ दिया...और न ही हमने उससे कुछ माँगा। अपने आप हमारी झोली में कुछ आया भी नहीं...और खाली झोली लिये हम निराश हो दर-दर भटकते रहे। ऐसी हालत में संदीप दादा से मुलाकात हो गई। उसने हमारी हिम्मत बढ़ाते हुए कहा था—

'जो होना था...हो गया
भूमि का कर्ज, भूमि को मिला,
भूमि ने ही दिया, सृजन का वरदान
अंकुर बन उगो, तुम जवान...'

इन्हीं शब्दों के पाथेय के बल पर जीवन की राह पर आगे बढ़ रहा हूँ मैं...और अब तक सफलता के प्रयत्न कर रहा हूँ मैं...

इस तरह से अनेक छोटे-बड़े दीये प्रज्वलित हो गए...सच तो यह कि मैं अपना दीया लिये अपने घर के ओसारे में बैठ गया था। किसी के घर दीये लेकर मैं गया नहीं। ये लड़के-लड़कियाँ खुद अपने दीया लेकर मेरे पास आए और उन्हें रोशन कर ले गए। उन के घर

प्रकाश से भर गए···मैं आज भी इस बात से चकित हूँ कि सिर्फ दीये को लेकर बैठने से इतना उजियारा बाँटा जा सकता है···मेरा श्रेय तो सिर्फ इतना ही है कि मैं उस दीये को घर में न रखकर, सभी के उपयोग के लिए अपने ओसारे में ले बैठा···यदि सभी (समझदार, ज्ञानी) अपने दीये की लौ को सब के लिए खुला कर दें तब···

जिन सभी ने इस लौ से प्रकाश लिया, अपने जीवन की बाती को प्रज्वलित किया वे सूरज के समान तेजस्वी कदापि न थे···दीपक पाटील, राहुल काटवाणी, नितिन पाटील, किशोर पाटील आदि युवक PSI बने; तुषार गरूड़, सुनील सालुंखे, दिनेश मारवड़कर, तुषार सालुंखे, मधुकर पाटील, नरेंद्र पाटील पुलिस कांस्टेबल बने; दिनेश महाजन महामार्ग पुलिस में भरती हो गया। ज्योति सोनावणे अधीक्षक के पद पर चुनी गई। सुधाकर धोबी, जिसे एक जून की रोटी भी नसीब न थी, आज ग्राम सेवक हो गया। शीतल भांवरे स्टेट बैंक में कार्यरत है। सत्यानंद सिसोदे और धीरज सालुंखे डाकखाने में चुन लिये गए। राकेश चौधरी शिक्षा विभाग में सेवक है और सुनील पाटील भारतीय बीमा निगम में विकास अधिकारी के पद पर कार्यरत है।

मेरा निजी खयाल है कि प्रत्येक सफलता सापेक्ष होती है। उपरोक्त तमाम युवक-युवतियाँ जिस परिस्थिति के शिकार थे वह परिस्थिति भीषण थी। किसी अँधियारे कोने में वे सारे अपने सपनों से जूझ रहे थे। उस लड़ाई ने उन्हें इस कदर क्षत किया था कि वे बेहोश-से पड़े थे। उनका सपनों पर से विश्वास मिट गया था। निकृष्ट दरजे की प्राथमिक शिक्षा ने उनके पैर ही उखाड़ दिए थे। क्षतिग्रस्त पैरों सहित, अपनी समाज व्यवस्था, शिक्षा व्यवस्था उन्हें दौड़ में हिस्सा लेने का आह्वान कर रही थी।

अच्छी परिस्थिति तथा बढ़िया माहौल में पले-बढ़े छात्रों से ये युवक 20-22 साल पिछड़ गए थे। उन्हें मार्ग दिखाने वाला कोई न था। और आगे चलकर राह भी धूमिल थी। यूँ संकटों, अभावों के दलदल से वे अपना रथ आगे निकाल पाए। कीचड़ में धँसे पहिए को निकाल पाए। और इसीलिए वे निश्चित रूप से प्रशंसा के पात्र हैं। वरना वे भी दुनिया के महान् मेले में आप-मुझ जैसे अदने से प्राणी ही हैं। अब मुझे पृथक तौर पर सुनील, दीपक, तुषार आदि नाम महसूस नहीं होते। अब मुझे दिखाई देती है उनकी सिर्फ विजिगिषु वृत्ति, उनके मानसिक पुनर्जन्म की क्षमता। मनुष्य की इस महान् क्षमता के विचार मात्र से मन भर आता है। आँखें भर आती हैं, क्योंकि इसमें निहित है उनकी निरंतर कोशिशें, छटपटाहट, व्याकुलता। आँखों में भरे पानी में झलकते हैं माँ-पिताजी, रानी भी। पिताजी ने अवकाश-प्राप्ति के चार वर्ष पहले कड़ी धूप में खटकर एक छोटा सा घरौंदा बनाया। उसे 'संत कृपा' नाम दिया। इसी घर में ये असहाय युवक पढ़ने आने लगे। 'संत कृपा' में श्री गजानन ने उनके माथे पर अपने आशीर्वाद का हाथ रखा। शाम साढ़े पाँच बजे से रात आठ बजे तक प्रतिदिन मैं उन्हें

पढ़ाता। समझाता। उनके साथ समय बिताता। विवाह को पूरा एक महीना भी न हुआ था, रानी के हाथों की मेंहदी भी महक रही थी…मौज-मस्ती के उन दिनों में भी रानी ने खूब साथ दिया। कभी समय के अभाव की शिकायत न की। न वह नाराज रही और न ही उसने विश्वास के रिश्ते में दरार पड़ने दी…

उपरोक्त कथन के बाद अपने विद्यार्थियों के लिए मुझे प्रो. जयकुमार 'जलज' की कविता की कुछ पंक्तियों का स्मरण हो रहा है—

'प्यार लो विद्यार्थियों'

प्यार लो विद्यार्थियों मेरे
तुम्हें शायद नहीं ज्ञात
कितनी शक्तियाँ लेकर
तुम्हारा प्यार
मेरे पास आता है
कहीं तुम विनीत मुद्रा में
खड़े सम्मान को मेरे
कहीं तुम जागते हो
दीये की मंद लौ में
पढ़ रहे हो, लिख रहे हो
मेरे नित नए आदेश पालन के
सहज उत्साह में डूबे हुए हो
कभी चिंतित हो
कभी ऊबे हुए हो
कार्य की संपन्नता से संतुष्ट
गहरी नींद में सोए हुए हो
मुझे देखते ही पथ में
तुम्हारे पाँव की गतियाँ बदल जातीं
तुम्हारी विनीत आँखों से
लजीली शिष्टता मानो बिखर जाती
'मैं नहीं हूँ एक'
सहसा कंठ से मेरे निकल जाता
मैं नए उत्साह से

जैसे सँवर जाता
प्यार लो विद्यार्थियों मेरे
तुम्हारी शक्ति मुझ में बोलती है
थके मन-मस्तिष्क में
अमृत-सा घोलती है
मैं बहुत मजबूत रखूँगा
स्वयं के ज्ञान के कंधे
कि इन पर बैठकर
तुम देख पाओ दूर तक
आओ—
कि यह जो बहुत सा कीचड़-
यहाँ पर जम गया है
मैं यहाँ पाषाण-सा उभरूँ
पाँव रखकर
तुम सुरक्षित निकल जाओ...निकल जाओ...

□

मसूरी में प्रशिक्षण के दौरान विविध गुण दर्शन कार्यक्रम में मैंने कीर्तन किया था।

मसूरी में प्रशिक्षण के दौरान तत्कालीन राष्ट्रपतिजी डॉ. ए.पी.जे. अब्दुल कलाम का भाषण।

प्रशिक्षण के दौरान पांडिचेरी के अरविंद आश्रम में बिताई संध्या।

प्रशिक्षण के दौरान एक औद्योगिक भेंट।

प्रशिक्षण के दौरान कन्याकुमारी स्थित विवेकानंद शिला स्मारक के दर्शन प्रेरणा का अखंड निर्झर।

प्रशिक्षण से लौटने के बाद प्रसन्नता से सरोबार मेरा परिवार।

बुझते-बुझते जगमगा उठा एक दीया दीपक पाटील।

गाँवों, कस्बों, शहरों में बसे उपेक्षित, परंतु होनहार युवकों-युवतियों को व्याख्यानों, शिविरों के माध्यम से, मानसिक अंधकार से बाहर निकालने का मेरा (सफल) प्रयास

जहाँ चाह है

मुझे साहित्य में बड़ी रुचि है। बड़े चाव से पढ़ता हूँ मैं। Alchemist मेरी बड़ी प्रिय पुस्तक है। उसमें रहा सँटिएगो, उसकी भेड़ें, उसका लंबा प्रवास…अपने सपनों से पूरी ईमानदारी बरतते हुए संघर्ष, और फिर भी आनंददायी खजाने की खोज…अपनी प्रिय फातिमा से, दिल की गहराई से किए गए संवाद…सारा कुछ मन को छू लेने वाला है। इस पुस्तक में एक वाक्य बार-बार आया है, 'when you want something, all the universe conspires in helping you to achieve it.' कितना सादा सरल वाक्य! शब्दों का काठिन्य नहीं, भाषा अलंकारित नही…'जब आप किसी बात को तहेदिल से चाहते हैं, प्रकृति में उपस्थित तमाम शक्तियाँ तुम्हें, उसे प्राप्त करने के लिए मदद करती हैं।' इस में रहा सँटिएगो अनेक समस्याओं से जूझता है। हर बार शुरू में उसे दुःख होता है। वहं अपने नसीब को कोसता भी है। परंतु बाद में वह अनुभव करता है कि वह समस्या ही उसके लिए शुभ Omen बनकर आई थी। एक कदम आगे बढ़ने के लिए नियति द्वारा दिया गया वह एक धक्का होता था।

सच तो यह कि धक्का खाने पर बहुत बुरा लगता है पर एक कदम आगे भी पड़ता है। जीवन में इस प्रकार के कई अनुभव जब आते हैं तब धीरे-धीरे ध्यान में आता है कि जो कुछ भी होता है, अच्छे के लिए ही होता है। याद रहे कि यह कदापि जरूरी नहीं कि हर बार यह बात सत्य साबित हो। परंतु तकलीफ की घड़ी में, निराशा के पल में यह विचार सहायक अवश्य सिद्ध होता है।

कई बार ऐसा होता है कि हम छोटी-छोटी समस्याओं से, तकलीफों से निराश हो जाते हैं। हमारा धैर्य भी कम हो जाता है। बार-बार मन में विचार उठता है कि, 'मेरे ही बारे में ऐसा क्यों? मैंने कभी किसी का कुछ बुरा किया नहीं, तब यह सजा मुझे ही क्यों? क्या भगवान् को सिर्फ मैं ही दिखाई देता हूँ… ?' इन विचारों के चलते हम और अधिक संत्रस्त हो जाते हैं। सारा कुछ खत्म हो गया है, सारे सपने चूर-चूर हो गए हैं, वाली

भावनाएँ प्रबल हो जाती हैं। आँसू छलक जाते हैं···राह खो जाती है, सपने धूमिल प्रतीत होते हैं। सारी चेतना लोप हो जाती है, और हम मात्र बेजान पुतला बनकर रह जाते हैं। यानी अपने निजी 'आरामदेह परिसर' के त्यागते समय अतीव वेदनाएँ होती हैं···कलेजा मुँह को आ जाता है।

निराशा के इस कालखंड में हमारी समूची चेतना इस कदर कुंठित हो जाती है कि उस दुःख एवं दुखद प्रसंग के परे हम कुछ देख ही नहीं पाते। सिर्फ यही दुःख रहता है कि मेरा 'कोश' उद्ध्वस्त हो रहा है। इस बदलाव में यह अच्छा विचार मन को छू भी नहीं पाता कि 'कवच' टूटने पर 'इल्ली' की अवस्था समाप्त होकर मैं मुक्त तितली बन हवा के संग आकाश में विचरण करूँगा! इतना विचार करने की फुरसत कहाँ?···सिर्फ कोश के टूटने का दर्द ही सीने से लगाए बैठना हमारा धर्म हो जाता है। भाग्य अथवा विधाता के मन में, हमारे लिए किसी महान् कार्य के नियोजन की बात को हम सोच भी नहीं पाते।

मेरे अपने अनुभव यही बताते हैं कि कई बार किन्हीं बुरे प्रसंगों के दौरान खूब बुरा लगा है मुझे, परंतु उनसे मुझे बहुत कुछ मिला भी है। मेरे अंतर्मन में सँजोए सपनों को साकार करने हेतु प्रकृति ने अनेक हाथों को भेजा था मेरे पास।

जब हम शिरूड़ में रहते थे, तब बहुत छोटा था मैं। शिरूड़ एक छोटा सा गाँव है। वहाँ हमारा परिवार खुशहाली में था। पूरा गाँव एक परिवार लगता था। वहाँ मैं आठवीं कक्षा तक था।

पिताजी का तबादला 'पिलौदा' हो गया। शिरूड़ हम चारों के जीवन में प्रत्येक दृष्टिकोण से रच-बस गया था। हम चारों किसी अनामिक तनाव से घिर गए। पहली

'अल्केमिस्ट' का सैंटिएगो, पिरामिड्स की खोज हेतु उसका रेगिस्तान का प्रवास। सखि फातिमा के साथ किया संवाद··सारा कुछ मात्र मंत्रमुग्ध करने वाला।

समस्या उभरकर आई घर की। पिलौदा में रहने के लिए किराए का घर मिलना मुश्किल हो गया। तब पास ही कुछ बड़े गाँव अमलनेर में आठ फीट चौड़े और दस फीट लंबे कमरे का बड़ी मुश्किल से इंतजाम हो पाया। अब समस्याओं का चक्र शुरू हो गया। रहने को छोटा सा कमरा...चार लोगों के सिर छिपाने की जगह मात्र...तबादले की परेशानी...पिताजी का काम पर बस से आना-जाना...मेरे स्कूल के दाखिले के समय आईं समस्याएँ...पिताजी का मेरी ओर से ध्यान हटना, समय के अभाव में...आदि-आदि।

शिरूड़ की याद बहुत सताती...निरंतर उस माहौल का स्मरण...मुश्किलों से मिला स्कूल में दाखिला...सहपाठियों द्वारा उड़ाया गया मजाक...मेरा कम होता मनोधैर्य...नवीं कक्षा में मेरा पढ़ाई से ध्यान हटना...पूरी तरह मेरा बिगड़ जाना...और फिर मेरा बीमार पड़ना...ढेर सारी विपदाएँ...

आज जब मैं अपने अतीत में झाँकता हूँ, तब क्या देखता हूँ कि...नियति का, वैश्विक शक्ति का नियोजन मुझे स्पष्ट रूप में दिखाई दे रहा है।

यदि पिताजी का तबादला न हुआ होता, तब हम उसी गाँव में रह गए होते! यदि पिलौदा में घर मिल जाता, तब अमलनेर आए न होते हम। उन्हीं गाँव-खेड़ों के स्कूलों में प्रथम स्थान पाकर, अपने आपको बुद्धिमान समझकर खूब संतोष भरा जीवन जी लेते हम। यूँ भी वहाँ कक्षा में प्रथम आने के लिए मैं कोई खास मेहनत भी नहीं करता था। उस माहौल में इससे अधिक की न चाह थी, और न ही कोई आस। यदि मैं वहीं रह गया होता, तो आज क्या होता...कहाँ होता! इस कल्पना मात्र से बेचैन हो जाता हूँ मैं।

अमलनेर आया मैं। एक छोटे परिधि से बड़े परिधि में। माहौल का फर्क। शुरू-शुरू डर गया था मैं। अन्य छात्रों द्वारा मजाक उड़ाया जाता मेरा। कैसे निभेगा, इस डर से आशंकित मन। परंतु इसी की वजह से मेरी पढ़ाई ने गति प्राप्त की। मन पर जमी निराशा की धूल को झटक डाला। अपने छोटे से 'कवच' से बाहर निकल आया मैं। बंद किवाड़ को जरा सा खोला...उसी छोटी सी दरार से अंदर झाँका ज्ञान की किरण ने। विशालता की एक झलक के दर्शन हो गए मुझे।

नवीं में मेरा बिगड़ना, भविष्य की दृष्टि से लाभदायक ही सिद्ध हुआ। नवीं की छमाही परीक्षा से वंचित रहा...परंतु दसवीं से पहले मैं पूरी तरह धुलकर साफ-सुथरा हो गया था। शरीर से भी और मन से भी। क्या यह कोई ईश्वरीय संकेत था? आठवीं कक्षा में तबादला...आठवीं में मन में उपजी हीनमन्यता। उससे उबरना। नवीं कक्षा में बिगड़ अंतर्मन में दबी भावनाओं का धुल जाना, और इस सब पर मात करते हुए दसवीं के लिए पूरी तरह तन, मन, बुद्धि से तैयार हो जाना।

यदि इसके विपरीत बात होती तब? यानी यदि पिताजी का तबादला, मैं नवीं कक्षा में था, तब होता...मैं दसवीं में बिगड़ गया होता...दसवीं में असफल होकर हीनमन्यता

की गर्त में डूब जाता तब ? परंतु 'उस' की असीम कृपा की वजह से ऐसा कुछ न हुआ।

आठवीं कक्षा में टक्कर देने की हिम्मत जुटाना···नवीं कक्षा में भटक जाने पर भी अपनी राह लौट आना···दसवीं की परीक्षा में समूचे बोर्ड में प्रथम स्थान पाना—सबकुछ कल्पना से परे। तर्क से परे। अद्‌भुत ही। यानी विधाता ने जो, जैसा तय किया था, ठीक उसी क्रमानुसार वही घटित हुआ। दसवीं की बेजोड़ सफलता का तनाव अवश्य था मन पर। परंतु सारा जीवन हीनमन्यता की गर्त में बिताने से यह तनाव कहीं अधिक सहनीय था।

ऐसा ही एक और स्मरण। उन दिनों सहायक आयकर आयुक्त के पद पर नासिक में कार्यरत था मैं। किन्हीं कारणवश बीमार पड़ गया। महीने, ड़ेढ महीने की छुट्टी ले ली। मुझे कुछ लिखते रहने का शौक है और आदत भी। अब छुट्टी में सोचने-विचारने के लिए अच्छा समय हाथ में था। पुरानी यादों को शब्दबद्ध करता गया मैं। सहज भाव का लेखन। कोई खास उद्‌देश्य भी नहीं। सिर्फ सोच यही कि अपने मन में बसी यादों, अनुभवों की किसी हद तक अभिव्यक्ति। और यदि उसके द्वारा हो सका तो तरुणाई को अल्प सा मार्गदर्शन! अल्प सी प्रेरणा!

लिखने के पश्चात् जब सभी कागजों को एकत्रित किया, तब ध्यान में आया कि इसकी छोटी सी किताब बनाई जा सकती है। माँ-पिताजी और रानी ने भी बड़ा प्रोत्साहन दिया जिसके फलस्वरूप 'धडपडणाऱ्या तरुणाईसाठी' यानी 'प्रयासी तरुणाई के लिए' नामक पुस्तक प्रकाशित हो गई। इस 'अक्षर यात्रा' ने मेरे लिए अनेक सुहृद जोड़े। अनेक के मन में प्रेरणा को ज्योति जगाई। भटके हुए अनेक युवाओं को सही राह दिखाई। बहुत जनों को 'स्व' रूप जान लेने के लिए प्रोत्साहित किया। कितनों ने ही इसे पढ़कर अपना Auto-diagnosis भी किया। आठ युवक-युवतियाँ 'मानसिक त्रासदी' से मुक्त हो गईं।

आज भी पाठकों के प्रतिदिन कम-से-कम 2-3 फोन आते हैं। 2-3 SMS आते हैं। महीने में कम-से-कम 3-4 पत्र भी आते हैं। किसी एक गाँव में तो युवाओं ने स्वयं प्रेरणा से 'प्रयासी तरुणाई' के नाम से एक दल की स्थापना की है। मेरी बीमारी के दौरान लिखे गए मेरे शब्दों का यह फलित है। लिखने से पहले अथवा लिखने के दौरान मैंने यह कभी न सोचा था कि मेरे हाथों एक सकारात्मक अच्छा कार्य हो रहा है।

कितनी अजीब बात है कि बीमारी की अवस्था तो नवनिर्माण के विरुद्ध प्रतीत होने वाला प्राकृतिक रूप है···परंतु उसने भी सृजनता को जन्म दिया!···जब लौटकर पीछे देखता हूँ, तब लगता है कि क्या वह भी नियति का एक आयोजन था ? यानी यदि मैं बीमार न पड़ता। तब तरुणाई के प्रति मुझसे यह सारस्वत सेवा कभी भी न होती। प्रकृति में समाई वैश्विक शक्ति पग-पग पर हमें मार्ग दिखाती रहती है···हमें सिर्फ उसे समझना और बूझना होगा। समस्त नैसर्गिक शक्तियाँ हमें हमारे सपनों को सत्य में उतारने के लिए मदद अवश्य करती हैं···उसके लिए हमें हमारी योग्यता को बढ़ाना होगा, उसकी दी हुई

पुकार को प्रतिउत्तर देना होगा···प्रकृति में उपस्थित सकारात्मक कंपन हमेशा हमारे चहुँओर होते हैं। अपितु हम उन कंपनों से घिरे भी रहते हैं, सिर्फ हमें अपनी एंटेना की Frequency उसके अनुसार उचित तरीके से Tune करनी होगी।

आजतक के मेरे जीवन के इस छोटे से प्रवास के अवलोकन से मुझे पता चला है कि, अतीत के जिन प्रसंगों के प्रति, घटना के प्रति मुझे दुःख हुआ है, मुझे तकलीफ उठानी पड़ी है, समय के बीतते—वे मेरे लिए, भलाई ही लेकर आए थे। परंतु मैं ही अधीर था। मेरे पास प्रकृति के व्यापक नियोजन को समझ लेने की उदार, सहिष्णु दृष्टि का ही अभाव था। उस समय मैं ईश्वर को, भाग्य को और उस परिस्थिति को दोषी ठहराता था। और प्रत्येक समय मुझे बड़ी देर बाद प्रकृति का सच्चा प्रयोजन समझ में आता था।···

एक दिन पुणे के श्री एस.जी. चौबेजी (जो चार्टर्ड एकाउंटेंट हैं) का SMS आया कि उन्हें पुस्तक बहुत अच्छी लगी। इसके अंग्रेजी अनुवाद के लिए उन्होंने औरंगाबाद वासी प्रो.हमीदजी का नाम सुझाया। उन्होंने डॉ. शिल्पाजी देशपांडे की मदद से इस पुस्तक का अंग्रेजी अनुवाद पूरा कर लिया और मेरे पास भेज भी दिया। मैं इन सभी का कृतज्ञ हूँ, जिन्होंने अपनी निरंतर व्यस्तता के बावजूद कुछ समय मेरे लिए निकाला···पुस्तक का अनुवाद पूरे मनोयोग से किया···अपने हाथों से लिखने की तकलीफ उठाई···।'उसने' ही इन्हें मेरे पास भेजा, क्योंकि बदले में उन्होंने मुझसे किसी लाभ की अपेक्षा भी न रखी।

मेरी मराठी किताब के चौथे संस्करण के प्रति पाठकों की प्रतिक्रियाएँ जानने हेतु मैं इंटरनेट पर सर्फिंग कर रहा था।'इस पुस्तक का अन्य भाषाओं में अनुवाद होना चाहिए'—ऐसी प्रतिक्रियाएँ मैंने पढ़ीं। इस पुस्तक का अंग्रेजी भाषा में अनुवाद हो चुका था सो अब हिंदी भाषा में अनुवाद के लिए मैंने सर्च किया और पाया कि मराठी से हिंदी में अनुवाद करनेवाली श्रीमती मीरा नांदगाँवकरजी का नाम। फोन ढूँढ़ निकाला और प्रत्यक्ष साक्षात्कार हुआ। नतीजा है, यह पुस्तक जो आप पढ़ रहे हैं।

इसी तरह एक दिन मैं डॉ. राजीवजी रानडे की केबिन में था। तब वहाँ श्री मिलिंद संगोरामजी से जान पहचान हो गई। वे एक किताब ले गए। वह उन्हें खूब अच्छी लगी। उन्होंने तुरंत 'राजहंस प्रकाशन' के श्री दिलीप माजगाँवकरजी से मुझे मिलवाया और मेरा वहाँ 'राजहंस' से नाता पक्का कर दिया। 'देवदूत' के देवकिशन सारडाजी ने भी कितने ही चुने हुए लोगों को मेरे पास भेजा··· ऐसे अनगिनत उदाहरण हैं।

हमारे मन का प्रत्येक विचार हमारे शरीर की मांसपेशियों में कंपन निर्माण करता है, जो हमारे साथ निरंतर बना रहता है। उनका सतत अहसास होता रहता है। इसी वजह से हमें किन्हीं लोगों के सान्निध्य में उत्साह की भावना का अनुभव होता है और किन्हीं के पास मात्र शिथिलता। भौतिक शास्त्र (यानी पदार्थ विज्ञान) में Resonance का एक

नियम ऐसा है कि जब दो समान Frequencies एकत्रित हो जाती हैं तब उनमें से बहुत बड़ी आवाज (ध्वनि) निर्माण होती है। बहुत बड़ी ऊर्जा भी निर्माण होती है। मनुष्य के प्रति भी यही नियम है। यदि हमारे मन की इच्छा निर्मल है, स्वच्छ है और तीव्र है, तब उसी Frequency के अन्य लोगों को वह अवश्य आकर्षित करती है। 'हम चलते गए, कारवाँ बनता गया' वाली बात। तब सृजन का उत्सव आरंभ हो जाता है। सृजन में निष्ठा रखने वालों का मेला लगता है। सच कहता हूँ···आप भी किसी सृजन में अपने आपको समर्पित करें···प्रकृति में रही तमाम शक्तियाँ आपकी मदद अवश्य करेंगी।

परम पूज्य श्री गजानन महाराज के 'प्रगट दिन' का ज्ञान मुझे उस दिन के दो-चार दिन पहले अपने आप हो जाता है। यह मेरे लिए वाकई एक सुखद संयोग है : मेरे बचपन से हमारे घर में उनकी आरती गाई जाती रही है। उनके स्थान 'शेगाँव' में उनके 'प्रगट दिन' पर जो प्रसाद बनाया जाता है, वही प्रसाद माँ घर में बनातीं और मैं आस-पास के घरों में बाँट आता। जब मेरी उम्र पंद्रह-सोलह वर्ष की हुई, तब से साल में एक बार सपने में मुझे उनके दर्शन अवश्य होते हैं। दूसरे दिन जब मैं माँ से कहता हूँ, 'प्रगट दिन' बिलकुल नजदीक आया होता है। यह प्रतिवर्ष का अनुभव है।

UPSC की सफलता के पश्चात् मैं नागपुर में सहायक आयकर आयुक्त के पद का प्रशिक्षण ले रहा था। सामान्यतया शनिवार-इतवार को मैं 'हावड़ा एक्सप्रेस' से अमलनेर आया करता। मैं रात में आराम से सोते हुए प्रवास करता। नींद गहरी लग जाती, इसलिए बीच में जाग भी न पाता। एक शुक्रवार को मैं रात में अमलनेर आ रहा था। रात के डेढ़-दो बजे होंगे। मैं अचानक जाग पड़ा और अपने आपको खूब तरोताजा महसूस किया मैंने। ट्रेन रुकी हुई थी। मैं चाय पीने नीचे उतरा तो देखा सामने स्टेशन का नाम लिखा था 'शेगाँव'। घर पहुँचने पर पता चला कि महाराज का 'प्रगट दिन' नजदीक ही है।

अपनी ट्रेनिंग खत्म कर मैं पुणे के मुख्य आयकर विभाग में अपने पद पर काम करने लगा। एक दिन किताबों की दुकान में कुछ किताबें देख रहा था। अचानक एक किताब मेरे सर पर गिर पड़ी। उठाकर देखा तो वह 'गजानन विजय ग्रंथ' था। मैंने कैलेंडर में देखा कि 'प्रगट दिन' तीन दिन बाद है। इसे मैं अंधश्रद्धा नहीं मानता, और कृपया कोई भी उसे ऐसा न माने। मैं सिर्फ इतना कहना चाहता हूँ कि वे वातावरण में कार्यरत रहे कंपन ही हैं, जो मुझे उस शुभ दिन का स्मरण करवा देते हैं। बचपन से महाराज के चरणों में अर्पित हम सभी की पूजा, श्रद्धा, प्रसाद आदि का मन की गहराई में वास है, जो इस तरह से मुझे स्मरण करवा देता है।

आज भी मैं पूरे विश्वास के साथ कह सकता हूँ कि मन की गहराई से ऊपर उठती सच्ची, निर्मल इच्छा आकांक्षा को 'उस' की शक्ति अवश्य साथ देती है।···जहाँ चाह है···

□

यश की काली छाया

जीवन के प्रत्येक पड़ाव पर, मंजिल पर रूढ़ार्थ से मैं बहुत बड़ी सफलता अवश्य हासिल करता रहा। पर मानसिक स्तर पर इसकी बहुत बड़ी कीमत भी मुझे चुकानी पड़ी है, इसमें कोई शक नहीं। निरंतर मिलते गए अच्छे यश से मेरे रोम-रोम में प्रतियोगितात्मक मानसिकता गहरी भिनती गई। सफलता जब तक सिर्फ सफलता ही बनी रहे, सारा कुछ ठीक होता है। परंतु जब से उस सफलता को क्रमांकन की सीढ़ी लगाकर अनुक्रमित किया जाने लगा, तब से समस्याएँ उपजने लगीं।

मेरे मन में आज बार-बार यह प्रश्न उठता है कि बोर्ड की परीक्षा में जो छात्र सर्वप्रथम आता है, और जो पाँचवें-छठे स्थान पर छात्र आते हैं, उनकी योग्यता में क्या वाकई कोई फर्क होता भी है? मेरे विचार से कदापि नहीं। फिर भी प्रथम आए छात्र की ओर सबका ध्यान जाता है और अन्य छात्रों की ओर नहीं। यह कैसी मानसिकता है? तब जिन छात्रों ने साधारण से नंबर पाकर सफलता प्राप्त की है, क्या उनकी सफलता का कोई मूल्य ही नहीं? कोई प्रशंसा ही नहीं? अंग्रेजी में कहते हैं, Nothing like Success जब साधारण सफलता का कोई मूल्य नहीं, तब असफल छात्रों को ठौर कहाँ?

मैंने अपने प्रथम आने का जी भर के आनंद लिया है। फिर भी मेरा मन कहता है कि छात्रों को यूँ क्रमांकन की बेड़ियों में जकड़ना ठीक नहीं। मेरे इस विचार से बहुत सारे लोग सहमत न होंगे, अरसे मैं अच्छी तरह से जानता हूँ। शायद आप सभी यही समझेंगे और कहेंगे भी कि 'खुद ने तो पहले नंबर पर रहने के सारे मजे लूट लिये, खूब आनंद मनाया और अब चले हैं दूसरों को अकल सिखाने!' अपनी ओर से आप भी सही हैं पर मैं फिर भी इस कथन का सही विश्लेषण आपके सम्मुख अवश्य रखना चाहूँगा।

जीवन में एक समय ऐसा भी आता है कि मनुष्य अपने व्यक्तिगत हित-अहित के ऐनक को उतारकर किसी और की नजर से, व्यापक दृष्टि से, समाज पुरुष की ओर तथा शिक्षा की व्यवस्था की ओर देखने की कोशिश करता है। वह तब निस्स्वार्थ भावना से

कुछ विशद करता होता है।

मैं भी उसी अवस्था से गुजर रहा हूँ। और शिक्षा के क्षेत्र में, उस खास मानसिकता की ओर तटस्थ भाव से देखने में सक्षम हो गया हूँ। आज उम्र के तैतीसवें वर्ष में मैं पूर्णतया निस्स्वार्थी हो गया हूँ, ऐसा मेरा दावा नहीं है, परंतु फिर भी छात्रों की ओर, तरुणाई की ओर, उनकी मानसिकता की ओर, और खासतौर पर अपने विगत जीवन की ओर सम्यक् दृष्टि से देख सकने का सयानापन मेरे पास अवश्य है।

नीरोगी, स्वस्थ प्रतियोगितात्मक मानसिकता का होना गलत नहीं है, परंतु उसकी सीमा रेखा का तय होना अनिवार्य है। जब ऐसी मानसिकता अपने कार्य अथवा अध्ययन की सीमा को पारकर हमारे व्यक्तिगत जीवन में अपनी टाँग अड़ाने लगे, तब समझो कि खतरे की घंटी बज गई है। दसवीं की बेजोड़ सफलता को हासिल करने के पश्चात् मेरे साथ भी ऐसा ही हुआ। अब मैंने अपने अतीत में झाँका और मानस शास्त्रीय दृष्टिकोण से अपने आपका विश्लेषण किया। तब ध्यान में आया कि तीन प्रकार की भावनाएँ मुझ पर हावी हो गई थीं। पहली भावना थी, परिपूर्णता के अट्टहास (Perfectionism) की, दूसरी भावना अनावश्यक तुलना (Comparison with others) की, और तीसरी भावना निरंतर मान्यता प्राप्त करने की मानसिकता (Need for constant approval) की।

मुझे निरंतर मिलने वाली सफलता, परिपूर्णता के अट्टहास के बलबूते पर मिल रही थी इसमें कोई शक नहीं। परंतु तब मैं वाकई नहीं जानता था कि 'परिपूर्णता' नामक संज्ञा अस्तित्व में है ही नहीं। यानी 'Perfectly Perfect' नामक कोई चीज हो भी सकती है क्या? हम अपने कार्य, आदतें आदि में सुधार ला सकते हैं, परंतु वह हमारी इच्छानुसार ही रहे, इसकी व्यर्थ जिद भी नहीं होनी चाहिए। यानी हमारी मानसिकता में जैसा चाहता हूँ, ठीक वैसी ही बात बने, यह असंभव है। इसमें आया 'ही' हमारी मानसिकता को पूरी तरह से बिगाड़ देता है। हमारा 'ठीक वैसा ही' का दुराग्रह मानसिक तनाव बढ़ाता है। तनाव के बढ़ते ही आती है गहरी थकान। मेरी यह (बुरी) आदत UPSC की सफलता के पश्चात् और दृढ़तम होती गई। उसने मेरे व्यक्तिगत जीवन में प्रवेश कर लिया। कभी कभार मैं माँ से जिद करता कि मेरे भोजन की थाली, मेहमानों की थाली सी करीने से सजी होनी चाहिए। हर व्यंजन को उसके नियत स्थान पर ही परोसने का आग्रह होता था मेरा। माँ लाड़-प्यार से उस जिद्द को पूरा भी कर देती। मैं बड़ी शान से भोजन करता। बड़ा आनंद आता।

आगे चलकर इसकी आदत ही पड़ गई। शादी के बाद भी वही जिद्द। यदि खाना तरीके से थाली में न परोसा गया तो मैं खीझता। चिड़चिड़ाता। छोटी-छोटी बातों में नाराजगी। जैसे दफ्तर से लौटने पर घर करीने से लगा होना चाहिए। जब मैं नहाकर आऊँ तब मेरे कपड़े हैंगर पर लगे होने चाहिए। मेरी कोई वस्तु अपनी नियत जगह पर

न मिलने से मैं सारा आसमान सिर पर उठा लेता। हर बात में नाराजगी…पत्नी पर गुस्सा…

तब यह विचार मन में झाँकता तक नहीं कि वह भी दिन भर में थक जाती होगी। बेटा 'निर्भय' उसे आराम करने न देता होगा। इस बारे में जानने, पूछने की तब जरूरत भी महसूस न होती मुझे। यह सारा 'परिपूर्णता के अट्टहास' का परिणाम था। मेरा कहने का मतलब सिर्फ यही है कि सफलता अथवा किसी और अच्छी वजह से जो नशा मन पर छा जाता है, उसके चलते अथवा अस्तित्व के बनाए रखने के संघर्ष के चलते हम 'मनुष्य' बनकर, रहकर जीना भूल सकते हैं। अत: उस भावना को जाग्रत् रखने का भान, ध्यान हमें समय से हो जाना चाहिए।

अब हम तुलना की बात करेंगे। प्रत्येक व्यक्ति अपने साथ कोई-न-कोई खासियत लिये जनम लेता है। उस खासियत के साथ छोटे से बड़े होना, उसके साथ फलना-फूलना ही जीवन का अंतिम ध्येय होता है, होना भी चाहिए। परंतु जब प्रतियोगिता की भावना मन में अपनी जड़ें मजबूत कर लेती हैं, तब हम प्रत्येक की ओर प्रतियोगितात्मक दृष्टि से देखने लगते हैं। यह बात दोस्ती के बीच बहुत बड़ा खतरा साबित हो सकती है। तुलनात्मक भावना तमाम रिश्तों के बीच यदि दीमक बनकर लग गई, सबकुछ खोखला होकर ढह जाने में देर न लगेगी। तुलना की इस मानसिकता ने मुझे बड़े लंबे समय तक परेशान किया है। अनावश्यक तनाव का निर्माण भी किया और मेरे काम करने की खुशी को भी मुझसे छीन लिया था।

तीसरी और अंतिम भावना है—दूसरों की ओर से मान्यता प्राप्त करने की मानसिकता की। यानी हमें अपनी प्रशंसा सुनना, हमारी मानसिक गरज (जरूरत) बन जाती है। जैसे शराब का नशा, सिगरेट का नशा आदमी पर हावी हो जाता है, ठीक उसी प्रकार से यह मानसिकता भी नशा बनकर हम पर हावी हो जाती है।

जीवन के आरंभिक काल में प्रशंसा की, कौतुक की भावना, और उस भावना को प्रगट करनेवाले लोगों से हमारा जीवन वाकई प्रगति के पथ पर अग्रसर होता है। सफलता की सीढ़ियाँ पार करवाता है। किसी गुरुतुल्य, आदरणीय व्यक्ति ने प्रशंसा से हमारी पीठ को थपथपाने की आस उचित है। परंतु जब हम हमारे संपर्क में आनेवाले प्रत्येक व्यक्ति से प्रशंसा, कौतुक की गहरी आशा रखने लगते हैं, तब हमें उसकी 'लत' पड़ गई है इसमें कोई शक नहीं। 'हम यशस्वी हैं, हम श्रेष्ठ हैं' यह बात जब तक हमें कोई कहकर सुनाता नहीं, तब तक हमें अपने ऊपर विश्वास नहीं होता। यही बात खतरनाक है। हम समस्तों की दृष्टि में अपने आपको 'उच्च' बनाए रखने की होड़ में, जिद्द में थक भी जाते हैं। सबसे बड़ा खतरा यह है कि इस मानसिकता में यह कोई गलत कदम भी उठा सकते हैं। अत: हमें 'प्रशंसा का कैदी' बनकर नहीं जीना है।

सभी मामलों में 'जगजेता' बनने की कोशिश व्यर्थ है। हम कितनों से प्राप्त 'प्रशस्ति

पत्रों' से हमारे घर की दीवारें सजाएँगे ? कितनी फाइलें भरने वाले हैं ? कितने मेडल्स अपनी पोशाक पर लगा पाएँगे हम ? यदि इन सारों के बोझ तले हम दब जानेवाले होंगे, तब उससे क्या हासिल होगा ? मैं भी इस मानसिकता का गुलाम हो गया था। परिवारजनों से लेकर समाज के अन्य लोगों की इच्छा-आकांक्षाओं को पूरा करने के प्रयत्न में जीवन में अनावश्यक तनाव निर्माण होने लगा। परंतु अब मैं इस मानसिकता से पूर्णतया मुक्त हो गया हूँ। अस्थायी प्रशंसा के पात्र कार्यों से धीरे-धीरे विलग हो रहा हूँ। तरुणाई के, छात्रों के दीर्घकालीन भविष्य की दृष्टि से क्या कुछ करना है, इसका ही विचार कर रहा हूँ मैं। इस कार्य के बदले में कौतुक, प्रशस्ति पत्र, मेडल आदि की जरा भी अपेक्षा मेरे मन में नहीं हैं।

सहज रूप से, लेखन के माध्यम से तरुणाई के कंधों पर हाथ रखकर अपनेपन से समझदारी की कुछ बातें कहने का मेरा मानस, मेरा निर्णय भी इसी बदली हुई मानसिकता का फलित है। अपने स्वरूप के चिंतन-मनन सा और कोई आनंद नहीं। 'द्रष्टा स्वरूपेवस्थानम' से बढ़कर और क्या हो सकता है भला ? परंतु विश्वास कीजिए कि मैं अभी उस अवस्था के आस-पास भी पहुँच न पाया हूँ। कभी पहुँच पाऊँगा या नहीं, मैं नहीं जानता। परंतु मैं निरंतर अथक प्रयत्न करता रहूँगा।

यहाँ मुझे द.भा. धामणकरजी की मराठी कविता के एक अंश का गहरा स्मरण हो रहा है।

कवि ने कहा है—

"पग-पग पर उपजती इच्छाओं के दायरे से,
दिशाओं के हठ के त्यागने पर ही,
आनंद यात्रा का आरंभ होता है।।
राह में फैले अनगिनत वृक्ष,
आनंद की अनंत संभावनाओं का संकेत करते हैं
तब ध्यान में आता है कि,
'जिसने' पंखों को आकाश की जागीर बक्शी
'उसने' हमारे पगों को भी,
धरती का सार्वभौमत्व प्रदान किया है।
और हमारे अंतर्मन में
एक अभय को भी जागरित किया है॥"

□

हीनमन्यता-अपना बड़ा शत्रु

अंग्रेजी में एक शब्द है Inferiority, जिसका हम बार-बार उल्लेख करते हैं। मजे की बात यह है कि करीब सभी भारतीय भाषाओं में उसे अंग्रेजी के रूप में ही बोला जाता है, और सभी सिर्फ उसके उच्चारण मात्र से ही उसका सही अर्थ जान लेते हैं। आज हम इसी शब्द का सही अर्थ एवं उसके जीवन पर होनेवाले असर के बारे में कुछ जानेंगे।

इस शब्द का हिंदी भाषा का पर्यायवाची शब्द है 'हीनमन्यता'। यह हमारे (सभी के) मन में उपजी न्यूनत्व की भावना को प्रकट करनेवाला शब्द है। याद रहे कि हीनमन्यता ही हमारा पहला और सबसे बड़ा, बलवान शत्रु है। इसकी शक्ति (नकारात्मक शक्ति) इतनी अधिक है कि इसे जल्द-से-जल्द अपने जीवन की हद से पार करना परमावश्यक है।

इसे स्पष्ट करने के लिए हम 'प्रतियोगिता परीक्षा' का उदाहरण देखेंगे। प्रति वर्ष लाखों छात्र इसकी परीक्षा देते हैं और कुछ सैकड़ों विद्यार्थी उत्तीर्ण होते हैं। उनमें से सीमित संख्या के प्रत्याशियों का चयन महत्त्वपूर्ण पदों के लिए होता है। इनमें भी एक ओर उच्च मध्य वर्ग के लोग तो दूसरी ओर ग्रामीण और निम्न मध्य वर्ग होता है, जिनका आपसी अनुपात विपरीत, (Inverse) नगण्य होता है। हमारे आस-पास हम सफल युवाओं की तुलना में असफल युवाओं को अधिक तादाद में पाते हैं। साथ ही हम भ्रष्टाचार एवं परचे लीक होने की समस्या का भी सामना करते हैं। ग्रामीण तथा छोटे नगरों में मार्गदर्शन का गहरा अभाव, संवाद साधने की कुशलता का अभाव, व्यासपीठ पर लगनेवाले धैर्य का अभाव आदि कठिन समस्याएँ हैं ही। हमारे मनोधैर्य को धराशाही करनेवाला एक ऐसा वाक्य, 'चले हैं बड़े लाट साहब बनने' बड़ा ही उपहासात्मक और दुखदायी सिद्ध होता है।

उपरोक्त तमाम मुद्दों का हम पर नकारात्मक गहरा प्रभाव पड़ता है। तब मन में

विचार आते हैं कि 'प्रतियोगिता' परीक्षा के क्षेत्र में उतरने लायक भी हम नहीं हैं। हमसे और अधिक गुणवान् युवक चारों ओर भरे पड़े हैं। क्यों बेकार की झंझट में पड़ना? वास्ताविक तौर पर ये विचार ही मूलतया गलत हैं। परंतु निरंतर वे हमारे मन में घुमड़ते रहते हैं और एक ऐसा समय आ जाता है कि हम उस नकारात्मक सोच को ही सच मानने लगते हैं।

सच तो यह है कि इस प्रकार की भावना बनाने से पहले हमें उन्हें सच या झूठ, अपने अनुभव की कसौटी पर परख लेना चाहिए। उसकी सत्यता-असत्यता की परख करनी चाहिए। यदि एक बार इन नकारात्मक विचारों ने आपके दिमाग पर कब्जा कर लिया तब किसी छोटे से काम को करने से पहले ही हम अपना आत्मविश्वास खो देते हैं। मुझसे यह होगा नहीं, मेरे बस की यह बात नहीं, कोई दूसरा इसे मुझसे बेहतर कर दिखाएगा आदि कार्यविरोधी विचार मन में तूफान मचा देते हैं। वे विचार अपने कार्य की क्षमता को, सारी शक्ति को, हमारे उत्साह को, हमारे दम-खम को वाकई सोख लेते हैं।

Webster's Dictionary के अनुसार Inferiority Complex की परिभाषा इस प्रकार से है"' An integration of impulses, ideas and emotions related to a particular object, activity etc. Largely unconcious but strongly influencing the individual's attitudes and behaviour.'

किसी एकाध व्यक्ति के प्रति हमारे मन में एक छवि तैयार हो जाती है। यह जरूरी नहीं कि हमारी उससे प्रत्यक्ष भेंट हो, परंतु उसके बारे में हमने बहुत कुछ सुन रखा होता है। तब हम उसके प्रति क्या विचार रखते हैं? वह व्यक्ति कैसा है? वह किन बातों में सफल हो सकता है? किन बातों में असफल? वह किन बातों में सक्षम है, किन में नहीं? अब यह जरूरी नहीं कि जो छवि हमारे मन में तैयार हुई है, वह सत्य ही हो, क्योंकि हमने उसका विश्लेषण किया नहीं होता। उसे ठीक से जाना-परखा भी नहीं होता है।

अब इस अनजान व्यक्ति की जगह आप स्वयं को रखें। अपने स्वयं के प्रति हमारे मन में भी एक छवि बसती है। हम अपनी क्षमताओं, कमियों की नजरों से इस छवि को बनाते हैं। परंतु अपने मन में, अपने प्रति बनी यह छवि भी शायद ही सही हो! चौंक गए ने आप? पर यही सत्य है। यानी हमें ऐसा लगता है कि हम अपने आपको पूरी तरह जानते हैं, पर यह सच नहीं। इसका मुख्य कारण यह है कि हमने स्वयं का विश्लेषण कभी किया ही नहीं होता। अपने प्रति हमने शांत मन से कभी कुछ सोचा ही नहीं होता है। अपने मन के साथ अपना संवाद होना परमावश्यक है। अपने आप से संवाद होना भी उतना ही जरूरी है, क्योंकि दूसरों के विचार से, दूसरों की धारणा से, दूसरों की नजरों से हम क्या हैं, सिर्फ यही जानकारी हमें अपने प्रति कुछ बताती

है, और उसके आधार पर हम अपनी नजरों में अपनी छवि गढ़ते हैं।

हममें निहित बलस्थानों, खामियों के प्रति हम पूर्णतया अनभिज्ञ होते हैं, क्योंकि सही पद्धति से हमने कभी इसका अध्ययन, मनन, चिंतन किया ही नहीं होता। यूँ अधूरी, अशास्त्रीय जानकारी की नींव पर हम अपनी छवि बना लेते हैं। और उसे ही सही मानकर जीते हैं।

अहंमन्यता *हीनमन्यता* *'स्व'-रूप*

उपरोक्त छवि भी दो प्रकार की हो सकती है। पहला प्रकार यह कि हम वाकई जैसे हैं, उससे बेहतर ऊँचे स्थान पर स्वयं को रखने की व्यर्थ चेष्टा में लगे रहते हैं। अपनी क्षमताओं के प्रति जरूरत से ज्यादा आत्मविश्वास हम प्रकट करते रहते हैं। अपने में निहित बलस्थानों का अतिरंजित चित्र मन में सँजोए रखते हैं। एक वेबसाइट पर मैंने एक मजेदार वाकया देखा था। एक बिल्ली एक आईने के सामने बड़ी शान एवं अकड़ से खड़ी होती है। आईने में उसे अपनी छवि एक सिंह के रूप में दिखाई देती है। इस मानसिक भावना को हम 'अहंमन्यता' कहते हैं। अपने आपको अपनी क्षमता से कहीं अधिक मानकर चलना ही 'अहंमन्यता' है।

ठीक इसके विपरीत है 'हीनमन्यता'। ऐसी छवि में हम अपने आपको तमाम क्षमताओं की कसौटी पर बहुत कम समझते हैं, बहुत कम पाते हैं। अपनी क्षमताओं के प्रति विश्वास न होना, अपने बलस्थानों के प्रति अनभिज्ञ होना, औरों की तुलना में अपने आपको कम समझना, किसी भी क्षेत्र में हमें सफलता मिलेगी नहीं…किं बहुना हम किसी भी कार्य को कुशलता से कर ही नहीं सकते, ऐसी भावना को पालना ही हमें हमारे अंदर पनप रही हीनमन्यता के दर्शन करा देता है। यानी अब शीशे के सामने पूरी शान से खड़े शेर को छवि के रूप में बिल्ली दिखाई देती है।

मेरे कहने का मतलब यह है कि प्रत्येक व्यक्ति के पास अपने प्रति एक विचार समुच्चय अथवा भावना समुच्चय अवश्य होता है। जब यह भावना समुच्चय हम जैसे हैं, ठीक वैसा ही है, तब हमारी छवि योग्य है। जब भावना समुच्चय अपनी असली छवि से कुछ ऊँचा है तब उसे 'अहंमन्यता' मानें। जब वह सच्ची छवि की तुलना में कम, न्यूनत्व का होगा, तब उसे 'हीनमन्यता' ही जानिए।

वेबस्टर की परिभाषा के अनुसार, इस प्रकार की भावनाएँ Unconscious यानी सुप्त, अजागरूक, वास्तव से दूर, काल्पनिक होती हैं। फिर भी उनका गहरा असर व्यक्ति के दृष्टिकोण पर, उसके बरताव पर अवश्य पड़ता है। अनेक महान् व्यक्तियों से लेकर सामान्य व्यक्ति के जीवन पर इसका थोड़ा असर अवश्य रहता है। अपने जीवन में 'हीनमन्यता' का सामना महात्माजी को भी करना पड़ा था। हमें अपने आस-पास भी ऐसे कई लोग दिखाई देते हैं जो पहले हीनमन्यता के शिकार हो गए थे। परंतु उस भावना को मात देते हुए वे सफलता के उच्च शिखर पर भी जा बैठे हैं।

मेरा अपना अनुभव भी ठीक ऐसा ही है। दसवीं कक्षा में जब मैंने बोर्ड की मेरिट में आए छात्रों जैसे परचे लिखने की चेष्टा की, लिखे भी और उन्हें उस कसौटी पर सही भी पाया था। मुझे अंदर से कहीं यह विश्वास भी हो चला था कि मुझे भी वही सफलता अवश्य मिलेगी। मेरी कम उम्र, बिलकुल ही नगण्य अनुभव, अतः इस मुद्दे पर किसी से विचार-विमर्श करने पर भी जवाब नकारात्मक ही मिलता। सभी के मुद्दे समान होते कि, 'तुम छोटे से गाँव में हो। साधारण सा स्कूल, सिर्फ क्रमिक पुस्तका का आधार, पुणे-मुंबई सा शैक्षिक वातावरण नहीं, बढ़िया प्राइवेट ट्यूशन भी नहीं, तब

पर्वतारोही ने कहा, 'I conquered myself.' वह ऐसा भी कह सकता था, 'I conquered Everest' पर नहीं...

मेरिट का सपना ही व्यर्थ है।' बार-बार यही सब सुनने पर मेरा भी यही दृढ़ विश्वास होता गया कि मैं मेरिट में आने के काबिल कदापि नहीं हूँ। वही सोचा कि 80 प्रतिशत- 85प्रतिशत नंबर मिलेंगे···डी.एड. कर लूँगा और जीवन अपनी गति से चलता रहेगा। शहरों के छात्रों का योग्यता अवश्य मुझसे बढ़कर है।

परंतु···परंतु सन् 1992 के 23 जून ने मेरी समूची 'हीनमन्यता' को जलाकर खाक कर डाला। बोर्ड में पाए अव्वल स्थान ने मेरे अंदर आत्मविश्वास की ज्योति को प्रकाशमान किया। हीनमन्यता के तिमिर को फूँक डाला। शिक्षा के क्षेत्र में कुछ भी प्राप्त करने की मेरी योग्यता के प्रति मेरे आत्मविश्वास को जगाया। वही ज्योति मेरी प्रेरणास्रोत बनी। दसवीं-अव्वल। बारहवीं-बोर्ड में तीसरा स्थान। इंजीनियरिंग-पुणे विश्वविद्यालय में चतुर्थ स्थान। महाराष्ट्र लोकसेवा आयोग, केंद्रीय लोक सेवा आयोग में पाई बेहतरीन सफलता। अंत में 'लोक सेवा' का प्रशिक्षण पूरा कर जब मैं 'सहायक आयकर कमिश्नर' के पद पर विराजमान हुआ, तब मेरे अंदर अणुमात्र भी हीनमन्यता न बची थी। मेरी सभी से प्रार्थना है कि इस बलाढ्य शत्रु को सर्वप्रथम पटखनी देकर अपने जीवन की हद से पार कर दें, बाकी समस्याएँ अपने आप सुलझ जाती हैं।

मैं हीनमन्यता को इसलिए सबसे पहला शत्रु मानता हूँ कि वह किसी भी कार्य के करने से पहले ही हमें आ मिलता है। कार्य शुरू करने से पहले ही मन में जाग्रत् करता है। वह सबसे बड़ा शत्रु इसलिए है कि वह निरंतर मन में बना रहता है। कहीं बाहर जाने को तैयार नहीं। इसीलिए उससे सिर्फ हमें ही लड़ना पड़ता है।

अपने विचारों से, अपनी भावनाओं से, अपने आप से जूझना बड़ा ही कठिन काम है। इसके लिए जरूरत है एकांतवास की। अपने आप से संवाद करते रहने की। अपने आप में आमूलाग्र बदलाव लाने की। तटस्थ नीति अपनाकर अपने आपके विश्लेषण की। मैं जानता हूँ कि यह सारा कदापि आसान काम नहीं है, परंतु यह सर्वथा असंभव भी नहीं है। इसके लिए आवश्यकता है···उम्दा मार्गदर्शन की···हमारी उँगली पकड़ हमें उस पथ पर अग्रसर करवा सके, ऐसे सह प्रवासी की। यदि एक बार हम मन लगाकर अच्छी तरह से यह समझ लेते हैं कि इस पथ पर दरारें, गड्ढे कहाँ पर हैं···वे कितने गहरे हैं···जानकार ज्ञानी मार्गदर्शक से इतना समझ लेने पर आपका मार्ग बड़ा ही सरल बन जाएगा इसमें कोई शक नहीं।

हीनमन्यता-गलतफहमियाँ : हीनमन्यता की भावना का प्रत्येक व्यक्ति के कार्य पर गहरा और बहुत ही नकारात्मक असर पड़ता है। और यदि लीक से हटकर कुछ कर दिखाना है, जहाँ उच्चस्तरीय परीक्षा, प्रतियोगिता का सवाल है, तब ग्रामीण, अर्धनागरीय युवक-युवतियों के बीच हीनमन्यता की भावना बहुत बड़ी बाधा सिद्ध होती है। मैंने इस विषय पर बहुत सोचा-विचारा, निरीक्षण भी किया, तब पाया कि

गलतफहमियाँ और हीनमन्यता का निकटता का संबंध है। सच तो यह है कि गलतफहमियों से उपजती है हीनमन्यता। अपने स्वयं के प्रति, अपने कॅरियर के प्रति और आस-पास की परिस्थिति के प्रति रहीं गलतफहमियों का निराकरण समय से हो जाना चाहिए। वरना वे ही विचार निरंतर मन में घुमड़ते रहते हैं और समय के चलते हीनमन्यता में बदल जाते हैं। यहाँ एक बात याद रखनी होगी कि गलतफहमी और हीनमन्यता के बीच की सीमारेखा बहुत ही धुँधली है।

ग्रामीण क्षेत्र के युवक-युवतियों में पाई जानेवाली हीनमन्यता प्रमुख रूप से दो वजहों से आती है। पहली वजह यह कि उनके मन में यह बात पक्की बैठ जाती है कि शहरी युवाओं की तुलना में हम बहुत ही साधारण बुद्धि के हैं। हमारी योग्यता भी कम ही है। हमारी शिक्षा, अर्जित ज्ञान किसी काम का नहीं क्योंकि हमारे पास मंच पर खड़े होने, बोलने की हिम्मत नहीं। संवाद कौशल्य नहीं। चार लोगों के सम्मुख अपने विचारों को प्रभावी तरीके से रखने की क्षमता नहीं। फर्राटेदार अंग्रेजी बोलना आता नहीं। क्रमिक पुस्तकों के अलावा और कुछ पढ़ा नहीं। सामान्य ज्ञान भी सीमित। शिष्टाचार के विशेष तरीकों से परिचय नहीं आदि-आदि। आस-पास के वातावरण, सुविधाएँ एवं उपलब्धियों के चलते थोड़ा उन्नीस-बीस का फर्क इन विचारों में हो सकता है, बस इतना ही।

हीनमन्यता का दूसरा कारण है—दूसरे प्रकार की गलतफहमी। इसे हम 'प्रतियोगिता' परीक्षा की समस्या से जोड़ सकते हैं। वे हमेशा यही सोचते हैं कि इन परीक्षाओं से पार पाना कठिन है; क्योंकि वे समझते हैं कि उनकी शिक्षा का दरजा, स्कूल, सुविधाएँ, उपलब्धियाँ आदि निम्न दरजे की हैं। सिर्फ शहर के स्कूल, महाविद्यालय, विश्वविद्यालय से शिक्षा प्राप्त छात्र, जिन्हें पहले से ही उच्च शिक्षा मिलती है, सिर्फ वे ही उनमें उत्तीर्ण होने की क्षमता रखते हैं।

ग्रामीण विद्यार्थी इस बात को जानते हैं कि प्रतियोगिता परीक्षाओं के लिए विस्तृत जानकारी, तितिध प्रकार के विषयों के प्रति रखना परमावश्यक है। दुनिया में चल रही तत्कालीन हलचल, उथल-पुथल को जानना होता है। प्रतियोगिता परीक्षाओं के लिए किसी विशेष पाठ्यक्रम का अवलंबन नहीं होता है। चौकस होकर अधिकतम सामान्य ज्ञान (जानकारी) के प्रति जागरूक रहना जरूरी है। वे सोचते हैं कि किसी भी क्षेत्र के प्रश्न पूछे जा सकते हैं, जिनका शायद ही हम जवाब दे पाएँगे। अंग्रेजी का डर तो सबसे बड़ी समस्या उन्हें घेरे रहती है। यहाँ बात सिर्फ अंग्रेजी की नहीं है, वरन् वे अपनी राष्ट्रभाषा एवं मातृभाषा में भी अपने आपको उतना ही कमजोर पाते हैं। अध्ययन एवं अभ्यास में इस समस्या का हल छिपा हुआ है। परंतु इससे वे अनभिज्ञ हैं। और हम इसे कभी भी कर न पाएँगे, इसी गलतफहमी में रहकर वे इससे, आत्मविश्वास के अभाव में दूर ही रहते हैं।

एक गलतफहमी यह भी कि रटने से लिखित परीक्षा से पार पाया जा सकता है पर मौखिक परीक्षा (साक्षात्कार) में वे हमें अनुत्तीर्ण ही घोषित कर देंगे। हम मध्य वर्ग के लोग हैं, अतः सिफारिश और क्लासेस के लिए लगने वाला पैसा हमारे पास नहीं है, अतः हम असफल ही होंगे, यह भी एक गलतफहमी। सिर्फ शहर से मेरिट में आनेवाले छात्र ही इस योग्य हैं, हम नहीं, यह और एक गलतफहमी है।

इस प्रकार से कितने ही प्रश्न और कितनी ही गलतफहमियाँ हैं। इन्हीं की जकड़ में फँसे युवक-युवतियाँ उद्विग्न, निराश हो जाते हैं। आत्मविश्वास खो बैठते हैं। इन समस्याओं को उकसाने वाला एक ऐसा भी वर्ग समाज में है, जो इन्हें और मायूस करता है। ये वे लोग हैं जो अधूरी पढ़ाई, थोड़ी सी मेहनत कर परीक्षा देने का नाटक मात्र करते हैं। तब उनका असफल होना निश्चित ही है। फिर वे अपनी असफलता का सेहरा खुलेआम भ्रष्टाचार, सिस्टम, माहौल तथा परिस्थिति के मत्थे बाँध देते हैं। युवा वर्ग के बीच झूठी गलतफहमियों, परीक्षा की व्यर्थता के बारे में अफवाएँ फैलाते उन्हें जरा भी संकोच नहीं होता है। ग्रामीण, छोटे शहरों में ऐसे लोगों का ही बोलबाला अधिक हैं। ऐसे लोगों से परीक्षार्थियों को सोच समझकर दूर रहना चाहिए। क्योंकि ऐसे लोग अपनी असफलता को छिपाने के प्रयास में गलत जानकारी प्रस्तुत करते हैं।

यहाँ मैं एक बात स्पष्ट करना चाहूँगा कि प्रतियोगिता परीक्षा में जिन लोगों ने मनःपूर्वक खूब मेहनत की है, परंतु दुर्भाग्यवश वे उसमें चुने न जा सके हैं, ऐसे लोगों को, हीनमन्यता एवं गलतफहमियों के शिकार बने छात्रों को बहुत बढ़िया मार्गदर्शन करने का बीड़ा उठाना चाहिए। उन लोगों के अनुभव, ज्ञान और उचित मार्गदर्शन का लाभ इन नए परीक्षार्थियों को अवश्य होगा। भले ही वे प्रतियोगिता परीक्षा में सफल न हो सकें, परंतु हमारा वह युवा वर्ग जीवन की होड़ में अपने आपको हीनमन्य न समझेगा, अपनी कमियों पर सच्चाई से सोचेगा और जीवन की हर प्रतियोगिता से, होड़ से कभी भी विमुख होने का विचार भी मन से त्याग देगा।

मात 'हीनमन्यता' पर : दरअसल हीनमन्यता पर मात करने के लिए गलतफहमियों जैसे बाह्य कारणों से जूझने के बजाय हमें अपने मन से जूझना होगा। किसी और के समझाने-बुझाने के बजाय हमें स्वयं को ही समझाना होगा। यानी स्वयं से किया संवाद एवं विवाद ही इस समस्या का असली हल है।

इसके हल को हम दो स्तरों पर सोच-विचार करेंगे। पहला कदम यह कि अतीत में हमने शिक्षा के क्षेत्र के साथ अन्य जितनी भी बातों में छोटी-बड़ी सफलताएँ प्राप्त की हैं, उनका निरंतर स्मरण करें। उन तमाम अच्छी बातों को एक कागज पर दर्ज करें और अपनी जेब में सदैव रखें। जब भी समय मिले, उसे सरसरी निगाहों से पढ़ लें, ताकि निराशा के बादल जमने ही न पाएँ। उस कागज में यह भी दर्ज करें कि आपको

कब-कब इनाम मिले थे। इनाम का मूल्य हमेशा बड़ा होता है, वह उसकी 'कीमत' पर निर्भर नहीं करता है। जैसे छोटी-छोटी प्रतियोगिताओं में, यानी बचपन में दौड़ में मिला इनाम, रस्सीकूद में मिला इनाम, अच्छी कविता के पठन के उपलक्ष्य में दिया गया कोई निजी इनाम, स्कूल के स्नेह सम्मेलन में मिला इनाम आदि-आदि।

कुछ बड़े हो जाने पर प्रयत्नपूर्वक किसी-किसी प्रतियोगिता में हिस्सा लेने के लिए की गई मेहनत, और उस मेहनत से पाया इनाम हमारे लिए 'अमूल्य' होता है; क्योंकि उन्नति के पथ पर अग्रसर होने की वह शुरुआत होती है, प्रेरणा होती है। तब कुछ अच्छा कर दिखाने के लिए मन सदैव लालायित रहता है, और इसी लालच के चलते हम अपने जीवन में चौमुखी प्रगति कर पाते हैं।

निबंध प्रतियोगिता, वाद-विवाद प्रतियोगिता, परीक्षा में अधिकाधिक नंबर प्राप्त करने की जिद्द एवं मेहनत के बल पर पाए अव्वल स्थानों का स्मरण, उन सफलताओं की वजह से माता-पिता, दोस्त, गुरुजनों को मिला आनंद और संतोष की सिर्फ याद करने से भी जीवन में और भी बहुत कुछ करने की, निरंतर आगे बढ़ने की प्रेरणा मिलती है, और यही प्रेरणा हमें हीनमन्यता से दूर रखती है। मेरे विचार से प्रतिदिन सुबह सोकर उठते ही एक बार इन सभी आनंददायी बातों का स्मरण करें और दिन की बढ़िया शुरुआत करें। प्रत्येक दिन को भरपूर 'जीने' का प्रयत्न करें। याद रहे कि सकारात्मक विचारों का असर मन पर बहुत कम समय तक रह पाता है, इसीलिए दिन की शुरुआत प्रसन्नतापूर्वक करें। अपने प्रति सकारात्मक, प्रसन्न विचारों की ऊर्जा लेकर दिन की शुरुआत करने से उस, एक दिन हम हीनमन्यता से दूर रह सकते हैं।

अब हम इस समस्या के हलके दूसरे स्तर पर अपने विचार स्पष्ट करेंगे। हम SWOT का विश्लेषण करेंगे। S यानी Strength यानी हमारे बलस्थान। W—यानी Weakness यानी हमारी कमजोरियाँ। O यानी Opportunities यानी अवसर और T—Threats यानी खतरे। इन शब्दों को एक कागज पर दर्ज करें। अपने बलस्थानों, क्षमताओं, योग्यताओं को दर्ज करते समय छोटी से छोटी विशेषता को भी दर्ज अवश्य करें। इन क्षमताओं के अंतर्गत अपनी अच्छी लिखाई, लिखने की गति, शास्त्रीय, तकनीकी विषयों की जानकारी, कला विषयक क्षमता, विस्तृत लेखन, विश्लेषणात्मक जवाब लिखने की क्षमता, यदि गति से बढ़िया आकृतियों की रचना करने की क्षमता है, तब वह भी दर्ज करें। क्या 5-6 घंटे लगातार बैठकर अध्ययन करने की क्षमता है, तब उसे भी दर्ज करें। अपनी नौकरी अथवा व्यवसाय को निभाते हुए यदि 3-4 घंटे आप अध्ययन कर सकते हैं, तो उसे भी उर्ज करें। अच्छा संवाद साधने की क्षमता को भी दर्ज करें। कहने का मतलब यह कि बिलकुल साधारण सी प्रतीत होने वाली और

प्रतियोगिता परीक्षाओं के लिए पूरक सिद्ध होने वाली सारी क्षमताएँ, तमाम सबल पक्षों को दर्ज करें।

उपरोक्त लिस्ट को पढ़ने से हमें आनंद के साथ आत्मविश्वास मिलता है। खिले मन से अपना कॅरियर चुनने में आसानी हो जाती है। प्रतियोगिता परीक्षा की तैयारी में वैकल्पिक विषयों को चुनना आसान हो जाता है। किन परचों पर आधिक ध्यान देने की जरूरत है, इसका भान आ जाता है।

अपनी क्षमताओं के पश्चात् अपनी कमियों, खामियों, मर्यादाओं को भी दर्ज करें। इसका दोहरा फायदा होता है। कमियों, खामियों को हम अच्छी तरह से जान लेते हैं और अपने कॅरियर के हिसाब से उनपर पार पाने के उपाय कर सकते हैं। सबसे बड़ी बात यह कि परीक्षा के विषयों को चुनने में, प्रयत्नों की दिशा को तय करने में, जिन विषयों के प्रति हमें आत्मविश्वास नहीं है, उन्हें दूर रखने में मदद मिलती है।

अंतिम दो मुद्‌दे थे 'अवसर' और 'धोखे'। जब हम अपने सबल पक्षों के प्रति जागरूक हो जाते हैं, तब अनायास ही 'अवसरों' को खोने की संभावना धूमिल हो जाती है। किसी भी बड़ी सफलता का अवसर हमें सबल पक्षों से प्राप्त होता है और न्यूनत्व की भावना का खतरा संभाव्य असफलता में निहित होता है।

उपरोक्त मुद्‌दों के विश्लेषण के दौरान हमें अपने 'स्वयं' के प्रति पूरी ईमानदारी बरतनी होगी। अपने आप से झूठ न बोलना होगा। अपनी कमियों के प्रति हीन भावना रखनी न चाहिए। उनसे पार पाने की कोशिश करनी चाहिए। अपने बलस्थानों के प्रति 'व्यर्थ का अति आत्मविश्वास' रखना भी बहुत बड़ा खतरा है। शीशे में अपनी प्रतिमा (प्रतिबिंब) जितनी साफ और सच नजर आती है, बिना मेकअप के अपनी तसवीर कैमरा जितनी ईमानदारी के साथ पेश कर देता है, बस वही ईमानदारी आप स्वयं के प्रति बरतें। अपने आपको शब्दबद्ध करते समय उसे दस लोगों को न दिखाएँ। उसकी चर्चा भी न करें। दूसरों की प्रशंसा पाने के लिए अपनी फर्जी छवि निर्माण न करें। अपने अतीत की छोटी-बड़ी सफलताओं की चौखट में SWOT विश्लेषण की तसवीर लगाने से हमें अपनी छवि स्पष्ट दिखाई देगी। तब हम जान जाते हैं कि 'जीवन में' सफलता के कितने ही द्वीपों के हम मालिक होते हुए व्यर्थ ही हीनमन्यता के सागर में गोते लगाते रहे! भले ही हमारे पास सफलता का एक भी उदाहरण न होगा, परंतु हमारे पास अनेकों सबल पक्षों की पूँजी है।

जब इस प्रकार की सुयोग्य, वास्तवदर्शी छवि तैयार हो जाती है, तब अपने आप से होने वाला संघर्ष कम हो जाता है, और कॅरियर (जीवनयापन) के नियोजन का मार्ग और भी सरल हो जाता है।

□

कहने भर की अपनी डिग्री

पढ़-लिखकर काबिल बनना, हर विद्यार्थी का एक सपना होता है। जीवनयापन के लिए काबिलियत महत्त्वपूर्ण सिद्ध होती है। दुर्भाग्यवश हमारी शिक्षा प्रणाली का ढाँचा ऐसा बना हुआ है कि जिसमें उपाधि प्राप्त करने पर इस बात की गारंटी नहीं दी जा सकती कि आपको नौकरी निश्चित रूप से मिल जाएगी। आज के जमाने में इसके लिए बहुत पापड़ बेलने पड़ते हैं। रही छात्रों की योग्यता की बात, तो कुछ छात्र मेधावी होते हैं और कुछ जैसे-तैसे अपनी पढ़ाई (ज्ञान के हिसाब से) पूरी करने की फिराक में होते हैं। इन सामान्य छात्रों की इस स्थिति के लिए बहुत सारी बातें जिम्मेदार हैं। इस समस्या की चर्चा हम यहाँ नहीं करेंगे।

छात्रों की इस भीड़ में एक गुट ऐसा भी होता है जो बहुत मेधावी नहीं है और बिलकुल कम नंबरों वाला भी नहीं। 70 प्रतिशत से 80 प्रतिशत के बीच रहे ये छात्र दसवीं की परीक्षा में उत्तीर्ण हो जाते हैं। अब ये नंबर (गुण) इतने भी कम नहीं कि डिप्लोमा की पढ़ाई की जाए और इतने अधिक भी नहीं कि साइंस की पढ़ाई के प्रति आत्मविश्वास दिला सकें। तब वे वाणिज्य अथवा कला शाखा में दाखिला ले लेते हैं। देखते-ही-देखते बारहवीं भी उत्तीर्ण हो जाते हैं।

अब समय आ जाता है किसी निर्णय का। महाविद्यालय का नयापन, उस अनोखे वातावरण की नवीनता, आकर्षण किसी हद तक कम हो जाता है। जीवन का यह समय बड़ा ही उत्साहपूर्ण, जोश-खरोश वाला होता है। नस-नस में जोश का संचार अपनी चरम सीमा पर होता है। तब इस प्रचंड सृजनशक्ति का उपयोग कैसे करना है, यही सब से बड़ी समस्या उभरकर सामने आती है। वे ठींक से कोई निर्णय कर नहीं पाते हैं, क्योंकि इसका सही हल उनके पास सच में नहीं होता है। वे सोचते हैं कि उपाधि (डिग्री) की शिक्षा किसलिए? क्या उसे हासिल करने पर नौकरी मिल जाएगी? तब उनका मन यह भी कहता है कि उपाधि प्राप्त हजारों युवक यूँ ही बेकार घूम रहे हैं।

तब उपाधि क्या इसलिए कि कोई व्यवसाय, धंधा कर सकूँ? तब दोबारा मन याद दिलाता है कि व्यवसाय के क्षेत्र में हमारा ज्ञान 'काला अक्षर भैंस बराबर' जितना है। न कोई पूँजी है और न ही परंपरागत व्यवसाय! उपाधि की शिक्षा के अंतर्गत कहाँ मिलती है व्यवसाय आदि के प्रति जानकारी? कहाँ प्राप्त होता है कोई कौशल्य?

समस्या का कोई समाधान नहीं। समय के चलते उसके विकल्प खोजने भी रह जाते हैं। तब···तब जीवन (कच्ची युवा उम्र में) ले लेता है दूसरा मोड़। जैसे-तैसे हाजरी (कक्षा में) पूरी करना। गुट में एकत्रित हो गपशप करना। इधर-उधर घूमना। व्यर्थ समय गँवाना। एकाध बार यदि महसूस हुआ कि अंतर्मन में छिपी उमंग कसमसा रही है, तब किसी विवाद प्रतियोगिता में, निबंध प्रतियोगिता में, नाटक आदि में सक्रिय रूप से सम्मिलित हो (ऊपरी) संतोष पा लेना, और कुछ किए धरे की डींग हाँकना, बस! यूँ सारा वर्ष यानी सत्र हाथों से फिसल जाता है और तब भाग-दौड़कर रेडीमेड नोट्स, सवालों की बैंक आदि का जुगाड़ करना। उन में से 'मोस्ट इम्पॉर्टेंट' सवालों को अलग छाँटकर, उनके जवाबों को याद करने का प्रयत्न करना। परीक्षा में सफलता तो मिल ही जाती है, क्योंकि ऐसे विद्यार्थी उत्तीर्ण हो जाने की क्षमता अवश्य रखते हैं। ऐसे ही अगले तीन वर्ष बीत जाते हैं, उपाधि का तिलक माथे पर लग जाता है।

मेरे विचार से उपरोक्त छात्र, विद्यार्थी न होकर मात्र परीक्षार्थी ही रह जाते हैं। पिछले तीन-चार वर्ष हाथ में रहा समय मौज-मस्ती में बीत गया होता है। जिन विषयों को लेकर उपाधि प्राप्त की है, उसका गहरा अध्ययन कभी किया न गया था, अतः उनके प्रति गहरी जानकारी का अभाव हमेशा के लिए बना रह जाता है।

अब उम्र एक ऐसे मोड़ पर आ गई होती है कि परिवार के लोग और अपना मन अब किसी नौकरी के प्रयासों को उद्युक्त करता है। वहाँ भी सफलता कहाँ! नौकरी मिलना इतना आसान नहीं, क्योंकि हम किसी भी कसौटी पर खरे नहीं उतरते हैं···अपनी खामियों, कमियों को भी हम अच्छी तरह से जान गए होते हैं।

लड़कियों की बात और होती है। उनके विवाह की कोशिश में माँ-पिता लग जाते हैं, जो एक स्थायी विकल्प है।

जब युवक अपने आपको नौकरी एवं व्यवसाय में अकार्यक्षम पाते हैं, तब अंतिम प्रयत्न के रूप में प्रतियोगिता परीक्षा की सोचने लगते हैं। अब इस समय उनकी मानसिकता ऐसी बन गई होती है कि परीक्षा की दृष्टि से उनमें न कोई जोश, न कोई उम्मीद बचती है। नियोजन का अभाव तो स्थायी स्वभाव ही बन चुका होता है। एक ओर व्यर्थ गँवाया उपाधि के दौरान का समय, और दूसरी ओर जीवनयापन के मार्ग के न मिल पाने का तनाव। तीसरी समस्या, जो अत्यंत स्वाभाविक है, परिवारजनों की युवाओं से जुड़ी उम्मीदें। वे उन्हें नौकरी अथवा धंधे में जुटकर स्थिर होने की आस में होते हैं। यदि अपनी

संतान समय से सक्षम होकर जीवन के चक्र में अपना दृढ़ स्थान खोज नहीं पाई, तब सामाजिक स्तर पर माँ-पिता को होनेवाली मानसिक यातनाओं का दर्द शब्दों में व्यक्त करना सर्वथा कठिन है।

समस्याओं के इस घोर चक्र में फँसा आधुनिक अभिमन्यु, प्रतियोगिता परीक्षा के चक्रव्यूह को भेदने के लिए मैदान में उतरता है और अधिकांश समय वह घायल ही होता रहता है। सफलता कोसों दूर। तब अंत में प्रतियोगिता परीक्षा को, सिस्टम को कोसते हुए, दोष देते हुए वह मैदान छोड़ बाहर निकल आता है। बाहर आकर औरों को, इस झंझट में न पड़ने की सलाह देने का काम वह पूरी ईमानदारी के साथ करता है। और उसके हाथ बचता है सिर्फ डिग्री का सर्टिफिकेट।

मेरे उपरोक्त विवेचन के प्रति कुछ गिने-चुने अपवादात्मक किस्से हो भी सकते हैं इसे मैं मानता हूँ, परंतु समूची प्रणाली में यही स्थिति उभरकर सामने आती है। इसका क्या कोई उपाय नहीं? उपाधि के दौरान का समय क्या हमेशा यूँ ही हाथों से फिसलता रहेगा? क्या कोई अवसर हाथ न आएगा? क्या उपाधि सिर्फ नाममात्र के लिए सिद्ध होगी? व्यावसायिक उपाधियों के अलावा प्रतियोगितात्मक, व्यावसायिक कॅरियर के लिए आवश्यक कौशल्य विकास जो होना चाहिए, क्या वह हो न सकेगा? क्या उपधियाँ इस योग्य नहीं हैं? इन तमाम सवालों का एकमात्र जवाब है 'हाँ'।

इस 'हाँ' में निहित है आवश्यक नियोजन! समूचे उपाधि शिक्षा काल के दौरान के सही नियोजन की आवश्यकता है। उपाधि शिक्षा के आरंभ के पहले दिन ही अपने आपको सही मायनों में जानने, जाँचने, परखने की जरूरत है। पहले दिन से ही इस बात को पक्का याद रखो कि मैं कच्चा माल हूँ…गीली मिट्टी का एक लौंदा हूँ…यहाँ सर्वार्थ से ज्ञानार्जन कर मुझे अपने आपको एक सुघड़ प्रतिमा में गढ़ना है, ढालना है। पूर्णत्व यह सिर्फ मेरी ही जिम्मेदारी है। ज्ञानार्जन के जो अवसर आज मुझे मिले हैं, उन्हें किसी भी कीमत पर अकारथ होने नहीं देना है। परिस्थिति को, सिस्टम को कोसना नहीं है। मुझे अपने आपको, किसी को भी दोष दिए बगैर सर्वार्थ से परिपूर्ण बनने के प्रयत्न करने हैं। मुझे याद रखना है कि मेरे उर्वरित सफल जीवन की यही असली नींव है। मैं उपाधि प्राप्त कर अंतिम दिन जब इस महाविद्यालय से, इस विश्वविद्यालय से बाहर कदम रखूँगा, तब इच्छित ज्ञान से परिपूर्ण, किसी कार्य में निपुण और समाज में, परिवार में, अपने मन में एक सक्षम व्यक्ति की छवि ही बाहर कदम रख रही होगी।

नियोजन के अभाव में यह कार्य कदापि आसान नही। सबसे पहले दृढ़तापूर्वक यह तय करो कि आपको ज्ञान की किस शाखा में ज्ञानार्जन करना है। जिस भी शाखा को आप चुनें, उसका दोहरा उपयोग करना अनिवार्य समझो। उपाधि प्राप्त करने के साथ-साथ उस उपाधि के क्षेत्र में कॅरियर करने की दृष्टि से ठोस कदम उठाने होंगे। यानी इस क्षेत्र

के अन्य व्यावसायिक हुनर, सॉफ्ट स्किल्स, प्रत्यक्षानुभव तथा अन्य पूरक कुशलताओं को आत्मसात् करना होगा।

दूसरी ओर यदि आपको प्रतियोगिता परीक्षा के माध्यम से प्रशासकीय क्षेत्र में प्रवेश करने की इच्छा होती है, तब अलग प्रकार का नियोजन करना होगा। यानी यदि आप 'बी.ए.', 'बी.कॉम', 'बी.एस-सी.' के किसी एक पाठ्यक्रम को चुनते हैं, तब इस अध्ययन के साथ-साथ आप प्रतियोगिता परीक्षा के उन वैकल्पिक विषयों को भी चुनें, जिनका अध्ययन शुरू से किया जा सके। उपाधि अध्ययन के समाप्त होने तक आपकी प्रतियोगिता परीक्षा की तैयारी 70 प्रतिशत से 80 प्रतिशत तक पूरी हो जानी चाहिए। सबसे महत्त्वपूर्ण बात यह कि उपाधि की अंतिम परीक्षा के साथ-साथ प्रतियोगिता परीक्षा की 'पूर्व परीक्षा' को भी आप दें। यदि आप अभियांत्रिकी, मेडिकल, फार्मेसी आदि के छात्र हैं, तब शुरू से ही समय निकालकर अपने सामान्य ज्ञान को पढ़ाई द्वारा निरंतर बढ़ाते रहें। राष्ट्रीय तथा अंतरराष्ट्रीय वर्तमान स्थिति की उथल-पुथल के प्रति जागरूक रहकर उसका अध्ययन करें। सामान्य ज्ञान की वर्तमान पत्रिकाओं के संपर्क में रहकर अपने ज्ञान को ताजा रखें।

यहाँ इस बात का स्मरण रहे कि MPSC अथवा UPSC द्वारा क्लास वन, क्लास टू तथा अन्य पदों की दी जानेवाली परीक्षा के लिए, पहले किसी भी शाखा की उपाधि प्राप्त करना मूलभूत तौर पर अनिवार्य है। बस, इसके अलावा उपाधि का इन परीक्षाओं से कोई सीधा संबंध स्थापित नहीं होता। परंतु प्रतियोगिता परीक्षा में पाई जाने वाली 'सफलता' की मीनार मात्र उपाधि के पाठ्यक्रम की मजबूत नींव पर ही निर्भर करती है, यही सत्य है।

उपाधि के साथ-साथ शुरू से प्रतियोगिता परीक्षा की जमकर की गई तैयारी का बहुत बड़ा लाभ यह है कि उपाधि की परीक्षा से आप पूर्णतया मुक्त हो जाते हैं और निश्चिंत मन से नौकरी के साथ-साथ इस परीक्षा की तैयारी कर सकते हैं। स्नातकोत्तर पढ़ाई के साथ भी यह परीक्षा दी जा सकती है। प्रतियोगिता परीक्षा की तैयारी का हमारे प्रतिदिन के जीवन पर बहुत अच्छा सकारात्मक असर पड़ता है। अपने व्यक्तित्व पर भी बहुत अच्छा असर दिखाई देता है।

अब मैं उपाधि के साथ प्रतियोगिता परीक्षा की तैयारी नंबरों (Marks) के हिसाब से कितनी फायदेमंद है, इसकी बात करता हूँ।

प्रतियोगिता परीक्षा के लिए हमें दो वैकल्पिक विषयों को चुनना होता है। MPSC की परीक्षा में दो वैकल्पिक विषयों के लिए प्रति 200 नंबर के दो परचे होते हैं और अन्य दो विषयों के लिए प्रति परचा 200 नंबर के हिसाब से परचे होते हैं। यानी कुल मिलाकर 800 नंबर की परीक्षा होती है। परीक्षा के अनुसार दो वैकल्पिक विषयों में से एक विषय

वही चुनें, जो उपाधि परीक्षा में आपका प्रमुख विषय है। इससे सबसे बड़ा फायदा यह होता है कि किसी अतिरिक्त तनाव के बगैर ही उस विषय की बहुत ही अच्छी तैयारी अपने आप हो जाती हैं। यानी MPSC के कुल 800 नंबरों में से 400 नंबरों की तैयारी उपाधि परीक्षा के साथ हो जाती है।

UPSC की की परीक्षा कुल 1200 नंबरों की होती है। यहाँ भी वैकल्पिक विषय को चुनने की आजादी का आप अवश्य लाभ उठाएँ। यहाँ भी उपाधि परीक्षा के साथ आपकी 600 नंबरों की तैयारी अपने आप हो जाती है। इन तमाम नंबरों को अर्जित करने की दृष्टि से आपको उपाधि काल के दौरान उचित दृष्टिकोण, उचित संदर्भ ग्रंथों का अध्ययन, जवाब लिखने की शुद्ध-सटीक आदत, पाठ्यक्रम के अलावा संदर्भ ग्रंथों के लिए छात्रों के बीच चर्चा करना, विश्लेषण करना आदि के लिए पर्याप्त समय मिलता है, उसका उपयोग करें। उपाधि के दौरान सिर्फ पाठ्यक्रम की पुस्तकों को पढ़ना, सबसे महत्त्वपूर्ण प्रश्नों के जवाबों को रटना, सरल नोट्स और प्रश्नों के बैंक पर निर्भर रहना आदि में हम अटक जाते हैं, जो परीक्षा की दृष्टि से सर्वथा गलत सिद्ध होता है।

विश्वविद्यालय के परचों का ढाँचा और प्रतियोगिता परीक्षा के परचों में काफी अंतर होता है। प्रतियोगिता परीक्षा के सवाल विश्लेषणात्मक, चर्चात्मक, मूल्यमापनात्मक, आलोचनात्मक परीक्षण, के तरीके के होते हैं। इनके जवाब लिखने के लिए हमें इसकी समूची संकल्पना को समझ लेना जरूरी होता है। उस संकल्पना के गुण-दोषों, लाभ-हानि के उचित विश्लेषण के साथ उनके प्रति अपने व्यक्तिगत विचारों को प्रस्तुत कर अपने 'मत' को स्पष्ट करना जरूरी होता है। इसे साध्य करने हेतु हमें हमेशा की अध्ययन की लीक से हटकर एक त्रिसूत्रिका का अवलंबन करना होगा।

पहला सूत्र है, संदर्भ ग्रंथों को पढ़ना। यदि वे अंग्रेजी में ही उपलब्ध हैं, तब और अधिक मेहनत कर उनका अध्ययन करना। पुस्तकालय में नियमित रूप से जाने की, पढ़ने की, अधिकाधिक जानकारी हासिल करने की आदत डालनी होगी। हर तरह से ज्ञानोपासक बनना होगा। ज्ञान अर्जन को लेकर टालने की आदत को पूर्णतया टालना होगा।

दूसरा सूत्र है, गुट में चर्चा करना। अखबार को नियमित रूप से पढ़ना। समान आचार-विचार के दोस्तों के साथ मिलकर अध्ययन करें, अपने मतों को सबके सम्मुख रखें। विचारों का आपसी लेन-देन करें। अखबारों को पढ़कर पाठ्यक्रम से संबंधित मुद्दों, बदलावों पर चर्चा करें। इन चर्चाओं के आधार पर सही-सटीक जवाब लिखने की आदत डाल लें।

तीसरा और अंतिम सूत्र है 'स्वयं अभ्यासी' होने का। अपने नोट्स खुद बनाएँ। निरंतर लिखने की आदत डाल लें, जिसकी वजह से दोनों परीक्षाओं की तैयारी खूब

अच्छी होगी। याददाश्त बढ़ेगी। लिखने में गति बढ़ेगी। इसके फलस्वरूप आपके व्यक्तित्व में सकारात्मक बदलाव आएगा। आपका दृष्टिकोण व्यापक बनेगा। आस-पास की स्थिति से, राष्ट्रीय-अंतरराष्ट्रीय बदलावों से आप परिचित होंगे। प्रतियोगिता परीक्षा में सम्मिलित होने की इच्छा मात्र से आपका व्यर्थ जाने वाला समय बचेगा। आपके बढ़िया नियोजन के आधार पर आप एक-दो प्रयत्नों में ही परीक्षा में अवश्य सफल होंगे। इस सबका सबसे अच्छा असर यह होगा कि आप मानसिक निराशा से, सामाजिक दबाव से मुक्त हो जाएँगे। इस सबके लिए सिर्फ इतना करें कि अपने आपको जानें···अंतर्मन में ज्योति जगाएँ।

□

बोल नहीं पाते हम अंग्रेजी

संघ लोक सेवा आयोग की परीक्षा में मैं सफल हो गया था और इसी उपलक्ष्य में मेरे सत्कार के एक समारोह से मैं लौट रहा था। 'महाराष्ट्र साहित्य परिषद्' की इमारत के पास खड़ा बस की राह देख रहा था। तभी सात-आठ युवक मेरे पास आए। वे सारे ग्रामीण क्षेत्र से आए छात्र थे। पुणे में आधे दिन की नौकरी करते हुए संध्या समय में प्रतियोगिता परीक्षा की क्लास में पढ़ने जाते थे और रात में पढ़ाई करते। यही उनकी दिनचर्या थी। उन सभी की एक ही समस्या थी 'अंग्रेजी'! वे मुझसे बोले—

"सर, हम अंग्रेजी समझ लेते हैं, पढ़ते भी हैं परंतु ठीक से बोल नहीं पाते! सिर्फ अंग्रेजी ही नहीं सर, हमारी मराठी भाषा भी ग्रामीण लहजा लिये हुए है। शुद्ध, अलंकारित मराठी भी नहीं बोल पाते। इसके लिए क्या करें हम?"

इसे सुनते ही मुझे याद आया कि शुरू-शुरू में जब मैं पुणे आया था, लोगों से बातचीत करता, तब कई बार सामनेवाला पूछता—

"क्या आप जलगाँव-धूलिया से हैं?"

"कैसे जाना?"

"आपकी बात के लहजे से!"

सच तो यह है कि भाषा की इस समस्या ने मुझे भी बहुत सताया था। पर एक अच्छी बात यह थी कि मुझे पढ़ने का बड़ा शौक था, सो मेरा शब्द भंडार भी अच्छा था। परंतु उच्चारणों का लहजा वही ग्रामीण! एक समय ऐसा भी आया कि मैं अपना बोलना, कहना टेप कर लेता और उच्चारण में सुधार की कोशिश करता, परंतु यह प्रयत्न भी व्यर्थ ही रहा। मेरा उच्चारण ग्रामीण ही रहे। आज भी वैसे ही हैं।

महाराष्ट्र लोक सेवा आयोग के अंतिम साक्षात्कार में मुझे अंग्रेजी 69/100 नंबर मिले थे और संघ लोक सेवा आयोग में 200/300 नंबर। परीक्षा की कसौटी पर इन्हें बहुत अच्छा समझा जाता है क्या? यह सवाल मैंने अपने आप से किया। कई बार किया, और

बड़ी ही सहजता, सरलता से मुझे इसका जवाब भी मिल गया।

हुआ यूँ कि मैं दिल्ली से बंबई आने के लिए दिल्ली के हवाई अड्डे पहुँचा। उड़ान में अभी कुछ समय बाकी था। मैं हवाई अड्डे के, लोगों के निरीक्षण का आनंद ले रहा था। मेरे सामने 5-6 लोगों का ग्रुप था। उनमें से एक व्यक्ति शुभ्र श्वेत लुँगी और कुरता पहने हुए था। खास तमिली पहरावा। बाकी सभी थ्री पीसेस सूट में थे। समूचे अड्डे पर लुँगी-कुरते में एकमात्र वही सज्जन थे। सभी आपस में अंग्रेजी में बातचीत कर रहे थे। मैंने देखा कि वे सज्जन सभी से अंग्रेजी में बोल रहे थे, पर उनका लहजा दक्षिणात्य प्रभाव के अंतर्गत ही था। अपने इस 'अलग' आदत का उनपर कोई विपरीत असर बिलकुल भी न था। चेहरे पर न किसी विषाद की छाया और न ही किसी न्यूनमन्यता का भाव! हम असल में जैसे हैं, वैसे ही रहेंगे, इस बात से वे सज्जन अपने आप से पूरी ईमानदारी के साथ थे। पूरी सच्चाई से थे। जो वे 'नहीं' थे, उसे दिखाने का कोई अट्टहास नहीं, व्यर्थ का अभिनिवेष नहीं। 'दिखावटीपन' के बजाय अपने सही होने पर, अपनी असलियत पर उनका विश्वास था। पूछने पर पता चला वे बहुत बड़े उद्यमी हैं।

उड़ान का समय हो गया। मैं निकल पड़ा। हवाई जहाज ने आकाश में ऊँची उड़ान भरी और मेरे विचारों के भी पर निकल आए। मन कहने लगा कि भाषा का ज्ञान सर्वोत्तम ही होना चाहिए, शब्दों का भंडार भी बहुत बड़ा होना चाहिए...परंतु बाहरी आडंबर के कवच की कोई आवश्यकता नहीं।

अपनी भाषा को समृद्ध बनाने के लिए हर उचित कदम उठाना होगा। पठन, मनन, चिंतन करना होगा। प्रतिदिन कुछ-न-कुछ लिखना अवश्य होगा। क्योंकि इस ज्ञानधिष्ठित समाज में आप के बाह्य रूप के बजाय आपके ज्ञान को, आपकी सही क्षमता को, आपकी मेहनत को, आपके अनुभवों को अधिक प्रतिष्ठा मिलती है। भले ही आपकी बोलने की भाषा अलंकारित न होगी, परंतु आपके संतुलित विचार, आपकी कार्यनिष्ठा ही अधिक महत्त्वपूर्ण सिद्ध होती है। ऐसा भी देखने में आता है कि बहुत ही नपातुला बोलनेवाले, या चार लोगों के सम्मुख एक भी शब्द न बोलनेवाले महानुभाव समाज में उच्चतम पदों पर पूरी लगन से कार्यरत हैं। यदि हमारे ज्ञान का, मेहनत का, विचारों का, अनुभवों का सिक्का सही आवाज में खनकता है, तब भाषा के न खनखनाने से कोई फर्क नहीं पड़ता।

इस सारे के लिए अपवाद है उन लोगों का, जो मार्केटिंग में, कॉल सेंटर्स में, कमीशन एजेंट, सेल्समैन आदि में कार्यरत हैं, क्योंकि वहाँ का सारा कारोबार आपकी भाषा, उसका लहजा और आपके प्रस्तुतीकरण पर ही निर्भर करता है।

अब मैं एक बहुत ही महत्त्वपूर्ण मुद्दा विशद कर रहा हूँ। हम क्या हैं, इसे खूब अच्छी तरह से समझो, जानो और परखो। और हमारे 'होने' को और ऊँचा उठाने, ऊँचे स्तर पर ले जाकर रखने में अपनी पूरी शक्ति लगा दो। अंग्रेजी में वार्त्तालाप के अभ्यास

के साथ-साथ लेखन, पठन, मनन, चिंतन करें। अपने शब्द भंडार को विस्तारित करें। सबसे महत्त्वपूर्ण बात यह है कि अपना हर काम खूब मन लगाकर करें। पाठ्यक्रम के विषयों का ज्ञान पूरी गहराई से अर्जित करें। सभी विषयों पर स्वतंत्र रूप से चिंतन करें और संतुलित विचार (मत) को बनाएँ। चुनिंदा पुस्तकों से प्रेरणात्मक संदेशों को पढ़ें। उन्हें अपने जीवन में उतारें। कड़ी मेहनत से मुँह न मोड़ें। सादा रहन-सहन एवं अच्छे विचारों को स्वीकारें। सिर्फ अच्छे लोगों के साथ ही घनिष्ठता रखें।

अपने उम्दा व्यक्तित्व के साथ अपने आपको उच्च स्तर पर ले जाएँ। इस प्रकार से जब हमारा व्यक्तित्व प्रगल्भ, ज्ञान से संपृक्त हो निखर उठता है, तब हमारे चेहरे पर एक आलोक अपने आप दमकने लगता है। हमारे आत्मविश्वास की झलक उसमें दमक जाती है। आँखों के माध्यम से भी हम बहुत कुछ स्पष्ट कर देते हैं। भाषा तो सिर्फ एक साधन मात्र बच जाती है। यदि हमारा ज्ञान उच्च है, तब प्रत्येक बात को हम सिर्फ सटीक शब्दों में विशद करने की ताकत व क्षमता रखते हैं। अनावश्यक शब्दों के जंजाल की आवश्यकता रह नहीं पाती तब! और यही रहस्य है प्रतियोगिता परीक्षा की सफलता का।

अब अपनी भाषा के प्रति, अपने उच्चारण के प्रति हीनमन्यता किसलिए? साधना करो ज्ञान की, चिंतन की। जीवन के बहुत सारे क्षेत्र और प्रतियोगिता परीक्षा के बहुत सारे विषय ऐसे हैं जहाँ भाषा की तुलना में, विषय को गहराई से समझना अधिक महत्त्वपूर्ण है। वहीं हमें अपनी जीत सिद्ध करनी है।

बालक बन अंग्रेजी सीखें : कहते हैं कि 'मौन की भाषा' यानी निःशब्द भाषा सर्वश्रेष्ठ भाषा मानी जाती है। परंतु व्यावहारिक जगत् में इस भाषा को समझनेवाले विरले ही मिलेंगे। मनुष्य ने सर्वप्रथम ध्वनि को जाना। फिर शब्दों को बनाया और अंत में शब्दों के माध्यम से बनी भाषा। किसी भी संस्कृति अथवा परंपरा के जनक होते हैं विक्रांता यानी जेता। इसी न्याय से चलती है भाषा। भौतिक प्रगति तथा साहित्य-निर्माण के चलते किन्हीं खास भाषाओं का विविध क्षेत्रों में महत्त्व बढ़ता गया। इसी के फलस्वरूप किन्हीं भाषाओं के प्रति हीनमन्यता बढ़ती गई। हमारी बोली भाषा से हमारे ज्ञानार्जन की भाषा सर्वथा भिन्न होने की वजह से शिक्षा के प्रति तनाव बढ़ता गया। परंतु सारे विश्व को एक अखंड सूत्र में बाँधने की कोशिश में रहते हुए हम पाते हैं कि भाषा के प्रति मिश्रित प्रवाह दिखाई देता है।

एक ओर ज्ञानभाषा के तौर पर अंग्रेजी भाषा जगत्मान्य होते हुए भी दूसरी ओर किन्हीं खास क्षेत्रों में उपलब्ध अवसर के लिए किन्हीं खास भाषाओं का महत्त्व बढ़ता दिखाई देता है। जैसे ऑटोमोबाइल, सूक्ष्म जीवशास्त्र के क्षेत्र में जर्मन भाषा का महत्त्व, इलेक्ट्रॉनिक क्षेत्र में चीनी, जापानी भाषाएँ इत्यादि।

यह भी देखने में आ रहा है कि पहले भाषा के प्रति रहा वृथा अभिमान कम हो रहा है और प्रादेशिक भाषा अपने अस्तित्व को बनाए रखने के लिए प्रयत्नशील है। वैश्वीकरण के प्रभाव में प्रादेशिकता के संवर्धन का महत्त्व बढ़ रहा है और Global के बजाय Glocal (ग्लोबल + लोकल = ग्लोकल) नामक नई संकल्पना रूढ़ हो रही है। इसी पार्श्वभूमि पर हम अंग्रेजी के विषय में कुछ कहने का प्रयास करेंगे।

आज हम चारों ओर एक खास बदलाव देख रहे हैं। गरमी की छुट्टियों में सर्वाधिक माँग होती है 'अंग्रेजी स्पीकिंग कोर्स' की। सभी साक्षर परिवार इस भाषा के प्रति जागरूक दिखाई देते हैं। अपनी आर्थिक क्षमता के अनुसार अभिभावक बच्चों को अंग्रेजी माध्यम, सेमी अंग्रेजी माध्यम के स्कूलों में दाखिल करते दिखाई देते हैं। आज मराठी माध्यम के तमाम स्कूलों में कक्षा एक से अंग्रेजी विषय अनिवार्य कर दिया गया है। उपरोक्त तमाम बातें अंग्रेजी के महत्त्व को दरशाती हैं। अंग्रेजी का महत्त्व दिनोंदिन बढ़ता दिखाई दे रहा है।

मैंने ऐसे बहुतेरे युवकों को देखा है जिन्हें फर्राटेदार अंग्रेजी बोलना नहीं आता है। और इसीलिए गुलजारजी के शब्दों में कहा जाए तो वे 'नाराज' नहीं, परंतु 'हैरान' अवश्य हैं। वे किसी भी प्रकार की कोशिश करने को तैयार नहीं। अंग्रेजी बोलना ही सारी सफलता की कुंजी है, ऐसा मानकर वे अपने आपको, स्कूल को, अभिभावकों को निरंतर कोसते रहते हैं। पल-पल बुझते रहते हैं। गलत अंग्रेजी बोलने के डर से, अंग्रेजी बोलते ही नहीं। लोग मजाक ही बनाएँगे, इसी डर से अंग्रेजी को टालते रहते हैं।

अंग्रेजी से इतना डरनेवाले मेरे युवा मित्रों को मेरी एक सलाह है कि इस बेवजह डर को अपने मन से निकाल दें। माना कि अंग्रेजी में बातचीत करना आवश्यक है, परंतु यह जरूरी नहीं कि आप फर्राटेदार अंग्रेजी ही बोलें। सही, शुद्ध अंग्रेजी में ही बोलना, नौसिखियों के लिए कदापि संभव नहीं है। जिस प्रकार से किसी कुपोषित बालक से कुश्ती खेलने की आशा, अपेक्षा नहीं रखी जा सकती, वही बात अंग्रेजी वार्त्तालाप की है। जो युवक ऊँचे दरजे की अंग्रेजी के अध्ययन से वंचित रह जाते हैं, उन्हें अपने आप से तुरंत फर्राटेदार भाषा की अपेक्षा रखना सरासर गलत बात है। इससे होता यह है कि हमारे बस के बाहर की बात है, यही सोचकर हम उस दिशा में प्रयत्न करना भी टालते रहते हैं। इससे बेहतर तो यही है कि अंग्रेजी बोलने की आदत को धीरे-धीरे सुधारें। अंत में सफलता अवश्य मिलेगी।

मन से अंग्रेजी का डर हटाने का और उसे सीखने का एक बड़ा आसान तरीका मैंने खोज निकाला है। इसे सीखने के लिए आप बालक बन जाएँ। छोटा बच्चा जिस तरीके से बोलना सीखता है, हम भी सीखेंगे। बच्चे, बड़ों का वार्त्तालाप सुनते हैं। सुनते-सुनते ही समझने लगते हैं। समझने पर बोलने की कोशिश करते हैं। इसी प्रकार से हमें अंग्रेजी

में समाचार सुनने चाहिए प्रतिदिन। 'प्रतिदिन' शब्द बड़ा महत्त्वपूर्ण और अनिवार्य है। अब बच्चे जिस प्रकार से बड़ों की नकल करते हैं, हम भी उन समाचारों की नकल की कोशिश करना अनिवार्य समझें।

बच्चे सही अथवा गलत उच्चारण की परवाह किए बगैर निरंतर बोलते रहते हैं। तुतलाते भी हैं और किसी के हँसने की ओर ध्यान भी नहीं देते। वही हमें भी करना है। किसी के हँसने की परवाह किए बगैर जैसी भी टूटी-फूटी अंग्रेजी बोल सकते हैं, बगैर हिचकिचाहट के बोलनी ही है।

नौसिखियों का एक ग्रुप बनाएँ। यहाँ कोई भी किसी पर हँसेगा नहीं, किसी को चिढ़ाएगा नहीं, इन शर्तों के साथ आपस में सिर्फ अंग्रेजी ही बोलें। छोटे बच्चे जिस प्रकार से अपने आप अच्छा बोलना सीख जाते हैं, आप भी निश्चित रूप से सीख लेंगे। हमें जो कुछ सामनेवाले से कहना है, उतना भी हम अंग्रेजी में यदि बोल लें, भले ही उसमें कुछ गलतियाँ हैं, पर यदि सामनेवाले की समझ में आशय आ जाता है, वही हमारे लिए पर्याप्त है।

आपकी शुरुआत की इच्छा, महत्त्वाकांक्षा ही आपकी सफलता की पहली सीढ़ी है। धीरे-धीरे गलतियाँ अपने आप कम होंगी। व्याकरण भी समझ में आने लगेगा। आपका शब्दों का भंडार अंग्रेजी पुस्तकों के पढ़ने से निरंतर बढ़ता जाएगा। उपाधि की अंतिम परीक्षा तक अंग्रेजी के प्रति आपके पास पूरा आत्मविश्वास होगा। उपाधि के पश्चात् किसी भी क्षेत्र के प्रांगण में अंग्रेजी स्पीकिंग के अस्त्र के साथ आप पदार्पण करेंगे और आत्मविश्वास के साथ सफल होने का आनंद ले सकेंगे। परंतु स्मरण रहे कि बातचीत के इस प्रयोग को महाविद्यालय के प्रथम वर्ष से ही आरंभ कर लें। प्रतिदिन दो-तीन घंटे अंग्रेजी में बोलने का अभ्यास करें। आपस में किसी की खिल्ली न उड़ाएँ। एक-दूसरे का सहारा बनें। जो आपसे भी कमजोर है, उसके लिए अपना हाथ आगे बढ़ाएँ। प्रशंसा भी करें।

यदि हम इतना भी कर लेते हैं, पर्याप्त है। क्योंकि जूझना, टक्कर देना ही महत्त्वपूर्ण है। सफलता-असफलता अनेक बातों पर निर्भर करती है। पूरे मनोयोग से किया गया प्रयास कभी भी व्यर्थ नहीं जाता है। अपने आपसे ईमानदारी बरतें। हार-जीत की बात पर बहुत अधिक विचार न करें। अपने नियोजित मार्ग पर निरंतर चलते रहें···पूरे विश्वास के साथ···पूरे मनोयोग से···पूरी ईमानदारी से···

इस मार्ग पर आपकी मंजिल निश्चित ही आप की प्रतीक्षा में है।

पढ़ें अंग्रेजी में, प्रस्तुति मातृभाषा में : बालक बन अंग्रेजी सीखने के अच्छे परिणामों को हमने देख ही लिया है। हमारा आत्मविश्वास बढ़ जाता है। हीनमन्यता की भावना भी रह नहीं जाती। हम अंग्रेजी अखबार पढ़ने लगते हैं। अंग्रेजी में समाचार सुनने

लगते हैं। धीरे-धीरे हमारी उड़ान संदर्भ ग्रंथों तक पहुँच जाती है। अब सवाल यह उठता है कि अंग्रेजी के अच्छे ज्ञान के बल पर क्या हम प्रतियोगिता परीक्षा में सफल होंगे? इसी मुद्दे पर अब हम विचार करेंगे।

प्रतियोगिता परीक्षा और अंग्रेजी, इन दो बातों पर हमें दो स्तरों पर विचार करना होगा। पहली बात है पूर्व परीक्षा और मुख्य परीक्षा। दूसरे स्तर पर आती है मौखिक परीक्षा यानी साक्षात्कार, अर्थात् आपके व्यक्तित्व की जाँच। तब स्वाभाविक तौर पर पहला प्रश्न मन में यह उठता है कि MPSC तथा UPSC की लिखित परीक्षा के लिए बढ़िया अंग्रेजी लिखने-बोलने की आदत और अभ्यास क्या वाकई अनिवार्य है?

इसका सीधा सच्चा जवाब है 'बिलकुल नहीं'। चौंक गए न आप? चौंकिए मत। इसका मुख्य कारण यह है कि हमारे संविधान ने UPSC की परीक्षा की सुविधा समस्त भारतीय भाषाओं में उपलब्ध करवा दी है, ताकि प्रादेशिक भाषाओं के माध्यम से शिक्षा प्राप्त किए हुए मेहनती, बुद्धिमान छात्र देश की इस सर्वोच्च परीक्षा से वंचित न रह जाएँ, यही मूल उद्देश्य इसका रखा गया है। वे मेधावी छात्र जो सिर्फ अंग्रेजी माध्यम में पढ़ न पाए, इसीलिए यह अवसर उनके हाथ से छिन न जाए, यही भावना इस सुविधा के प्रति रखी गई है।

मैंने स्वयं MPSC तथा UPSC की परीक्षा यानी परचे अपनी मातृभाषा मराठी में ही लिखे थे। साक्षात्कार मैंने अंग्रेजी भाषा में दिया था।

मुझे वर्षांत (10 वीं बोर्ड) की परीक्षा में अंग्रेजी में 90/100 नंबर मिले थे। आगे बारहवीं, इंजीनियरिंग की परीक्षा अंग्रेजी माध्यम से ही दी थी। नौकरी के दौरान कॉरपोरेट दुनिया में मैं सारा संभाषण अंग्रेजी में ही करता था। फिर भी मुझे एक बात का गहरा अहसास हुआ कि भले ही मैं अंग्रेजी पढ़ता था, लिखता था, और बातचीत भी अंग्रेजी में ही करता था, परंतु मैं विचार सिर्फ 'मराठी' में ही करता था, समस्या का विश्लेषण भी मराठी में ही और सारा मनोव्यापार भी सिर्फ मराठी में ही। यानी प्रत्येक व्यक्ति सोचने-विचारने का कार्य अपनी मातृभाषा में ही कर सकता है, करता है।

कई बार ऐसा होता है कि हमें अपना कोई खास विचार या भावना व्यक्त करनी होती है। अपनी मातृभाषा में उसे प्रस्तुत करने के लिए हमें अपनी ही भाषा में एक से अधिक शब्द सूझते हैं, परंतु अंग्रेजी में उसका पर्यायवाची शब्द हम खोज नहीं पाते। फिर उस शब्द जैसा कोई दूसरा समानार्थी शब्द उपयोग में लाकर काम चला लेते हैं।

प्रतियोगिता परीक्षा में सटीक शब्दों को बड़ा महत्त्व है। UPSC के परचे पर सीधा-सीधा आदेश ही लिखा होता है कि आप अपने जवाब मर्यादित, नपे-तुले शब्दों में प्रभावी तरीके से लिखें।

इसका कारण यह है कि आप जो बात कहना चाहते हैं, उसे कम-से-कम शब्दों में,

सही अर्थ के साथ विशद करेंगे, तब उसका असर बेहतर ही होगा। लंबे-चौड़े शब्दों के जंजाल में लिपटे-अटके जवाब मूलतया बेअसर, प्रभावहीन सिद्ध होते हैं। और आज के गतिमान युग में किसके पास इतना समय बचा है कि वे सारांश के बजाय विस्तारित जवाबों की झंझट में पड़े ?

नौकरी के लिए साक्षात्कार की बात हो अथवा किसी व्यवसाय से संबंधित परियोजना की बात उसके लिए मर्यादित, परंतु अत्यंत प्रभावी संवाद करना ही आवश्यक है।

प्रतियोगिता परीक्षा के परचों में अंग्रेजी का एक परचा अवश्य होता है, जिसका स्तर बारहवीं के अंग्रेजी के पाठ्यक्रम का होता है। उसका मन:पूर्वक अध्ययन महत्त्वपूर्ण है, बाकी परचे आप अपनी मातृभाषा में सटीक, प्रभावी तरीके से लिख सकते हैं।

यह भी स्मरण रहे कि अपनी मातृभाषा से प्रेम रखना यानी अंग्रेजी को 'दूजा भाव' देना नहीं। सारी दुनिया में ज्ञानार्जन के लिए वही भाषा मान्यता प्राप्त भाषा है। किसी-किसी विषय के अध्ययन में अपनी मातृभाषा में सदर्भ ग्रंथ मिलना दूभर है, परंतु वैश्विक स्तर की भाषा अंग्रेजी में उत्तमोत्तम ग्रंथ उपलब्ध हैं। यदि उनसे लाभ उठाना है, ज्ञान प्राप्त करना है, तब अंग्रेजी ग्रंथों का ही अध्ययन अनिवार्य है। उसे पढ़ने में आलस्य न करें। सौ बार भी डिक्शनरी देखनी पड़े, तो देखें। टालें नहीं। अंतिम उद्देश्य है ज्ञानाधिष्ठित सफलता!

उन अंग्रेजी ग्रंथों को बार-बार पढ़ें। उस ज्ञान को समझ लें और उसका मनन, चिंतन अपनी मातृभाषा में करें। जवाब लिखते समय यदि आपकी मातृभाषा का कोई पारिभाषिक शब्द याद नहीं आ रहा है, तब सीधे उसे अंग्रेजी के सही मूल शब्द में ही लिखें। उस जवाब का मूल्यांकन सही-सही किया जाएगा, इस पर विश्वास रखें।

यानी प्रतियोगिता परीक्षा की तैयारी में सुयोग्य अंग्रेजी संदर्भ ग्रंथों की मदद लें। अभिव्यक्ति अपनी मातृभाषा में करें। इस दोहरी रणनीति की मदद से आप सौ फीसदी सफल होंगे, इसमें कोई शक नहीं। मेरा अपना यही अनुभव है।

साक्षात्कार में अंग्रेजी का डर : अंग्रेजी भाषा के प्रति मन में जो डर बैठ जाता है, उसी समस्या के हल के लिए यह लेख लिख रहा हूँ। एक शब्द 'साक्षात्कार' यानी नौकरी, स्कूल, कॉलेज के दाखिले के समय जो मौखिक परीक्षा ली जाती है, वही साक्षात्कार कहलाता है। ऐसे समय अंग्रेजी नामक 'हौआ' बहुत सताता है।

दरअसल 'साक्षात्कार' की जगह उचित शब्द है 'व्यक्तित्व जाँच'। अब अंग्रेजी ठीक से बोल न पाने का डर और साक्षात्कार के विषय, इन दोनों के बीच गहरा संबंध है अत: 'व्यक्तित्व जाँच' को हम समझने का प्रयत्न करेंगे।

सामान्यतया कोई प्रत्याशी लिखित परीक्षा में बढ़िया तरीके से सफल हो जाने के बाद यह 'व्यक्तित्व जाँच' के लिए सही पाया जाता है। तब प्रश्न यह उठता है कि इस

जाँच का मुख्य उद्देश्य क्या है ? लिखित परीक्षा द्वारा आपके ज्ञान की जाँच तो पहले ही हो जाती है। अब जानना होता है आपके व्यक्तित्व के बारे में। जिस पद के लिए अथवा काम के लिए आपको चुनना है, उस हिसाब से आपका व्यक्तित्व सुयोग्य है अथवा नहीं, इसकी जाँच साक्षात्कार के द्वारा होती है। जैसे किसी कंपनी में अनुसंधान एवं विकास की दृष्टि से यदि चुनाव करना है, तब उस विषय के गहरे ज्ञान की दृष्टि से जाँच होगी। यदि काम क्रय विभाग से संबंधित है, तब सौदेबाजी की आपकी क्षमता, मार्केटिंग के हिसाब से आपकी संवाद कुशलता, उत्पाद विभाग से संबंधित आपकी तकनीकी समझ एवं प्रत्यक्ष अनुभव को परखा जाता है।

इन तमाम साक्षात्कारों के लिए आपको बहुत अच्छी (फर्राटेदार) अंग्रेजी बोलनी चाहिए, यह बिलकुल जरूरी नहीं है। यदि आपके पास खूब अच्छी संवाद शैली है, आपकी 'देह-बोली' बहुत कुछ समझा सके तो अच्छा ही है। इन गुणों से आपका प्रेजेंटेशन लाजवाब होगा, इसमें कोई शक नहीं। परंतु यदि इनमें आप कुछ कम भी पड़ जाते हैं, तब इसका मतलब यह कदापि नहीं कि आप अयोग्य, निकम्मे सिद्ध होते हैं। जहाँ संवाद कौशल्य की आवश्यकता नहीं है, ऐसी नौकरी के लिए अंग्रेजी का साधारण ज्ञान पर्याप्त है। आपको जिस काम के लिए चुना जाने वाला है, उसके प्रति आपका अच्छा ज्ञान, अनुभव, मेहनत करने की इच्छा और काम में सच्चाई ईमानदारी है, तब आप अपनी योग्यता को अपने शब्दों के माध्यम से सामनेवाले को निश्चित रूप से परिचित करवा सकते हैं। यहाँ जरूरत है अपने शब्दों में स्वच्छ सटीक बोलने की! अनावश्यक न्यून भावना को टालना है और अपनी भाषा में अपनी क्षमता को उजागर करना है।

अब मैं बात करूँगा प्रतियोगिता परीक्षा के साक्षात्कार की। इन परीक्षाओं के द्वारा देश के तथा राज्य के प्रशासन में कार्य करने की क्षमता रखनेवाले अधिकारियों एवं कर्मचारियों को चुना जाता है। इसके लिए आवश्यक है गहरा आत्मविश्वास, हमारे आस-पास के सामाजिक, राजकीय, सांस्कृतिक आदि प्रश्नों के प्रति ज्ञान की। संतुलित विचार, भावनाओं पर नियंत्रण, सामनेवाले की बात शांति से सुन लेने की क्षमता, समाज के प्रति मन में स्नेह की भावना, प्रतिकूल स्थिति में भी स्थिर बने रहने की क्षमता, किसी भी काम को जल्दी सीख लेने की इच्छा एवं क्षमता की सख्त जरूरत है।

इन तमाम विशेष गुणों के एकत्रित मतितार्थ के आधार पर हम 'प्रशासक' की परिभाषा यूँ कर सकते हैं—

'ठंडे दिमागवाला (यानी संवेदनाहीन नहीं, बल्कि 'स्थितप्रज्ञ') और फौलादी रीढ़वाला (यानी निर्दयी नहीं, बल्कि धैर्यशील संयमी) व्यक्ति!' इस सारे को किस तरह से जाँचा जाता है, बताने से पहले मैं आपको चकित कर देने वाली एक सच्चाई विशद् करूँगा।

UPSC की मात्र लिखित परीक्षा ही मातृभाषा में नहीं, वरन् आप साक्षात्कार भी

अपनी मातृभाषा में दे सकते हैं। बिलकुल दे सकते हैं, फिर भले ही परीक्षकों के पैनल में कोई भी आपकी भाषा न जानता हो। ऐसे प्रत्याशियों के लिए वहाँ दुभाषिए का इंतजाम होता है। यह दुभाषिया आपकी मातृभाषा का तथा अंग्रेजी का उत्तम जानकार होता है। अंग्रेजी में पूछे गए प्रश्न को वह आपकी भाषा में अनूदित करता है और आपके जवाबों को अंग्रेजी में। आधुनिक 'संजय' होता है वह महाभारत का। यानी अब आपको अपनी टूटी-फूटी अंग्रेजी का भी भय नहीं। याद रहे कि मातृभाषा में दी गई परीक्षा से न तो कोई खास लाभ है और न ही नुकसान। लोगों में गलतफहमी है कि अपनी भाषा में परीक्षा देने से 'सहानुभूति' के तौर पर नंबर अधिक मिलते हैं। यह सरासर झूठी अफवाह है। हमें हमारी योग्यता के अनुसार ही नंबर मिलेंगे, क्योंकि यहाँ आपके ज्ञान को ही परखा जाता है।

प्रतियोगिता परीक्षाओं की मौखिक सफलता के लिए एक त्रिसूत्रिका का अवलंबन बड़ा आवश्यक है। गहरे ज्ञान की प्राप्ति। जरूरत के अनुसार अंग्रेजी संदर्भ ग्रंथों का उपयोग, और तीसरी बात यह कि सामनेवाले से वार्त्तालाप कर सकें, इतना प्राथमिक अंग्रेजी का ज्ञान। एक और गलतफहमी यह कि 'साक्षात्कार' में फेल कर दिया, ऐसा कदापि नहीं होता है। आपकी लिखित परीक्षा के नंबरों में साक्षात्कार के नंबर जोड़कर नतीजा पेश होता है। यदि लिखित परीक्षा में खूब अच्छे नंबर मिले हों, तब अंतिम लिस्ट में आपके चयन की संभावना बहुत बढ़ जाती है। 'साक्षात्कार में फेल कर दिया' यह बात असंभव है। अत: साक्षात्कार हेतु गहरा ज्ञान प्राप्त करें। संवाद की कुशलता से साक्षात्कार का सामना करें। अपनी भाषा का ज्ञान खूब बढ़ाएँ। ये तीनों बातें हमारे बस में हैं। इनके आधार पर अपनी निपुणता सिद्ध करें और जीवन में आगे बढ़ें। ऐसा करने से प्रकृति में संचरित सकारात्मक शक्तियाँ सदैव आपका साथ देती रहेंगी।

□

इति अक्षर-यात्रा

इस अक्षर-यात्रा को कहाँ रुकना है, और कैसे रुकना है, इस बात का निर्णय कितने अरसे से मैं कर न पा रहा था। जब इस यात्रा की शुरुआत की, तब मन में बार-बार यह विचार उभरकर सामने आ जाता कि अभी-अभी मैंने उम्र के इकत्तीसवें वर्ष में पदार्पण किया है। स्कूल के पहले पदार्पण के दिन से लेकर UPSC तक के मेरे प्रवास के वर्णन में मैं कहीं बहुत जल्दी तो नहीं कर रहा हूँ? परंतु दूसरा मन कह रहा था कि अनगिनत प्रयासी युवकों के लिए, यानी अपनों के लिए यदि समय से अपने अनुभवों को तुमने लिखकर अभी प्रस्तुत न किया तो उन्हें स्फूर्ति मिलने में, प्रेरणा मिलने में देर हो जाएगी, जो सर्वथा गलत होगा। 'समय' से किया गया काम अत्यंत उपयोगी सिद्ध होता है। 'देर' करने से कुछ हासिल नहीं। समय से मिली योग्य किताबें, योग्य मित्र, उचित मार्गदर्शन बहुत ही महत्त्वपूर्ण होता है। इस महत्त्व की 'महत्ता' को जानकर मैंने तय कर लिया कि अपने जीवन के अनुभवों को अवश्य शब्दबद्ध करना है और मेरे अनगिनत 'अपनों' के हाथों सौंपना है। जब उन्हें यह किताब मिलेगी, तब मैं ही उनका मित्र बनकर उन्हें मार्गदर्शन कर पाऊँगा। उन सभी का 'गुरु' कहलाने अथवा बनने के लिए इतना सक्षम शायद मैं नहीं हूँ, परंतु उनका दोस्त बनकर मार्गदर्शक बनने की मेरी क्षमता अवश्य है। सच तो यह कि मुझे अभी भी बहुत कुछ सीखना बाकी है। मेरे जीवन प्रवास के इस तीसरे मुकाम पर मैं आया और तय कर लिया कि मुझ जैसे अनगिनत 'पथिक स्वजनों' के हाथों मेरे संचित ज्ञान के सार को सौंपना है।

मेरे जीवन का पहला मुकाम था बजाज ऑटो। दूसरा था MPSC और तीसरा पड़ाव UPSC की सफलता का। इस तीसरे पड़ाव पर कुछ अर्थपूर्ण अनुभव लिखने का संकल्प किया। विचारों तथा मानसिकता के उतार-चढ़ाव के साथ नवनिर्माण जारी रखा। एक सहायक आयकर आयुक्त, एक पुत्र, एक पति आदि विविध आयामों के चलते कुछ नए, अच्छे-बुरे, पारंपारिक विचारों को जड़ से उखाड़नेवाले, दहला देनेवाले अनुभवों से गुजर

रहा हूँ···उसी के द्वारा मानसिकता को नए आयाम भी उपलब्ध हो रहे हैं। यह प्रक्रिया तो जीवन के अंत तक चलने वाली है। अतः आज यह कहना कठिन है कि यह प्रवास अंतिमतः किस सत्य के पास जाकर थम जाएगा···इसीलिए इस पुस्तक में मैंने अपने समूचे प्रयासों, हीनमन्यता, कार्य करने की प्रेरणा, अंग्रेजी का डर आदि समस्याओं का अत्यंत सरल शब्दों में विमर्श किया है। क्योंकि इन्हीं समस्याओं की वजह से छात्रों के पहले बढ़ते कदम तले निराशा की बारूदी सुरंग लग जाती है, इसे मैं अच्छी तरह से जानता हूँ, और इसी वजह से मैंने सच्चे मन से अपने तमाम अनुभव लिखकर पेश किए हैं। आगे भी लिखता रहूँगा। स्वजनों को मदद करता रहूँगा। परंतु यहाँ एक बात का उल्लेख मैं अवश्य करना चाहूँगा कि यह सारा प्रवास जगमगाहट की ओर से सीधे-सादे जीवन की ओर, मौज-मस्ती की उड़ान से मितव्ययता की ओर, कोलाहल से दूर एकांत की ओर, व्यक्ति की ओर से समष्टि की ओर जाने वाला प्रवास है।

लिओनार्दो द विंची के एक वाक्य ने मेरे मनमंदिर में अपना अडिग स्थान बना लिया है—

"Simplicity is the ultimate sophistication."

"नितांत सादा सरल जीवन ही सच्ची आधुनिकता का शिखर है।"

अगली अक्षर-यात्रा में भेंट अवश्य होगी, परंतु आपकी प्रतिक्रिया की प्रतीक्षा निरंतर बनी रहेगी।

यदि आपको मुझसे कुछ कहना होगा तब निस्संकोच मन से आप मुझसे भ्रमणध्वनि (मोबाइल) 99708 46636 के द्वारा संपर्क कर सकते हैं। यदि लिखित रूप से प्रतिक्रिया देनी है, तब निम्नलिखित पते पर लिखें—

संदीप कुमार रतन सालुंखे

द्वारा—डॉ. जी.वी. देसले

'कृष्णाई', पटवारी कॉलोनी

अमलनेर, जिला-जलगाँव-425401

(महाराष्ट्र)

□

चिंतन पुष्प

हमारे जीवन के दो आयाम हैं ऐसा मैं मानता हूँ। एक आयाम 'व्यक्तिगत स्तर' को उजागर करता है तथा दूसरा 'वैश्विक स्तर' को व्यक्तिगत स्तर पर घटित होनेवाले प्रसंगों का संबंध उस समय के वातावरण से जुड़ा होता है, जिसकी व्याप्ति सीमित होती है। वह प्रसंग वैश्विक स्तर के एक बृहद् संवृत्त (सेट) का एक छोटा सा संवृत्त ही होता है। इसीलिए इस प्रसंग से हमारी अनुभूति समस्त मानव जाति के अनुभूति की विस्तृत कक्षा का ही एक हिस्सा है। हमारे वाचन, संज्ञापन आदि की वजह से हमें जीवन में जो अनुभव आते हैं, वे समस्त मानव जाति के जीने के अनुभवों के अवकाश (space) का प्रतिनिधित्व करते हैं।

इस प्रकार के अनुभवों को स्थल, काल, भाषा, लिंग, देश का कोई बंधन नहीं होता है, इसीलिए इन अनुभवों का, वैश्विक अनुभवों से हो रहे रिश्ते को मैं महसूस करता हूँ, जो समस्त मानव जाति के बीच जुड़ी शृंखला है। आज जब मैं लौटकर अपने विगत जीवन के अनुभवों का अवलोकन करता हूँ, मैं उन्हें वैश्विक अनुभवों से जुड़ा हुआ पाता हूँ। प्रस्तुत पुस्तक के प्रत्येक प्रकरण से जुड़े उपयुक्त विचारों को मैं अभिव्यक्त करना चाहता हूँ।

प्रतीक्षा है मुझे

हमारे अंतर्मन की वह आवाज...

- अंतर्मन की एक अनामिक और कभी बेअसर न होनेवाली आवाज हर व्यक्ति के हृदय में बसती है। यह आवाज हमें अपने जीवन का अर्थ अपने तरीके से खोजने के लिए प्रेरित करती रहती है।
- अपने ही हृदय की इस आवाज को सुनकर यदि हम उसे प्रत्युत्तर दें तो यह आवाज हमें कठिनाइयों का सामना करने के लिए अतुलित बल देती है। यह

आंतरिक आवाज हमें अपने निरर्थक जीवन को बदलने एवं एक अर्थपूर्ण जीवन व्यतीत करने के लिए सदैव प्रेरित करती रहती है।

- प्रेरणात्मक और मन को झकझोर देने वाले शब्दों को सुनने या पढ़ने से हृदय में छिपी इस आवाज को अत्यधिक प्रेरणा मिलती है और हम उसे प्रत्यक्ष अभिव्यक्ति से कर्म में बदल सकते हैं। ऐसे शब्द, वचन हमारे जीने और सोचने के तरीके बदलते हैं, जीवन और मृत्यु का अकाट्य सत्य उजागर करते हैं और जीवन-मृत्यु के बीच में जो हमारे 'जीने' का अंतराल होता है, उसे अर्थपूर्णता प्रदान करते हैं।
- अंतर्मन की यह पुकार हर किसी में होती है। सच तो यह है कि हम किसी आदर्श के लिए बेचैन नहीं होते बल्कि हम अपने ही अंदर के उस आदर्श की खोज में होते हैं, जो हमारी अज्ञानता और आलस्य से ढका हुआ है। पहले हम औरों में अपने आदर्श को खोजने की कोशिश करते हैं, जूझते हैं, भागते हैं, गिरते हैं, फिर भागते हैं; लेकिन एक क्षण ऐसा आता है, जब हमें इस शाश्वत सत्य का बोध होता है कि हमें स्वयं का आदर्श बनना है, स्वयं को जानना है, हमें ही अपनी सर्वोच्च मंजिल को अपनाना है और जीवन का यह युद्ध हमें अकेले ही लड़ना है—चाहे सफलता मिले या न मिले।
- ऐसी यात्रा में सफलता या असफलता का कोई महत्त्व नहीं होता। महत्त्व की बात केवल यह होती है कि कठिनाइयों से भरी यह यात्रा हमारे अंदर की सारी अच्छाइयों को आलोकित करती है और बुराइयों को जला देती है।
- इस तरह से प्रेरित लोग बस मात्र 'इनसान' ही नहीं होते, वे बिना आकार और रूप वाले वैश्विक आत्मा की आवाज होते हैं, जो हमें स्वयं को जानने के लिए और अपने परम लक्ष्य की ओर बढ़ने के लिए प्रेरित करती है।

मेरी अक्षरयात्रा

जब तक हम औरों की मदद न करें, हमारी निजी सफलता का कोई अर्थ नहीं होता।

- हमारी निजी सफलता के क्षण में हमारा हृदय एक अजीब और अनजाने दर्द तथा उदासी से भर जाता है। 'हम तो सफल हो गए, परंतु हमारे काफी साथी असफल रहे।' इस भावना से सफलता के क्षणों में भी उदासी छा जाती है।

- हमें लगता है कि जब तक हम अपने स्तर पर अपने दूसरे साथियों को ऊँचा उठाने के लिए प्रयत्न न करें, तब तक हमारी सफलता एक गहरी तृप्ति का स्रोत नहीं हो सकती। जब तक हम अपने बंधुओं की सहायता न करें, तब तक एक अनजान सूनापन हमारे हृदय, मस्तिष्क और शरीर के प्रत्येक कण में व्याप्त रहता है।
- इस उदासी का कारण यह होता है कि विशाल स्तर पर हम सब की आत्मा एक ही है। हमारी सफलताएँ तब तक पूरी नहीं हो सकतीं, जब तक अपने जैसी परिस्थिति में मौजूद अपने भाइयों को प्रगति के रास्ते पर लाने की कोशिश हम न करें।
- हम उस परम आत्मा के अंश हैं, जो प्रत्येक के माध्यम से प्रगट होने का सतत प्रयत्न कर रही है। जब उत्सव के समय हम सूनापन महसूस करते हैं, तब हम उस अर्थ को पाने के प्रयत्न में सफल होने के बहुत निकट होते हैं।
- हृदय का वह दर्द अपने लिए नहीं, औरों के लिए होता है। पूरे संसार में फैले उन लाखों-करोड़ों जीवों के लिए होता है, जो अपने मस्तिष्क के निःशब्द कक्षों में घोर मानसिक युद्ध कर रहे हैं, जो अपने हालात और व्यवस्था को दोषी ठहराने के चक्रव्यूह में फँसे हुए हैं, जो अपने उन सपनों के साथ ही मर जाते हैं, जो इनकी मुट्ठी में बंद ककून की तरह कभी पंख फैलाकर आनंद के खुले आसमान में नहीं उड़ पाते।
- जब हम अपनी जैसी हालातवाले अपने किसी भाई की छोटी सी भी सफलता देखते हैं या उसके बारे में पढ़ते हैं तो वह सफलता हमें अपनी ही लगती है, क्योंकि वह हमारी तरह ही है, हम में से ही एक है। एक धुँधला सा विचार हमारे मस्तिष्क के किसी कोने में घर करता है कि 'यदि वह कर पाया तो मैं क्यों नहीं?' और फिर हम भी उसी रास्ते पर चल पड़ते हैं।

दसवीं बोर्ड में सर्वप्रथम

आओ हम नकारात्मक विचारों के लिए उस मेढक की तरह बधिर हो जाएँ। अंत में प्रकृति हमें पुरस्कार देगी।

- जब हमारे आसपास के सभी लोग कहते हैं कि कुछ बातें असंभव हैं, हालाँकि हमें दिल-ही-दिल में विश्वास है कि यह संभव है, तब इसमें उन लोगों का

दोष नहीं है। यह हमारी सामाजिक, शैक्षणिक और सांस्कृतिक व्यवस्था का दोष भी हो सकता है, जो हम में हीन भावना का पोषण करती है।

- उस मेढक की कहानी याद कीजिए—एक झुंड के दो मेढक गड्ढे में गिर गए। बाकी मेढकों ने बताया कि गड्ढे की गहराई बहुत होने से उन दोनों का अब बच निकलना असंभव है। मृत्यु से भयभीत होकर वे दोनों अपनी पूरी ताकत से ऊपर उछलने लगे। बाकी मेढक चिल्लाकर कहते रहे, 'व्यर्थ है', फिर भी दोनों मेढकों ने उछलना जारी रखा और काफी थक गए। आखिरकार एक मेढक ने परिस्थिति देखी और अपने भाग्य के आगे हारकर गड्ढे की तली में लेट गया और मर गया, जबकि दूसरा मेढक प्रयत्न करता ही रहा। फिर एक क्षण ऐसा आया कि मेढक गड्ढे के बाहर छलाँग लगाने में सफल रहा और बच गया।
- सभी मेढक दूसरे मेढक की हिम्मत देखकर आश्चर्यचकित रह गए और उसकी सहनशक्ति का रहस्य मालूम करने के लिए एक समिति नियुक्त की। समिति का एक बहुत संक्षिप्त निष्कर्ष था कि वह मेढक बधिर था और जब उसने औरों के हाव-भाव और चिल्लाना देखा तो उसे लगा कि वे उसको प्रोत्साहित कर रहे हैं।
- जब आस-पास बहुत निराशा हो, तब हमें भी उस मेढक की तरह आंशिक रूप से बधिर बन जाना चाहिए। बेहतर है कि सफलता और विफलता की चिंता को छोड़कर सिर्फ आगे बढ़ते रहें, औरों की बातों पर ध्यान न देते हुए मंजिल के बजाय यात्रा का आनंद लें।
- अंत में प्रकृति हमें कुछ ऐसा असामान्य और विशेष उपहार देगी कि सभी चौंक जाएँगे, पर यह भी महत्त्वपूर्ण नहीं है। पक्के विश्वास से की गई यात्रा कठिन परिश्रम और लगन हमारे अंदर के सर्वोच्च गुणों को आलोकित करती है और यही हमारा सच्चा पारितोषिक होता है।

पहला इनाम एक रुपया

बचपन में मिले प्रकृति के संकेत हमारे ध्यान से चूक न जाएँ।

- कभी-कभी हमें जीवन की बिलकुल शुरुआत में प्रकृति से संकेत, एक प्रारंभिक सहायता और एक भविष्य की अनुभूति मिलती है, जो हमारी जीवन-यात्रा की दिशा दिखाती है।

- यह एक छोटा सा पुरस्कार भी हो सकता है, जो हमें भाषण, नाटक, नाच, खेल और किसी क्षेत्र की प्रतियोगिता में मिला हो। शायद यह विशेष आकर्षक न हो, हमारी रुचि से संबंधित भी न हो, परंतु यह अत्यंत महत्त्वपूर्ण है। यह एक पारितोषिक है, जो हमारे अच्छे काम और मेहनत की सराहना है। एक उपहार का आर्थिक मूल्य नहीं आँका जा सकता, पर उसमें एक शक्ति होती है, व्यक्ति का अविश्वास लोगों में, समाज में और अपने आप में स्थापित करने की। हमें आत्मविश्वासी बनाने की और सफलताओं की नई ऊँचाइयों तक उछाल देने की।
- यह ठीक है कि हमें प्रतियोगिता करनी चाहिए, न कि बच्चों को उसे करने के लिए विवश करना चाहिए, क्योंकि कुछ पाने के लिए किया गया काम पूर्णतया ठीक नहीं हो सकता, पर यह हमारा बेहतर बनने की प्रगति में जरूरी कदम है। प्रतियोगिता का परिणाम हो या कुछ और, हमें अपने माता-पिता, विद्यालय या समाज से सराहना मिलनी ही चाहिए।
- हम अपने जीवन का अर्थ खोजने के बीच कई दोषपूर्ण स्थितियों से अवश्य गुजरते हैं। यह हमें सही मार्ग पर होने का अहसास दिलाता है, परंतु हमें अपनी कमियों पर पूरा ध्यान देना जरूरी है। जब हम अपने फायदे के लिए काम करते हैं, हमें काम के फायदे को महत्त्व देना पड़ता है। अपने दोषों पर पूरा ध्यान देने से समझ में आता है कि दोषयुक्त तरीके हमें कभी कहीं नहीं ले जा सकते। तब हम बढ़कर अपने दोषों के बाहर प्रस्फुटित हो जाते हैं।
- कितनी बातें हैं जो हमें पसंद नहीं, पर हमें करनी पड़ती हैं, क्योंकि बचपन में हमारे बड़ों ने हमें उन्हें करने को कहा था। रोसु ने कहा है, "अपने बनाए हुए नियमों का पालन करना ही सच्ची स्वतंत्रता है।" कई बार जिन वस्तुओं में हमारी रुचि नहीं है, आगे चलकर वे ही हमारी प्रगति और सुख का कारण बनती हैं।
- हमें अपने घरों में आध्यात्मिक वातावरण बनाए रखना चाहिए और मैं व्यक्तिगत रूप से महसूस करता हूँ कि ऐसा हर घर में होना चाहिए। मैं दिखावे के धार्मिक रीति-रिवाजों में विश्वास नहीं करता, पर थोड़ा अध्यात्म आवश्यक है। बच्चों को भौतिकतावाद एवं भद्देपन के आकर्षण से बचाना आवश्यक है।

कैसे सुंदर हुई मेरी लिखाई

चुनौतियों का सही स्वरूप

- हम जीवन की शुरुआत में जाने-अनजाने गलतियाँ करते ही हैं। हम जानते हैं कि हमने कुछ गलत किया है। हमारा मन अपनी मूक भाषा में हमसे बोलता है। यह परम आत्मा की आवाज है, जो हमसे और हमारे माध्यम से बोलती है। हमें उन बातों को अनसुना नहीं करना चाहिए, क्योंकि वे परम आत्मा के शब्द हैं।
- जब प्रकृति हमें किसी गलती के लिए सज़ा देती है तब उसे अत्यंत सकारात्मक रूप से देखना चाहिए। उस सजा से हमारे अंदर रोष नहीं बल्कि नई आकांक्षाएँ जागनी चाहिए, क्योंकि आकांक्षाएँ छोटी हों या बड़ी, वे हमें हमारे ही निम्न स्तरीय स्वभाव से ऊँचा उठाती हैं। जब आकांक्षाएँ हृदय में जागती हैं तब हमें लगता है कि हम दुनिया के उच्च्च विचार एवं उच्च्च शक्तियों से घिर गए हैं। सच बात तो यह होती है कि उच्च्च विचार और उच्च्च शक्तियाँ सदैव ही हमारे इर्द-गिर्द चारों ओर मँडराती रहती हैं। लेकिन हमारे हृदय में आकांक्षाओं का जागना कम नहीं हो पाता, क्योंकि हम उन्हें पहचान नहीं पाते। जब मन में आकांक्षाएँ जन्म लेती हैं तब हम अपने आप को उन उच्च्च विचारों से जुड़ा हुआ महसूस करते हैं। हम अपने निम्न स्तरीय स्वभाव से मुक्त होकर एक सार्थक जीवन जीने लगते हैं।
- इस यात्रा में मन पर काबू और मन का सहयोग अत्यंत महत्त्वपूर्ण है। उसके बिना शरीर कभी साथ नहीं देता। हम बेमन से काम करते हुए प्रतीत हो सकते हैं। पर तब यह बस एक शुष्क कर्तव्य की खानापूर्ति, एक अनचाहा परिश्रम, एक दबाव और एक बोझ ही है। इससे हमारे हृदय में कभी उल्लास नहीं होगा। हम कभी अपने आपको खोएँ नहीं, गति के आभास का अनुभव नहीं करेंगे और आकांक्षाओं को पूरा नहीं कर पाएँगे।
- इस यात्रा में छोटे-छोटे सुधारों का, छोटी-छोटी सफलताओं का भी हमारे मन पर गहरा असर होता है। वह सुधार या सफलता छोटी क्यों न हो, वह हमें आश्वस्त करती है कि हम अपने लक्ष्य की ओर मार्गक्रमण कर रहे हैं। यह छोटे सुधार हमारे अंदर ऐसा उत्साह, संतोष, शांति और आनंद उत्पन्न करते हैं, जो किसी दूर के अप्राप्य लक्ष्य की भव्यता में भी प्राप्त नहीं हुए।
- इस यात्रा में भाग्य के क्रूर आघात हमारे सतत प्रयत्नों के लिए खतरा बन सकते हैं। पर यदि हम बदलाव को स्वीकार करते हैं, उसको जीते हैं और स्वयं को

पहाड़ की तरह अडिग बना लेते हैं तथा सौम्य, शांत, स्वच्छंद, शक्तिशाली मजबूत बने रहते हैं, तब अंत में हम लक्ष्य तक अवश्य पहुँचेंगे।

- ऐसे कठिन समय में, पहले की गई प्रार्थनाएँ हमारे काम आती हैं। ईश्वर प्रश्नों का उत्तर नहीं देते, बस प्रार्थनाओं का उत्तर देते हैं। बुरे समय में हम प्रार्थना तो करते हैं, पर हमारा मन अशांत होता है। वास्तव में वह प्रार्थना नहीं, एक शिकायत है। इसलिए हमें अच्छे समय में प्रार्थना करनी चाहिए, ताकि ईश्वर के उत्तर में मिली सहायता बुरे समय की आवश्यकता के पहले ही हमारे साथ हो।
- कई बार हम चाहते हैं कि जीवन में आराम का समय कभी खत्म ही न हो। ऐसा लगता है कि इतने सुचारू जीवन से अच्छा जीवन हो ही नहीं सकता। पर वह अनजानी और विश्व-विस्तृत शक्ति हमारे लिए कुछ और ही सोचती है। वह नहीं चाहती कि बहती धारा का पानी रुककर इकट्ठा हो जाए और पानी का गड्ढा बन जाए। यदि हमारे मूल्यदंड सही हैं और हम ज्ञान के प्यासे हैं तो वह शक्ति नदी को सागर में ले जाना चाहती है।

पुनः आलोकित हुई ज्योति

हम स्वयं को जीतते हैं, किसी और को नहीं।

- जब हमें अपनी सुख-सुविधाओं को छोड़कर अन्य परिस्थितियों में जाना पड़ता है तब प्रारंभ में हमें बड़ी असुरक्षा महसूस होती है। संदेह, हीनमान्यता और डर की भावना से हम बिलकुल दब जाते हैं। लगता है कि इस विशाल विश्व में हम बिलकुल अकेले पड़ गए हैं।
- मानसिक दबाव वाले इस बदलाव के समय हम बिलकुल असहाय महसूस करते हैं। जिसके दो ही परिणाम हो सकते हैं—हम अपनी हीनभावना के आगे घुटने टेक दें और ग्लानि के बोझ के नीचे कुचले जाएँ या चुनौती का सामना करने की तैयारी करें। प्रकृति हमें सदा चुनौती का सामना करने के लिए प्रोत्साहित करती है। आवश्यकता यह होती है कि हम प्रकृति के शुभ संकेतों को पहचानें।
- हम ऐसी दुविधा का सामना जीवन में कई बार करते हैं, विशेषत: बदलाव के समय, जीवन के चौराहों पर जब हम अपनी सुविधा के दायरे के बाहर आते हैं। ऐसे समय पर हमारी विवेक-बुद्धि के फैसले हमारा रास्ता तय कर लेते हैं—हम बदलाव की उथल-पुथल में खो जाएँगे या विजयी होकर तूफानी लहरों के

ऊपर उभर आएँगे। ऐसी परिस्थितियों के लिए स्वामी विवेकानंद के ये शब्द एक बड़ा सहारा हैं, "उठो, बेझिझक बनो, मजबूत बनो। पूरी जिम्मेदारी अपने कंधों पर ले लो और जानो कि अपने भाग्य के निर्माता तुम स्वयं हो। जितनी भी शक्ति और सहायता तुम चाहते हो, वह तुम में ही है।"

- जब हम चुनौती स्वीकार करने का रास्ता अपनाते हैं, वास्तव में हम अपनी कमजोरी को मात देते हैं। इस तरह हमें बार-बार अपने आप पर विजय पाने की आवश्यकता है। ऐसी आंतरिक लड़ाई में विजय किसी बाहरी 'वस्तु' पर नहीं होती, अपने आप पर होती है, हमारे मानसिक विकारों और हमारी गलत इच्छाओं पर होती है। हमारा पुनर्जन्म होता है और हम एक कीर्तिमान कायम करते हैं। हम अपने पराजित होने के विचार को हराते हैं। हमारी योग्यता और क्षमता एक कीर्तिमान पार करती है। क्या आपको यह तसवीर याद है, जिसमें एक पर्वतारोही शिखर पर खड़ा होकर घोषणा कर रहा है, 'मैंने स्वयं को जीत लिया।' हमारी आत्मा सदैव ऊँचा उड़ना चाहती है। हमें अपनी आत्मा की इच्छा के अनुसार चलना चाहिए।

मेरा पतन-मेरा उत्थान

आइए जानें, स्वयं पर नियंत्रण और बंधन के बीच का फर्क।

- दुनिया की सबसे बड़ी लड़ाइयाँ मन के नि:शब्द कक्ष में लड़ी जाती हैं। हमारे मन में विरोधाभासी विचारों का युद्ध छिड़ा रहता है
- स्वयं के प्रति अत्यंत सजग रहने पर भी हम बिगड़ सकते हैं और तब हमारे अंतर्मन की आवाज क्षीण हो जाती है और अपराध-बोझ हमारी जीवन-ऊर्जा को सोख लेता है तथा हमारी खिलती हुई आत्मा को झुलसा देता है। यह हमारी आत्मा का पतन होता है। यह कैद में स्वतंत्रता है—अपने आप में एक विरोधाभास। इस बात में पशु भी हमसे बेहतर हैं। वे विरोधाभास में नहीं जीते, कभी दिखावा नहीं करते, कभी दोहरी जिंदगी नहीं जीते। बस मनुष्य ही यह सब करता है। आधुनिक जीवन हमें अपने आप से दूर ले गया है। आधुनिकता के फायदे तो बहुत हैं, पर उसने हमें ही हमसे छीन लिया है।
- कई बार ऐसे क्षण आते हैं, जब हमारा शरीर, मन, आत्मा, हर कण तथा हमारे अस्तित्व का हर हिस्सा शांति के लिए तरसता है। ऐसे मौकों पर मन को मौन

कर देने से अद्‌भुत शांति का अहसास होता है। जब जाना हुआ, सबकुछ धुँधला हो जाता है, जब 'सात' धुँधला हो जाता है, विरोधी विचारों का द्वंद्व बंद हो जाता है, हम पर शांति छा जाती है।

- कभी-कभी 'मन जिसके लिए तरसता है, वह न कर पाना' आजादी का एक अनोखा अहसास पैदा करता है। हम कैद में स्वतंत्रता का अनुभव करते हैं, क्योंकि हम जानते हैं कि अब मन के अनुचित आदेशों का पालन करना आवश्यक नहीं है। हमारे मन में हमेशा हमारी भावनाओं और इच्छाओं का तनाव हमारे अंतर्मन की जाग्रत् आवाज के साथ बना रहता है। यदि हम अल्पकालीन मजे का शिकार हो जाते हैं तो असीम आनंद का अनुभव कभी नहीं कर सकते। कहीं मन के छिपे हुए कोने में हम नाखुश और अतृप्त महसूस करते हैं। बस गतिहीन जीवन रह जाता है।
- स्वतंत्रता केवल, जो मन कहे वही सदैव करने में नहीं है। कई बार ऐसी स्वतंत्रता हीन आत्मा की गुलाम बन जाती है। स्वयं पर नियंत्रण और बंधन के बीच इनका विभाजन करती, एक पतली रेखा है। जिन नियमों को हम बंधन समझते हैं, वास्तव में वह हमारी मानसिक स्वतंत्रता के लिए आवश्यक नियंत्रण है।
- स्वयं को जानना महत्त्वपूर्ण ही नहीं, यह जीवन का अर्थ जानने के लिए पूरी तरह आवश्यक भी है। हम अपना स्वाभाविक जीवन बिना प्रयत्न के तभी जी सकते हैं, जब हम अपने वास्तविक रूप को जानें और उससे तालमेल बनाए रखें।

संग्राम दसवीं का

स्वार्थरहित शिक्षण, जरूरतमंदों का मार्गदर्शन, मानवता की सबसे बड़ी सेवा है।

- जब हम अपनी हीन भावनाओं को अपने काबू में कर लेते हैं, तब जीवन एक चिंतामुक्त संगीत बन जाता है।
- हम कठिनाइयों से नहीं बल्कि कठिनाइयों को काबू में न कर पाने के विचार से चिंतित होते हैं। जब हम कठिनाइयों को स्वीकार कर लेते हैं और उनका हल निकालने का निश्चय कर लेते हैं, तब चिंताएँ अपने आप ही पिघलकर बह जाती हैं। जब हमारा निश्चय हृदय की गहराइयों से निकलता है, कठिनाइयों

पूरी तरह से घुल जाती हैं।

- जीवन की कई कठिनाइयाँ, जो हमारी मानसिक स्थिति से उपजती हैं, उनका हल हमारे अंदर ही है। हमें अपने काम के लिए पूरा समर्पण और शिष्यों के लिए प्यार होता है, पर काफी समय तक हमें इस बात का अहसास नहीं होता, इसलिए बहुत देर हो जाने के पहले ही हमें अपनी कृतज्ञता तुरंत प्रकट करनी चाहिए।
- उनकी सिखाने की इस भावना के लिए कृतज्ञता प्रकट करने का सबसे अच्छा तरीका यह है कि निस्स्वार्थ शिक्षा के आदर्श को कभी न भूलें। जिन्हें भी आवश्यकता हो, हम उन्हें पढ़ाएँ, लिखाएँ व सिखाएँ। जरूरी नहीं कि शिक्षा प्रदान करने के लिए कोई निर्धारित पाठ्यक्रम ही हो। एक व्यक्ति, जीवन भर, दिल से एक बच्चा ही रहता है, हर एक को एक शिक्षक चाहिए, हर क्षण एक गुरु...सदैव।

नंबर एक की बेगारी

जब अस्वाभाविकता से लादी गई आशाओं से हमारा दम घुटता है, हमें आवश्यकता है, प्रकृति की क्षीण आवाज सुनने की, जो हमारे मन में गूँजती है।

- शांत मन से किया गया कोई भी काम बड़ा सुख देता है, काम एक संगीत बन जाता है, काम के लिए की गई हरकतें संगीत के सुर बन जाती हैं। ऐसा काम सबसे अच्छे परिणाम देता है। लक्ष्य और समय सीमाएँ रूढ़िबद्ध गति और मात्रा से संबंधित कार्यों में सहायक हो सकती हैं, पर नई राहों का निर्माण करनेवाले काम के लिए मन की शांति आवश्यक है।
- जीवन में ऐसा भी चरण आता है जब हम काम, निर्धारित लक्ष्य, मात्रा, ओहदा जैसी बातों के विचारों में ही ग्रस्त हो जाते हैं। 'हम कैसे लग रहे हैं' की सोच हमें सताने लगती है। कई बातें हमारे अपने अस्तित्व से ज्यादा महत्त्वपूर्ण हो जाती हैं। इन बदलावों का अहसास आसानी से नहीं होता, पर इनका परिणाम बहुत गहरा होता है। 'और लोग हमारे बारे में क्या सोचते हैं' का महत्त्व 'हम अपने बारे में क्या महसूस करते हैं' से अधिक हो जाता है। यह स्वयं को कैद करने की शुरुआत है।
- जैसे पहले कहा गया है, केवल पारितोषिक के लिए काम करना पूर्णतया सही

नहीं, पर शुरुआत में यह उपयोगी है। यह अपूर्णता तीन चरणों से गुजरती है—पहला है, पारितोषिक के लिए कड़ी मेहनत करना; दूसरा है उसके लिए एक सनक का सवार होना और सुख का अनुभव न होते हुए भी जबरदस्ती काम करते रहना; और तीसरा चरण है, फल के पीछे भागने के भुलावे को समझना। तीसरे चरण में भी तो फल मिलता है, पर स्वाभाविक रूप से, बिना प्रयत्न के।

- यहाँ मैं दूसरे चरण की बात कर रहा हूँ। यह न तो कोई आनंद देता है, न मन की शांति। हमें बस प्रमाण-पत्र और पदक मिलते हैं, जो हमारा बोझ और बढ़ा देते हैं। इसमें कोई हर्ष नहीं, कोई तृप्ति नहीं, बस मात्र थकान¨।
- इसे हम एक सनक या धुन सवार कह सकते हैं। यह हमारे पूरे अस्तित्व को, हमारे आस-पास के लोगों की वास्तविक या काल्पनिक प्रत्याशाओं की ओर घसीटने लगती है। हमारा नाता स्वयं से पूरी तरह से कट जाता है। हम बस दौड़ते रहते हैं। मंजिल इतनी महत्त्वपूर्ण हो जाती है कि यात्रा का आनंद लेने के लिए समय ही नहीं मिलता। यात्रा बस लक्ष्य तक पहुँचने का एक साधन मात्र रह जाती है।
- बीच-बीच में घुटन महसूस होती है और हम अपने आपको असहाय महसूस करते हैं। ऐसे अवसरों पर हमें प्रकृति की धीमी आवाज सुनने की आवश्यकता है। हमें उसपर विश्वास करना आवश्यक है; क्योंकि वह तो बस हमें हमारे ऊपरी स्तरों पर जाने में सहायता कर रही होती है। यह आवाज हमारी आत्मा के माध्यम से ही बात करती है। इस आवाज पर ध्यान देना हमें अपने विकास की अगली मंजिल तक अवश्य ले जाएगा।

वापसी, 'स्वरूप' की ओर

जब प्रकृति हमें तनावपूर्ण जीवन से बचने की राह दिखाती है तो हमें आभारी होना चाहिए और उसके प्रत्युत्तर में स्वयं की ओर लौटना चाहिए।

- जैसे पिछले अध्याय में बताया गया है कि जब हम बोझ सहन करने की सीमा तक पहुँच जाते हैं तब हम खुद ही बाहर निकलने का रास्ता खोज लेते हैं या प्रकृति हमारे लिए अनुकूल परिस्थिति बना देती है। यदि हम अवसर का सही इस्तेमाल नहीं करते हैं तो गहरे विषाद में डूब सकते हैं। इसीलिए प्रकृति के संकेतों को देखना और उनका सही प्रत्युत्तर देना अत्यंत महत्त्वपूर्ण है।

- स्वतंत्र वातावरण, छोटी-छोटी बातों में भी औरों के निर्देशानुसार काम करने से मुक्ति, बिना दबाव के निर्धारित ध्येय, प्रत्यक्ष या अप्रत्यक्ष बोझ का न होना, यह सब हमारे अंदर की श्रेष्ठता को उजागर कर सकता है। हमें विविध पृष्ठभूमि के सभी लोगों से सीखना चाहिए। जीवन का यह चरण कुछ अजीब से लगने वाले क्रांतिकारी विचारों को जन्म दे सकता है; क्योंकि मन स्वच्छंद होकर आकाश में उड़ने के लिए पूरी तरह आजाद हो जाता है।
- जीवन का यह चरण इसलिए भी महत्त्वपूर्ण है कि हमें जितना हो सके, तनाव को त्यागने का महत्त्व सिखाता है। इसमें हमारे पास जो है, उसके लिए आभारी होने की भावना शामिल है। जब हम बीते हुए तनावपूर्ण जीवन की तुलना रमणीय और लाभदायक तनाव रहित दिनों से करते हैं तो हम समझ जाते हैं कि प्रकृति का दिया हुआ तनाव निरर्थक नहीं था। वह हमें सिखाता है इच्छा रहित बोझिल जीवन का मूल्य कि कुछ सीखना और कुछ पाने से अधिक महत्त्वपूर्ण है कि यात्रा गंतव्य से अधिक महत्त्वपूर्ण है। यदि हम इच्छाओं के बोझ के दर्द को नहीं जानेंगे तो हमें अपने बोझ रहित 'स्वयं' के अस्तित्व की सच्ची शांत भावना का अनुभव भी नहीं होगा।

ध्येय-प्राप्ति की असीम आस

बचपन और जवानी के स्वच्छंद सपने हमें कभी नहीं छोड़ते

- बचपन और जवानी में हम बड़े-बड़े सपने देखते हैं और प्रगति भी करने लगते हैं। तब कुछ बहुत आसान और संभव लगने लगता है। हम में भरपूर आत्मविश्वास होता है, अपनी स्वच्छ इच्छाओं के प्रति आदर होता है। कोई बाधा बहुत बड़ी नहीं लगती, कोई रुकावट काबू के बाहर नहीं लगती और हम अपनी यात्रा पर चल पड़ते हैं।
- फिर रास्ते में बीच के पड़ाव आते हैं। स्थिरता, आराम और मौज-मस्ती हमारी समझ को धुँधला कर देती है। हमें समझ नहीं आता कि हम जहाँ तक पहुँचे हैं, वह लक्ष्य तो हम पहले ही पा चुके हैं और जब चाहें उस पर फिर आया जा सकता है।
- राह में कई प्रलोभन हमें अपनी ओर बुलाते हैं और हम उनका शिकार बन जाते हैं। सुख, आराम और स्थिरता की झूठी मान्यताएँ हमारी उस आंतरिक इच्छा

को कमजोर कर देती हैं, जों हमें आजाद करनेवाले ध्येयों को पाने के लिए अपना सर्वस्व न्योछावर करने के लिए प्रेरित करती हैं, पर हम मजे और स्थिरता की आड़ लेकर उन लक्षणों को अनदेखा कर देते हैं। हमारा हृदय हमारी सबसे गहरी इच्छाओं से, हमारे परम गंतव्य से जुड़ नहीं पाता। परंतु अपने परम गंतव्य पर पहुँचने की इच्छा के बीज कभी पूरी तरह नहीं दबते। वह अंकुरित होने और फूलने की क्षमता छिपाए हुए मन रूपी मिट्टी में पड़े रहते हैं।

- धीरे-धीरे सुख और स्थिरता के प्रभाव की एक सीमा आ जाती है। फिर कोई एक क्षण हमें अपने आपसे जोड़ देता है। एकाएक आभास का एक क्षण, मोटे परदे में एक दरार बना देता है और इस दरार से होती हुई प्रकाश की एक बारीक किरण हमारी स्वयं की गहराइयों में उतर जाती है। तब हमें पता लगता है कि हमारे बचपन की इच्छाओं ने कभी हमारा साथ नहीं छोड़ा। हमने ही उन्हें छोड़ दिया था।
- तब यात्रा फिर प्रारंभ होती है। कोई प्रलोभन इतना सशक्त नहीं होता, जो हमारा ध्यान अपने ध्येय से हटा सके। प्रलोभन प्रतिदिन की बात हो जाती है। हम उनको शांत मन से देख पाते हैं। हमें उनसे कोई बैर भी नहीं होता। बस उनको ध्यान से देखने से ही वे अपने आप गायब हो जाते हैं।
- स्वामी विवेकानंद के शब्द हमारे मन में गूँजते हैं—"एक विचार को पकड़ लो। उस एक विचार को अपना जीवन बना लो, उसी के बारे में सोचो, सपने देखो, उसी पर जियो। अपने मस्तिष्क, मांसपेशियाँ, नसें और शरीर के हर अंग को उस विचार से भर दो और अन्य सभी विचारों को बस छोड़ दो।" यही सफलता का मार्ग है।

वे कठिन अँधियारे दिन

जब सच पहली बार हमें स्पर्श करता है, हमें सपनों को सच करने में कठिनाई हो सकती है, पर कुछ निर्णय कर लेना और सम्यक् मार्ग स्वीकार करना आवश्यक है।

- कॉलेज के बाद हमें सच्चाई का पहला हलका आभास होता है कि शायद हमारे पाले हुए सपने इतने आसान न लगें। औरों को लगेगा कि यह एक पागल बालक के अवास्तविक सपने हैं। वह शायद हमें सपनों को त्याग देने की सलाह दे। अत्यंत व्यावहारिक होने को और जो है, उसमें खुश रहने को कहें। निस्संदेह

इसमें कुछ सच्चाई है। व्यावहारिक होना ठीक है, जो है उसमें संतुष्ट रहना भी ठीक है, पर सपनों को त्याग देना—यह तो कोई सही तरीका नहीं!

- हमारे सपनों को हम ही समझ सकते हैं। उनका शब्दों में सही वर्णन करना या औरों को समझना असंभव सा है। तब बीच का रास्ता अपनाते हुए, जो भी है, उसमें संतुष्ट रहते हुए हम सपनों का अनुसरण कर सकते हैं।
- जब हम सपनों का अनुसरण नहीं करते, समय के साथ एक अनदेखा, अनजाना तनाव बढ़ना शुरू हो जाता है। उसके लिए हम किसी एक बात को जिम्मेदार नहीं ठहरा सकते। जब तनाव की कोई एक वजह समझ आती है तो उसकी तीव्रता मिट जाती है। पर जब तनाव का मूल कारण हमारे अपने अंदर है, वह एक जहरीला और अप्रत्यक्ष रूप से जानलेवा बन जाता है।
- यहाँ भी ध्यान और एकांत हमें उबारता है। वह हमें अंतर्मुखी बना देता है, हमारे अविरल विचारों के यंत्र को कुछ समय के लिए थाम देता है। विचारों के परदे के बिना हम सारी चीजों को साफ-साफ उनके वास्तविक रूप में देखने लगते हैं। अहं की बेड़ियों को तोड़कर अपने स्वयं से जुड़ जाते हैं।
- लेकिन एकांत के बाद कुछ समझदारी के निर्णय लेना अत्यंत महत्त्वपूर्ण होता है। अनिर्णयकता और सृजनात्मक ऊर्जा को सोख लेती है। डर और शंका की उलटी धारा से सपनों में बाधा पड़ जाती है। यह असंगति, निराशा तथा थकान पैदा करती है और सरल आनंद की जड़ों पर प्रहार करती है।
- जब एक समझदारी का निर्णय असंभव लगता है, अपने सहज ज्ञान पर भरोसा कर कुछ निर्णय लेना और तर्क-वितर्क की यातना से बाहर आना बेहतर होता है। एक बार निर्णय लेने पर जीवनशक्ति का प्रवाह फिर जीवित हो जाता है। चाहे निर्णय सबसे अच्छा चुनाव न हो, पर अंततः हम कुछ करने का निर्णय तो लेते हैं, अपनी ऊँघ से बाहर निकलकर चुनौती तो स्वीकार करते हैं।

सफलता के मिले संकेत

अनिश्चितता की धुँध से झाँकते हुए हमें प्रयत्न करते रहना चाहिए, कभी न कभी¨।

- जब हम अपने-आप से जुड़ जाते हैं, हमें अपनी अंतरात्मा को वचन देना चाहिए कि हम अपनी गलतियों को नहीं दोहराएँगे, लक्ष्य तक पहुँचने की राह का पूरा

मानचित्र बनाएँगे और एकाग्र मन से अपनी मंजिल पर पहुँचने में बाधा डालने वाले हर तरह के भोगों का परित्याग करेंगे।

- तनाव और विपत्तियाँ हमें विचलित करेंगी, पर वह हमारा दृढ़ निश्चय डिगाने के लिए बहुत निर्बल साबित होंगी। लेसर (Laser) की तरह पैने हमारे ध्यान को तनाव धुँधला नहीं कर पाता है। विभिन्न राहों पर चलते अन्य लोग हमें निरुत्साहित नहीं कर पाते।
- इस अंतिम हमले के लिए हमें कुछ असाधारण प्रयत्न करने पड़ते हैं। जैसा कि आइंस्टीन ने कहा है, "समस्याओं का हल उसी स्तर की सोच से नहीं निकल सकता, जिसने उनको पैदा किया है।" और जब हम अपने आपको हल के उस स्तर तक ले जाते हैं, तब अवश्य सफल होते हैं।
- तब ऐसा क्षण आएगा, जब भाग्य हमारा आलिंगन करेगा। वह एक अवर्णनीय परमानंद और हर्ष का क्षण होगा। औरों के ध्येय की तुलना में, जो हमसे अधिक ऊँचाइयाँ तक पहुँचे हैं, हमारे ध्येय इतने महान् भी न हों। पर उससे कोई अंतर नहीं पड़ता, क्योंकि सफलता की परिभाषा समय, समाज, वर्ग, देश और हमारे आरंभ करने के स्तर पर निर्भर करती है।
- तब हमें याद आएँगे सारे संघर्ष, उतार-चढ़ाव, कर्तव्यविमूढ़ता, उदासी के क्षण, मन की उलझनें और निराशाएँ, गतिहीनता की सड़न, निस्तब्धता के क्षण, आँसू, मन का पुनर्जन्म, मित्र आदि-आदि। वह सब जीवन को एक सार्थकता देंगे, जो परम आत्मा का पोषण करेगा।

अँजुरी में भरा-भरा जल

सबसे बड़ी प्रेरणा है—मृत्यु!

- मृत्यु एक सच्चाई है। हम में से हर कोई एक ऐसे अंतिम क्षण का सामना करेगा, जब हमारी सफलता, असफलता, हर्ष, उदासी, साहस, परिवार संबंधी मान, धन, हतोत्साह, निराशा, ईर्ष्या, धारणाएँ, क्रोध आदि का अंत हो जाता है। सब ओझल हो जाता है। फिर बचेगा क्या? एक मृत शरीर—निर्जीव, निश्चल। सोच और भावनाओं वाला एक व्यक्ति, बस अस्थियों और मांस का ढेर बन जाएगा
- यह सच्चाई ही हमारी सबसे बड़ी प्रेरक हो सकती है। जीवन के किसी दौर में हम सफलता और प्रेरणा साहित्य अवश्य पढ़ते हैं। वह हमें अल्पकालीन दिलासा

और रचनात्मक विचार प्रदान करते हैं, परंतु यह अस्थायी है।

- रचनात्मक विचारों का प्रभाव कुछ दिनों में फीका पड़ जाता है और नकारात्मकता फिर हृदय में भर जाती है। इसीलिए हमें प्रेरणा का एक स्रोत चाहिए, जो हमारी उम्र, व्यवसाय या काम चाहे जो भी हो, हमें प्रेरणा के ऊँचे और अच्छे स्तर पर रखे, ताकि हम समाज में अपना योगदान कर सकें और जीवन के अर्थ की खोज कर सकें।
- मृत्यु के समय हमारा हृदय हमसे कुछ बड़े, सच्चे तथा घबराहट पैदा करने वाले प्रश्न पूछेगा। मैंने अपने सपने और नियति को साकार करने के लिए पूरा मन लगाकर प्रयत्न क्यों नहीं किया। मैंने जवानी की शक्ति और मजबूती का प्रयोग रचनात्मक कार्यों के लिए क्यों नहीं किया, पर इस अंतिम क्षण में पछतावा किसी काम का नहीं। हम भूतकाल में सिर्फ विचारों में जा सकते हैं, कर्मों से नहीं। इस अंतिम क्षण की पीड़ा से बचने का एक ही उपाय है—अभी शरीर की मृत्यु की सच्चाई का ध्यान करो और इसी क्षण काम पर लग जाओ।
- मनुष्य रूप में यह बस एक ही जीवन है। बेकार कामों में लगाया गया हर क्षण हमें जीवन के अंतिम क्षणों के पश्चात्ताप की ओर ढकेलता है। दैनिक जीवन के शोर में जीवन के अर्थ की खोज हमसे किनारा करती रहती है। जीवन के कुछ नि:शब्द, आत्मा को झिंझोड़ देने वाले क्षणों में हम अपने बीते जीवन पर दृष्टि डालते हैं तो समझ में आता है कि हम बस पैदा हुए, बड़े हुए, अपने वंश की शृंखला को जारी रखा और फिर मिट्टी में मिल गए। यह अन्य प्राणियों से कुछ अलग नहीं।
- प्रकृति ने हमें अपना जीवन निर्माण कर पाने का उपहार दिया है। प्रकृति ने हमें कई विशिष्ट उपहार दिए हैं—सोचने की शक्ति, अपना भाग्य ख़ुद बनाने की शक्ति। आओ उठो, जागो और इसी क्षण से जीवन को सार्थक करना प्रारंभ करो। जब हम यह निश्चय करते हैं, इसी जीवनकाल में हर हमारा नया जन्म होता है।

आकाश अस्तित्व का

इसी जीवनकाल में पुनर्जन्म!

- विचारधारा और साँप की केंचुली बदलने की प्रक्रियाओं में अनोखी समानताएँ हैं। दोनों—साँप की केंचुली और एक मनुष्य की विचारधारा—उनके अस्तित्व

से अलग नहीं की जा सकती। साँप अपनी केंचुली बदल सकता है और मनुष्य अपनी विचारधारा। समय के साथ साँप की केंचुली बढ़ती है। मनुष्य की विचारधारा भी समय के साथ अनेक प्रभाव, रूढ़िवादी धारणाएँ और निश्चल विचार की परतें जमा कर लेती है। जब साँप की केंचुली बढ़ने लगती है तब साँप की गति धीमी हो जाती है। मनुष्य की बदलती हुई विचारधारा भी एक दर्द पैदा करती है। ऐसी बहुत सी समानताएँ हैं।

- ऐसा एक पल आता है जब केंचुली जीवन-निर्वाह में बाधा बन जाती है, असह्य बोझ बन जाती है, साँप के प्राण भी खतरे में पड़ने लगते हैं। केंचुली त्याग देने की प्रक्रिया एक नया जन्म लेने जैसी है। यह दर्दनाक है, पर आवश्यक भी। मनुष्य के लिए भी, लंबे समय से पाली हुई विचारधाराओं को बदलना, एक चोट पर से पपड़ी निकालने जैसा है। कुछ दर्द तो अवश्य होगा पर पुनर्जन्म के लिए उसको सहना परम आवश्यक है।
- इस प्रक्रिया में सबसे दुर्जेय बाधा है—अपनी पहचान और व्यक्तित्व खो देने का डर। हम कुछ विशेष बनना चाहते हैं, न कि जो 'हम' हैं। हम कुछ मूल प्रश्नों—जैसे 'मैं कौन हूँ, 'मेरा स्थान क्या है?' 'मैं कहाँ जा रहा हूँ?'—का कभी सामना नहीं करते। कभी-कभी एक अनोखी अनुभूति हमारे हृदय को भर देती है, जैसे कि एक पेड़ के पत्ते और फूल जड़ों से मिलने के लिए व्याकुल हों। बिना किसी प्रत्यक्ष कारण के मन में दर्द उठता है।
- इन चिह्नों को पहचानना आवश्यक है, समय से जाग जाओ···प्रकृति के पावन संकेतों पर ध्यान दो। अन्यथा एक समय आएगा, जब यह संकेत हमारे हृदय पर दस्तक देना बंद कर देंगे, कोई सपना न होगा और तब हम बस जीवित रहेंगे पर बेजान होंगे।

□

सराहना के फूल

खूब भाग-दौड़ करनेवाले, ठोकरे खाते हुए आगे बढ़नेवाले, गिरकर सँभलनेवाले, पूरी हिम्मत से आग्रहपूर्वक फिर से उठ खड़े होनेवाले···निरंतर आगे बढ़ने की इच्छा रखनेवाले मेरे युवा वर्ग के लिए, उनके माता-पिता अभिभावकों के लिए, शिक्षकों-गुरुजनों के लिए और···और इस तरुणाई की भाग-दौड़ की ओर मात्र 'अवलोकन' करने वाले सभी के लिए इस अक्षर-यात्रा का मेरा प्रयास··· !

मैंने जब इस अक्षर-यात्रा का आरंभ किया, मेरा प्रत्येक शब्द अंतर्मन की गहराई से अपनी पूरी सच्चाई, ईमानदारी के साथ ऊपर उठता गया। लोग कहते हैं कि 'वाचन संस्कृति' का लोप हो रहा है, परंतु मेरा अपना अनुभव सर्वथा भिन्न है, वे जिन्होंने पुस्तकालय में जाकर भी कभी मन लगाकर एक किताब भी न पढ़ी, ऐसे व्यक्ति का भी इस पुस्तक को पढ़ने की इच्छा जागृत हो, इस आह्वान को स्वीकार कर मैंने पूरे मनोयोग से इस छोटी सी 'यात्रा' का आरंभ किया··· ।

मात्र दो महीनों में इस अक्षर-यात्रा ने अनेक साथियों को जोड़ा। देखते-ही-देखते एक हजार प्रतियाँ हाथो-हाथ तरुणाई तक, अभिभावकों तक पहुँच गईं। इसे बहुतों ने सराहा। पत्रों, मोबाइल के माध्यम से अपनी भावनाओं को मुझ तक पहुँचाया। अब मैं उसी स्नेह, कौतुक से इस पुस्तक की ओर देखता हूँ···जैसे कोई माँ अपने नन्हें प्यारे 'जाये' की ओर देखती है···उसे सशक्त होता देख माँ की आँखों में कृतार्थता की भावना उमड़ पड़ती है, ठीक वैसी ही मेरी भावना। इस छौने को अभी और बड़ा करना है और इसके भाई-बहनों को भी लाना है···परंतु इस सबसे पहले जिन मेरे अपनों ने इसे सराहा है, इसकी प्रशंसा की है उन पाठकों के 'शब्द' आप तक पहुँचाने का कार्य मुझे करने का तीव्र आलोभन हो रहा है। बहुत ही सरल-सादे शब्दों में लिखी उनकी प्रतिक्रिया बहुत कुछ कह गईं और···और मेरी अक्षर-यात्रा सफल रही, यह मधुर सत्य उजागर कर गईं··· !

सुरेश जायभय (विद्यार्थी)

सर, आपकी पुस्तक का इतना गहरा प्रभाव पड़ा है मुझपर कि अब मन में मात्र 'ध्येय' की ही भावना है। जीवनरूपी नौका के मस्तूल को मैंने तान लिया है, अब खिवैए की गहरी प्रतीक्षा है। सर, क्या आप बनेंगे मेरे खिवैया? मुझे भी मार्गदर्शन मिलेगा क्या? क्या मेरे जीवन को सही दिशा देंगे आप? सर, जैसे भक्त को ईश मिलन की गहरी आस होती है, मुझे भी आपसे मिलने की गहरी आस लगी है...मैंने मन-ही-मन आपको अपने ध्येय की पूर्ति का 'गुरु' मान लिया है।

क्षमा करें गुरुदेव, मैं शायद कुछ अधिक माँग रहा हूँ...परंतु यदि हो सके तो कम-से-कम एक बार मार्गदर्शन करने की कृपा करें। मेरा वादा है कि एकलव्य बनकर अनेक सफलताओं को प्राप्त करूँगा मैं...जीवन के संग्राम में लड़ाई के समय आपकी यह किताब मेरे लिए 'गीता' बन मुझे पथ दिखाएगी।

नरेंद्र पाठक (संपादक)

'धडपडणाऱ्या तरुणाईसाठी'...को तीन बार लगातार पढ़ा मैंने! इस उम्र में भी बार-बार पढ़ने को प्रेरित करनेवाली यह पुस्तक है। कई बार आँखें भर आईं, मन करुणा से भर आया...मन में चेतना जाग्रत् होती है, जिद उभरकर आगे आती है...प्रेरणादायी ही यह पुस्तक है। इस आत्मकथन के जरिए अनेकों 'संदीप कुमार' निर्माण होंगे। उन्हें बल मिलेगा। अत्यधिक लाड़-प्यार में पले-बढ़े (बिगड़े) युवक, धन की लालसा में निरंतर दौड़ लगाते अभिभावक (माता-पिता), सिर्फ व्यवहार पालनेवाले शिक्षक और चहुँओर छाए भोगवादी वातावरण में इस पुस्तक की नितांत आवश्यकता है।

'सरता संचिताचे शेष' नामक लेख में जिजामाता के मृत्यु-समय का प्रसंग, उसी से संबंधित दासबोध के दोहे, सहज रूप से विशद किया गया कर्मयोग, मृत्यु का स्मरण और उपलब्ध जीवन आदि से मन जाग्रत् हो जाता है। एक ही बार मिले इस मनुष्य जन्म की महत्ता समझ में आ जाती है। किसी को भी सोचने पर मजबूर करने वाली है यह किताब।

गजेंद्र अमरसिंह पवार (प्राथमिक शिक्षक)

सच कहता हूँ सर कि इतने थोड़े समय में मैंने कभी कोई किताब पढ़ी नहीं थी। वैसे बड़े संयोग से मिली मुझे यह पुस्तक, सिर्फ एक दिन के लिए। बात यूँ हुई कि मैं स्कूल के शिक्षक कक्ष में बैठकर शिक्षकों की 'व्याख्यान संकलन बही' पढ़ रहा था। कुछ ही पलों में मेरे एक सहयोगी शिक्षक ने मेरे हाथ में आपकी पुस्तक थमाते हुए कहा, "लीजिए सर,...एकदम बेस्ट पुस्तक है, खास आपके लिए, इसे पढ़ें!" मैंने किताब खोली और सरसरी निगाह से पन्ने पलटने शुरू किए। प्रस्तावना (निवेदन) पढ़ने पर लगा

कि मैं कुछ अच्छा, अलग पढ़ रहा हूँ···बढ़िया किताब हाथ लगी है।

रात देर तक मैं किताब से संवाद करता रहा। परिस्थिति के चलते संवेदनात्मक मन में पैदा होने वाली अस्थिरता मुझे अपनी सी लगी। साथ ही उपाधि–प्राप्त लोगों के प्रति लिखा गया सत्य मेरे मन में गहरा उतर गया, बस गया।

मेरे अंदर पनपी 'हीनमन्यता' को आपने जलाकर खाक कर डाला। आपके द्वारा उल्लेखित तीन मुकामों में से अंतिम मुकाम की ओर पूरी ताकत से अग्रसर होने को मन कर रहा है। सर, सच कहता हूँ, यह अतिशयोक्ति नहीं है।

किरण पाटील (पारोला)

जिस तेज गति से मैंने डॉ.कलाम का 'अग्निपंख', डॉ.नीतू मांडके का 'हृदयस्थ' पढ़ा, उसी गति से, उत्सुकता से मैंने आपकी यह पुस्तक पढ़ी।

वाकई यह बहुत ही प्रेरणादायी पुस्तक है। 'अक्षर सुधारने' की कहानी, अमलनेर की पाठशाला में आपके अनुभव, 'मैं बिगड़ गया' में लिखे अंतिम वाक्य, 'डॉ.साहब मेरी शारीरिक तंदुरुस्ती की बात कर रहे थे और मैं अपने 'मन' की बात कह रहा था' आदि प्रसंग प्रत्येक विद्यार्थी के लिए बहुत ही प्रेरणादायी सिद्ध होते हैं।

आपके एक मुकाम के बारे में आपने उसके दीर्घ होने के अनुभव को जिस तरीके से प्रस्तुत किया है सर, बस वही प्रस्तुतीकरण मुझ पर गहरा प्रभाव कर गया। मैं भी उसी अवस्था से गुजर रहा हूँ सर, पर पुस्तक के पढ़ने पर मुझे मेरी समस्याओं का हल भी मिल गया···धन्यवाद सर!

जब से दुनियादारी की सही मायने में समझ आने लगी, मानसिक तौर पर जब भी थकान महसूस की मैंने, अपनी आत्मज्योति को और अधिक प्रकाशमान करने के लिए आपकी पुस्तक मेरा सहारा बनती गई। जिस दिन मैं अपने अंतिम लक्ष्य को प्राप्त करूँगा, यह पुस्तक मेरे लिए क्या कुछ नहीं होगी सर!

वी.एस. क्षीरसागर (K'Sagar)

'धडपडणाऱ्या तरुणाईसाठी'···एक अनमोल भेंट है सभी के लिए। 'प्रयासी पचास वर्षीय प्रौढ़' के लिए भी उत्तम मार्गदर्शक पुस्तक है। इस पुस्तक का प्रत्येक वाक्य सटीक शब्दों में पूरे मनोयोग से एवं सच्चाई से लिखा गया है। इसे उद्धरण के रूप में भी उपयोग में लाया जा सकता है।

इन दिनों मेरा लेखन कार्य कम हो गया है। संपादन कार्य एवं संस्करण कार्य में ही बहुत व्यस्त हूँ। दूसरों के लेखन में 'दोष' खोजने की 'नजर' को आदत सी पड़ गई है, परंतु आपकी पुस्तक में 'ऐसा' कुछ भी 'नजर' न आया। सत्य तो यही कि मेरी लेखनी

प्रशंसा करने के प्रति बड़ी 'कंजूस' है। पर इतना अवश्य कहूँगा कि मैंने इसे पढ़ा है और अपने बेटे को पढ़ने हेतु इसे दिया है!

'संवाद' पत्रिका ज्ञानप्रबोधिनी प्रतियोगिता केंद्र

संदीप की पुस्तक प्रशंसनीय है और उसी के 'शब्द' वाचकों तक पहुँचाने का प्रयास हम कर रहे हैं। उसका निरंतर आगे बढ़ते रहना, तमाम समस्याओं पर विजय पाना आदि का गहरा विश्लेषण इस पुस्तक में है। साथ ही 'हीनमन्यता' एवं 'अंग्रेजी के प्रति भय' इन दो अत्यंत महत्त्वपूर्ण विषयों पर मात करने हेतु इस पुस्तक में विस्तारपूर्वक मार्गदर्शन किया गया है। अत: तमाम प्रबोधकों से विनती है कि वे इसे अवश्य पढ़ें। भले ही संदीप ने 'मराठी' के बजाय परीक्षा में 'भूगोल' को चुना, परंतु उसकी भाषा निश्चित रूप से बड़ी ही अच्छी है।

सुनील जिजाबा राव सालुंखे

किसी बीमार को ठीक होने के लिए डॉक्टर की चिकित्सा ही आवश्यक होती है। ठीक उसी प्रकार से, जब किसी युवा मन पर अनेक विचारों ने आक्रमण किया हो, उसके सामने निराशा के पहाड़ खड़े हों, वह निराशा की गर्त में अटका हो और उसे तीव्रता से यदि यही लगता हो कि इस सारे से उबरना कठिन है, उसके मन के आकाश में निराशा, हताशा के काले बादल घिर आए हों, तब अचानक बिजली की तीव्र चमक उस अंधकार में तेजोमय प्रकाश, भर देती है और वातावरण आशावादी बनाती है, 'धडपडणाऱ्या तरुणाईसाठी' नामक यह पुस्तक ठीक वही काम कर रही है। यानी निराश मन यह 'डॉक्टर' सही सेहतमंद राह पर ले जाएगा, यह बात निश्चित है।

यह पुस्तक मुझे प्रकाश से भरी कई राहें बाँट जाती है। जब भी मैं अपनी पुरानी गलतियों का स्मरण करता हूँ, मेरा मन अनेक विचारों से त्रस्त हो बिखर-बिखर जाता है, तब उस मन को एकाग्र करने हेतु यह पुस्तक मेरा सहारा बन जाती है। घर की सीढ़ियों के एक कोने में बैठकर मैं इसे पढ़ता हूँ···खूब रो लेता हूँ···मन को हलका करने की कोशिश करता हूँ, तब-तब यह पुस्तक मुझे ढाढस बँधाते हुए कहती है, "तुम जरा आराम कर लो, पर पीछे मत हटो, निरंतर प्रयास करते रहो···!"

आपकी पुस्तक का प्रत्येक पाठ अत्यंत महत्त्वपूर्ण समस्याओं पर अनुभवों पर आधारित मार्गदर्शन करता है। पढ़ते-पढ़ते शरीर के रोंगटे खड़े हो जाते हैं। आपकी यह पुस्तक सामान्य, साधारण समाज तक पहुँचे और परिस्थिति के मारे प्रत्येक व्यक्ति, युवाशक्ति के जीवन में नई चेतना जगाए, यही मेरी हार्दिक इच्छा है।

तुषार गरूड़ (विद्यार्थी, Mobile SMS)

सर, आपकी सशक्त क्रांतिकारी पुस्तक को पढ़ने पर पाया कि यह एक नए विचार की सर्वथा भिन्न पुस्तक है। मैं अपने जीवन की लड़ाई अवश्य जीत पाऊँगा और उस आपाधापी में मार्गदर्शन हेतु इसका मेरे पास होना भी आवश्यक है।

सर, आपसे मिलने पर मेरे मन को सच में बहुत राहत मिली। आप सभी के लिए शक्ति के स्रोत सिद्ध होते हैं। मैं अपने आपको एक सच्चा कर्तव्यशील इनसान अवश्य बनाऊँगा। मैं खाली समय में अब निरंतर अध्ययन में जुट गया हूँ। सर, आप मेरे लिए भगवान् हैं···आपने मेरे जीवन को नया आकार प्रदान किया है···

बी.एस. पाटील (मारवड़)

बड़ी प्रेरणादायी पुस्तक है। 'स्वयं' को खोजने पर मजबूर करने वाली एक पुस्तक। प्रत्येक के जीवन में आशा-निर्माण करने योग्य पुस्तक। दो वर्ष पूर्व मैंने अपनी उम्र के पचास वर्ष पूरे कर लिये हैं। अब मैं (उम्र में) छोटा हो नहीं सकता, परंतु मेरे बच्चों के लिए यह निश्चित रूप से मार्गदर्शक पुस्तक है।

खास बात यह कि आपकी संतों के प्रति रही श्रद्धा बार-बार उजागर होती दिखाई दी। 'श्रद्धा और सबूरी' के पग-पग पर दर्शन होते रहे। अपने साथ निरंतर एक अज्ञात शक्ति का साथ प्रतीत होता है। 'अध्यात्म के प्रति आपकी आस्था' बड़ी सुखद बात है।

पुस्तक में छपे चित्र और अखबार में छपे संदर्भ बहुत कुछ कहते हैं।

सौभाग्यवती सुमति नाईक (धूलियाँ)

संत ज्ञानेश्वर, तुकाराम के साहित्य की सुगंध समूची पुस्तक में बिखरी है। 'गुणी गुणंवेत्ति, गुणीषु नचलिंगं न च वयं!' नामक सुभाषित लेखक के लिए सर्वोचित सिद्ध होता है। इस छोटी सी उम्र में सफलता के अनेक शिखरों को छुआ है आपने। इस महान् सफलता के बावजूद आप जमीन पर दृढ़ता से पैरों को रोपे हुए हैं, यह सच में प्रशंसनीय है। यदि मनुष्य के मन में जिद है और उसकी जिज्ञासा जाग्रत् है, वह अपना विश्व निर्माण करने में सर्वथा सक्षम बन जाता है। आपकी पुस्तक ने इस जिद को जिंदा रखने का तथा आत्मा की चेतना को चेतने का कार्य किया है।

तरुणाई के सफल भविष्य हेतु इस अक्षर-यात्रा की तरह और अनेक अक्षरयात्राएँ लेखक की ओर से अपेक्षित हैं, ताकि युवकों का जीवन, समाज, राष्ट्र भी उन्नति के मार्ग पर अविरत अग्रसर होता रहे।

रतन लुथ, चेयरमैन (आर.एस. लुथ एज्यू. ट्रस्ट, नासिक)

आपकी पुस्तक को पूरे मनोयोग से पढ़ा। एक छोटे से गाँव में रहनेवाला एक युवक, ऊँची महत्त्वाकांक्षा को मन में सँजोकर अपने प्रयत्नों के बल पर आकाश की ऊँचाइयों को छूने की क्षमता रखता है, इसे आपने सिद्ध कर दिया है। साथ ही अपने अनुभवों को सिर्फ अपने तक सीमित न रखते हुए उन्हें शब्दबद्ध कर दिया। आपकी यह अक्षर-यात्रा, दिशाहीन भटक गए युवावर्ग के लिए, मार्गदर्शक बने, यह आपके मन की अंदरूनी छटपटाहट मन को भा गई।

पुस्तक बार-बार इस बात का निर्देश करती है कि भले ही आप ऊँचे पद पर आरूढ़ हैं, पर अपनी मिट्टी से आपका हृदयस्थ रिश्ता दृढ़ है। अहंकार भाव नाममात्र को नहीं! साधारण जन की समझ में सरलता से आ सके, ऐसी सरल भाषा, इस पुस्तक की खासियत है। आपकी यह अक्षर-यात्रा इसी तरह से आगे चलती रहे और आप निरंतर माँ सरस्वती की सेवा करते रहें, इसी शुभकामना के साथ···

मधु पाटील (वरिष्ठ कर सहायक, आयकर कार्यालय, नासिक)

आपकी पुस्तक पढ़ी और गद्‌गद हो गया मैं। कितनों को पढ़ने के लिए दी। सभी को पढ़ते समय यह 'अपनी ही कहानी' होने का अनुभव हुआ। पढ़ते समय सचमुच ऐसा प्रतीत होता है कि अपनी ही मिट्टी में और अपने ही आकाश तले कोई ऐसा दोस्त भी है जिसका आश्वासक स्पर्श कांधे पर हो रहा है, और जो तहेदिल से मार्गदर्शन कर रहा है।

रामप्रवेश प्रसाद (मु.पो. चिरैयाटाड़, पटना)

पुस्तक के मुखपृष्ठ को देखते ही मैं आकर्षित हो गया। वैसे मैं मराठी पृष्ठभूमि से नहीं हूँ, लेकिन थोड़े प्रयास से मैंने पूरी पुस्तक पढ़ डाली। मेरी रुचि बढ़ती चली गई। पूरी पुस्तक को पढ़कर मुझे बहुत अच्छा लगा। वास्तव में यह पुस्तक एक संघर्षशील व्यक्ति की उत्कृष्टता का प्रमाण है। यह पुस्तक उनके संघर्ष का एक और उदाहरण है।

यह छोटी सी पुस्तक भारतवर्ष के नवयुवकों के लिए प्रेरणादायी है तथा नवयुवकों, विद्यार्थियों के द्वारा इसका पठन लाभदायी होगा। राष्ट्र के निर्माण में यह एक सराहनीय प्रयास है।

मेरा पुस्तक रचना परिवार से विनम्र अनुरोध है कि इस पुस्तक का हिंदी भाषा में प्रकाशन अनिवार्य रूप से हो।

श्री मिलिंद संगोराम (लेखक)

प्रिय संदीप, बहुत आभारी हूँ। मेरी पत्नी ने कल आपकी पुस्तक पढ़ी। सच मानिए,

एक ही बैठक में पूरी पढ़ डाली और बहुत प्रभावित भी हुई। बाद में उस पुस्तक का एक पाठ 'सु-लेखन', मेरी पत्नी ने हमारे नौ वर्षीय बेटे 'परम' को पढ़कर सुनाया। वह इस पाठ से सचमुच इतना प्रेरित हो गया कि आज से ही उसने 'सु-लेखन' का अभ्यास आरंभ कर दिया है···।

श्री सुरेश वाघ, अशोका ग्रुप (नासिक)

इतनी अच्छी पुस्तक आपने मुझे दी, मैं बहुत आभारी हूँ। आपकी पुस्तक मुझे SWOT विश्लेषण के लिए और 'हीनमन्यता' पर विजय पाने के लिए भविष्य में बहुत सहायक सिद्ध होगी। मैंने उसे दो बार पढ़ा है। मैं अपने परिवार के साथ आपसे अवश्य भेंट करूँगा, ताकि मेरी बेटी और बेटा आपसे प्रेरित हो सकें। अपनी एक यात्रा के दौरान मेरी बेटी ने आपकी पुस्तक को पढ़ा है। मेरे दोनों बच्चे क्रमशः आठवीं तथा छठी कक्षा में पढ़ रहे हैं।

श्री हरीश सोनार (नायब तहसीलदार)

तुकाराम महाराज कह गए हैं कि 'अपने ही मन से संवाद हो और अपने ही मन से वाद-विवाद भी!'

संदीप, तुमने वाकई उपरोक्त सार को मेरे दिमाग में दृढ़ कर दिया है। तुम्हें सलाम मेरा 'तीन बार'···।

श्रद्धा चव्हाण (अक्षरयात्रा की एक पथिक)

बहुत आभारी हूँ आपकी मैं सर···! आपकी पुस्तक मेरे पास है···अब आकाश को छूना है···आप मेरे प्रेरक हैं सर···आज मुझे बहुत गर्व हो रहा है···आपसे आपके कार्यक्रम के पश्चात् भेंट हो सकी···मेरे अहो भाग्य···!

प्रदीप बुरोड़े (औरंगाबाद)

नमस्कार सर, आपकी पुस्तक पढ़ी। बहुत ही बढ़िया पुस्तक है। सर, बारह वर्ष पूर्व मैंने BSC अंतिम वर्ष में कॉलेज छोड़ दिया और पेंटिंग के व्यवसाय में जुट गया। समय निकालकर मैं पुस्तकें अवश्य पढ़ता हूँ। आपकी पुस्तक पढ़कर मैंने इस मुकाम से हटने का फैसला कर लिया है। मैं दोबारा दाखिला ले रहा हूँ सर! मैंने आपकी पंद्रह पुस्तकें अपने दोस्तों को उपहार के रूप में दी हैं। आपकी पुस्तक मेरे लिए 'धरोहर' है।

रेणुका (औरंगाबाद)

धन्यवाद सर! आप सोच भी नहीं सकते कि आपकी पुस्तक ने मेरे लिए क्या कुछ किया है! मेरे तमाम सपनों को परिपूर्ण कर दिया। मैं अपनी भावनाओं का इजहार नहीं कर पा रही हूँ...यह तो आपकी ओर से की गई अद्‌भूत निर्मिती है सर... !

आनंद शुक्ला

सर, हमारे युवकों को वाकई आपके अनमोल मार्गदर्शन की नितांत आवश्यकता है।

सीमा ताम्हण

सर, आप मुझ जैसे अनेकों छात्र-छात्राओं के मार्गदर्शक हैं जो बहुत जल्द अपने 'लक्ष्य' को प्राप्त करेंगे, आपकी प्रेरणा की वजह से... ।

सौरभ वेदपाठक

सर, बेवक्त तकलीफ दे रहा हूँ, क्षमा करें! सौरभ वेदपाठक पुणे में रहता हूँ। अभी दो मिनट पहले मैंने आपकी किताब पढ़कर ख़त्म की। अपनी भावनाओं को प्रस्तुत करने के लिए मेरे पास वाकई शब्द नहीं हैं। बस इतना ही कहूँगा कि मुझे गहरा आत्मविश्वास और मानसिक शक्ति अवश्य मिली है।

डॉ. सोनावणे (बागलाण)

सर, आपकी किताब पढ़ी। बहुत ही बढ़िया और सराहनीय है। इस पुस्तक का 'हीनमन्यता' नामक पाठ, वाकई सबसे महत्त्वपूर्ण पाठ है। अंत में यही कहूँगा कि यह पुस्तक सर्वथा भिन्न है।

किरण बिडवे-PSI (औरंगाबाद)

सर, आपकी पुस्तक पढ़ रहा हूँ। पढ़ते समय रोमांचित भी हो रहा हूँ, मुझसे रहा न गया इसीलिए SMS कर रहा हूँ। बहुत ही अच्छी पुस्तक है।

दीपिका सिदनाले

सर, मैंने आपकी पुस्तक पढ़ी। अपनी भावनाएँ व्यक्त करने हेतु पत्र लिख रही हूँ। सर, इस पुस्तक की वजह से मुझे मानसिक आधार मिला है और मन आगे बढ़ने को तैयार है। मेरे लिए आप एक दीपस्तंभ हैं सर!

दीपाली रूगे

सर, मैं हूँ दीपाली रूगे···आज ही आप की पुस्तक 'धडपडणाऱ्या तरुणाईसाठी' पढ़ी और मेरा अपना, अपने से नया परिचय सा हो गया सर!

नानासाहेब वाघमारे

सर, आज ही आपकी किताब पढ़ी और जीने की वाकई एक नई राह मिल गई। जो भी इस पुस्तक को पढ़ेगा उसे जीने का नया मार्ग अवश्य मिलेगा।

तेजस्विनी आहेर

आदरणीय सर, आपके जन्मदिन पर आपकी पुस्तक मिली है। बहुत ही अच्छी पुस्तक है। मुकाम बदलने के लिए प्रेरणा एवं मार्ग मिल गया है। मन:पूर्वक धन्यवाद।

प्रशांत मगरे

सर, आपकी पुस्तक की वजह से मुझे इस बात का ज्ञान हो गया सर, कि मेरी योग्यता क्या है! मैं अपने आप से जीतने की पूरी कोशिश करूँगा सर!

दत्ता थोरात (कल्याण)

प्रिय संदीप सालुंखे तथा श्री एम.आर.पाटीलजी, इस पुस्तक के लिए धन्यवाद। दिल को छू लेने वाली, आकर्षक प्रेरणादायी पुस्तक के लेखन के लिए आपको बधाई। आप से नम्र विनती है कि आपके विचार आप अधिकाधिक लोगों तक अवश्य पहुँचाएँ···

योगेंद्र रावल (इचलकरंजी)

सर, इसे एक पुस्तक कहना ठीक न होगा। यह तो एक आईना है, जिसमें प्रत्येक व्यक्ति अपनी छवि देख सकता है। आपका यह आईना तो मेरे लिए ईश्वरीय देन है सर! आपसे मुझे बहुत कुछ कहना है··· ।

सर आप इसी तरह लिखते रहें।

गीतेश (अमलनेर)

सर, मुझे आप पर गर्व है। मैं गद्‌गद हो गया हूँ। आप सच्चे नायक हैं···आपके महाभारत में आप ही कृष्ण हैं और आप ही अर्जुन! हे वीर योद्धा, तुम्हें मेरा तीन बार सलाम कुबुल हो··· !

प्रो. हमीद (औरंगाबाद)

आपके संघर्ष से और बहादुरी से बहुत कुछ सीखा जा सकता है। यह कितनी अच्छी बात है कि आपने युवावर्ग के लिए यह सारा लिख रखा है।

प्रज्ञा मोहिते (सोहोली)

सर, आज ही आपकी पुस्तक पढ़ी, बहुत प्रेरणा मिली मुझे। आपकी पुस्तक कहती है...'प्रत्येक सफल व्यक्ति की अपनी एक दुखदायी कहानी होती है। प्रत्येक दुखदायी कहानी का अंत, सुखांत-सफल होता है। दुःख को स्वीकारो और सफलता के स्वागत के लिए तैयार रहो'।

संदीप राठौड़

सर, आपकी पुस्तक 'धडपडणाऱ्या तरुणाईसाठी' को पढ़कर मैंने अपने आपको खोज लिया है।

उमेश मगदूम (कोल्हापुर)

सर, आज ही आपकी पुस्तक पढ़ी। आपके मौलिक विचारों के प्रति मेरे आभार। आप हमारे सुंदर सपनों के निर्माता हैं सर!

रूपेश मडकर (पुणे)

कैसे हैं आप सर! मैंने अभी आपकी पुस्तक पढ़कर खत्म की है। मुझे बड़ी प्रेरणा मिली है, खासतौर पर उस कहानी से जिसमें मठाधिपति गुरु ने अपने चार चेलों की जिस प्रकार से परख की। धन्यवाद सर!

गौरव (औरंगाबाद)

सर, अभी अभी मैंने आपकी पुस्तक पूरी पढ़ ली। वाकई बहुत ही बढ़िया पुस्तक!

सूर्यकांत निंबालकर

सर, इस पुस्तक में अपार शक्ति है। मेरे मन में यह गहरे उतर गई। आपने जीवन में जो कड़ा संघर्ष किया है और हर समस्या को मात देते हुए विजय पाई है, सचमुच में आप प्रशंसा के पात्र हैं।

डॉ. रवी खैरनार, गाइनकोलॉजिस्ट (नासिक)

'धडपडणाऱ्या तरुणाईसाठी' नामक पुस्तक समस्त लोगों के लिए, खासतौर पर युवावर्ग के लिए अनोखी और प्रेरणादायी पुस्तक है। आप और आपकी मेहनत तथा सफलता की मैं सराहना करता हूँ।

अवधूत मुकुंद लोमटे (वडगाँव, जिला सातारा)

'धडपडणाऱ्या तरुणासाठी' एक अनमोल रत्न है। इसे खूब सहेजकर रखना होगा और निरंतर पढ़ते रहना होगा। जिन्हें अपने 'लक्ष्य' को प्राप्त करना ही है, वे इसे बारबार पढ़ें, ऐसा मेरा आग्रह है। इस पुस्तक के प्रत्येक शब्द को मैंने अनुभव किया है। आज तक मैंने बहुत सारी पुस्तकें पढ़ीं, परंतु पता नहीं क्यों मुझे आपकी पुस्तक 'खास' लगी।

श्रीमती शर्मीला सुरेश शिंदे (नंदुरबार)

आपकी पुस्तक पढ़ी। आपकी तरह संघर्ष और प्रयास करते हुए अनेकों ने जीवन में सफलता पाई है, परंतु अत्यंत ईमानदारी से नम्रतापूर्वक अपने अनुभवों को आपने सबके सम्मुख प्रेरणा हेतु, समय से (लिख) रखने का निर्णय किया, जो बहुत ही महत्त्वपूर्ण बात है। पुस्तक के अंतिम चरण में लिओनार्दो द विंची के वाक्य ने बहुत ही आनंदित किया।

नम्रता सोनवणे (जलगाँव)

आदरणीय सर, कल आपकी पुस्तक पढ़ी। सच, बड़ी बेजोड़ पुस्तक है। पढ़ते समय मुझे बार-बार अपनी आपबीती का स्मरण हो रहा था। कई बार आँखें छलक गईं। पुस्तक के पढ़ने पर ज्ञात हुआ कि, अपने अंदर की 'मैं' कहीं खो गई थी, जो अब वापस मिल गई है।

सुशील उत्तमसींग राजपूत (शेंदुर्णी, तहसील-जामनेर)

सर, आपने ऐसी आपबीती लिखी है कि पढ़कर रोंगटे खड़े हो गए। लगने लगता है कि मैं भी ऐसा कुछ कर दिखाऊँ, बड़ा बन जाऊँ और ऐसी एक पुस्तक लिखूँ। जब भी मैं खिन्न हो जाता हूँ, मैं आपकी पुस्तक पढ़ने लगता हूँ। आपकी पुस्तक में छपी आपकी तसवीरें देखता हूँ और मेरी नींद उड़ जाती है। अब तक मैंने पुस्तक को 8 बार पढ़ा। मैं सुबह चार बजे पढ़ने बैठ जाता हूँ और मुझे लगता है कि सफलता की ओर बढ़ने की यह

मेरी पहली सीढ़ी है।

श्री शिवाजीराव पंढरीराव कृदत्त (धमतरी, छत्तीसगढ़)

प्रेरणादायी, अंतरात्मा को प्रफुल्लित करनेवाला आत्मकथन! साधनविहीन, गुणवंत युवा, जो पहुँचविहीन गाँवों के टूटे-फूटे स्कूल भवन में पढ़ते हैं, पत्थरों के बीच अंकुरित हो छायादार घने वृक्ष में परिवर्तित होना चाहते हैं, उनके लिए श्री संदीप कुमार लिखित यह पुस्तक अँधेरे में एक चिनगारी है।

श्री माधवराव शंकरराव पाटील (पिंपलगाँव हरेश्वर, तहसील-पाचोरा, जलगाँव)

मैं एक 84 वर्षीय किसान हूँ। मेरे पोते ने एम.एस-सी. में प्रथम श्रेणी पाई है, इसके उपलक्ष्य में समाज मंडल ने उसे आपकी पुस्तक भेंट दी है। मैंने उसे दो बार पढ़ा। बड़ी खुशी और संतोष हुआ मुझे। इस पुस्तक में प्रस्तुत विचार युवा वर्ग के लिए उपयुक्त एवं प्रेरणादायी सिद्ध होते हैं, ठीक उसी तरह वे सयानों, बड़े-बूढ़ों के लिए भी उपयुक्त ही हैं। पुस्तक के अंत में आपने एक महान् संदेश दिया है कि—

'इस दुनिया को छोड़कर जाने से पहले इसे और अधिक सुंदर बनाकर गुजर जाना होगा।'

कितना महान् संदेश दिया है आपने! इतना बढ़िया संदेश इससे पहले मैंने कभी पढ़ा न था।

श्री. एस.बी. चौबे (सी.ए. पुणे)

बस अभी आपकी पुस्तक पढ़ी। बहुत ही उम्दा प्रस्तुतीकरण है आपकी इच्छाशक्ति का, आपकी जिद का और आपकी चाह के साथ अपने ज्ञान की प्यास का!

नवीन बिस्सा (नासिक)

ध्येय के मार्ग पर चलने का एक सच्चा ईमानदार प्रयास वर्णन।

अजय वाघ

बेमिसाल पुस्तक! एक ही बैठक में पूरी पढ़ डाली मैंने।

श्री जे.एम. पाटील, अशोका ग्रुप (नासिक)

'धडपडणाऱ्या तरुणाईसाठी' नामक पुस्तक मुझे प्रदान कर आपने मेरे 'जीवनयापन' को नया आकार दिया है···धन्यवाद !

डॉ. नीलेश देवरे

बहुत ही प्रेरणादायी पुस्तक, अभी-अभी पढ़कर पूरी की···मुझे आपसे मिलने की गहरी लालसा है सर··!

राहुल बाफना (पाचोरा)

प्रिय सर, आपकी पुस्तक बहुत ही उम्दा है। इसे भारत के प्रत्येक युवक को पढ़ना होगा? जिनकी उम्र 20 से 30 के बीच है। इस पुस्तक ने मुझे मेरी समस्त इच्छाओं, आकांक्षाओं को पूरा करने की ऊर्जा दी है।

अभिजित अरुण पाटील

सर, मैंने आप की पुस्तक पढ़ी। इस पुस्तक ने मेरे जीवन को नया आकार दिया है। मैं S.E. (Computer) का छात्र हूँ।

नीलेश पाटील (शिक्षक)

सर, मैंने अभी आपकी पुस्तक पढ़ी। सोचता हूँ कि यदि आप कर सकते हैं, तब मैं भला क्यों नहीं? वास्तव में आपकी पुस्तक सभी युवाओं के लिए प्रेरणादायी है।

एक पाठक

सर, आप आदरणीय डॉ.कलाम के सपने को साकार करने में मददगार सिद्ध हो रहे हैं। उनका स्वप्न Dream Vision 2020 है, जिसे आपकी पुस्तक द्वारा बढ़ावा मिल रहा है।

आशीष लाड (दापोली)

सर, मैं पिछड़े इलाके में रहकर पढ़ रहा हूँ। मैं S.Y.B.Sc (AGRI) का छात्र हूँ दापोली में। आपकी पुस्तक ने मेरे मन में रही 'हीनमन्यता' को धो डाला और मेरे दिमाग से अंग्रेजी के डर को हटा दिया। ऐसी अमूल्य पुस्तक को लिखने के लिए आपको हार्दिक बधाई।

हिना शेख

आदरणीय सर, आपकी पुस्तक पढ़ रही हूँ। बहुत सहारा मिल रहा है।

अविनाश पुंडे (लातूर)

सर, कल रात मैंने आपकी पुस्तक पढ़ी। आप मेरे आदर्श बन गए हैं। मेरा आत्मविश्वास भी बढ़ गया है। सर, मैं अपने माता-पिता का सपना अवश्य पूरा करूँगा... सिर्फ आपके आशीर्वाद की जरूरत है।

□

ऋण-निर्देश

कहते हैं कि जीवन 'अँजुरी में भरे जल' सा होता है। वह हाथों से बूँद-बूँद बन छिटक जाता है···अँजुरी रीत जाती है···हम उसे फिर निर्मल जल से भर लेते हैं और जीवन चलता रहता है।

अँजुरी का जल रीत जाने पर भी मनचाहा गीलापन हथेलियों में चिपका रह जाता है···निकल गई बूँदों की स्मृतियाँ छोड़ जाता है···जब हम जीवन के तप्त अनुभवों से गुजरते हैं, यही गीलापन हमें शांति, हिम्मत प्रदान करता है।

मनुष्य का भी ठीक यही हाल होता है। प्रत्यक्ष साथ जब तक है, वे अंजुरी में भरी बूँदों से प्रतीत होते हैं···समय के बीतते वे किन्हीं अपरिहार्य कारणों से बिछड़ भी जाते हैं···परंतु उनकी स्मृतियाँ, अंजुरी में भरे जल-सी सदैव बनीं रहतीं है···कटु अनुभवों के रेगिस्तान के प्रवास के दौरान यह 'गीलापन' कहीं सूख न जाए, इसके लिए नितांत प्रयत्न करना ही हमारा धर्म बन जाता है··· ।

मेरे जीवन में भी ऐसे अनेक लोग आए···उन्होंने कब और कैसी मेरी मदद की, इस छोटी सी अक्षर-यात्रा में उसका बखान करना बड़ा ही कठिन है···परंतु यह अकाट्य सत्य है कि इन सभी के मुझ पर प्रत्यक्ष अथवा अप्रत्यक्ष रूप से अहसान हैं···मैं इनका आजन्म ऋणि हूँ···अनेकों ज्ञात-अज्ञात व्यक्तियों ने मुझे सहस्त्र हाथों से मदद की, मुझे सहारा दिया, मेरे जीवन को सहनीय बनाया, दोस्ती, स्नेह दिया···अब कितनी ही बूँदें छिटक गई हैं, पर स्नेहिल गीलापन आज भी अंजुरी में चिपका बैठा है!

और जिन मेरे अपने विद्यार्थियों के लिए मैंने यह छोटा सा प्रयास किया, जिन्होंने मेरी छटपटाहट को जाना, परखा, मेरे दिखाए मार्ग पर पूरे विश्वास के साथ जो निरंतर

चलते रहे···जिन्होंने छोटी बड़ी सफलताएँ हासिल कीं, मेरे उन अनगिनत विद्यार्थियों···अब मुझे इस जीवन में रेत का तूफान आने का डर नहीं···मैं सभी से कहूँगा—

"मैं तुम्हारा हूँ और आप भी मेरे ही हो। हम साथ साथ चलेंगे···और इस जगत् से विदा लेने से पहले इसे और अधिक सुंदर बनाने की सफल कोशिश करेंगे।"

□□□